MARIA STICH /
WOLFGANG GRUND

Tübinger Fieberwahn

RÄTSELHAFTE MORDE In einer eiskalten Februarnacht bricht das Dach des Hallenbads Ost in Tübingen unter der Schneelast zusammen. In den Trümmern sterben Markus und Julia, die sich spät nachts zu einem romantischen Treffen ins Bad geschlichen hatten. Fünf Jahre später gibt es zwei rätselhafte Todesfälle. Auf Burg Hohenneuffen stürzt Werner Wüst von der Burgmauer in den Tod. Ambrosius Ackermann wird erschlagen in seiner Wohnung im Mehrfamilienhaus »Am Alten Güterbahnhof 17« aufgefunden, kurz nachdem Hauptkommissar Wotan Wilde dort in seine neue Wohnung eingezogen ist. Zur selben Zeit dient eine Airbnb-Wohnung in diesem Haus als Zwischenlager für ein wertvolles Objekt aus einem Kunstraub. Im Zusammenhang damit kommt es zu einem heimtückischen Mord beim Silcher Denkmal auf der Neckarinsel. Hauptkommissar Wotan Wilde und das Team der SOKO Gewaltverbrechen im Polizeipräsidium Tübingen müssen in drei Todesfällen gleichzeitig ermitteln.

M. A. Stich wurde 1954 in Nürnberg geboren. Nach ihrem Studium an der Erziehungswissenschaftlichen Fakultät unterrichtete sie als Grund- und Hauptschullehrerin. Sie ist verheiratet und lebt in der Nähe des Bodensees in Markdorf. Ihre beiden Töchter wohnen in Tübingen. Die Autorin ist ehrenamtlich im Vorlesenetzwerk der Kinderstiftung Bodensee tätig, nahm an Schreibwettbewerben der Literaturtage in Isny sowie der Literarischen Vereinigung Signatur e. V. teil.

W. A. Grund wurde 1957 in Neumarkt in der Oberpfalz geboren. Nach dem Studium der Elektrotechnik machte er sich selbstständig und gründete ein Software-Haus in Fürth. Inzwischen lebt er in Langenzenn in der Nähe von Nürnberg. Seine Passion sind Kinobesuche und Motorradtouren.

MARIA STICH /
WOLFGANG GRUND

Tübinger Fieberwahn

Kriminalroman

GMEINER

MIX
Papier aus verantwortungsvollen Quellen
FSC® C083411
www.fsc.org

Besuchen Sie uns im Internet:
www.gmeiner-verlag.de

Im Ehnried 5, 88605 Meßkirch
Telefon 07575/2095-0
info@gmeiner-verlag.de

1. Auflage 2021

Lektorat: Claudia Senghaas, Kirchardt
Herstellung: Mirjam Hecht
Umschlaggestaltung: U.O.R.G. Lutz Eberle, Stuttgart
unter Verwendung eines Fotos von: © hbieser / Pixabay.com
Druck: CPI books GmbH, Leck
Printed in Germany
ISBN 978-3-8392-0086-5

INHALT

1. DIE LIEBESNACHT

Die Scheinwerfer teilten den dichten Vorhang von Schneeflocken und warfen zwei Lichtkegel in die Nacht. Der graue Opel Astra bog zügig in den Parkplatz am Hallenbad ein. Der Wagen schlingerte auf dem festgefahrenen Schnee, raste auf einen Schneehügel zu und kam mit einem knirschenden Geräusch zum Stehen.

Markus stellte den Motor ab und stieg aus, ohne das dichte Schneegestöber zu beachten. Automatisch zog er sich die Kapuze des Parkas über die kurzgeschorenen Haare. So vermummt, stapfte er um den Wagen herum. Wie ein herrschaftlicher Chauffeur öffnete er die Beifahrertür.

Er beugte sich herunter und meinte scherzhaft: »Euer Gnaden können jetzt aussteigen!«

Als sich das Mädchen nicht rührte, packte er Julias Hand.

»Jetzt stell dich nicht so an!«, meinte er ungeduldig.

»Aber ich weiß nicht. Es fühlt sich so komisch an!«, protestierte seine Freundin und ließ sich widerwillig ins Freie ziehen.

»Jetzt mach keinen Rückzieher! Ich hab dir zum Geburtstag eine romantische Überraschung versprochen, Angsthäschen!« Markus drückte Julia an sich, um sie zu küssen. Julia wehrte sich spielerisch, drehte ihr Gesicht zur Seite und angelte ihren Rucksack aus dem Fußraum der Beifahrerseite.

»Nun schmoll nicht! Das wird geil! Wir zwei nachts allein im Hallenbad! Und splitterfasernackt!« Markus drängte sich an sie und fuhr mit der Hand über ihren Po.

Als er Julias skeptischen Blick sah, ergänzte er augenzwinkernd: »Ich bin als Facility-Manager des Hallenbades geradezu verpflichtet, rund um die Uhr nach dem Rechten zu sehen.«

»Jaja, der Herr Hausmeister nimmt seinen Job sehr ernst! Wo hast du denn deinen grauen Arbeitsmantel?«, antwortete Julia und grinste süffisant.

»Los geht's, bevor wir hier noch ganz eingeschneit werden«, drängte Markus, auf dessen Kapuze sich schon eine kleine Schneehaube gebildet hatte.

»Und wenn uns jemand sieht?«, wandte Julia ein und sah sich ängstlich um.

»Haha, es ist kurz vor Mitternacht und bei dem Wetter würde ich nicht einmal einen Hund rausjagen!«, beschwichtigte Markus. Julia antwortete nicht. Sie schüttelte sich nur die Schneeflocken aus den blonden Haaren und zog dann die Kapuze ihrer blauen Steppjacke über den Kopf.

Markus dagegen streifte seine zurück. Er legte den Kopf in den Nacken und blickte in die wirbelnden Schneeflocken, die ununterbrochen vom Nachthimmel fielen. Dann fuhr er sich mit beiden Händen über die dunklen Haare und atmete tief ein. Heute war ihre Nacht, die Nacht von Julia und Markus.

Er drückte auf die Fernbedienung des Autoschlüssels. Ein lautes Klicken bestätigte, dass der Wagen verriegelt war. Zufrieden streifte sein Blick über die Reihe von Schneehügeln, die er am Nachmittag mit seinem kleinen Räumtraktor zusammengeschoben hatte.

Die Stadt hatte sich durch die starken Schneefälle des späten Wintereinbruchs Mitte Februar in die Kulisse eines Wintermärchens verwandelt. Die Welt lag wie in Watte gepackt unter einer dicken Schneehaube versteckt. Zum Teil war der öffentliche Nahverkehr zum Erliegen gekommen. Die Schulen und Kitas hatten die Fastnachtsferien um zwei Tage verlängert. Räumdienste konnten nur die Hauptverkehrsstraßen freihalten. Rund um den Parkplatz zum Sportzentrum waren die Schneemassen wie eine Gebirgslandschaft aufgetürmt.

Ein schmaler Trampelpfad führte an der Sporthalle des Schulzentrums vorbei zum Neubau des Hallenbades. Der Weg wurde von einigen Solar-Straßenleuchten schwach erhellt. Dahinter erkannte man die Umrisse der riesigen Glasfront der Schwimmhalle und die weitschwingende hölzerne Dachkonstruktion.

Baubürgermeister Edgar Kiesel hatte das Bauwerk bei der Einweihung im Herbst eine »städtebauliche Innovation« genannt, auf die die Bürger von Tübingen sehr stolz sein könnten. Bei einem Großteil der Bevölkerung rief die futuristisch anmutende Architektur jedoch nur Kopfschütteln hervor. Überdimensioniert und zu teuer, war die allgemeine Meinung.

Markus warf im Vorbeigehen einen Blick auf den Parkscheinautomaten, der fast gänzlich in einem Schneehaufen versunken war. Heute Nacht würde keine Parkgebühr fällig werden.

»Jetzt komm schon! Mir wird kalt und wir schneien hier ein!« Plötzlich wurde Julia ungeduldig und zog ihre Steppjacke noch enger um sich. »Das Spaceshuttle wartet!«, ergänzte sie mit einem kieksenden Lacher.

Den Spitznamen »Spaceshuttle« hatte das »Tübinger Tagblatt« für die neue Schwimmhalle erfunden. Er hatte sich sofort als spöttische Bezeichnung etabliert.

Markus warf einen Blick auf Julias hochhackige Stiefeletten, mit denen sie durch den Schnee stakste. Kein Wunder, dass ihr kalt war, bei dem Schuhwerk!

Er unterdrückte eine Bemerkung und legte seinen Arm schützend um Julia. So folgten sie dem Trampelpfad und stapften einträchtig durch das Schneetreiben auf die Hinterseite des Gebäudes zu.

Der Bewegungsmelder ließ die Neonröhren über der grauen Stahltür aufleuchten. Eine der beiden Lampen war defekt und blinkte in unregelmäßigen Abständen.

»Die muss ich morgen austauschen!«, murmelte Markus.

Er zog den Schlüsselbund aus der Parkatasche und hielt den Transponder an den Leser am Türknauf. Mit einem sanften Klicken sprang das Schloss auf. Markus drückte die Schulter gegen die schwere Tür und schob sie auf.

»Oh, my God!«, murmelte Julia aufgeregt und blieb wie angewurzelt stehen. »Und wenn die Alarmanlage angeht?«

»Nicht, wenn man die Tür mit dem Transponderschlüssel aufmacht«, beruhigte sie Markus belehrend. Die beiden betraten den Flur, der zu den Umkleidekabinen führte.

Der Bewegungsmelder schaltete die Deckenleuchten im Gang ein. Krachend fiel die schwere Metalltür hinter ihnen ins Schloss. Julia und Markus zuckten zusammen. Nach einer kurzen Schrecksekunde fielen sie sich lachend in die Arme und küssten sich ausgiebig.

»Und jetzt?«, fragte Julia atemlos und klopfte sich den Schnee von Hose und Jacke.

»In die Umkleiden und dann überraschen lassen!«, kommandierte Markus.

»Barfußgang«, las Julia das Schild an der Wand. Markus zog schon am Schnürsenkel seines rechten Boots und balancierte dabei auf dem linken Bein. Schließlich stellte er seine Schuhe ordentlich nebeneinander an die Wand und legte seine schwarzen Socken daneben. Kichernd lehnte sich Julia an Markus und schlüpfte aus Schuhen und Strümpfen. Ihre Stiefelchen wirkten puppenhaft winzig, als sie da so einträchtig neben den riesigen Tretern von Markus im Gang standen.

»Ich zieh mir erst mal was Leichteres an«, flüsterte Julia und sah Markus verheißungsvoll an. Der strich ihr liebevoll mit der Hand über die rechte Wange, zog ihr Gesicht zu sich und küsste sie erneut.

»Ich hol dich am Eingang zur Schwimmhalle ab. Nicht vorher ins Bad schauen, Top Secret!«, flüsterte Markus. Er verschwand hinter der weißen Tür mit der Aufschrift »Personal«, während Julia in die Damenumkleide schlüpfte.

Markus war ein Perfektionist, aber, wie die meisten Männer, als Romantiker völlig unbegabt. Er war jedoch bei Julia geduldig in die Lehre gegangen und hatte mit stoischer Geduld bei Netflix einschlägige Serien geguckt.

Was zu einem erfolgreichen Date gehörte, wusste er inzwischen genau. Am wichtigsten war ein glitzerndes Schmuckstück, begleitet von Kerzenschein, Prosecco, Rosen und natürlich romantischer Musik. Lächelnd durchquerte er die Schwimmhalle. Er hatte alle Romantikutensilien besorgt und sie nach der Vormittagsschicht in der Putzkammer gelagert.

»Autsch!«, entfuhr es ihm. Er war auf einen scharfkantigen Gegenstand getreten, der neben einem Startblock lag. Markus humpelte zur Wand, lehnte sich dagegen und betrachtete seine rechte Fußsohle. Aus einer Wunde an der Ferse quoll ein winziger Tropfen Blut. Er blickte auf den Boden und entdeckte den Übeltäter. Eine spitze Schraube ragte aus einem abgebrochenen Holzstück.

So ein Mist! Am Vormittag hatte er schon ähnliche Abplatzungen von den Liegen gekehrt. Die Stücke sahen aus, als gehörten sie zur Deckenverkleidung. Markus blickte hinauf zu den Holzzügen, die in weitem Bogen die Halle überspannten. Neben den sternförmigen Deckenlampen glaubte er, kleine Risse zu sehen.

»So ein Schafscheiß!«, murmelte er. Da musste er am Montag sofort im städtischen Bauamt bei Herrn Habermann anrufen und einen Ortstermin mit ihm ausmachen. Er mochte den blasierten Typ nicht sonderlich. Heinz Habermann behandelte ihn immer von oben herab, als ob er etwas Besseres wäre.

Mechanisch holte er Schaufel und Kehrblech aus der Putzkammer und schob die Holzstücke zusammen.

Er warf einen Blick auf die Digitaluhr über dem Ausgang zum Saunabereich. Das Display zeigte 23.50 Uhr. Er musste sich beeilen, in zehn Minuten hatte Julia Geburtstag. Sie wurde 18!

Markus dachte an ihre weichen Brüste und ihren sexy Po. Er sah sie schon in inniger Umarmung im Becken. Sein Glied begann steif zu werden und zeichnete sich unter seiner Badehose ab.

Unterdessen stieß Julia eine Kabinentür in der Damenumkleide auf. Sie legte ihren Rucksack auf die Sitzbank in dem kleinen Raum. Sie fröstelte. Die Fußbodenheizung war offenbar im Nachtmodus und deswegen war es eher kühl im Gebäude.

Julia seufzte. Das war ja alles ziemlich romantisch, was Markus für ihren Geburtstag geplant hatte, aber auch etwas unheimlich.

Nur langsam wich die anfängliche Furcht und es flammte ein Fünkchen Abenteuerlust in ihr auf.

»Nachts, allein zu zweit im Schwimmbad«, flüsterte Julia. Morgen würde sie ihrer Freundin Eva, ihrem Alibi für heute Abend, alles haarklein berichten. Das hatte sie hoch und heilig versprochen. Na ja, vielleicht würde sie kleinere Details auslassen.

Ihr Vater Emilio dagegen durfte auf keinen Fall von diesem Date erfahren. Er war Sarde mit Leib und Seele und so altmodisch. Für ihn war sie immer noch ein kleines Mädchen, la mia piccolina.

»Solange du hier wohnst, will ich immer wissen, wo du bist!«, war sein Standardsatz.

Es grenzte an ein Wunder, dass sie nach dem Abi zehn Monate als Au-pair nach L.A. durfte. Das hatte sie viel Überzeugungsarbeit gekostet.

Bei der letzten Auseinandersetzung zu diesem heiklen Thema hatte Nona Aurelia gesagt: »Basta, Emilio! Immer nur Ferien bei der Nona in Olbia, nur Spaghetti alla bottarga, nur la familia. Lass doch la piccola mal eigene Erfahrungen machen.«

Hektisch zog Julia den Minibikini mit dem Stars-and-Strips-Druck aus dem Rucksack. Den passenden Pareo hatte sie sich extra für diesen Abend bei Hunkemöller bestellt.

Julia warf ihre Jeans und das dunkelrote Shirt mit dem Aufdruck »Sweetheart« auf die schmale Sitzbank. Sie schlüpfte in den Bikini und zupfte das winzige Oberteil und das Tangahöschen zurecht. Skeptisch betrachtete sie sich im Spiegel, hielt die Luft an und zog den Bauch ein. Wie immer fühlte sie sich zu dick, obwohl das die pure Einbildung war.

Sie streckte ihrem Spiegelbild die Zunge heraus und schnitt eine Grimasse.

»Sei nicht so kindisch, gleich bist du 18 Jahre alt, Julia!«, ermahnte sie sich. Sie bürstete über die schulterlangen blonden Haare, steckte sie zu einem lässigen Knoten und entschied sich dann spontan für offenes Haar.

Julia faltete den Pareo auseinander. Sie probierte mit dem Seidentuch verschiedene Trageversionen. Sie verknotete das Tuch hinter dem Hals oder seitlich auf Brusthöhe. Grübelnd taxierte sie ihr Spiegelbild. Sollte sie überhaupt einen Bikini tragen?

Mehr Sexappeal würde sie versprühen, wenn sie den Pareo über ihrem Busen verknoten würde. Der wie zufällig entstehende Schlitz gäbe einen dezenten Blick auf ihr Lustzentrum frei. Kurz entschlossen streifte sie den Bikini ab und wand den Pareo um ihren nackten Körper.

Mit dem Ellbogen stieß sie die angelehnte Kabinentür auf. Vor ihr lag der Gang mit den Ablagetischen und den daneben an der Wand montierten Haartrocknern. Sie zog eine der Hauben nach unten und beugte sich kurz darunter. Die heiße Luft wirbelte ihre Haare hoch. Das würde ihrem Auftritt die entscheidende verruchte Note geben.

Mit pochendem Herzen lief sie den Gang entlang, ihre nackten Füße erzeugten ein leises Platschen auf den Fliesen. Sie blieb vor der weißen Schwingtür mit den schmucklosen Lettern »Schwimmhalle« stehen. Es roch nach Chlor und einem Hauch von Zitrusreiniger. Sie lauschte. Die Neonröhren über ihr summten. Hinter der Tür hörte sie das Wasser im Becken gluckern.

Die Deckenbalken der geschwungenen Hallendachkonstruktion schienen unter der Schneelast zu ächzen und zu stöhnen. Aber da ging wohl die Fantasie mit ihr durch. Langsam drückte sie die Tür zur Schwimmhalle auf, obwohl sie das eigentlich nicht sollte. Der Anblick, der sich ihr bot, machte sie für einen kurzen Moment sprachlos.

Die Halle lag in geheimnisvollem Dämmerlicht. Die grellen Neonröhren waren ausgeschaltet, nur wenige Deckenstrahler leuchteten. Die Unterwasserscheinwerfer tauchten das Becken in ein geradezu magisches türkisfarbenes Licht. In der Mitte, genau unterhalb der großen Kuppel, kräuselten sich die Wellen um eine pinkfarbene Badeinsel. Über die Lautsprecheranlage ertönte Celine Dions Stimme:

»Love can touch us one time,
and last for a lifetime,
and never let go till we're gone!«

»My heart will go on« war ihr Lieblingssong aus dem Film »Titanic«. Jedes Mal hatte sie am Ende Rotz und Wasser geheult und sich in Markus' Arme gekuschelt. Sie schluckte die aufsteigenden Tränen der Rührung hinunter.

Am Beckenrand hinter der Badeinsel erkannte sie ein Herz, das aus brennenden Teelichtern bestand und einen schweren, süßlichen Rosenduft verströmte. Aus dem Sektkühler daneben ragten eine Sektflasche und zwei Sektkelche.

Plötzlich stand Markus direkt vor ihr. Er hielt eine langstielige Baccara-Rose in der Hand.

»Happy Birthday!«, stammelte er mit belegter Stimme und strahlte sie an. Julia war überwältigt. In diesem dämmrigen Licht schienen die Drachen-Tattoos auf Markus' Schultern zum Leben zu erwachen. Ansonsten war er nackt.

Sein durchtrainierter Körper vibrierte vor Verlangen. Er ließ die Rose fallen, löste den Knoten ihres Pareo und nahm Julia zärtlich in seine Arme. Julia spürte seine sanften Hände auf ihrem Körper. Sie konnte nicht mehr klar denken.

»Erst mal anstoßen!«, forderte sie etwas verlegen. Schließlich hatte sie Geburtstag. Dann entwand sie sich seinen Armen.

Sie schob ihn von sich und strich dabei wie zufällig über sein erigiertes Glied. Er lachte auf, drehte sich um und machte einen eleganten Kopfsprung ins Becken.

»Jetzt du!«, rief er, als er prustend auftauchte. Julia hielt sich die Nase zu und hüpfte mit einem Platscher hinterher.

Sie tauchte wieder auf und strich sich das nasse Haar aus dem Gesicht.

»Herrlich!«, rief Julia. Sie fühlte sich mit einem Mal unsäglich frei und glücklich. Markus schwamm lachend auf sie zu. Er griff sie an den Beinen und zog sie scherzhaft nach unten. Eng umschlungen und lachend tauchten sie wieder auf. Da schlug ein Gegenstand neben Julias Schulter im Wasser auf. Sie ruderte erstaunt zur Seite, als sie einen Deckenstrahler erkannte.

Im nächsten Augenblick brach ein Inferno an Geräuschen los. Unter lautem Knirschen lösten sich Teile der Decke und stürzten herunter. Das Wasser schwappte in großen Wellen aus dem Becken.

»Markus!«, brüllte Julia voller Entsetzen. Der junge Mann schwamm verzweifelt auf sie zu. Im gleichen Moment wurde er von einem herabfallenden Balken am Kopf getroffen. Julia konnte sehen, wie sich sein Mund zu einem Schrei öffnete. Dann versank er in den brodelnden Fluten. Das Deckenlicht flackerte und erlosch dann vollständig. Jetzt erhellte nur noch der diffuse Schein der Unterwasserbeleuchtung die riesige Halle.

Julia begann zu kreischen und bekam eine Ladung Wasser in den Mund. Die Stelle, an der Markus untergegangen war, färbte sich blutrot.

»Markus!«, keuchte Julia. Aber ihre Stimme ging in den Geräuschen der herabfallenden Putzteile und Holzbalken unter. Ein weiterer Strahler löste sich aus der Hallendecke und traf Julias Schulter. Ohne auf den Schmerz und die blutende Wunde zu achten, holte Julia tief Luft und tauchte unter. Verzweifelt versuchte sie, den Körper von Markus zu orten.

Aber Staub und Blut hatten das Wasser in eine trübe Brühe verwandelt. Julia tauchte, tastete, schrie, strich sich das nasse Haar aus dem Gesicht, spuckte Wasser. Sie spürte ihren rechten Arm nicht mehr.

Steine, Gips, Schneebrocken und Holzteile flogen wie Geschosse durch den Raum. Wie durch ein Wunder bekam Julia schließlich den Arm ihres Freundes zu fassen. Sie schnappte keuchend nach Luft und versuchte, den leblosen Körper an die Wasseroberfläche zu ziehen.

Das rot leuchtende Display der Digitaluhr an der Wand war immer noch intakt und sprang auf 00.05 Uhr. Dann riss ein herabfallender Balken die Uhr von der Wand. Sie krachte auf einen Startblock und zersplitterte in unzählige Einzelteile, die in einem Funkenregen ins aufgewühlte Wasser prasselten.

Danach wurde es still. Zwischen den Trümmern trieben zwei leblose Körper im blutigen Wasser.

Wie in Zeitlupe löste sich die restliche Deckenverschalung und fiel fast lautlos herab. Dann brachen die Dachsparren. Das tonnenschwere Material krachte in einer Staublawine mit einem gewaltigen Getöse herunter und bedeckte schließlich wie ein Leichentuch das Becken und den Boden.

Celine Dion sang:

»Near, far, wherever you are,
I believe that the heart does go on,
once more you open the door,
and you're here in my heart,
and my heart will go on and on!«

Die Soundanlage und einige Lautsprecher in den Wänden waren durch eine Laune des Schicksals von den Trümmermassen verschont geblieben. Gespenstisch tanzten die Schneeflocken zu den Klängen.

Die Unterwasserleuchten flackerten und erhellten das trübe Wasser noch für einen kurzen Moment, bevor sie endgültig erloschen.

Der Himmel mit den dunklen Schneewolken spannte sich über einem gigantischen Loch, wo bis vor einigen Minuten noch die Decke des Hallenbades gewesen war. Schnee wirbelte herab und bedeckte die Trümmerteile mit einem weißen Schleier. Ein Knistern lag in der Luft und immer noch fielen Mauerbrocken und Holzteile herab.

Erste Sirenen waren in der Ferne zu hören.

Der große Aufmacher im »Tübinger Tagblatt« am 16.2.2013 lautete:

Spaceshuttle abgestürzt

In der Nacht zum Samstag stürzte das Dach des neu errichteten Hallenbads Ost in sich zusammen. Die Schülerin Julia O., gerade 18 Jahre, und der Facility-Manager Markus G., 22 Jahre, konnten bis jetzt als die einzigen Opfer geborgen werden. Sie wurden unter den Trümmern im Becken begraben. Nach Angaben des Einsatzleiters lagen sie sich, im Tod vereint wie durch eine tröstliche Fügung, in den Armen. Genauere Ursachen des tragischen Unfalls sind noch nicht bekannt. Experten vermuten, dass die extreme Schneelast das Dach zum Einsturz brachte.

2. DER EINZUG VON WOTAN WILDE

Schwer atmend, aber mit zufriedenem Gesichtsausdruck stieg Wotan Wilde vom Rad. Er trug eine rote Outdoorjacke über einem schwarzes Funktionshemd und schwarze Radlerhosen mit den drei Streifen auf der Seite.

Seine grünen Kniestrümpfe, die etwas altbacken wirkten, steckten in schwarzen Shimano Bikerschuhen. Der drahtige Mann lehnte sein Fahrrad gegen einen Laternenpfahl vor dem vierstöckigen blauen Gebäude Am Alten Güterbahnhof 17. Die schwarze Eingangstür stand offen und war mit einem Türkeil fixiert. Der Radfahrer nahm den neongelben Fahrradhelm ab und hängte ihn an den Lenker.

Ein böiger Windstoß traf ihn von hinten und ließ seinen schweißbedeckten Körper kurz erschaudern. Für Mai war es ungemütlich kalt, fuhr es ihm durch den Kopf.

In sieben Minuten war er von der Linsenbergstraße 45, seiner alten Wohnung, bis hierher zu seiner neuen Adresse in dem Mehrfamilienhaus geradelt. Das war sein persönlicher Rekord. Er lächelte zufrieden, für seine 46 Jahre war er immer noch ganz gut in Form.

Wotan Wilde fuhr kein E-Bike. Er setzte auf Muskelkraft und benutzte immer noch das alte Rennrad aus Studentenzeiten. Es war zwar schon etwas ramponiert, hatte ihn aber bis jetzt überall hingebracht.

Wilde blickte auf die letzte Strecke des Weges zurück, den er gerade gekommen war. Der Radweg führte an dem neuen Wohnviertel entlang, das in den letzten Jahren neben der Bahnlinie Tübingen-Stuttgart entstanden war. Er verschwand in der Unterführung der Blauen Brücke, die über die Bahngleise führte.

Auf der Brücke glaubte er den Umzugswagen mit der Aufschrift »Umzüge Federleicht – Ihr regionales Umzugsunternehmen in Tübingen« zu sehen. Er stand hinter einem Stadtbus im Stau. War das nicht Panagiotis Treggelidis, der Inhaber, mit seiner karierten Schirmmütze, der am Steuer saß?

Der Fuhrunternehmer mit griechischen Wurzeln sprach reinstes Schwäbisch und wurde von seinem Bruder Aristos Treggelidis und einem Studenten mit Dreadlocks unterstützt.

»Heilix Blechle, am 9. Mai wollet Se umziehe? Des isch aber scho in drei Wocha. Ob i da no a Terminle frei hab, wois i it. Warum habet Se si ned eher gmeldet?«, hatte der Umzugsunternehmer auf Wotans telefonische Anfrage gesagt.

Der hat guad schwätze, der Panagiotis Treggelidingsda, hatte Wilde damals leicht verzweifelt gedacht. Wie hätte er denn ahnen können, dass seine Angetraute, die liebe Siegrun, ihn einfach so verlassen würde.

Sie betrieb bei Instagram einen Reiseblog, während er sich die Nächte im Kommissariat um die Ohren schlug, und führte seiner Meinung nach ein ruhiges, sorgloses Leben.

Er konnte es noch immer nicht glauben. Der Schmerz saß tief. Ihre »Handgschabten« und den »Ofenschlupfer« würde er vermissen. Sie weniger, wie er sich nach kurzer Trauerphase eingestehen musste.

Siegrun wollte damals etwas Eigenes, etwas Schönes mit Stil, eine Eigentumswohnung. Das sei eine »sichere Geldanlage in Zeiten der Wohnungsnot und der steigenden Immobilienpreise in Tübingen«, betonte sie. Wotan unterschrieb schließlich mit ihr den Kaufvertrag für die Wohnung zwischen zwei Fällen im Kommissariat und ohne ihn richtig durchgelesen zu haben.

Während der zweijährigen Planungs- und Bauzeit für das Objekt Am Alten Güterbahnhof fand sie in dem Innenarchitekten Gunter Sprühnagel einen Berater und Seelenverwandten.

Hinter Wotans Rücken, wahrscheinlich in ihren unzähligen Meetings, waren sich die beiden nähergekommen und hatten ihre Auswanderung nach Südafrika geplant, um dort eine Lodge zu eröffnen. Seit wann wollte Sigrun nach Afrika? Davon hatte sie nie geredet. Er konnte das nicht nachvollziehen. Sollte er sich so in ihr getäuscht haben? Es war ihm schlichtweg schleierhaft.

Wotan hatte sich unwohl und deplatziert gefühlt, als ihn die beiden nach einer Baubesprechung vor vollendete Tatsachen stellten.

»Das wirst du doch sicher verstehen, Wotan! Aber so konnten wir nicht weitermachen. Du bist mit dem Kommissariat verheiratet. Da ist Gunter ganz anders. Der geht wenigstens auf mich ein!«, hatte Sigrun gesagt und Gunter hatte zustimmend genickt, der blöde Kerl. Er hätte ihn in diesem Moment umbringen können. Aber dann hätte er ja gegen sich ermitteln müssen, und das wollte er dann doch nicht. Erschöpft hatte er resigniert.

Die Möbel waren schon aufgeteilt und im Container verstaut und Siegrun war bis zum Abflug nach Johannesburg zu Gunter nach Bebenhausen gezogen.

Wilde war mit Leib und Seele Hauptkommissar bei der Mordkommission in Tübingen und versuchte, die knappe Personaldecke mit Überstunden auszugleichen.

Die Wohnungsplanung hatte er nur am Rande wahrgenommen, was sich im Nachhinein als Fehler herausgestellt hatte. Ihm hatte ihre gemütliche Dreizimmerwohnung im Altbau mit Blick auf den Österberg gereicht.

Die Schlüsselübergabe und Wohnungsabnahme der neuen

Wohnung erledigte er mit Siegrun zusammen, da sie als Miteigentümerin eingetragen war.

Siegrun hastete an diesem Tag von einem Raum in den anderen. Sie wollte die Veranstaltung so schnell wie möglich hinter sich bringen.

»Reisende soll man nicht aufhalten.« Das waren seine letzten Worte gewesen, als die Tür hinter seiner Ex zufiel.

Dass die Kloschüsseln im Bad und im Gästeklo wegen Lieferengpässen fehlten, nahm er nur am Rand wahr. Bad- und Sanitärhändler Bernd Kümmerle würde auf jeden Fall bis zum Einzug liefern, wurde ihm versichert.

Als er mutterseelenallein in der leeren Wohnung stand, wurde ihm bewusst, dass er keine Ahnung hatte, ob seine Frau ein Umzugsunternehmen beauftragt hatte, geschweige denn, wer das sein konnte. Und sie zu fragen, dazu hatte er wirklich keine Lust mehr.

Am selben Abend öffnete er in seiner alten Wohnung die Flasche Barolo, die ihnen die Schwiegereltern, jetzt Ex-Schwiegereltern, zur Hochzeit geschenkt hatten, und goss sich ein Glas ein. Es sollte nicht bei einem Glas bleiben.

Dazu ließ er die Playlist aller alten Songs der »EAV«, der österreichischen Band »Erste Allgemeine Verunsicherung«, in Dauerschleife laufen. Er gehörte zur Fangemeinde der ersten Stunde und hatte sie schon mehrfach live gesehen.

So gerüstet, durchforstete er das Internet nach Umzugsunternehmen in Tübingen. »Umzüge Federleicht« fiel ihm ins Auge. Nomen est omen, dachte er, schon leicht angeheitert. Vor seinem geistigen Auge sah er Sofas, Stühle, Tische und Betten durch magische Kräfte leicht wie Federn in seine neue Wohnung im 4. Stock schweben. Die würde er anfragen!

Er wachte am nächsten Morgen mit einem dicken Kopf auf und rief trotzdem sofort bei der Firma an.

»Was wollet Se, Herr Wilde, Standard- oder Komfortumzug?«, hatte ihn der schwäbische Grieche bei einem Ortstermin zwei Tage später in seiner alten Wohnung gefragt. Dabei hielt er ein Klemmbrett mit einem Formular in der Hand, auf dem er sich Notizen machte.

Panagiotis glich mit seinem grau melierten Haar und dem dunklen Teint dem griechischen Reeder Aristoteles Onassis, bis er den Mund aufmachte und schwäbisch schwätzte. Vielleicht hörte Panagiotis die Panik in Wotan Wildes Stimme und hatte Mitleid oder er war geschmeichelt, weil ein echter Kommissar der Mordermittlung seine Firma ausgesucht hatte. Seine Visitenkarte hatte ihm Wotan gleich zu Anfang ihrer Begegnung in die Hand gedrückt. Wie auch immer.

Die Firma Federleicht schob den Miniumzug zwischen zwei größere Aufträge. Der Kostenvoranschlag inklusive vier Stunden Auf- und Abbau, Wegpauschale und Arbeitslohn betrug 1.200,00 Euro. Wotan war einverstanden. Man vereinbarte einen Termin am nächsten Mittwoch.

Wotan packte die Umzugskisten in schweißtreibender Nachtarbeit selbst und stapelte sie im Wohnzimmer. Jeder Karton war sorgfältig mit den neuen Zielräumen beschriftet. Auch auf den Möbeln klebte so ein knallgelbes Post-it. Es musste alles seine Ordnung haben, dachte er, als er sein Werk am Dienstagabend betrachtete.

Panagiotis, Aristos und ein Student mit Rastalocken namens Ben arbeiteten an jenem Mittwochvormittag organisiert Hand in Hand, während die ganze Zeit griechische Musik und deutsche Schlager aus einem uralten Kofferradio dudelten. »Weiße Rosen aus Athen«, dieser Ohrwurm hatte sich bei Wilde hartnäckig festgesetzt.

Die alte Wohnung war schneller leer als erwartet. Für den Nachmittag hatte er die Reinigungsfirma Tip-Top bestellt.

Dann war er mit dem Fahrrad vorausgefahren, um beim Einzug mitzuhelfen.

Wilde steckte das Kettenschloss durch die Speichen des Vorderrades, schlang den Rest um einen Laternenpfosten und ließ das Schloss einrasten. Er hob den Kopf und sah, dass sich die Autokolonne auf der Brücke in Bewegung setzte.

Skeptisch beobachtete Wotan Wilde die dunkle Wolkenfront, die vom Neckar herüberzog. Der Wind hatte aufgefrischt und im nächsten Augenblick setzte unvermittelt ein heftiger Hagelschauer ein.

Wilde tastete suchend nach der Kapuze an seiner roten Outdoorjacke. Er fühlte nur die Druckknöpfe am Kragen. Die Kapuze steckte abgezippt und trocken in seinem Rucksack. Und der war in irgendeinem Umzugskarton verpackt. Klasse! Eine Erkältung passte jetzt nicht in seinen Zeitplan.

Wilde zog den Kopf ein und den Reißverschluss seiner Jacke bis zum Kinn. Vergeblich, ein Schwung der kalten Eiskörnchen war schon in seinem Kragen gelandet und ließ ihn erschauern.

»Merde!«, fluchte er halblaut vor sich hin. Die Hagelkörner prasselten gegen seine nackten Knie. Als durchtrainierter Sportler trug er natürlich kurze Radlerhosen. Heute hatte er sich für Kniestrümpfe entschieden. Socken trug er sonst nur beruflich in den braunen Budapestern, den geflochtenen Halbschuhen.

»Herr Wilde, Sie können das Rad im Keller abstellen!«, hörte er jemanden hinter sich sagen. Ein kräftiger Mann in dunkelgrünem Overall stand vor der Haustür. Er hatte eine schwarze Wollmütze mit dem weißen Aufdruck »Shietwetter« tief ins Gesicht gezogen. Neben seinen klobigen Arbeitsschuhen stand ein Plastikeimer, aus dem mehrere Rollen Müllbeutel ragten. Das runde Gesicht war von Sommersprossen übersät, was dem Mann einen kindlichen Ausdruck verlieh. Wilde sprintete über den Fußweg zum Hauseingang.

In diesem Augenblick hörte der Hagelschauer schlagartig auf und zaghafte Sonnenstrahlen blinzelten aus den grauen Wolken. Er versuchte in den paar Sekunden, sich an den Namen dieses freundlichen Zeitgenossen zu erinnern. Er bildete sich viel auf sein Personengedächtnis ein.

Gesichter konnte er sich merken wie kein anderer in seinem Team. Aber bei Namen, da musste er sich Eselsbrücken bauen.

Das ging manchmal nach hinten los, wenn er den als Waldvogel abgespeicherten Herrn Adler Herr Sperling nannte und den als gekröntes Haupt Herrn König als Herr Kaiser ansprach.

Diese partielle Gedächtnisschwäche hatte er von seinem Vater Tristan Wilde geerbt. Der konnte damit umgehen, hatte er doch als Strafverteidiger stets die Akten mit den Namen der Prozessbeteiligten vor sich liegen.

Der Vorname Wotan war auf seinem Mist gewachsen. Seine Mutter wollte ihn Franz nennen. Sie war nicht wie ihr Mann der Wagnerschen Musik verfallen und bevorzugte eher die Komponisten Mozart und Lehár.

Der Spitzname »Wilder Wotan« war im Gymnasium entstanden und hielt sich hartnäckig über die Jahre hinweg. Ursache war die Sage und das Bild von Friedrich Wilhelm Heine »Wotans wilde Jagd«, das sie im Deutschunterricht bei Frau Professor Doktor Schönhaas lesen und interpretieren mussten.

Auch im Kommissariat wurde er hinter seinem Rücken so genannt. Das wusste er, seitdem er zufällig seine Assistentin Bernadette von Hohenstein und Oberkommissar Robert Altmann in der Kantine belauscht hatte. Wie der Name seinen Weg vom Gymnasium ins Kommissariat gefunden hatte, würde er auch noch einmal ermitteln. Das hatte er sich spaßeshalber vorgenommen.

»Den ›Wilden Wotan‹ sollten wir heute nicht ansprechen, der ist mit dem linken Fuß aufgestanden«, teilte Bernadette damals dem dicken Robert, dem Senior bei der Mordermittlung, am Salatbuffet mit. Der brummte wissend und lud sich eine Extraportion Kartoffelsalat auf den Teller. Wilde verfolgte den Gedanken nicht weiter. Er musste sich jetzt auf den Umzug und die neuen Mitbewohner konzentrieren.

Er wusste sicher, dass der Mann im Overall der Hausmeister und Ansprechpartner für kleinere Reparaturen war. Der war schon vor einem Monat im 3. Stock unter ihm eingezogen. Seine Frau, eine resolute Rothaarige, und die zwei halbwüchsigen Kinder hatte er schon einige Male im Treppenhaus getroffen.

Seine grauen Zellen ließen ihn auch diesmal im Stich.

So beschloss er, das Gespräch ohne persönliche Anrede zu beginnen und sich dann auf seine Erfahrung als Ermittler zu verlassen.

»Vielen Dank für den Hinweis! In den Keller stelle ich es später«, keuchte er. »Ich muss später noch mal los, die Pizzas bei ›Da Giovanni‹ abholen. Für die Umzugsleute, die von der Firma ›Federleicht‹.« Wenigstens hatte er den Namen des Umzugsunternehmens noch parat.

»Die Firma kenn ich, den Panagiotis und den Aristos Treggelidis, gutes Team. Da haben Sie sich aber heute schlechtes Wetter ausgesucht. Die Eisheiligen sind in diesem Jahr sehr pünktlich. Mamertus, Pankratius, Servatius, Bonifatius und die kalte Sophie machen ihrem Ruf alle Ehre«, sagte der Mann, ohne einmal zu stocken. Wilde erblasste innerlich vor Neid über so viel Gedächtnisleistung.

»Wenn Sie was brauchen, ich bin rund ums Haus beschäftigt. Ich geb Ihnen meine Karte, falls was sein sollte.« Er griff in seine Gesäßtasche und nahm aus dem Geldbeutel eine grüngestreifte Visitenkarte. Wie ein Ertrinkender griff Wilde nach dem Kärtchen.

»Holger Kostka, Gartenbautechnik«, las er laut. Darunter standen Telefonnummer und E-Mail-Adresse.

»An einer Webseite arbeitet meine Frau noch«, ergänzte Holger Kostka stolz.

»Na dann, Herr Kostka«, antwortete Wotan Wilde schnell, »vielen Dank und frohes Schaffen.«

»Ebenso!«, entgegnete der Gartenbautechniker, tippte an einen imaginären Hutrand und verschwand mit seinem Eimer im Flur.

Wotan zögerte einen Augenblick, war aber dann zu träge, um die Visitenkarte sorgfältig im Geldbeutel zu verstauen. Er öffnete nur den Reißverschluss der Seitentasche seiner Jacke und ließ sie neben sein Smartphone und den Schlüsselbund gleiten.

»Wie soll ich mir nur diesen Namen merken?« Wilde fiel beim besten Willen keine Eselsbrücke dazu ein.

Der Umzugswagen beanspruchte jetzt seine Hauptaufmerksamkeit. Gerade bog er in die noch unbefestigte Straße am Alten Güterbahnhof ein und rumpelte durch die Pfützen.

»Kiri, Kiri, komm her!«, rief eine schrille Stimme im Treppenhaus. Ein braun-weiß gefleckter Hund galoppierte an Wilde vorbei. Er hielt auf den Laternenpfahl zu, hob sein Beinchen und pinkelte in hohem Strahl gegen den Pfahl. Der Hinterreifen von Wotans Rad bekam auch eine Dusche ab.

Der Hund, ein Jack Russell-Mischling, scharrte mit beiden Hinterbeinen, wie es sich für einen anständigen Köter gehörte. Er drehte sich um und stolzierte gelangweilt den Gehweg entlang.

Dann entdeckte er Wotan Wilde und seine bestrumpften Waden. Freudig mit dem Schwanz wedelnd, lief er auf ihn zu und begann, an seinen Beinen zu schnüffeln. Wilde zuckte vor der kalten Schnauze zurück.

»Aus, Kiri! Hierher, Kiri!« Eine hochgewachsene junge Frau in rotgepunkteter Regenjacke und ebensolchen Gummistiefeln trat aus der Tür. Sie hielt eine Leine in der Hand und schob mit der anderen die Träger eines Rucksacks auf den Rücken.

»Kiri liebt Männer im Radlerdress«, wandte sie sich entschuldigend an Wilde.

»Sein früheres Herrchen war Rennradfahrer, aber dann ... das Herz ... Wir haben Kiri aus dem Tierheim geholt«, erklärte sie. Wilde nickte und wischte sich den Sabber vom Knie. Eigentlich interessierte ihn das gar nicht.

»Tütüt!«, ertönte es gleich darauf hinter ihm. Geistesgegenwärtig trat Wotan einen Schritt beiseite, um nicht von einem Bobbycar samt Anhänger überfahren zu werden. Der Knirps am Lenkrad hatte eine etwas zu große gelbe Regenjacke an. Von den Gummistiefeln grinsten Minimonster. Er trug eine Papierkrone, hatte einen Schnuller und eine Schniefnase und lenkte das Gefährt mit aller Kraft auf den Gehweg.

»Nur bis zur Kurve, dann anhalten, Joel!«, rief die Frau und schob sich die verstrubbelten schulterlangen Haare aus der Stirn. Sie bückte sich und legte dem nun lammfrommen Kiri die Leine an.

»Mama, Mama! Warte doch! Ich will auch mit!«, beschwerte sich ein kleiner Junge, der jetzt im Hausflur auftauchte. Wotan kannte sich mit Kindern nicht so genau aus, aber er schätzte ihn auf Kindergartenalter. Der Zwerg blieb stehen, öffnete den Reißverschluss eines grünen Geldbeutels und schüttete Münzen in seine Hand.

»Jetzt komm schon, Fynn!«, mahnte die Frau ungeduldig, »du darfst dir nachher im Laden eine Brezel kaufen.«

»Lieber eine Süßigkeit, Mama, das ist doch *mein* Geld«, maulte der blonde Junge.

Dann stampfte er auf, dass die Blinklichter an seinen Stiefeln mit Drachenmotiv rot blinkten.

»Schau mal, ich kann Feuer speien!«, erklärte er Wotan mit einem treuherzigen Blick. Seine Mama wandte sich Wotan zu.

»Hallo, guten Morgen. Ich bin Emily McScott. Wir wohnen seit gestern im Erdgeschoss. Ist alles noch etwas chaotisch«, erklärte sie, lächelte schief und hielt ihm die Hand zur Begrüßung hin. Wotan Wilde setzte ebenfalls zur Begrüßung an.

Bevor er aber ihre Hand nehmen konnte, rief sie erschrocken: »Halt, Joel, nicht auf die Straße!« Die Kuscheltiere im Anhänger purzelten durcheinander, als der Knirps sein Gefährt gefährlich nahe an den Bordstein lenkte.

Mittlerweile hatte der Umzugswagen das Haus Nummer 17 erreicht und bremste. Der Lastwagen kam direkt neben dem kleinen Rennfahrer zum Stehen.

Der erschrak und stimmte ein lautes Geheul an. Er krabbelte vom Bobbycar und rannte zu seiner Mutter. Er umschlang ihre Knie, drückte sein Gesicht gegen den Regenmantel und brüllte weiter. Wotan Wilde zuckte zusammen. Dass ein so kleiner Wicht so laut brüllen konnte, hätte er nicht für möglich gehalten. Nach einigen Streicheleinheiten seiner Mutter und Trost-Gummibärchen beruhigte sich der Minikönig wieder.

Frau McScott lenkte das Bobbycar nebst Anhänger unter die Briefkästen im Flur und stellte es dort ab.

»Das bleibt erst mal hier!«, sagte sie zu seinem Lenker, der diese Tatsache wieder mit Geschrei beantwortete. Frau McScott verabschiedete sich von Wilde mit einem kleinen Lächeln. Dann marschierte die kleine Truppe den Weg entlang und bog am Café »Zur Dampflok« links ab.

»McScott«, dachte Wotan, den Namen konnte er sich gut merken. Von einer gleichnamigen Firma gab es hervorragende Radlerschuhe.

Inzwischen waren neue dunkle Wolken über den Neckar herangezogen. Ein Regenschauer ging nieder.

Warum die Tür so schwarz sein musste wie der Eingang zur Unterwelt, würde er nie begreifen. Aber das korrespondierte ja prima mit den dunkelgrauen Wänden im Treppenhaus. Für das Treppengeländer hatte der Architekt Ewald Fürchtenschied ein optimistisches Steingrau gewählt.

Wilde blieb im Vorraum stehen. Draußen goss es in Strömen. Die Scheibenwischer am Umzugsauto arbeiteten auf Hochtouren.

Panagiotis bedeutete Wilde durch Handzeichen, dass sie den Wagen wenden würden, um so besser ausladen zu können. Er paffte eine imaginäre Zigarette und wollte Wilde so vermitteln, dass er wohl noch schnell eine rauchen wollte. Sollte er tun! Bis sich das Unwetter gelegt hatte, konnte er das Auto sowieso nicht verlassen. Wilde nickte. Die Gebrüder Treggelidis steckten sich Zigaretten an. Der Rastaman starrte aufs Display seines Smartphones.

So ein Zigarettchen hätte Wilde jetzt auch gutgetan.

Er schnupperte nach dem schwachen Rüchlein, das aus dem Spalt des geöffneten Autofensters herüberzog. Die letzte Fluppe hatte er vor zehn Jahren nach der Beerdigung seines Vaters ausgedrückt. Einen zweiten Lungenkrebs in der Familie wollte er seiner Mutter nicht zumuten.

Wotan kramte in der Jackentasche. Er entdeckte ein Salbeibonbon, wickelte es aus dem silbernen Papier und lutschte gierig. Sein Magen meldete sich grollend. Pizza würde es erst später geben, wenn sie fertig waren.

Er drehte sich um und studierte die Namensschilder auf

den hellgrauen Briefkästen, die nebeneinander an die Wand geschraubt waren.

»John, Emily, Fynn, Joel, Hedda McScott«, stand in zierlichen Druckbuchstaben auf dem Schild des Briefkastens ganz links. Darunter prangten die schief aufgeklebten Sticker eines neonfarbenen Dinosaurus Rex, eines Benjamin-Blümchen-Elefanten mit Hut und eines rosa Einhorns.

»T. Trost / airbnb«, las er die fetten Druckbuchstaben auf dem nächsten Schild. Wilde rümpfte die Nase. Von dieser Nachbarschaft war er nicht begeistert. Er hatte da schon zu viel von randalierenden und laut feiernden Touristen gelesen.

»Saskia Klaschke«, entzifferte er die verschnörkelten Lettern auf einem pergamentartigen Papier im Schilderhalter daneben. Die Buchstaben waren so ineinander verschlungen, dass Wilde Mühe hatte, sie zu lesen. Die Dame hatte er noch nicht kennengelernt.

»Rowena und Holger Kostka (Gartengestaltung)«, stand auf dem grüngestreiften Papier. Die Kostkas hatten einfach ihre Visitenkarte gefaltet und hinter das Plexiglas des Namensschildes geschoben.

Der nächste Briefkasten war unbeschriftet. Es dauerte einen kurzen Moment, bis Wilde realisierte, dass da sein eigener Name fehlte.

Etwas verwirrt beschloss er, es den Kostkas gleichzutun. Er holte eine Visitenkarte aus dem Geldbeutel, knickte den Zusatz »Hauptkommissar« ab und schob das Kärtchen hinter das Glas. Schön sah es nicht aus, aber fürs Erste würde es genügen.

»Ambrosius Ackermann«, stand auf dem letzten Namensschild, in fetten Goldlettern auf schwarzes Papier gedruckt. Wotan kam sich plötzlich klein und schäbig vor. Das schien ein Mann mit großem Ego zu sein.

»Chef, wir könnten jetzt loslegen.« Die Treggelidis Brüder standen, mit dunkelgrauen Arbeitsmänteln bekleidet, im Flur.

Wilde warf einen Blick ins Freie. Es regnete nicht mehr und die Sonne probierte es wieder mit einigen freundlichen Sonnenstrahlen. Ben, der Rastaman, trug ein rotes T-Shirt über den Jeans. Er hatte sich zwei lange Pakete unter die Arme geklemmt und versuchte, auf den Knopf am Aufzug zu drücken.

»Bitte vorsichtig mit meinen Unikaten!«, ermahnte Wilde ängstlich. Er nahm ihm die beiden Stücke ab und betrat damit die Aufzugkabine. Die Wände waren für die Dauer der Einzüge mit braunem Packpapier abgeklebt worden. Wilde überlegte für einen kurzen Moment, welche Farbe die Kabinenwände darunter wohl hatten. Er wünschte sich jetzt einfach mal ein kräftiges Orange.

Frohsinn verbreitet der Eingangsbereich nicht gerade, dachte Wilde.

Die Brüder Treggelidis schoben jetzt die ersten Umzugskisten auf Rollwagen in den Lift und stiegen dann zu.

Nach drei Stunden Schlepparbeit lagen im Laderaum des Transporters nur noch Packdecken und Transportriemen.

Die Treggelidis Brüder standen auf der Terrasse im vierten Stock und rauchten eine Abschlusszigarette.

Die hatten sie sich verdient. Der Schlafzimmerschrank, die Regale im Wohnzimmer und die Garderobe waren aufgebaut. Sie hatten den massiven Eichentisch für die Küche durchs Treppenhaus gehievt. Der wuchtige Lehnsessel war nicht zerlegbar gewesen und musste in Millimeterarbeit auf demselben Weg nach oben.

Jetzt herrschte in der Wohnung ein großes Durcheinander. Obwohl er alles beschriftet hatte, schienen sich die Leute der Umzugsfirma nur bedingt daran gehalten zu haben und hatten die Kisten irgendwohin gestellt.

Die Wohnung war geräumig und sehr schön aufgeteilt. Obwohl er nie Zeit gehabt hatte, sich um das Wohnungsprojekt zu kümmern, gefiel sie ihm. Gleich an die Eingangstür schloss sich ein geräumiger Flur an. Von dort ging es rechts ins Schlafzimmer, das auch Zugang zum Balkon hatte. Eine weitere Tür links führte ins Bad mit Tageslicht. Daneben lag das Gästeklo und gegenüber die Tür zu seinem geplanten Arbeitszimmer.

Dann öffnete sich der Flur in den großen Raum, das kombinierte Wohnzimmer mit der Küche. Vor der Einbauküche stand sein Eichentisch mit acht Stühlen und die weiße Couch an der Wand. Die raumhohe Fensterfront gab den Blick auf den Balkon und auf das Nachbarhaus frei. Dort waren alle Rollos geschlossen.

Auf dem aufblasbaren Gästebett im Schlafzimmer, Siegrun hatte das Boxspringbett mitgenommen, lagen Berge von Kissen und Decken, Stühle waren übereinandergestapelt, Teppichrollen und mehrere lange Kartons waren gegen die Wand gelehnt und überall standen Umzugskisten.

Ben saß auf einem der Eichenstühle am Tisch und hatte den Essbereich in Besitz genommen. Vor ihm standen vier Flaschen Tannenzäpfle, die er gerade aus dem Kasten neben dem Kühlschrank geholt hatte. An Getränke hatte Wotan gedacht und auch noch einen Kasten Mineralwasser am Tag vor dem Umzug besorgt.

Ben strich sich mit dem Handrücken die Locken aus dem Gesicht. Dann zog er einen Zollstock aus der Hosentasche. Routiniert öffnete er mit vierfachem Plopp die Kronkorken.

Jetzt gab es erst mal die Pizzen, die man essen sollte, solange sie nicht völlig ausgekühlt waren.

Wilde stapelte die Kartons der Pizzeria »Da Giovanni« auf den Küchentisch. Gerade war er von dort zurückgekehrt. Ein Regenschauer hatte ihn erwischt, als er die Bestellung abholte.

»Nach 15.00 Uhr keine Lieferungen mehr, nur noch Selbstabholung!«, hatte ihn Giovanni aufgeklärt. Manchmal wäre so ein Auto schon praktisch, hatte Wotan gedacht. Aber er war bekennender Radfahrer.

Den grasgrünen Fiat Punto fuhr nur seine Frau beziehungsweise ehemalige Frau. Ob sie den Wagen wohl im Container nach Südafrika schippern ließ? Eigentlich war ihm das total egal. Den Tiefgaragenstellplatz in seinem neuen Wohnhaus würde er vermieten.

Der Kommissar rubbelte sich seine Haare mit einem Geschirrtuch trocken, das er wie durch ein Wunder zuoberst in einem Umzugskarton gefunden hatte.

»Chef, das Ding schließt aber nicht richtig«, bemerkte Aristos. Panagiotis und er hatten die Zigarettenpause auf dem Balkon beendet und machten sich an der raumhohen Drehkipptür zu schaffen.

Ächzend ließ Wotan sich auf einem Stuhl nieder und öffnete den obersten Pizzakarton. Wilde fühlte sich für einen Augenblick sehr erschöpft. So ein Umzugstag war anstrengend. Er fühlte ein Kribbeln in der Nase. Hoffentlich hatte er sich keine Erkältung geholt.

Genüsslich sog er den kräftigen Käsegeruch der Pizza Quattro Formaggio ein. Sein Magen knurrte wie der eines hungrigen Löwen.

Wilde nahm ein Stück, biss hinein, kaute mit geschlossenen Augen, genoss den Geschmack der italienischen Kräuter in der Tomatensoße. Er schluckte und biss wieder mit Heißhunger in das Pizzastück.

»Steht ganz oben auf der Mängelliste!«, antwortete Wilde undeutlich und wäre fast an einem Champignon erstickt. Er würgte und hustete. Ben reichte ihm eine Serviette.

Die Brüder schoben Kissen und Decken beiseite und setzten sich auf die verbliebenen Stühle an den Eichentisch. Ben reichte ihnen je ein Bier. Die vier Männer prosteten sich zu und jeder tat einen tiefen Schluck.

Kurze Zeit später saßen sie einträchtig kauend neben den Umzugskartons im Chaos.

»Chef, was ist eigentlich in den heiligen Kisten, die da an der Wand lehnen?«, wollte Ben wissen, nachdem er die Hälfte einer Pizza mit Meeresfrüchten verspeist hatte.

Wotan Wildes Augen begannen zu leuchten. Er erhob sich ganz langsam, fast feierlich. Die drei Männer beobachteten ihn erwartungsvoll.

3. DER ABSTURZ

»Brauche dich dringend für meinen Bilderzyklus ›Vollmond‹ auf der Burg Hohenneuffen! Um 22.00 Uhr an der Baustelle! A.«

Auf einer Vernissage von Ackermanns Fotozyklus »Licht und Schatten« im Tübinger Schloss war ihm die Idee für seinen teuflischen Plan gekommen. Die SMS war der erste Teil davon.

Werner Wüst würde A. mit dem Namen Ambrosius Ackermann gleichsetzen. Da der Hobbyfotograf zu außergewöhnlichen Zeiten an außergewöhnlichen Orten fotografierte, verwunderte ihn nichts.

Die SMS war aber nicht von Ambrosius Ackermann, obwohl seine Nummer angezeigt wurde. Sie war von ihm! Man würde das aber nicht zurückverfolgen können. Zacharias, ein Mitglied des Chaos Computer Klubs und der Sohn seines Freundes Dieter, hatte das für ihn erledigt.

Dazu kam, dass er bei einem Ausflug Wüsts Namen auf dem Baustellenschild gelesen hatte, das am Eingang zum Burghof von Hohenneuffen stand. Hier war Werner Wüst noch als technischer Bauberater tätig, obwohl er schon im Ruhestand war. Auch Ackermann wusste das.

Sie hatten die beiden, Werner Wüst und seinen früheren Geschäftspartner Ambrosius Ackermann, schon lange im Visier. Jetzt hatten er und seine Freundin Silja wegen ihrer immer akuter werdenden Lungenfibrose aber keine Zeit mehr, länger mit ihren Plänen zu warten.

Wie er ihn einschätzte, würde Werner Wüst zwar seinen exzentrischen Freund verfluchen, sich aber dann arglos auf den Weg in seinen eigenen Untergang machen.

Jetzt kauerte der nächtliche Verschwörer neben der Garage auf Wüsts Grundstück. Der leichte Nieselregen hatte die Schulterpartie seines dunkelgrünen Parkas durchweicht.

Auch durch die schwarzen Jeans fühlte er schon die Nässe kriechen. Nur seine Gore-Tex Stiefel hielten ihn noch warm.

Er warf einen Blick auf die Natursteinplatten vor der Garage. Wenigstens hinterließ er keine Fußspuren im durchweichten Rasen. Das Gartentor hatte offen gestanden und ihm problemlos Zutritt zum parkartigen Grundstück gewährt. Die kugelig gestutzten Buchsbüsche gaben ihm Sichtschutz. Er hasste ihren moderig bitteren Geruch. Sie erinnerten ihn an die Friedhofbesuche, die er jeden Sonntagnachmittag an der Hand seiner Mutter machen musste. Aber jetzt war keine Zeit für Sentimentalitäten.

Wo blieb das Arschloch? Er warf einen Blick auf seine falsche Rolex, die er von einem Türkeiurlaub mitgebracht hatte. Der Typ ließ sich Zeit.

Dann gingen im Bungalow die Lichter aus und das Garagentor schob sich wie von Geisterhand nach oben. Er ließ sein Messer aufschnappen, sprang auf und schlüpfte gebückt durch den Spalt unter dem Tor. Gleichzeitig ging die Garagenbeleuchtung an.

Wüst, der durch eine Verbindungstür zum Haus in die Garage trat, konnte auf den Überraschungsangriff nicht mehr reagieren. Der Angreifer, der sich neben der Tür postiert hatte, sprang auf ihn zu, packte den fülligen Mann von hinten und hielt ihm das Messer an den Hals.

Sein Opfer war für den Nachtausflug auf Burg Hohenneuffen passend gekleidet. Er trug eine gelbe Regenjacke und blaue Jeans. Gegen die Kälte hatte er einen blauen Kaschmirschal um den Hals gebunden. Nur seine weißen Schuhe passten nicht recht zu dem Outfit.

»Jetzt keinen Mucks!«, zischte ihm der Eindringling ins Ohr und schubste ihn in Richtung Kofferraum des Autos von Wüst. Der überrumpelte Mann gehorchte ihm widerspruchslos. Er riss ihm den Autoschlüssel aus der Hand und drückte das Kofferraumsymbol. Der öffnete sich automatisch. Das kam ihm sehr gelegen.

»Was?«, krächzte Wüst.

»Rein da!«, kommandierte er und gab Wüst einen Stoß. Der Dicke kippte nach vorne und fiel fast wie von selbst in den Kofferraum. Er verstaute noch die Beine seines Opfers, schlug den Deckel zu, setzte sich ans Steuer und ließ den Motor an. Das alles hatte keine Minute gedauert. Langsam rollte er aus der Garage. Das Tor schloss sich hinter ihm lautlos und das Grundstück lag wieder in nächtlicher Ruhe. Niemand hatte etwas von der Entführung bemerkt.

20 Minuten später bog er mit der Luxuslimousine auf den Parkplatz unterhalb der Burg Hohenneuffen ein. Er schaltete die Scheinwerfer aus.

Zwei Mastleuchten verbreiteten ein milchiges Licht. Ansonsten lag die Umgebung im Dunkeln. Er stieg aus und näherte sich dem Kofferraum. Seit zehn Minuten hatte das Klopfen und Schreien im Kofferraum aufgehört. Welche Taktik verfolgte sein Opfer? Entweder es war bewusstlos geworden oder plante einen Angriff. Er musste vorsichtig sein.

Er trat einen Schritt zurück und öffnete mit der Fernbedienung den Kofferraum. Tatsächlich, eine hervorschnellende Faust suchte ein Ziel außerhalb des Autos.

Geistesgegenwärtig machte er einen Schritt nach vorne und griff sich den dazugehörigen Arm. Er bog ihn auf den Rücken des liegenden Mannes, wie er es beim Kickboxen geübt hatte.

»Saukerl! Willst du *das* zu spüren bekommen? Aussteigen!«, sagte er übertrieben laut.

Dabei klappte er sein Schnappmesser auf. Angesichts der Drohungen kletterte Wüst ächzend aus dem Kofferraum. Er bot einen erbärmlichen Anblick. Der Schal hing ihm schief um den Hals und der Reißverschluss der Regenjacke war fast aufgegangen. Trotzdem hätte er am liebsten auf ihn eingeprügelt. Aber er beherrschte sich. Um seinen Plan ausführen zu können, musste Wüst erst einmal oben auf der Burg sein.

Mit dem Messer in der Hand dirigierte er den Überrumpelten die gepflasterte Auffahrt zum Burghof hinauf. Vorher drückte er ihm eine Stretchtaschenlampe in die Hand, die dieser wie ein Laternchen der sieben Zwerge vor sich hertrug.

Der kleine Dicke schnaufte auf dem steilen Weg schon nach den ersten Schritten. Wenigstens hatte es zu regnen aufgehört. Erbarmungslos trieb er ihn den Berg hoch. Das hatte er verdient!

»Das gefällt dir nicht, du Betrüger!«, presste er hervor und lachte bitter auf. Die Schritte hallten in der Dunkelheit und die beiden Gestalten warfen lange Schatten auf das unebene Pflaster. Er forcierte das Tempo.

»Was wollen … Sie … von mir?«, fragte Wüst atem- und tonlos.

»Das ist meine kleine Überraschung!«, antwortete der Entführer. Sein Grinsen konnte man nur erahnen.

Die Umrisse des Burgfrieds tauchten im Dunkel über ihnen auf. Der Vollmond stand am Himmel und beleuchtete die Szene. Irgendwo bellte ein Hund und in der Ferne knatterte ein Motorrad.

Dann standen sie im Burghof zwischen den maroden Burgmauern. Überall lagen Schutt und Baumaterialien. Neben einem Bauwagen waren Gerüststangen und Zementsäcke gestapelt. Aus der Burgmauer war ein Stück herausgebrochen, das wohl saniert werden sollte.

»Da vor zur Kante!«, befahl er. Der steile Abhang dahinter war nur mit Flatterband gesichert. Ob das den Bauvorschriften entsprach, schoss es ihm durch den Kopf.

Das ungleiche Paar blieb einen Meter vor dem Abgrund stehen. Er holte das sorgfältig verwahrte Holzstück aus der Innentasche seiner Jacke.

»Zieh Schuhe und Strümpfe aus und stell sie dorthin!« Er deutete auf eine imaginäre Stelle am Boden.

Mit einem verständnislosen Blick legte Wüst die Taschenlampe auf den Mauerresten ab und öffnete den Mund zu einer Frage. Der Entführer hob drohend sein Messer. Wüst schloss resigniert den Mund und folgte dann im Zeitlupentempo dem Befehl seines Peinigers. Er stellte die weißen Mokassins ordentlich nebeneinander auf den Kies, faltete die blaugestreiften Armanisocken akkurat und legte sie daneben. Nervös nahm er seinen dunkelblauen Kaschmirschal ab und band ihn dann wieder sorgfältig um den Hals. Er zerrte die Jeans über den massigen Bauch nach oben und zog den Reißverschluss der gelben Regenjacke bis unters Kinn.

»Was …«, setzte er an.

»Dreh dich um und quatsch keine Opern! Sag mir lieber, wo die Akten sind!«, kommandierte der Mann hinter ihm. Die Geisel glotzte ihn verständnislos an.

»Welche Akten?«, krächzte er und zuckte ratlos mit den Schultern. So ein Heuchler, so ein kaltschnäuziger Schauspieler! Eine Welle des mühsam unterdrückten Zorns schwappte jetzt in dem Entführer hoch.

Wie von selbst öffnete sich sein Mund und er brüllte sein Anklagepamphlet lautstark in die Nacht. Kalter Schweiß stand auf seiner Stirn, sein ganzer Körper bebte.

Das Holz in seiner Hand zitterte. Als Kind hatte er in den langen Sommerferien, den Feragosto, bei zio Massimo, seinem Onkel, das Töten gelernt. Mit einem Kantholz bewaffnet stand er damals neben dem Hackstock. Er hatte die Aufgabe, dem in Todesangst gackernden und scheißenden Huhn einen Betäubungsschlag zu verpassen. Mit einem gezielten Beilhieb trennte Massimo dann den Kopf ab.

»Umdrehen!«, befahl er am Ende seiner Tirade mit vor Wut zitternder Stimme.

Wüst starrte ihn mit weit aufgerissenen Augen an. Er hatte von dem Geschrei nur die Hälfte verstanden. Dann drehte er sich widerstrebend zum Abgrund.

Die Frage nach den Akten blieb unbeantwortet.

Im nächsten Moment krachte der Schlag auf Wüsts Hinterkopf. Der Dicke wankte und kippte dann nach vorne.

Jetzt hatte der Angreifer leichtes Spiel. Wie in Trance packte er die Füße seines Opfers und gab dem Körper einen Stoß. Der Leblose fiel den Abhang hinunter und schlug unten mit einem dumpfen, knackenden Geräusch auf.

Keuchend sammelte der Täter herumliegendes Geröll und schleuderte die Steine hinterher. Dann folgten Balken und Baumaterial. Er schuftete wie ein Berserker. Er griff nach der Taschenlampe und leuchtete nach unten. Schwer atmend stand er an der Kante und betrachtete sein Werk.

Der plumpe Körper von Werner Wüst lag unnatürlich verrenkt im leise plätschernden Bach am Fuße des Hanges. Bauschutt bedeckte ihn zur Hälfte wie ein bleiches Leichentuch. Der Angreifer wischte sich über das schweißbedeckte Gesicht, als wolle er die dunklen Gedanken vertreiben. Er holte sein Smartphone aus der Hosentasche und machte ein Foto.

»Das war Nummer eins!«, tippte er in die App und schickte die Nachricht mit Bild ab. Dann machte er sich an den Abstieg zum Parkplatz. Er warf einen gehetzten Blick zum Mond, der den Weg so weit erhellte, dass er ihn schemenhaft erkennen konnte. Bald stand er vor Wüsts Porsche Cayenne S, der silbermetallicfarben im Mondlicht glänzte.

Er würde den Wagen irgendwo im Wald abstellen und anzünden. Für einen kurzen Moment war der schwere Druck des Verlustes von ihm gewichen. Er fühlte sich leicht ums Herz und konnte ein Lächeln nicht unterdrücken.

4. DIE LEICHE AUF DER BURG

»Ba Ba Banküberfall, das Böse ist immer und überall!«, rockte es durch die nächtliche Stille der Wohnung. Als Klingelton war der Hit der »EAV« eher ungewöhnlich.

Die Schnarchgeräusche verstummten mit einem letzten Seufzer. Wotan drehte sich auf dem aufblasbaren Gästebett ächzend von der Seite auf den Rücken. Verschwommen sah er, dass der Projektionswecker mit roten Ziffern 4.31 Uhr auf die Zimmerdecke warf.

Die »EAV« sang mit voller Lautstärke weiter.

»Alexa, mach das Licht an!«, befahl er mit schlaftrunkener Stimme.

»In diesem Raum befindet sich noch kein Endgerät, das ich einschalten kann. Soll ich die Lampe im Nebenraum einschalten?«, fragte die digitale Sprachassistentin monoton. »Alexa, einschalten!« Wotan war angesäuert. Die Deckenbeleuchtung im Flur ging an und ein Lichtstrahl fiel durch die halb geöffnete Tür.

Wotan Wilde gähnte, räkelte sich und blinzelte ins Licht. Er überlegte einen Augenblick, orientierte sich und kam zu dem Schluss, dass heute Donnerstag sein müsste und er in seiner neuen Wohnung war.

Er entdeckte das Smartphone auf dem Umzugskarton, der seit gestern als Nachttisch diente. »Küche«, stand mit dickem Filzer auf der Seite. Die Nachtkästchen hatte seine Frau mit dem Bett in den Container nach Kapstadt gepackt. Wilde stöhnte. Hier herrschte noch Chaos pur.

Er rollte sich zur Seite, stützte sich auf den linken Ellenbogen und griff nach dem vibrierenden Gerät.

»Ja!«, bellte er in den Hörer.

»Guten Morgen, Wotan. Hier ist Bernadette!«, flötete seine Assistentin gut gelaunt.

»Mensch, Bernadette, weißt du, welche Uhrzeit wir haben?«, stöhnte Wotan.

»4.30 Uhr!«, sagte die und lachte. »Hier ist die Zeitansage! Ich hätte eine schöne Leiche für dich! Haben Jogger beim Frühlauf entdeckt.«

»Die hätte auch noch ein paar Stunden warten können. Termine hat die Leiche ja nicht mehr!«, stellte Wotan grummelnd fest. Er setzte sich ganz auf und hielt nach seinen Hausschuhen Ausschau.

»Wer weiß! Ich konnte noch nicht mit ihr reden!«, scherzte Bernadette.

»Na gut! Kannst du mich abholen? Am Alten Güterbahnhof 17, seit gestern«, informierte er Bernadette.

»Was hast du denn geträumt?«, fragte Bernadette.

»Spinnst du?«, fragte er sie. »Was soll die Frage?«

»Du weißt doch, dass das in Erfüllung geht, was man in der ersten Nacht in einer neuen Wohnung träumt!«, teilte Bernadette mit.

»So ein Quatsch! Ich bin doch nicht mehr vier! Hol mich lieber ab! Ich komm runter, kann eine halbe Stunde dauern. Bring Kaffee mit! Und tschüss!« Wilde warf das Smartphone auf die Bettdecke und ließ sich noch einmal kurz aufs Kopfkissen zurückfallen.

Er hatte nichts geträumt. Allein die Begegnung gestern Abend mit seinem Hausgenossen, Ambrosius Ackermann, der in der Wohnung über ihm residierte, war Albtraum genug gewesen. Er hätte sich für das erste Zusammentreffen auch einen netteren Anlass gewünscht.

Er hatte gestern Abend um 18.00 Uhr auch einen Engpass gehabt, als er sein großes Geschäft nicht mehr zurückhalten konnte. Aber dieser verfluchte Kümmerle, der Sanitärfritze, hatte die Kloschüsseln noch immer nicht installiert. Lieferengpässe!

In seiner Not schnappte er sich einen Piccolo und klingelte bei Saskia Klaschke unten im zweiten Stock.

Nachdem sich in der Wohnung nichts gerührt hatte, war er in den fünften Stock gefahren und hatte bei Ackermann Sturm geläutet. Sofort wurde die Tür aufgerissen.

Aber anstelle einer Begrüßung sah er nur noch den Rücken eines schwergewichtigen Mannes. Er trug ein blütenweißes Unterhemd und eine golden gestreifte Boxershorts.

»Wird aber auch Zeit, dass der Anzug kommt. Das war das letzte Mal, dass ich in der City Reinigung war. Hängen Sie den Anzug an die Garderobe!«, blaffte der Dicke und verschwand im Bad. Jetzt pressierte es aber wirklich!

Wilde orientierte sich kurz. Neben dem Bad, das musste das Gästeklo sein. Er stürmte hinein und erleichterte sich. Schöne Kloschüssel, dachte er. Dann spülte er ausgiebig und trat frohgemut in den Gang. Im Bad hörte er den Fön.

Wilde überlegte kurz. Sollte er noch etwas sagen? Aber so unfreundlich, wie der Mann gewesen war, hielt er das nicht für nötig. Er öffnete die Wohnungstür, schlich in den Hausflur, zog die Tür vorsichtig ins Schloss und lief leichtfüßig die Treppe hinunter. Den Sekt nahm er wieder mit.

Würde später mal eine Anekdote wert sein. Mein Toilettengang beim Herrn Ackermann. Hoffentlich funktionierte die Lüftung im Gästeklo, dachte er.

Der Kommissar hatte bei der Erinnerung an dieses kleine Abenteuer sofort gute Laune bekommen und musste grinsen.

Er fuhr sich durch seinen verstrubbelten dunklen Haarschopf. Jetzt musste er aber Gas geben. Er schwang die Beine von der Matratze und blickte an sich hinunter. Er hatte im Jogginganzug geschlafen. Sogar seine Socken hatte er anbehalten.

Das war gestern aber auch ein anstrengender Tag gewesen. Außerdem war es kalt in der Wohnung. Das lag wohl an der blöden Balkontür, die nicht richtig schloss. Er musste sich auf seinem improvisierten Nachtkästchen abstützen, um von der niedrigen Matratze hochzukommen. Er war doch nicht mehr der junge Hupfer, für den er sich immer hielt.

»Merde!«, fluchte er, ganz seinem französischen Großvater geschuldet. Alle Knochen taten ihm von der gestrigen Schlepperei weh.

»Alexa, mach das Rollo im Schlafzimmer auf!« Wie von Geisterhand fuhr das Rollo des raumhohen Schlafzimmerfensters nach oben.

Draußen erkannte man einen fahlen Mond über der Skyline des Neubauviertels. Es begann leicht zu dämmern. Ein paar dunkle Wolkenfetzen zogen über den Himmel. Zwei Kräne ragten dunkel empor. Nur in wenigen Fenstern der Nebenhäuser brannte schon Licht.

Wilde gab die Suche nach seinen Hausschuhen auf. Barfuß tappte er durch den Flur. Er fühlte sich komisch und fremd an, der erste Morgen in der neuen Wohnung.

Im Flur grüßte ein buntgefiederter Tukan aus einem farbenprächtigen Blütendschungel. Riesige Schmetterlinge saßen auf Fantasieblüten und Kolibris flatterten dazwischen. Die Tapete hatte Siegrun noch ausgesucht. Er hätte japanische Schwertkämpfer bevorzugt, konnte sich aber nicht durchsetzen. Im Endeffekt war es ihm auch egal gewesen.

Wilde schlängelte sich an den Umzugskisten vorbei ins Bad, erleichterte sich ins Bidet und starrte auf die leere Stelle, die für die Kloschüssel vorgesehen war. Zusammengeknülltes Zeitungspapier ragte aus dem Loch im Boden.

»Merde!« Wilde drehte den Wasserhahn auf. Wie ein kleiner Wasserfall plätscherte das kalte Wasser in eines der beiden ovalen Granitbecken. Das zweite war für seine Frau gedacht gewesen. Aber das Kapitel Ehe war ja jetzt vorbei. Momentan hatte er weder Lust noch Gelegenheit auf eine neue Beziehung.

Er vermied es, in den Spiegel zu sehen. Auf das bleiche Gesicht mit dem Dreitagebart und den dunklen Rändern unter den Augen konnte er verzichten. Ihm war kalt, das Schlucken tat ihm weh. Er nahm einen Schluck aus der Flasche mit dem Mundwasser, legte den Kopf in den Nacken und gurgelte lautstark. Siegrun hatte das Geräusch gehasst.

»Du klingst wie ein Walross«, hatte sie immer genörgelt. Wilde nahm einen weiteren Schluck und gurgelte nochmals laut und ausgiebig. Jetzt war er ein freier Mann!

Langsam kamen seine Lebensgeister zurück. Er erinnerte sich dunkel, dass er gestern Abend mit sich selbst und einem Sixpack Tannenzäpfle auf das neue Leben angestoßen hatte. Sein Kopf schmerzte. Jetzt wäre ein Aspirin das Richtige, aber der Inhalt der Hausapotheke war noch irgendwo eingepackt.

Bernadette hatte bestimmt eine Tablette in ihrer unergründlichen Gucci Handtasche. Ihm wurde leicht schwindelig, als er sich hinunterbeugte, um die Jeans anzuziehen. Den dunkelblauen Rolli, der vom Vortag auf dem Badewannenrand lag, zog er sich über.

Dann trat er ins Wohn-Esszimmer und blieb unschlüssig vor der Arbeitsplatte der Küchenzeile stehen. Traurig starrte er auf die Kaffeemaschine. Wo sich wohl die zugehörigen Pads versteckten? Für eine ausgiebige Suche hatte er jetzt keine Zeit.

Er drehte sich um und betrachtete seine Schätze auf dem Küchentisch.

Zärtlich fuhr er mit dem Daumen über die messerscharfe Klinge des wertvollen Katana Schwerts, das er gestern ausgepackt hatte. Der Umzugscrew hatte er begeistert von seiner Schwertsammlung berichtet. Besonders Ben, der Rastaman, schien schwer beeindruckt von seinen Erzählungen.

Sein Geldbeutel lag neben dem Schwertbeutel mit dem eingestickten Muster aus japanischen Schriftzeichen. »Hüter des Lichts«, stand da angeblich.

Den drei Männern der Firma »Umzüge Federleicht« hatte er ein fürstliches Trinkgeld gegeben. Er steckte das Portemonnaie in seine Gesäßtasche. Dann schlüpfte er in seine Lederjacke und seine schwarzen Budapester. Die handgefertigten Halbschuhe standen am Boden neben den leeren Pizzakartons und Bierflaschen des letzten Abends.

Wilde seufzte, als er über das Chaos blickte.

»Alles der Reihe nach, Wotan! Jetzt hat erst mal eine Leiche nach dir verlangt!«, sagte er halblaut.

»Alexa, mach das Licht aus!«, ergänzte er lauter.

Er warf die Wohnungstür ins Schloss und drückte den Schalter für das Flurlicht. Zufällig erwischte er erst einmal seine eigene Wohnungsklingel. Der Lichtschalter war genau darüber angebracht. So hörte er das erste Mal den Ton seiner Glocke. Sie hatte einen schrecklichen Klang. Sie schrillte wie eine Sirene. Er wollte den Hausmeister fragen, ob man das umstellen konnte. Wie hieß der schnell noch wieder? Er tröstete sich damit, dass der Name unten am Briefkasten stand.

Dann lief er aus alter Gewohnheit die Treppe hinunter. Im ersten Stock fiel ihm ein, dass es ja einen Aufzug gab.

Im Treppenhaus stieg ihm ein widerlicher Geruch in die Nase. Er hielt die Luft an und stürmte weiter. Kam das noch vom Abendessen der anderen Anwohner? Kochten die alte Wollsocken?

Im Erdgeschoss angekommen, stand das Bobbycar mit dem Anhänger noch immer unter den Briefkästen. Die Tiere im Hänger waren mit dem kleinen König über Nacht in der Wohnung verschwunden. Aus den Briefkästen hingen Werbeprospekte eines Supermarktes. Er musste einen Keine-Werbung-Sticker auf seinen Kasten kleben, fügte er seiner imaginären Merkliste hinzu. Einen kurzen Augenblick überflog er die Namen an den Kästen. Kostka, Holger Kostka hieß der Mann mit der Gartenfirma und Teilzeithausmeister.

Bestens informiert, trat Wotan Wilde aus der Haustür. Der schwarze 5er BMW der Polizei parkte direkt vor dem Haus. Er erkannte Bernadettes schmale Silhouette auf dem Fahrersitz. Sie nippte an einem Kaffeebecher und nickte mit dem Kopf rhythmisch zur Musik. Ihr Pferdeschwanz wippte unternehmungslustig.

Hoffentlich hatte seine Kollegin ihm auch einen Kaffee mitgebracht. Wilde öffnete die Beifahrertür und ließ sich ächzend auf den Sitz fallen.

Sofort schaltete Bernadette die Musik aus. Sie wusste, dass ihr Chef Musical-Musik verabscheute.

»Morgen, Prinzesschen!«, brummte er. Seine Assistentin sog hörbar die Luft ein. Sie mochte es nicht, wenn er sie so nannte. Natürlich war sie ein Prinzesschen, das musste sie zugeben, aber nur in ihren Kreisen und nicht im Job. Sie konnte ja nichts dafür, dass sie eine von Hohenstein war. Aber das würden ihre Kollegen wahrscheinlich nie kapieren. Jetzt war sie die stahlharte Ermittlerin an Wotans Seite. Sie grinste innerlich.

»Na, wie du aussiehst, hast du wieder mal durchgemacht«, holte Bernadette zum verbalen Schlagabtausch aus.

»Umzugsparty mit DJ Chaos und seinem Bruder Tannenzäpfle. Hast du 'ne Tablette für mich?«, erwiderte Wilde, ohne auf die Frotzelei einzugehen. Bernadette hielt ihm einen Kaffeebecher hin.

»Wilde Krönung von McDo«, sagte sie.

Wilde nahm einen Schluck und verzog das Gesicht: »Zucker fehlt!«

Bernadette kramte unbeeindruckt in ihrer Tasche, drückte eine Tablette aus einem schmalen Blisterstreifen und reichte sie Wilde.

»Und?«, Wilde spülte die Tablette mit einem kräftigen Schluck Kaffee hinunter, wobei er wieder leidend den Mund verzog.

»Was und?«, antwortete Bernadette und drückte auf den Starter des Autos.

»Tatort, Opfer, Verdächtige, Täter, Hund, Katze, Maus«, leierte der Kommissar mit monotoner Stimme herunter.

»Burg Hohenneuffen, männliche Leiche, vermutlich kein natürlicher Tod, Täter unbekannt!«, antwortete Bernadette mechanisch und steuerte das Auto mit quietschenden Reifen auf die B28.

»Mit Bernie on the road!«, murmelte Wotan und tastete demonstrativ nach dem Haltegriff.

Den Spitznamen »Bernie« hatte sie nicht von ungefähr. Sie fuhr zwar nicht sehr gerne Auto, dafür aber schnell. Bernie Ecclestone, der frühere Sportfunktionär der Formel 1, war daher ihr Namenspate.

Wilde klickte den Sicherheitsgurt zu und blickte aufs Navi.

»Aha, 26,9 km und 28 Minuten. Dann sind wir um 5.30 Uhr da. Über Riedlingen und Pfullingen.« Seine Fahrerin schaltete SWR 3 ein und raste schweigend durch die Dämmerung.

»Vorsicht, auf der Uracher Straße stehen zwei Blitzer!«, warnte der Verkehrsfunk. Der Regen trommelte auf das Autodach, als sie durch die menschenleeren Ortschaften fuhren. Die Straßenlampen spiegelten sich in der regennass glänzenden Straße. Erste Busse und Autos waren unterwegs.

Nach 25 Minuten bog der Wagen auf den Besucherparkplatz unterhalb der Burg ein. Kies spritzte, als er neben dem weißen Bus der Spurensicherung und zwei blauen Polizeiautos zu stehen kamen. Aus einem Lastwagen der Bereitschaftspolizei luden Beamte in grünen Einteilern Gestänge und Scheinwerfer.

Auch der graue Volvo Kombi des Pathologen Julius Burmeister stand schon da. Bernadette wunderte sich, dass ein Junggeselle mit gutem Gehalt so eine Familienschüssel fuhr. Aber ihr Kollege Robert Altmann hatte ihr erklärt, dass es sich um ein R-Design Modell mit über 300 PS handelte, also ein echtes Sportgerät.

Wotan ließ seinen Blick über den ausgedehnten Parkplatz schweifen. Der Größe nach schien Burg Hohenneuffen ein beliebtes Ausflugsziel zu sein. Wann war er das letzte Mal hier gewesen? Es musste ein Maiausflug nach ihren Flitterwochen in Südfrankreich gewesen sein. Das waren noch glückliche Zeiten!

»Wotan, nicht einschlafen!«, riss ihn Bernadette aus seinen Erinnerungen.

Wilde stieg aus und blickte zur Burganlage, die hoch über ihnen thronte. Er ahnte Schreckliches.

»Müssen wir da rauf?«, fragte er mit leidender Stimme. Es hatte aufgehört zu regnen. Wilde machte einen scharfen Schlenker um eine riesige Pfütze und blieb interessiert vor einer Infotafel stehen.

Die Wanderungen am Albtrauf waren farbig markiert und mit kurzen Beschreibungen versehen.

»Hohenneuffen Tour 1«, las er mit erhobener Stimme, »Rundwanderung, kurzer Weg durch den Wald mit toller Aussicht, 4,8 km, 230 Höhenmeter.« Bernadette hörte gar nicht zu. Sie lief ums Auto und tauschte ihre hellen Sneaker gegen ein Paar dunkelgrüne Gummistiefel aus dem Kofferraum.

»Keine verfrühte Panik! Da müssen wir gar nicht hoch! Jedenfalls nicht gleich jetzt! Wir müssen runter zum Bach.«

Sie deutete den steilen Abhang hinunter, der mit Gebüsch, kleinen Bäumen und bemoosten Steinen bedeckt war. Ein schmaler Pfad schlängelte sich in einen Tobel. Unten plätscherte ein Bächlein. Wilde zog seine Jacke enger um sich. Ein kalter Ostwind blies an diesem Morgen.

Er blickte auf seine blank gewichsten Halbschuhe. Das war hier nicht das geeignete Schuhwerk, stellte er fest und beneidete Bernadette um ihre Gummistiefel. Sie hätte aber auch ein Wort sagen können, obwohl er nicht aus dem Stand gewusst hätte, in welchem Karton seine Stiefel waren.

»Du hättest mich auch vorwarnen können, dann hätte ich meine Gummistiefel mitgenommen!«, Wotan konnte sich die Spitze nicht verkneifen.

»Frisch ans Werk!«, rief seine Assistentin, die schon den halben Weg nach unten bewältigt hatte.

»Merde!«, fluchte Wilde laut. Er hangelte sich an den Bäumchen entlang nach unten und versuchte, nicht auf die Schnauze zu fallen. Immer wieder rutschte er mit seinen glatten Sohlen weg.

»Dass ihr auch schon da seid!«, begrüßte sie Wolfgang Schickenrieder. Er nieste mehrmals und schnäuzte sich ausgiebig in ein kariertes Taschentuch.

»Hier gibt es jede Menge von dem Birkenzeugs«, beschwerte er sich und zog den Wollschal enger um den Hals.

»Dann nimm halt dein Nasenspray gegen die Allergie«, empfahl Wilde automatisch. Er betrachtete neidisch die Gummistiefel seines Kollegen.

Der Tatort war mit einem rot-weiß gestreiften Flatterband abgesperrt. Vier Polizisten in Uniform standen um den Tatort und sicherten ihn. Sie wirkten übernächtigt und durchgefroren.

»Heute nur kleine Besetzung?«, fragte Wilde einen Polizisten.

»Penny Schönblick von der KTU und weitere Beamte sind seit Mitternacht in der Kunsthalle«, sagte der.

»Wertvolles Gemälde vom Dingsda, ich komm jetzt nicht drauf, ist weg«, mischte sich Wolfgang ein, »bin kein Kunstkenner.« Er rieb sich seine geröteten Augen und nieste wieder.

Armer Kerl, dachte Wilde und fragte: »Wer hat ihn gefunden?«

Wolfgang Schickenrieder zog einen kleinen Notizblock aus der Jackentasche, blätterte darin herum und las: »Ein Oliver Grimm hat um 4.00 Uhr auf der Dienststelle angerufen. Er war hier joggen. Er hat mit seinem Bruder Eugen für den Zugspitz Ultra Trail im Juni trainiert. Sie haben die Leiche hier unten liegen sehen. Waren beide total durch den Wind.« Wolfgang ging um den Toten herum.

»Und?«, fragte Wilde, hielt sich an Wolfgang fest und putzte mit einem Papiertaschentuch den Matsch vom linken Schuh.

»Wir haben den beiden ein Taxi bestellt und sie nach Hause geschickt. Sie kommen morgen aufs Revier«, sagte Wolfgang. Wilde nickte.

Der Pathologe Julius Burmeister, in einen weißen Ganzkörperanzug gekleidet, streifte gerade seine Kapuze ab und klappte einen silberfarbenen Metallkoffer zu. Wilde balancierte über die Steine, um näher an das Opfer heranzukommen.

Der Mann lag seltsam verkrümmt mitten im Bachbett. Wilde sah zunächst nur die nackten Füße, die unter einem Gewirr aus Balken und Bauschutt herausragten. Die Hosenbeine waren bis zu den Kniekehlen hochgeschoben.

Die Leiche lag auf dem Bauch, den Kopf nach links gewandt. Das Wasser des Baches suchte sich einen Weg zwischen dem Balkenchaos und abgerissenen Ästen. Wilde konnte erkennen, dass der Mann eine gelbe Regenjacke trug.

Der Hinterkopf wies eine tiefe Wunde auf und die Haare waren vom Blut verklebt.

Das Gesicht lag im Wasser. Die Hände hatten sich in den schlammigen Boden gekrallt. Daneben lag eine schwarze Stretchtaschenlampe. Wie durch ein Wunder war sie unversehrt geblieben und leuchtete immer noch vor sich hin.

»Ist der vom Himmel gefallen?«, fragte Wotan Julius Burmeister. Beide sahen zur Burgruine hinauf. Bernadette stand auf der anderen Seite des Baches.

»Das glaube ich nicht!«, sie beugte sich über den Toten und versuchte, das Gesicht zu erkennen. Unter den dunklen Haaren sah man nur leichenblasse Haut. Wolfgang hockte auf einem Stein und starrte Burmeister erwartungsvoll an.

»Sturz aus großer Höhe.« Der Pathologe deutete zur Burgmauer empor, die teilweise von einem Baugerüst verdeckt wurde. »Todeszeitpunkt kann ich dank diesem kalten Rinnsal nicht genau sagen. Vielleicht so um Mitternacht. Todesursache, na ja, ihr seht ja die Mauersteine und massiven Balken. Die Wunde am Hinterkopf ist natürlich auch auffällig. Mehr nach der Obduktion. Dann frohes Schaffen, meine Herren! Die Dame!«

Er zog einen nicht vorhandenen Hut und bog vergnügt pfeifend in einen gepflasterten Weg mit gelber Beschilderung ein.

Wilde sah Julius erleichtert hinterher. Es gab also auch einen begehbaren Weg nach oben, der nicht nur für Bergziegen geeignet war. Ihm war klar, dass sie der Burg wohl oder übel einen Besuch abstatten mussten.

»Da ist er runtergekommen.« Wolfgang deutete nach oben. Aus der maroden Burgmauer hatten sich Steine gelöst und einen Teil des Gerüsts mit sich gerissen.

»Dann mal hinauf in luftige Höhen!«, flachste Bernadette. Nach zehn Minuten standen die drei schwer atmend im Burghof.

Unterwegs hatten sie die Angestellten des Bestattungsunternehmens mit einem Metallsarg getroffen. Die armen Schweine mussten den schweren Leichnam den Berg hochschleppen. Sie taten Wilde leid.

Weiter hinten im Hof lagen Baumaterial, Zementsäcke und Pflastersteine. Neben einem Bauwagen lehnte ein blaues Dixi-Klo. Ein Schild am Eingang zum Burghof verkündete: »Betreten der Baustelle strengstens verboten!«

Bernadette löste sich aus der Gruppe und begann, den Bauwagen zu umrunden. Wilde schritt zügig auf das Dixi-Klo zu und verschwand darin. Schickenrieder schnäuzte sich lautstark. Dann zog er sein Smartphone heraus und fotografierte die weißen Sneaker, die neben dem herausgebrochenen Mauerstück standen. Blaugestreifte Armanisocken lagen sorgfältig gefaltet daneben.

»Ob die wohl unserem Toten gehört haben?«, fragte Bernadette in die Runde.

»Das werden wir sehen!« Sie zog einen Plastikbeutel aus ihrer Jackentasche. Schickenrieder streifte sich dünne Plastikhandschuhe über und steckte Schuhe und Socken in das Behältnis. Der kalte Wind hatte etwas nachgelassen. Er wehte weiße Blütenblätter und süßen Fliederduft über den gepflasterten Hof.

Wilde setzte sich auf die Bierbank neben dem Bauwagen. Bernadette und Wolfgang gesellten sich dazu. Wolfgang holte ein Fläschchen Nasentropfen aus der Hosentasche, legte seinen Kopf in den Nacken und tröpfelte zwei Tropfen in jedes Nasenloch. Im Frühling, sobald die ersten Weidenkätzchen blühten, kämpfte der Ärmste jedes Jahr mit seiner Pollenallergie. Er schniefte. Dann schwiegen die drei in stiller Übereinkunft und ließen den mutmaßlichen Tatort auf sich wirken.

Es herrschte idyllische Ruhe. Vögel zwitscherten, ein

Kuckuck rief. Plötzlich ertönte ein silberheller Gongschlag und dann setzte leise fernöstliche Musik ein.

Hinter dem Burgfried trat eine schmächtige Frau hervor. Ihre dunklen Haare hatte sie im Nacken zusammengebunden. Sie trug eine schwarze Yogahose und eine graue Vliesjacke mit Kapuze.

Sie legte einen Gegenstand auf den Boden und stellte eine Thermoskanne und einen Becher daneben. Ihre Füße waren hüftbreit aufgestellt, ihren Rücken hielt sie gerade wie eine Statue. Dann hob sie langsam den Kopf und blickte der aufgehenden Sonne entgegen, die sich durch die grauen Wolken quälte. Jetzt begann sie sich in fließenden Bewegungen wie in Zeitlupe zu bewegen.

Sie streckte die Arme aus, fing einen imaginären Ball, drehte den Kopf ganz sacht, strich sich über den Bauch. Dabei blickte sie wie in Trance über die Burgmauer hinweg weit ins Land hinaus, über blühende Obstwiesen, Weinberge, Hügel, Straßen und Wälder. Überall stiegen leichte Nebelschwaden auf.

»Qigong«, flüsterte Bernadette, »die acht Brokatübungen-Baduanjin.«

Wilde sah sie fragend an.

»Die Kultivierung des Qi durch Atmung und Vorstellungskraft«, fügte sie hinzu.

»Kann ich nichts mit anfangen«, brummelte Schickenrieder, »warum die Dame das mitten in einer Baustelle betreibt, übersteigt meine Vorstellungskraft.«

»Dann wollen wir die Teestunde mal hinterfragen«, konstatierte Wilde. Er stand auf, lief auf die Gestalt zu und tippte sie vorsichtig an der Schulter an. Die Frau fuhr erschrocken herum. Wilde blickte in ein blasses Gesicht, aus dem ihn dunkle Augen überrascht anstarrten. Er zückte seinen Polizeiausweis.

»Bitte nicht erschrecken! Hauptkommissar Wotan Wilde, Kriminalpolizei Tübingen. Das sind meine Mitarbeiter Hauptkommissarin Bernadette von Hohenstein und Hauptkommissar Wolfgang Schickenrieder.« Er deutete auf seine Mitarbeiter auf der Bierbank.

»Und mit wem haben wir das Vergnügen zu dieser frühen Stunde?«, fragte er die Fremde.

»Ich bin Silja Gundel und mache hier meine Morgenmeditation. Heute habe ich das Carsharing Auto, darum bin ich auf die Burg gefahren. Ein besonders intensiver Kraftort«, antwortete die Frau mit brüchiger Stimme und erstaunlich unaufgeregt. Dabei rang sie nach Atem, als wenn sie gerade erst den Burgberg bestiegen hätte.

»Was ist denn passiert?« Sie bückte sich, schraubte ruhig die Thermoskanne auf, goss eine dampfende Flüssigkeit in den Becher und nippte daran.

»Ein Unfall mit Todesfolge, unten im Tobel. Haben Sie etwas Auffälliges bemerkt?«, fragte Wotan.

»Ich habe nichts gesehen! Ich bin gerade erst hier eingetroffen!«, meinte Silja Gundel und nahm einen weiteren Schluck.

»Kommen Sie doch heute Nachmittag zu uns ins Kommissariat und wir machen ein Protokoll.« Wotan überreichte ihr eine Visitenkarte, die er aus seiner Brieftasche gefischt hatte.

»Kriminalkommissariat Tübingen, Konrad-Adenauer-Straße 30«, las sie laut vor, »da kann ich mit dem Bus hinfahren.«

Wilde warf Bernadette einen auffordernden Blick zu. »Meine Kollegin wird Ihre Daten aufnehmen. Dann schönen Tag noch! Wo geht's hier zum Parkplatz?«

Silja Gundel zeigte auf einen kleinen Torbogen: »Da durch und dann die steile Auffahrt immer bergab. Kann man nicht verfehlen.«

Die beiden Männer liefen los und standen schon an ihren Autos, als Bernadette angerannt kam. Sie warf Wotan den Schlüssel zu.

»Damit du dich nicht wieder über meinen sportlichen Fahrstil beschwerst«, erklärte sie aufgekratzt.

»Danke, Bernie!«, grinste Wotan.

»Lagebesprechung in meinem Büro«, ergänzte er, an Schickenrieder gewandt, und stieg ein. Bernadette machte es sich auf dem Beifahrersitz bequem.

Silja Gundel stand noch wie angewurzelt da, als sie die Motoren der Kommissare anspringen hörte und die Motorgeräusche dann leiser wurden. Wie in Trance steckte sie Becher, Thermoskanne und Handy in den Leinenrucksack, der am Boden lag. Ihr Atem ging pfeifend, als sie den kleinen Pfad in den Tobel hinabschritt.

Du musst mit deinen Kräften haushalten, mahnte sie sich innerlich. Mit ihrer angeschlagenen Lunge war nicht zu spaßen und sie hatte ihr Spray zu Hause im Bad vergessen. Der Tatort war mit einem rotweißen Band abgesperrt. Sie musste sich beeilen, bevor der Körper abtransportiert wurde. Sie wollte einen letzten Blick auf ihn werfen.

»Halt! Am Tatort kein Durchgang!« Ein Polizist in Uniform versperrte ihr den Weg. Silja starrte ihn wortlos an. Momentan konnte sie nichts tun. Sie hatte ja das Foto aus der Nacht, das musste erst mal genügen. Sie drehte sich um und lief den Pfad in Richtung Parkplatz bergauf. Sie keuchte vor Anstrengung und rang nach Luft, als sie endlich vor dem weißen Fiat mit dem Logo der Carsharingfirma stand.

Sie wartete eine kleine Weile, bis sie wieder zu Atem kam. Dann stellte sie sich breitbeinig hin und breitete die Arme aus. Ihr Blick ging in Richtung der aufgehenden Sonne. Sie warf den Kopf zurück und stieß ein lautes, stakkatoartiges Lachen aus. Dabei liefen Tränen über ihre Wangen.

5. DIE ERSTEN FRAGEN

»Sehen toll aus, die Osterglocken in der Rabatte«, bemerkte Bernadette, während sie das alte Holzfenster im Büro öffnete, um Frischluft hereinzulassen und einen Blick auf den Parkplatz vor dem Kommissariat mit seinen riesigen alten Kastanien zu werfen.

»Die neuen Möbel riechen so ..., so neu!«, teilte sie mit.

Es roch wirklich etwas penetrant nach den nagelneuen Möbeln, die sie erst letzte Woche bekommen hatten. Die Industrieleuchten, die den Raum erhellten, hatten das falsche Licht für die farbenfrohe Einrichtung, sie sollten aber auch noch ausgetauscht werden.

Die drei Schreibtische und die Aktenschränke waren in Dunkelgrau gehalten mit hellgrauen Kanten und roten Schubladen. Die ergonomischen Bürostühle waren mit rotem Kunstleder bespannt. Nur der hellgraue, abgetretene Boden war nicht ausgetauscht worden. Er passte nicht so recht zu dem neuen Design.

Außerdem hatte man ihnen ein paar Grünpflanzen in Hydrokultur spendiert, die von der Gärtnerei »Rudenauer« geliefert worden waren und auch von deren Mitarbeitern gepflegt werden sollten. Sonst hätten sie wohl nicht lange überlebt.

Bernadettes Kollegen Robert Altmann und Wotan Wilde saßen schon am Besprechungstisch.

Alle starrten auf die »Wand der Schande«, wie sie die magnetische Glastafel nannten, die auf Stelzen im Raum stand. Bernadette behauptete immer, dass das nicht mit rechten Dingen zugehen könnte. Glas konnte nicht magnetisch sein. Trotzdem pinnte sie die Bilder und Dokumente mit den Magneten, die auf der Seite der Tafel gebunkert waren, an das Board.

Momentan hingen das vergrößerte Foto aus dem Ausweis des Toten und Bilder vom Tatort an der Wand.

Jetzt öffnete sich die Tür und Wolfgang kam herein.

»Macht das Fenster zu, da kommen alle Pollen rein!«, rief er panisch. Seufzend erhob sich Bernadette und schloss das Fenster. Sie kannten alle Wolfgangs Pollenallergie, die ihn besonders im Frühling plagte, und taten alles, um seine Leiden zu lindern.

Erleichtert verkündete der große Rothaarige: »Einen schönen guten Morgen, liebe Kinder. Papa hat euch Frühstück mitgebracht. Vier Teile zum Preis von drei.«

Er trug einen Becherhalter mit vier Pappbechern und warf eine Tüte mit dem Logo der Bäckerei Padeffke auf den Tisch. »Dreimal Kaffee für unser Spitzenteam und einmal Tee für den Herrn Altmann. Dazu Butterbrezeln und ein Croissant für Eure Durchlaucht, die Prinzessin.« Er verbeugte sich leicht in Richtung Bernadette.

»Du immer mit deinen Sonderangeboten. Ist ja schon krankhaft!«, murrte Robert.

Wolfgang ließ sich durch diese Bemerkung nicht seine gute Laune verderben. Na und, er war ein Schnäppchenjäger. Die Discounter machten es einem doch einfach mit ihren Preisschlachten. Und so üppig war sein Gehalt ja auch wieder nicht. Heute Abend würde er noch bei Aldi vorbeifahren und die günstigen Duftkerzen für seine Freundin Claudia besorgen.

Er sah Bernadette beifallheischend an. Die blickte kurz auf, verdrehte ihre Augen und starrte dann wieder auf die Tafel.

»In Zukunft gibt es bei Padeffke nur noch heiße Getränke im Mehrwegbecher, soll ich ausrichten! Aber hoffentlich bekommen wir bald unsere neue Kaffeemaschine, dann hat sich das sowieso erledigt!«, laberte Wolfgang Schickenrieder ungerührt weiter. »Und dir, lieber Wotan, hab ich einen Flyer für die Schwerterausstellung im Alten Schloss in Stuttgart mitgebracht.«

Er legte Wotan die dunkelrote Broschüre neben sein Handy. Der warf einen interessierten Blick darauf. »Faszination Schwert«, las er laut und schob die Broschüre neben seinen aufgeklappten Laptop.

»Ich habe schon eine neue Maschine beantragt, aber ihr wisst doch, dass unser Controller da extrem pingelig ist«, bemerkte Wotan.

Die alte Jura-Maschine gab nur noch gurgelnde Geräusche von sich, ohne das ersehnte braune Getränk auszustoßen. Außerdem bildete sich regelmäßig eine Wasserlache unter dem Gerät, wenn man auf den Ausgabeknopf drückte. Und den Kaffee aus dem Automaten im Eingangsbereich des Kommissariats konnte man beim besten Willen nicht trinken.

Wolfgang verteilte die Kaffeebecher auf dem Besprechungstisch und riss die Tüte mit dem Gebäck auf. Alle griffen beherzt zu und ließen es sich schmecken.

Dann konzentrierte sich die Truppe auf die Fotos an der Tafel.

»Was wissen wir schon von dem Toten von Hohenneuffen?« Robert Altmann nahm den Becher mit dem Tee, öffnete den Deckel und schnupperte.

»Warum hast du keinen Rooibos Orange genommen?«, fragte der Teekenner anklagend.

»War aus! Vanille wird dich nicht umbringen!«, antwortete Wolfgang gleichmütig und biss in seine Butterbrezel.

»Also Schluss jetzt mit den Essensgesprächen!«, fuhr Wilde dazwischen. »Welche Infos gibt es zur Identität der Barfußleiche?«

Bernadette stand auf und ging zur Tafel. Mit weißem Filzer schrieb sie unter das vergrößerte Passfoto »Werner Wüst«. Sie malte ein Kreuz vor seinen Namen.

»Der Tote war ein gewisser Werner Wüst«, sagte sie ergänzend. »Geboren am 2.8.1957 in Tübingen. Er wohnte hier in der Meisenstraße drei. Ein Schickimicki-Viertel, wenn ihr mich fragt. Er fuhr einen Porsche Chayenne, laut Kraftfahrzeugschein. Außerdem waren in seinem Geldbeutel noch Karten von einem Fitnesstempel, obwohl er nicht so aussah, als wäre er einmal dort gewesen, die Eintrittskarte zur Spielbank im SI-Centrum in Stuttgart, ein Organspenderausweis, diverse Kreditkarten, ein Foto von einem sehr gut aussehenden dunkelhäutigen Mann und etwa 200 Euro in bar. Wir haben seinen Wohnungs-, nicht aber seinen Autoschlüssel gefunden.«

»Hat man seinen Wagen an der Burg entdeckt?«, fragte Wilde.

»Nein, da sind wir noch dran«, antwortete Bernadette.

Jetzt meldete sich Robert Altmann zu Wort: »In seiner Hosentasche war ein iPhone, das neueste Modell von Apple. Leider hat es durch das Wasser und den Aufprall Schaden genommen. Unsere Techniker sind aber dran und versuchen, zumindest den Speicherchip zu retten.«

»Hat ihn noch niemand vermisst?« Wilde legte die angebissene Butterbrezel auf eine Serviette und rührte den Kaffee um.

»Robert, du schaust mal in der Meisenstraße vorbei. Wir kennen seinen Familienstatus nicht. Du bist doch der Einfühlsamste von uns!«, schmeichelte Bernadette.

Der zog eine Grimasse und schob seine Lesebrille auf die Stirn. Außendienst war nicht so sein Ding. Er widmete sich lieber Computerproblemen. Bernadette knabberte dem Croissant eine Ecke ab und wischte sich die Brösel von ihrer Jeans.

»Was sagt eigentlich unser allseits geschätzter Pathologe Herr Burmeister? Gibt es schon Fakten von der Obduktion oder soll ich mal anrufen?«, fragte Wolfgang dazwischen.

»Ich fahr nachher mal bei ihm in der Pathologie vorbei«, beeilte sich Bernadette zu versichern. Wenn man genau hinsah, konnte man das Leuchten in ihren Augen bemerken.

Robert machte hinter ihrem Rücken einen Kussmund und Wotan klimperte mit den Wimpern und zog seine gespitzten Lippen mit einem imaginären Lippenstift nach. Jeder hier wusste, dass Bernadette einen Narren an dem smarten Kollegen gefressen hatte.

»Ich fasse zusammen«, Wilde wandte sich wieder seinem Laptop zu, »der gute Mann heißt Werner Wüst, hat ein teures Auto, wohnt in einer teuren Wohngegend in Stuttgart, geht ins Spielcasino, geistert nachts mit einer Stablampe über den Burghof von Hohenneuffen. Wie er dorthin kam, ist rätselhaft. Er macht schließlich einen Kopfsprung von der Burgmauer. Wir warten mal ab, was der Doc sagt.«

»Das Seltsamste ist aber, dass er vor seinem Sprung in den Abgrund seine Schuhe und Socken auszieht und sie fein säuberlich abstellt.« Bernadette zeigte auf das Foto mit den ordentlich abgestellten Mokassins.

Ratloses Schweigen machte sich breit. Alle starrten auf die Schuhe und ein Foto von den nackten Füßen des Opfers. Wotan zuckte die Schultern.

»Das Problem werden wir wohl jetzt nicht lösen!«, meinte er. »Robert und Wolfgang, ihr stattet der Wohnung von Wüst einen Besuch ab, Bernadette, du schaust beim Doc vorbei! Und ich versuche, noch mehr über den Toten zu erfahren!«

Wotan stand auf und steuerte auf seinen Schreibtisch zu. Auch die anderen brachen auf.

»Nehmt ihr den Dienstwagen! Ich fahre mit meinem gelben Flitzer!«, meinte Bernadette und warf Wolfgang den Autoschlüssel für den BMW zu.

6. DER SELTSAME GERUCH

»Leopold! Hier, nimm die Mütze mit! Es ist kalt!«, rief Saskia Klaschke ihrem Sohn vom Balkon aus zu und hielt die graue Wollmütze in die Höhe.

»Lass gut sein, Mütterchen! Ich bin schon groß!«, rief Leopold, und sag nicht immer Leopold zu mir. Das macht mich alt, setzte er in Gedanken hinzu und grinste innerlich.

Der hochgewachsene junge Mann auf dem Gehweg winkte seiner Mutter kurz zu, zog sich die Kapuze über den Lockenkopf und rannte durch den Nieselregen in Richtung Blaue Brücke und zu seinem Unigebäude. Sein Donnerstagseminar bei Professor Horneber begann in 20 Minuten. Da musste er sich beeilen.

Saskia Klaschke schloss die Balkontür und warf die Mütze über einen Garderobenhaken.

»Und sag nicht immer Mütterchen zu mir. Das macht mich alt«, murmelte sie vor sich hin und lächelte. Er war schon ein guter Junge, der Leo. Sie hatte ihn sehr vermisst, als er nach dem Abi mehrere Monate als Backpacker durch Asien, Australien und Neuseeland gereist war.

»Weißt du, Ma, ich brauch erst mal 'ne Auszeit. Ich hab noch keine Ahnung, was ich studieren soll«, hatte er erklärt. Sie hatte ihm verschwiegen, dass sie seine Reisen im Internet akribisch mitverfolgt und sich über Land, Leute, Speisen und Klima informiert hatte. Nach seiner Rückkehr schrieb er sich an der Uni Tübingen für Computational Linguistics ein. Sie hätte eher einen Studiengang erwartet, der sich mit Sprachen oder Geschichte beschäftigte.

»Weißt du, Ma«, hatte er ihr erklärt, »IT-Spezialisten sind gefragt, das hat Zukunft.«

Im Studentenwohnheim in Dehrendingen stand er auf der Warteliste. Jetzt bewohnte er vorübergehend ein Zimmer im Hotel Mama: Neubau, Südseite mit Blick auf den Kinderspielplatz, Gästebad, Frühstücks- und Wäscheservice.

Saskia machte einen Schritt in Leos Zimmer. Der Computertisch mit den beiden 16 Zoll Bildschirmen und dem Kabelgewirr drum herum erschien ihr wie die Kommandozentrale für ein Raumschiff.

Auf dem hellen Parkett lagen aufgeschlagene Aktenordner und Lehrbücher. Saskia bückte sich und streckte die Hand aus, um die Wäschestücke auf dem Boden und dem zerwühlten Bett einzusammeln.

Sie hielt inne und schnupperte. Es roch irgendwie seltsam hier. Saskia warf einen Blick in den Papierkorb, der jedoch nur eine leere Chipstüte enthielt.

Sie stutzte einen Moment, machte dann auf dem Absatz kehrt und schloss energisch die Tür hinter sich. Nein, das war Leos Zimmer. Dafür war nur er verantwortlich.

Sie hatte als alleinerziehende Mutter genug zu tun. Es lagen bewegte Zeiten hinter ihr. Nach der Trennung von

Johannes, dem Fantasten und Traumtänzer, der mit Kind und Familie überfordert war, jobbte sie beim Schmuckhersteller »Silber & Bernstein«.

Sie hatte sich zur Leiterin der Designabteilung hochgearbeitet. Nachdem die Firma von einem chinesischen Investor gekauft worden war und dessen billige Produkte verkaufte, hatte sie gekündigt und sich selbstständig gemacht. Sie hatte da keine Zukunft für sich gesehen und wollte keinen billigen Modeschmuck verkaufen.

Jetzt entwarf sie eine eigene Schmucklinie, schrieb Fachbücher über römischen Schmuck, ein uraltes Hobby von ihr, und arbeitete nebenbei als Sachverständige für Schmuck, was ihr immer wieder Reisen ins europäische Ausland bescherte.

Ihr Terminkalender war gut gefüllt. Sie hatte einen netten Bekanntenkreis.

Dennoch fühlte sie eine gewisse Leere in ihrem Leben, ein Sehnen nach Austausch und Gleichklang, nach heißen Liebesnächten. Sie schaute einfach zu viele Rosamunde-Pilcher-Filme.

Ihr Blick fiel auf die Prospekte, die auf dem Garderobenschrank lagen. Ganz oben lag der Bericht von Daniela Leinweber, der Frau, die zu sich fand und nebenbei noch 50 Kilo abnahm während ihrer Wanderung im Südwesten Englands. Sie war zwei Monate an der atemberaubenden Küste entlang, der Rosamunde-Pilcher-Filmkulisse, gewandert. Das wäre auch Saskias ganz großer Traum. Das würde sie machen, wenn Leo ausgezogen war.

Einfacher zu bewerkstelligen war der Besuch der Ausstellung »Faszination Schwert« in Stuttgart. Sie klappte die Broschüre auseinander, die sie in der Bücherei mitgenommen hatte. Im Rahmen der Veranstaltung gab es auch eine Sonderausstellung zum Thema »Römische Schmuckstücke«.

»Zum letzten Mittel, wenn kein anderes mehr verfangen will, ist ihm das Schwert gegeben«, deklamierte sie laut Wilhelm Tells Worte, die auf der Rückseite standen. Das Alte Schloss in Stuttgart war gut mit der Bahn zu erreichen. Vielleicht würde sie mal an einem Sonntag nach Stuttgart fahren. Die Ausstellung ging noch bis zum 28. Mai. Sie pinnte den Prospekt an die Korktafel neben dem Spiegel.

Automatisch warf sie einen Blick in den Garderobenspiegel und fuhr sich durch die kinnlangen kastanienbraunen Haare. Man sah ihr das halbe Jahrhundert nicht an. In einem Monat würde sie ihren 50. Geburtstag feiern.

Sie starrte auf den schmalen grauen Haaransatz. Das Nachfärben kostete sie ein Vermögen. Sie würde einfach in den nächsten Tagen ein Tuch über dem Ansatz tragen und so den Friseurbesuch noch etwas hinauszögern.

Saskia schaltete die Espressomaschine ein. Dann ging sie ins Schlafzimmer und tauschte den Morgenmantel gegen den karierten Jumpsuit, den sie in Edinburgh bei H&M gekauft hatte. Sie liebte das bequeme Kleidungsstück. Sie fühlte sich darin jung und lebendig. Was waren schon 49 Jährchen? Sie hatte noch so viele Träume.

Sie angelte sich eine Banane aus der Obstschale auf dem Küchentisch. Die Kaffeemaschine zischte gurgelnd, als der doppelte Espresso in die geblümte Tasse lief. Heiß und mit drei Stück Zucker, so liebte sie ihren Muntermacher. Sie schälte die Banane, warf die Schale in den Bioeimer, der unter der Spüle stand. Auch hier roch es irgendwie seltsam. Sie sog prüfend die Luft ein. In dem Eimer lag neben der Bananenschale nur ein Apfelbutzen. Der konnte aber den Duft nicht verströmen.

An der Küchenzeile im Landhausstil fehlten noch die Türen und der Dunstabzug. »Küchen Block anrufen!«, stand mit mehreren Ausrufezeichen auf dem roten Post It an der

Pinnwand im Flur. Sie sah auf die Uhr. 7.55 Uhr, noch zu früh für einen Anruf!

Saskia zog den weißen Stuhl heran, setzte sich an den Küchentisch und fuhr den Laptop hoch.

Heute sollte sie noch den Klappentext und ein letztes Kapitel ihres neuen Buches »Feminae – Der Schmuck der Römerin« schaffen. Es ging nur zäh voran. Besonders die Recherchen kosteten sie viel Zeit. Das Buch musste bis zur Buchmesse in Frankfurt 2021 fertig sein. Die Lektorin saß ihr im Nacken. Saskia verspeiste den Rest der Banane, stand auf und suchte nach einer Serviette.

Da sie nicht fündig wurde, ließ sie Wasser über die klebrigen Finger laufen und trocknete sich am Geschirrtuch mit dem Hahnmotiv ab, einem Mitbringsel aus dem Elsass. Gedankenverloren wanderte sie durch die Wohnung, drehte eine Runde durchs Wohnzimmer und blieb vor dem Regal mit dem Schmuckbäumchen stehen.

Nach genauer Abwägung wählte sie einen silbernen Anhänger in Distelform mit einem Stein aus grünem schottischem Marmor aus, der hervorragend zu ihren braunen Augen passte. Sie legte die Kette um, ging zum Küchentisch zurück und setzte sich. Sie schloss die Hand um den Stein. Er würde sie inspirieren.

Normalerweise schrieb sie in der Küche am effektivsten. Sie starrte auf die Tastatur. Dann stand sie wieder auf und öffnete die Tür zum Balkon einen Spaltbreit. Kühle Luft strömte herein. Heute konnte sie sich einfach nicht auf ihre Arbeit konzentrieren.

Lag das an den zahlreichen Rechnungen, die seit dem Einzug in die neue Wohnung beglichen werden mussten? Oder hing es mit dem Mann in der Penthouse-Wohnung zusammen? Saskia wurde es plötzlich heiß und kalt. Sie drehte sich um und drückte zum zweiten Mal auf den Knopf an der Espressomaschine. Die rote Anzeige blinkte, Wasser fehlte.

Sie beschloss, dem Tag durch eine Putzaktion einen positiven Dreh zu geben. Vielleicht fand sie dann einen Einstieg in ihr Buch.

Nach 20 Minuten waren die Böden gewischt. Es roch nach zitroniger Sauberkeit, unterfüttert von einem modrigen Duft. Vielleicht kochten ihre Hausbewohner etwas Exotisches? Saskia öffnete die Wohnungstür und schnupperte ins Treppenhaus.

Sie hörte, wie Emily im Erdgeschoss aus der Wohnung kam. Helle Kinderstimmen sangen und plapperten durcheinander. Dann fiel die Haustür ins Schloss.

Die Kostkas im 3. Stock konnten es nicht sein, die waren bestimmt schon in ihrem Gartenbaubetrieb. Da wurde erst abends gekocht.

Saskia wollte die Tür schon wieder schließen, als ihr ein Päckchen auf dem Boden auffiel. Es stand halb auf dem Fußabstreifer, wie unabsichtlich hingeworfen. Warum hatte der Paketdienst nicht geklingelt? Hatte Leo Druckerpatronen oder Computerzubehör bestellt?

Neugierig zog sie den Karton mit dem Fuß zu sich. Er war an der Seite leicht aufgerissen. Sie schob ihn mit dem linken Fuß in ihre Wohnung und ließ die Tür leise ins Schloss fallen.

›Ambrosius Ackermann, Am Alten Güterbahnhof 17, 72072 Tübingen‹, stand in fetten Druckbuchstaben auf dem Adressaufkleber. Darunter klebte der gelbe Warnhinweis: ›Zerbrechlich‹. Die chinesischen Schriftzeichen darunter wiesen auf eine exotische Herkunft hin.

Saskias Herz machte einen kleinen Hüpfer. Das Schicksal meinte es heute doch noch gut mit ihr. Schon seit Tagen versuchte sie, ihren neuen Nachbarn anzusprechen. Sie hatte ihn zum ersten Mal gesehen, als er einen dicken Umschlag aus seinem Briefkasten nahm.

›Ambrosius Ackermann‹, stand in Goldbuchstaben auf dem Namensschild. Er hatte sich umgewandt und ihr kurz zugelächelt. Da war es um sie geschehen. So wie es bei den Pilcherfilmen immer war. Es war Liebe auf den ersten Blick gewesen, zumindest bei ihr. Seitdem loderte ihr Herz in heißer Liebe für ihn.

Saskia fühlte eine Welle der Sympathie in sich aufsteigen. Sie umfasste den grünen Marmorstein ihres Glücksbringers.

Dieser Ambrosius war genau ihr Typ, eine Mischung aus Marlon Brando und James Bond, kräftig und männlich. Gestern war ihr Traummann vor ihr in den Fahrstuhl geschlüpft. Nur den Duft eines herben Parfums hatte er hinterlassen.

Sie hatte sich anschließend im Drogeriemarkt durch die Männerdüfte geschnüffelt und in Duftfantasien geschwelgt. Es war »Versace Eros«, hatte sie herausgefunden.

»Danke, liebe Post!«, rief sie strahlend. Jetzt hatte sie endlich einen Anlass, an der Tür von Ambrosius zu klingeln. Sie hob das schwere Päckchen auf, drückte es an die Brust und tänzelte damit durch die Wohnung. Soweit man mit Fellhausschuhen in Form eines Schweinchens tänzeln konnte.

Sie würde jetzt duschen, die neue schwarze Spitzenunterwäsche anziehen und … Ihre Fantasie ging mit ihr durch.

Sie stutzte. Erst jetzt bemerkte sie es. Der Liebestaumel hatte anscheinend ihre Sinne vernebelt. Das Päckchen war es, von dem dieser unangenehme Geruch ausging. Das Ding verströmte einen geradezu bestialischen Gestank. Saskia hielt die Luft an. Sie rannte angewidert zur Balkontür und beförderte das stinkende Paket hinaus. Dann schloss sie die Tür und fächelte sich mit dem Geschirrtuch Luft zu.

In diesem Augenblick klingelte es Sturm an ihrer Wohnungstür. Wer war das? Sie erwartete niemanden! Außerdem würgte sie an dem widerlichen Geruch, der ihre Wohnung verpestete.

»Was!«, schrie Saskia und riss gleichzeitig die Tür auf. Sie zuckte zurück. Vor ihr stand Ambrosius Ackermann in voller Größe. Er trug eine rosa geblümte Schürze über einem schwarzen Jogginganzug. Seine Füße steckten in goldenen Crocs.

Er funkelte sie aus geröteten Augen an. Seine sonst so sorgfältig frisierten dunklen Haare standen in allen Richtungen vom Kopf ab. Er fuchtelte mit einem riesigen Küchenmesser vor ihrer Nase herum. Saskia trat einen Schritt zurück.

»Wo ist sie? Ich hatte sie nur kurz hier im Flur abgestellt!«, stieß er mit hochrotem Gesicht hervor.

Dann schnupperte er, schob Saskia grob zur Seite und steuerte auf die Küche zu. Er schnüffelte lautstark und blickte suchend um sich. Dann entdeckte er das Päckchen auf dem Balkon.

»Gott sei Dank! Nicht in den Müll geworfen! Ohne meine Durianfrucht kann ich das ›Perfekte Dinner‹ nicht gewinnen!«, schnaubte er.

Ambrosius riss die Tür auf, hob das bestialisch stinkende Paket triumphierend auf, klemmte es sich unter den Arm und wandte sich Saskia zu.

Er beugte sich vor und drückte einen flüchtigen Kuss auf ihre Wange.

»Am Samstag um 10.00 Uhr feiern wir meinen Sieg beim ›Perfekten Dinner‹ mit einem Sektfrühstück! Sie sind eingeladen!«, rief er glücklich und hastete davon.

Saskia ließ sich aufs Sofa fallen und befühlte ungläubig ihre Wange.

»Ambrosius mit dem Stinkepaket, der Anfang einer glücklichen Beziehung«, hauchte sie.

Dann stand sie auf und öffnete alle Fenster ihrer Wohnung sperrangelweit.

7. DIE SMS

Gestern hatte Bernadette es nicht mehr in die Pathologie zu Julius Burmeister geschafft.

Als sie gerade aus dem Büro kam und zu Julius fahren wollte, stieß sie im Flur fast mit dem humorlosen Oberkommissar Kalvin Regendorfer zusammen, vor dessen Mundgeruch sie sich ekelte. Sie hatte es bis jetzt immer sorgfältig vermieden, ihm zu begegnen.

Jetzt hatte er sie am Wickel.

»Tach, Frau Kollegin, schön, dass ich Sie endlich mal treffe. Es ist ja wie verhext, dass wir uns nie begegnen. Mir ist da noch was eingefallen«, begann er das Gespräch zu einem ehemaligen Mordfall, den er nie gelöst hatte. Sie versuchte, auf Abstand zu bleiben, und wandte das Gesicht etwas ab, um seinem stinkenden Atem auszuweichen.

Ausgerechnet sie hatte den damals Verdächtigen in einem anderen Fall befragt. Regendorfer hatte das in den Akten nachgelesen und wollte noch zusätzliche Informationen von ihr. Er fragte ihr ein Loch in den Bauch. Ob der Tatverdächtige sich zu dem damaligen Fall geäußert hätte und was der neue Fall eventuell mit dem alten zu tun haben könnte.

Nach einer Stunde sinnlosem Geschwätz war es ihr endlich gelungen, sich loszueisen. Aber nach einem Blick auf die Uhr hatte sie enttäuscht festgestellt, dass es zu spät war, um zu dem angebeteten Pathologen zu fahren. Sie musste sich wieder einmal in ihre Fantasiewelt flüchten und Julius aus der Ferne anschmachten.

Am nächsten Morgen zwängte sie sich in ihren rosa Minirock und das trägerlose weiße Shirt. Zur Entschärfung zog sie noch einen kurzen schwarzen Blazer über. Sie bürstete durch die offenen Haare, normalerweise trug sie im Büro einen Pferdeschwanz, und besprühte sich mit einem Hauch von Dahlia Noir von Givenchy. Dann stieg sie voller Vorfreude in ihr knallgelbes Mini Cabrio.

Das Gebäude der Pathologie lag zwischen Einbahnstraßen und Parkverboten mitten in der Stadt gegenüber dem sogenannten Kupferbau, der einige Hörsäle der Eberhard Karls Universität beherbergte. Die Parkplätze davor entspannten die knappe Parksituation in Tübingen.

Bernadette kurvte mit ihrem gelben Flitzer auf den zu so früher Stunde noch fast leeren Parkplatz und stellte ihren Wagen ab. Ein letzter Blick in den Schminkspiegel und sie war bereit für Doktor Julius Burmeister, der gerüchteweise schon die Option auf eine Professur haben sollte. Sein Status wäre also für das Prinzesschen angemessen. Ihre Eltern würden das zumindest so sehen.

Sie überquerte die zweispurige Straße vor dem altehrwürdigen Bau des Instituts. Im Keller waren die Pathologieräume untergebracht. Bernadette lief leichten Fußes die Treppen nach unten. Der strenge Geruch der Desinfektionsmittel schlug ihr entgegen. Sie stürmte ohne Zögern durch die Edelstahlschwingtür in den Raum 4, wo der Doc normalerweise arbeitete.

Und da war er. Ein warmes Gefühl machte sich in ihrem Magen breit.

»Hallo, Doc!« Sie verhaspelte sich fast, als sie das herauspresste.

»Hallo, Bernadette!« Der Doktor wandte ihr den Rücken zu und sah nicht auf, als sie ihn begrüßte. »Ich bin gleich bei dir!«

Von hinten konnte sie seine schlanke Figur erkennen, die sich unter dem grünen Mantel abzeichnete. Sie sah sein ebenmäßiges Gesicht mit dem Dreitagesbart vor sich und seine stahlblauen Augen, die einen zu durchdringen schienen. Das kurze Haar war immer adrett geschnitten und lag an seinem Kopf an, den sie sich zwischen ihre Schenkel wünschte.

Oh ja, bei ihr lief schon wieder die Fantasie an. Sie sah sich mit Julius in einer Wiese mit blühenden Sommerblumen liegen. Ihr Atem ging stoßweise, als er in sie eindrang und dabei ihren Hals mit Küssen bedeckte.

»Ich habe eine Überraschung für dich!« Seine sonore Stimme riss sie aus dem Tagtraum.

»Wie?«, sagte sie verwirrt. Ihr ganzer Körper war in Alarmstimmung gegangen, als sie in ihrer Fantasie sein Gemächt zu spüren glaubte.

»Was meinst du?«, sagte sie unverbindlich.

Sie war wieder zurück in dem kalten, grün getäfelten Raum mit den Ausgüssen im Boden und den beiden Seziertischen in der Mitte. Auf beiden Tischen lagen zugedeckte Leichen. Bernadette schüttelte es leicht. Ein unheimlicher Ort, wäre da nicht Julius.

»Eines natürlichen Todes ist der Mann auf jeden Fall nicht gestorben.« Julius zog die grüne Decke von dem Körper.

Obwohl sie schon unzählige Obduzierte gesehen hatte,

schauderte es Bernadette immer noch, wenn sie den Y-Schnitt mit den groben Nähten auf der Brust erblickte. Erst jetzt fiel ihr wieder der Geruch nach Lösungsmittel und Zitrone auf, der das Zimmer füllte. Der Schein der LED-Leuchten tauchte alles in ein kaltes, grelles Licht.

»Der Mann hat einen Schlag auf den Hinterkopf bekommen, der ihn zwar nicht tötete, aber für einige Zeit außer Gefecht setzte. Und zwar mit einem stumpfen Gegenstand aus Holz. Ich habe einige Splitter in der Wunde gefunden! Zum Tod führte dann der Sturz in die Tiefe und die auf ihn fallenden Trümmerteile. Multiple Brüche und innere Verletzungen. Er war mehr oder weniger sofort tot! Todeszeitpunkt zwischen 1.00 und 2.00 Uhr nachts.« Julius sah Bernadette an.

Die konnte sich nicht von seinen ebenmäßigen Gesichtszügen losreißen.

»Äh …«, stammelte sie.

»Hast du noch Fragen zur Leiche?«, sagte Julius, während er unauffällig auf Bernadettes lange Beine blickte, die der Minirock positiv zur Geltung brachte. Bernadette fiel das natürlich auf und sie verbuchte es als kleinen Gewinn auf der Reise zum großen Glück mit dem Pathologen.

»Alkohol hatte er nicht getrunken?« Sie hatte ihre Stimme wiedergefunden. Ihre Blicke kreuzten sich. Verlegen sah Julius zur Seite. Wie gerne hätte sie ihn jetzt geküsst!

»Stocknüchtern!«, sagte er kurz angebunden.

»Danke! Wir sehen uns!« Bernadette drehte sich um und wollte gerade den Raum verlassen.

»Halt!« Jetzt kam es, er würde ihr seine Liebe gestehen! Sie sah sie beide vor ihrem geistigen Auge schon eng umschlungen in ihrem Boxspringbett liegen.

»Hier, der Bericht!« Julius überreichte ihr feierlich einen grünen Schnellhefter.

Dann saß sie enttäuscht im Auto und überlegte, wie sie ihre nichtexistierende Beziehung weiter vorantreiben könnte. So konnte es auf keinen Fall weitergehen. Er blieb immer rein sachlich und reagierte überhaupt kaum auf ihr Aussehen. War er schüchtern? Und, schlimmer, nicht an ihr interessiert? Das konnte sie sich nicht vorstellen, hatte sie ihn doch auf der Weihnachtsfeier als charmant und durchaus feierwütig kennengelernt. Oder war er unfähig, seine Gefühle zu zeigen?

Bernadette öffnete die Autotür. Sie wollte gerade aussteigen, um zurückzugehen und ihn einfach zur Rede zu stellen, als ihr Telefon klingelte.

Wotan, der Wüterich, da musste sie wohl rangehen.

»Bernadette!«, sagte sie.

»Wotan hier! Wo bist du denn? Wir warten hier auf dich!«, krächzte er. Er klang nicht gut.

»Noch in der Pathologie, ich habe es gestern nicht mehr geschafft. Mein alter Freund Regendorfer hat mich aufgehalten mit seinen ollen Kamellen! Ich eile!« Sie legte auf, schloss ihre Autotür und drückte den Startknopf.

Nieselregen setzte ein. Sie schaltete die Scheibenwischer auf Intervall. Dieser Mai war kein guter. Von wegen Wonnemonat. Bis jetzt war er eine Enttäuschung.

Als sie im Büro eintraf, hatte sich eine selbsternannte Expertenrunde um die neue Kaffeemaschine versammelt.

»Das Kaffeepulver muss hier rein!«

»Nein, die mahlt doch jedes Mal frisch!«

»Was bedeutete das gelbe Licht?«

»Ist mir egal, ich will Espresso!«

»Kann die auch heißes Wasser?«

Alle redeten durcheinander.

»Lasst Mami mal ran!«, sagte Bernadette mit erhobener Stimme und schob die hilflosen Männer zur Seite. Sie warf einen Blick auf das Gerät. So ein Ding hatten sie auch in der Küche im Schloss stehen, neben dem großen Vollautomaten. Sie drückte zwei Tasten. Ein Mahlgeräusch ertönte und dann rann eine dunkelbraune Flüssigkeit in die erste Espressotasse.

»Lang lebe Bernadette!« Wolfgang warf ein Stück Würfelzucker in seine Tasse und schnäuzte in sein Taschentuch. Dann nahmen sie am Besprechungstisch Platz und sahen Wotan gespannt an.

»Es gibt neue Fakten im Fall Hohenneuffen. Die Spezialisten konnten den Speicherchip des demolierten Handys auslesen. Besonders interessant ist eine SMS.« Robert reckte den Hals, um einen Blick auf den Text zu erhaschen, der vor dem Kommissar auf dem Tisch lag. Der schob ihm den Zettel zu.

»Ich muss meine Stimme schonen, lies mal vor!« Robert blinzelte.

»Ich muss erst meine Brille …«, begann er.

Wolfgang packte den Zettel und las: »Brauche dich dringend für meinen Bilderzyklus ›Vollmond auf der Burg Hohenneuffen‹! Um 22.00 Uhr an der Baustelle! A.« Nach einer kurzen Denkpause warf Bernadette in die Runde: »Und der A. ist dann unser Mörder, oder was?«

»Das wird sich finden«, krächzte der Kommissar. »Aber jetzt zu euren Ergebnissen!«

Bernadette kramte in ihrer Umhängetasche und legte Wotan wortlos einen Salbeibonbon neben die Akte. Dann holte sie den grünen Ordner heraus. Sie pinnte die Fotos der Leiche an die Tafel der Schande.

»Er wurde mit einem hölzernen Gegenstand niedergeschlagen. Das beweisen die feinen Holzspäne in der Kopfwunde. Anschließend wurde er bewusstlos in den Abgrund gestoßen. War sofort tot. Der Schutt und die Balken kamen erst nachher. Starb zwischen 1.00 und 2.00 Uhr morgens«, fasste Bernadette zusammen.

»Ganz klar Mord!«, schloss sie ab und nippte an ihrem Espresso. Sie setzte sich auf den Besprechungstisch und schlug lasziv ihre Beine übereinander. Wolfgang ließ seine Blicke über ihre gebräunten Beine streifen und nieste.

Wotan warf ihr einen tadelnden Blick zu. »Wir sind hier in einer Besprechung und nicht bei deinem Doc!«, schien er sagen zu wollen. Sie rutschte herunter und setzte sich auf einen Stuhl.

»Wüsts Haus hat uns ganz schön beeindruckt!«, meldete sich Robert. »Wo ist jetzt schon wieder meine Lesebrille?« Er sah sich suchend um. Dann langte er auf den Kopf und schob sich die Brille mit einem erleichterten Seufzer von der Stirn auf die Nase.

»Na ja, ›Haus‹ ist untertrieben. Das ist eine Villa in einem riesigen, sehr gepflegten Garten. Der muss wohl einen Gärtner haben. Unser Freund war übrigens schwul. Wir haben seinen Lebensgefährten Morgan Medfort, einen farbigen Mitbürger, im Haus angetroffen. Er wollte Wüst gerade als vermisst melden. Leider mussten wir ihm die schrecklichen Tatsachen mitteilen. Er war sehr betroffen. Heute Nachmittag kommt er aufs Revier.« Robert räusperte sich und stand auf. »Ich glaube, ich krieg auch eine Erkältung«, meinte er mit einem schiefen Blick auf seinen Chef. Er stellte seine dickbauchige Teetasse unter den Heißwasserauslass des Kaffeeautomaten und griff in seine Box mit der Sammlung exotischer Teesorten.

»Kiwi-Maracuja!«, las er vor und brühte den Tee unter den ungeduldigen Blicken der anderen auf.

»Medfort hat ausgesagt, dass Wüst gegen 22.00 Uhr das Haus verlassen hat. Er wollte eine Serie auf Netflix fertig schauen und hat nicht gefragt, wohin er so spät noch wollte«, fuhr er dann fort.

»Aber wir wissen es!« Wotan pinnte die ausgedruckte SMS an die Glaswand.

»Echt oder gefälscht, das müssen wir jetzt herausbekommen! Und wer ist A.?« Er schaute in die Runde. »Wir müssen rekonstruieren, was unser Freund Werner Wüst zwischen zehn und eins gemacht hat!«

»An die Arbeit!«, trieb er sein Team an und die Versammlung löste sich auf.

8. DER EINDRINGLING

Wotan hatte nach der Besprechung als Letzter das Büro verlassen.

Jetzt trat er mit zwei vollen Taschen beladen im 4. Stock aus dem Aufzug. Sein Smartphone vibrierte in der Hosentasche. Er hatte das Gerät auf stumm geschaltet. Wer das auch immer war, er musste warten.

Nach dem hektischen Tag im Kommissariat brauchte er dringend ein Stündchen Auszeit. Die Personaldecke war einfach zu dünn und seit Mona Leibsle, die Sekretärin und der gute Geist der Abteilung, in Elternzeit war, musste er sich auch noch um den ganzen Schreibkram kümmern. Er wusste, dass das so nicht weitergehen konnte. Er musste mehr delegieren. Vielleicht konnten sie eine studentische Schreibkraft auf Minijobbasis einstellen.

Wotan Wilde fühlte eine Erkältung aufsteigen, war vom Tag erschöpft und zudem völlig ausgehungert. In der Mittagspause hatte er nur einen Müsliriegel aus dem Automaten gegessen. Wenigstens hatten sie jetzt eine neue Kaffeemaschine, die hervorragenden Kaffee machte.

Gerade hatte er als letzter Kunde den Supermarkt verlassen. Er war schon ewig nicht mehr einkaufen gewesen. Das hatte immer seine Siegrun erledigt. Nachdem sie weg war, hatte er Gerda Klein, seiner Putzfrau, einen Zettel mit seinen Wünschen hingelegt. Die hatte alles zuverlässig besorgt, wenn sie ihn auch nach und nach zum Vegetarier erziehen wollte. Mit veganen Schnitzeln konnte er nichts anfangen, das hatte sie einfach nicht verstehen wollen. Seit zwei Wochen betreute sie ihre demente Mutter in Hamburg. Jetzt musste er sich eine neue Perle suchen. Er würde bei Gelegenheit bei dem Hausmeister, dessen Namen er sich ums Verrecken nicht merken konnte, nachfragen.

Er hatte nicht gewusst, dass der Lidl schon um 20.00 Uhr schloss. Unter den ungeduldigen Blicken des Personals, das schon putzte und aufräumte, hatte er wahllos Essbares zusammengerafft. Nachdem er bei einer entnervten Kassiererin bezahlt hatte, hatte der Filialleiter hinter ihm abgesperrt.

Wildes Magen knurrte wieder vernehmlich. Der Kommissar klemmte das Baguette, es war das letzte im Brotregal gewesen, unters Kinn. Dann angelte er den Schlüsselbund aus der Jackentasche und schloss seine Wohnung auf.

Er stieß die Tür auf und rief genervt: »Alexa, mach ›EAV‹ an!«

Die sangen sofort in voller Lautstärke: »Küss die Hand, schöne Frau, Ihre Augen sind so blau.«

Ja, das konnte der Beginn eines entspannten Abends sein.

Mit dem Ellenbogen gab Wilde der Tür einen Stups, sodass sie hinter ihm zuschlug, und schritt in Richtung Küche. Er umrundete die Umzugskartons, die seit dem Einzug am Mittwoch kreuz und quer standen. Im Vorbeigehen nickte er dem Tukan auf der Dschungeltapete zu. Langsam gewöhnte er sich an den Vogel und die Explosion aus Farben und Mustern an der Wand.

Wieder vibrierte das Telefon. Wer es auch war, er musste warten. Er musste jetzt unbedingt etwas in den Magen bekommen, sonst würde er umfallen. Wilde warf das Brot auf den Küchentisch.

Er hievte die Papiertüte des Supermarkts auf die Arbeitsplatte und versuchte gleichzeitig, den Kühlschrank zu öffnen. Die Tüte kippte und die Dosen mit Ravioli, Linsen und Nudeleintopf rollten über das Ceranfeld.

Die Tiefkühlpizza und der Flammkuchen rutschten auf den Boden.

»Merde!« Wilde fluchte lautstark, während die »EAV« vom »Burli« sang. Wilde holte eine Flasche Tannenzäpfle aus dem Kühlschrank, öffnete sie und leerte sie zur Hälfte. Dann sortierte er Käse, Schinken, Eier, Joghurt und Maultaschen in den Kühlschrank ein.

Er drehte die Familienpackung Schupfnudeln um und las die Inhaltsangabe. Schwer seufzend dachte er an die Hausgemachten von seiner Siegrun, so gut wie die waren sie bestimmt nicht. Wilde entschied sich für die Zubereitung im Mikrowellenherd. Er pulte die Aluschüssel aus der Verpackung, fluchte vor sich hin, weil sie sich erst nicht öffnen ließ. Erst einem Messer gab sie nach. Er schob die Schale in die Mikrowelle und stellte auf drei Minuten.

Nach dem »Pling« der Mikrowellenuhr schüttete er den Inhalt in einen tiefen Pastateller, den er zufällig zuoberst im Karton mit der Aufschrift »Verschiedenes« gefunden hatte.

Eine Stunde und zwei Tannenzäpfle später saß er zufrieden und gesättigt auf dem Sofa. Er hatte seine Budapester gegen Zori Schuhe, die japanische Variante von Flipflops, und seine Jeans und das karierte Hemd gegen seinen alten Yukata, den legeren japanischen Bademantel mit dem Kranichmuster, getauscht. Ein Obi-Gürtel hielt alles an der richtigen Stelle.

Dann scrollte er durch das Fernsehprogramm auf dem Handy. Für die Tagesthemen um 21.45 Uhr war es schon zu spät. Dann eben nicht. Er wollte sein Leben hier sowieso völlig neu strukturieren.

Am Wochenende hatte er Auf- und Ausräumen eingeplant. Das Chaos hier musste verschwinden. Die Unordnung regte ihn auf.

Vielleicht würde er am Sonntag zur Entspannung in die Schwerterausstellung gehen. Der Flyer, den ihm Wolfgang mitgebracht hatte, las sich sehr vielversprechend.

Die Kartons mit seiner Schwertersammlung lehnten noch an der Wand. Das Katana, sein wertvolles Kampfschwert, war schon ausgepackt. Es lag neben dem seidenen Schwertbeutel mit den eingestickten Mustern japanischer Schriftzeichen auf dem Couchtisch.

Wilde lächelte zufrieden. Seine Demonstration der japanischen Kampfkunst hatte die Brüder Panagiotis und Ben vom Umzugsteam »Federleicht« am Mittwoch sehr beeindruckt. Vor allem, wie er einen Umzugskarton mit der extrem scharfen Schneide in zwei Teile zerlegt hatte, war beeindruckend gewesen. Dass dabei einige seiner T-Shirts auf der Strecke geblieben waren, betrachtete er als Kollateralschaden.

Er legte das Schwert behutsam in den Schwertständer, den er auf einer Umzugskiste platziert hatte.

Er würde draußen auf der Terrasse noch etwas Luft schöpfen und dann schlafen gehen. Die raumhohe Glastür zum Balkon stand einen Spaltbreit offen. Er hatte den Luftzug schon seit einiger Zeit bemerkt. Leider war es ihm nicht gelungen, die Tür ganz zu schließen.

Da musste er auch noch bei Firma »Schramm« reklamieren, die hier die Fenster und Türen eingebaut hatte.

»Wir haben alles noch einmal fein justiert!«, hatte der Mitarbeiter der Firma bei der Abnahme erklärt. Von wegen fein justiert! Er zog und zerrte am Fenstergriff. Schließlich gelang es ihm, das Monstrum so weit zu öffnen, dass er hinausschlüpfen konnte. Das Zurückschieben der Glastür klappte einwandfrei.

Wilde setzte sich in die Hollywoodschaukel. Er hatte das Relikt aus Kindertagen beim Entrümpeln des Gartenhauses seiner Mutter entdeckt.

»Aber Wotan, du wirst doch das alte Ding nicht in deine nagelneue Wohnung mitnehmen!« Seine Mutter war entsetzt gewesen. Er hatte die rostigen Stangen zerlegt, die ausgeblichenen Kissen abgenommen und in die neue Wohnung transportiert.

Jetzt würde er jeden Abend in seine Freizeit schaukeln, wie Inspektor Colombo es vielleicht getan hätte, wenn er einen Feierabend gehabt hätte und nicht nur im zerknautschten Mantel und im verbeulten Wagen von einer genialen Falllösung zur nächsten gefahren wäre.

Wotan Wilde breitete die Arme aus und legte sie entspannt über die orangefarben und grün gestreifte Lehne. Er schaukelte sanft hin und her. Zufrieden legte er den Kopf zurück und schloss die Augen.

Barfuß überquerte er den reißenden Fluss, der durch eine bizarre Felslandschaft floss. Das Wasser ging ihm bis zur Brust und weiße Gischt spritzte ihm ins Gesicht. Seine Füße fühlten sich eiskalt und taub an. Der Ast eines überhängenden Baumes am rettenden Ufer war nur noch einen Schritt entfernt. Er keuchte, tauchte unter, stemmte sich gegen die Wassermassen.

Mit schier unmenschlicher Anstrengung versuchte er, den Ast zu packen. Er lehnte sich nach vorne, kämpfte gegen die Gewalt der Strömung. Lange würde er nicht mehr durchhalten. Verzweifelt streckte er den rechten Arm aus, um den Ast zu packen. Seine mittlerweile völlig tauben Fußsohlen verloren den Halt auf den glitschigen Kieselsteinen. Mit den Armen rudernd, griff er ins Leere, tauchte unter und knallte mit seinem Kopf gegen einen Felsbrocken.

»Aua!«, rief Wilde laut. Er lag quer auf dem Sitz der Schaukel und rieb sich den Hinterkopf. Dieser Traum verfolgte ihn schon seit geraumer Zeit. Er hatte immer wieder überlegt, was er bedeuten könnte. War er überlastet und das Wasser stand ihm bis zum Hals? Die Deutung lag nahe.

Anscheinend war er gegen das Metallgestänge der Schaukel gerutscht. Sein Kopf schmerzte und die nackten Zehen fühlten sich eiskalt an. In den gegenüberliegenden Häusern waren nur noch wenige Fenster beleuchtet. Höchste Zeit, dass er auch ins Bett kam.

Er stand steifbeinig auf und packte den Fenstergriff, um die Tür aufzuschieben. Erschrocken verharrte er in seiner Bewegung. In der Wohnung bewegte sich eine Gestalt. Jetzt verschwand sie gerade in seiner Küche.

Wer war das? Was suchte der Eindringling bei ihm? Wer hatte noch eine alte Rechnung mit ihm offen? Die Gedanken ratterten wie wild durch seinen Kopf. Gesichter tauchten auf und verschwanden. Er ging gefühlt alle Fälle der letzten 30 Jahre durch und fand nichts. Viele hatten ihm zwar den Tod an den Hals gewünscht, aber das war nur inhaltsloses Gefasel, das wusste er.

Wilde fand keine Antwort. In der Küche huschte der Lichtschein hin und her. Wie ein Berserker zog und zerrte Wotan am Türgriff. Keuchend ließ er einen Augenblick davon ab. Was sollte er tun? Er stand barfuß und im Yukata auf dem Balkon, sein Handy lag auf dem Wohnzimmertisch, die Umgebung lag im Tiefschlaf und seine wertvolle Katana Sammlung stand wie auf dem Präsentierteller im Wohnzimmer.

Aber wenn der unbekannte Gast es darauf abgesehen haben sollte, würde er nicht kampflos aufgeben.

»Merde! Schafscheiß!«, fügte Wilde, der Tradition seines schwäbischen Opas mütterlicherseits folgend, hinzu. Drinnen wanderte der Lichtschein Richtung Küche. Wilde begann mit beiden Fäusten, gegen die Glastür zu hämmern. Er erkannte keine Reaktion bei seinem Einbrecher. War der Typ denn taub? Jetzt wanderte der Lichtkegel am Wohnzimmerboden entlang.

Anscheinend krabbelte der Eindringling am Boden herum. Er stieß gegen ein Schwertpaket, das in Zeitlupe umkippte und zwei andere Pakete mitriss. Wilde stieß einen wütenden Schrei aus und stemmte sich mit neuer Energie gegen die Tür.

Wie durch ein Wunder glitt die Scheibe plötzlich zur Seite und er fiel ins Wohnzimmer. Er konnte sich gerade noch am Sofa abstützen. Der Eindringling, Wilde war sich jetzt ganz sicher, dass er etwas suchte, war auf allen vieren krabbelnd im Bad verschwunden.

War der Kerl taub und blind? Wilde rappelte sich mühsam auf und schob sich an der Wand entlang zum Ständer mit dem Schwert.

Er schnaufte durch, packte mit beiden Händen das Katana am Griff und zog es aus dem Schwertständer. Dann schwang er es über dem Kopf. Er war zum Kampf bereit. Sollte der

Feind nur kommen. Er fühlte sich mit dem Schwert in der Hand unbesiegbar.

»Alexa, mach das Licht an!«, brüllte er in die Wohnung. Auf einen Schlag war es taghell im Wohnzimmer.

Der unbekannte Eindringling befand sich immer noch im Bad.

Er nahm erst einmal mit dem Schwert in den Händen Deckung hinter den Umzugskisten im Wohnzimmer und wartete ab. Es war ganz still in der Wohnung.

Nur der Kühlschrank schaltete sich klickend ein und gab ein sirrendes Geräusch von sich. Auf leisen Sohlen schlich Wilde schließlich in Richtung Bad. Die Tür war nur angelehnt, ein Lichtschein huschte hin und her.

Genauso wie er es in den Trainingsstunden bei den Gladiatores geübt hatte, hielt er das Schwert vor dem Körper. Die historischen Kampftechniken mit dem Schwert waren sein Spezialgebiet.

Er stoppte, lauschte wieder. Dann hörte er ihn, den Atem seines Feindes. Jahrelang hatte er für diesen Augenblick gearbeitet. Alle Fasern seines Körpers waren zum Zerreißen gespannt. Geduckt sprang er katzengleich hinter den Kisten hervor, kam mit gebeugten Knien auf und stieß die Tür zum Bad auf.

Gleichzeitig verließ ein gellender Kampfschrei seine Kehle. Er hob sein Schwert über den Kopf, zum Schlag bereit. In dieser Kampfstellung verharrte er.

Doch das hatte er nicht erwartet.

Vor ihm kniete Ben auf dem Boden. Er sah nur den Rücken, erkannte ihn aber sofort an den Rastalocken, die er lose im Nacken zusammengebunden hatte. Der Umzugshelfer leuchtete mit seinem Handy unter den Badezimmerschrank. In den Ohren des Studenten steckten Kopfhörer.

Anscheinend hatte er von Wotans Kampfaktion nichts mitbekommen. Wilde ließ langsam das Schwert sinken und stupste Ben mit der Schwertspitze in eine Pobacke. Wie von der Tarantel gestochen fuhr der junge Mann herum, riss seine Kopfhörer aus den Ohren und rammte Wotan beim Umdrehen seinen Kopf in den Bauch.

Der Kämpfer verlor sein Gleichgewicht, taumelte und krachte mit der Schulter gegen den Türrahmen. Dann rutschte er zu Boden und plumpste sehr unelegant wie ein Sandsack auf die grauen Fliesen. Das Schwert hielt er dabei immer noch fest umklammert.

»Gute Reaktion!«, lobte Wilde, nachdem er sich hochgerappelt hatte.

Nach einer kurzen Schrecksekunde begann Ben schallend zu lachen: »Selbstverteidigungskurs VHS und Charly Khan bei Netflix.«

»Was zum Teufel treibst du nachts in meiner Wohnung?«, fragte Wilde und rieb seine schmerzende Schulter.

»Ich war gerade auf dem Heimweg vom ›Bierkeller‹. Ich helf da als Barrista aus. Dann ist mir die Mensakarte wieder eingefallen, die ist schon für einen Monat aufgeladen. Ich glaub, ich hab sie beim Umzug am Mittwoch hier verloren. Die Wohnungstür war nur angelehnt. Ich wollte den Herrn Oberwachtmeister nicht beim Schönheitsschlaf stören.« Ben beendete seine umständliche Erklärung mit einem schiefen Grinsen. Jetzt im Nachhinein erschien ihm seine Aktion auch eher grenzwertig.

Wilde dämmerte, dass die Tür wahrscheinlich nicht ins Schloss gefallen war, als er sie, vollbepackt mit Einkäufen, nur mit dem Ellbogen zugestoßen hatte.

»Ich hab hier keine Karte gefunden! Aber ich kann ein Bierchen zum Trost anbieten«, erwiderte Wilde, der plötzlich eine staubtrockene Kehle hatte.

Bei dem einen war es nicht geblieben. Er hatte nicht auf die Uhr gesehen, als Ben gegangen war.

9. DER TAG DES PERFEKTEN DINNERS

Als Wotan an diesem Freitag seine Augen aufschlug, zeigten die roten Ziffern des Projektionsweckers an der Decke des Schlafzimmers 6.20 Uhr.

Nach seinem nächtlichen Abenteuer hatte er so gut geschlafen, wie es auf diesem provisorischen Velours-Luftbett möglich war. Das Betttuch war schon wieder verrutscht und bildete einen Klumpen zu seinen Füßen.

Wurde Zeit, dass endlich das neue Boxspringbett geliefert wurde. Wotan drehte sich auf den Rücken. Die linke Schulter schmerzte. Da war er gestern beim heldenhaften Kampf mit dem vermeintlichen Einbrecher gegen den Türrahmen geprallt.

Er grinste in sich hinein. Er hatte sich wirklich tapfer geschlagen.

Dann drehte er sich auf den Bauch. Er würde sich noch eine Runde Schlaf gönnen.

Rumms! Ein Gegenstand war im Treppenhaus heruntergefallen. Wilde zog die Decke über den Kopf und beschloss, sich nicht stören zu lassen. Er fühlte sich plötzlich elend, so als ob eine Grippe im Anmarsch war. Vielleicht sollte er ein Aspirin nehmen? Im Treppenhaus fiel eine Tür krachend ins Schloss. Wilde hustete ins Kopfkissen. Während er noch überlegte, wo seine Apothekenkiste wohl sein konnte, war er wieder eingeschlafen.

Wotan Wilde konnte nicht wissen, dass im Hausflur das Aufnahmeteam für den Dreh zur Sendung »Das perfekte Dinner« herumwerkelte. Reihum kochte von den fünf Teilnehmern an jedem Abend ein Kandidat. Das Kamerateam begann mit der Dokumentation der Vorbereitungen schon am frühen Morgen.

»Bring die Kabelrolle mit!« Emilio Galucci, der Aufnahmeleiter des Senders DAILY, lehnte sich über das Treppengeländer und blickte nach unten.

Er rief es Toni Wexlberger zu, der gerade im Erdgeschoss aus dem Fahrstuhl stieg. In dem weiten Treppenhaus hallte seine Stimme. Er schaute auf die Armbanduhr. Es war erst 6.17 Uhr. Vielleicht sollten sie etwas leiser sein, aber es pressierte! Sie hatten heute einen eng getakteten Tagesplan.

Zuerst mussten sie in der Wohnung von Ambrosius Ackermann die Technik aufbauen und seine Dinnervorbereitungen über den Tag verteilt filmen. Der Mann war ein Rechthaber und die Absprachen mit ihm waren mühsam. Gestern hatten sie ihn beim Einkauf auf dem Wochenmarkt begleitet. An jeder Ware hatte er etwas auszusetzen und trieb die Verkäufer in den Wahnsinn.

Außerdem mischte er sich ständig in Emilios Regieanweisungen ein.

Seine Menüfolge klang zusätzlich ekelerregend. Es gab irgendwelche Maden zur Vorspeise und ein Stinkfruchteis zum Nachtisch.

»Kabelrolle!«, rief Emilio Galucci noch einmal.

»Hob i eh scho daba, Chef!«, rief Wexlberger in das Treppenhaus. Er war gebürtiger Wiener und machte sich immer wieder einen Spaß daraus, in breitester Mundart zu antworten. Er schob die Rolle und einige Materialkisten in den Aufzug.

Im 5. Stock angekommen, zog er eine Kiste vor die Aufzugtür, um sie zu blockieren. In der rechten Hand hielt er eine Kamera am Bügel.

»Soll ich gleich drehen, wenn er aufmacht, Chef?«, fragte er konzentriert, strich sich die graue Haartolle aus dem Gesicht und schulterte die Kamera.

Der Dreitagebart im gebräunten Gesicht gab ihm das Aussehen eines alternden Serienstars, obwohl er bei DAILY seit Jahren nur hinter der Kamera für die wöchentliche Serie »Das perfekte Dinner« zuständig war.

Aber sein Chef stoppte ihn: »Ne, warte mal, der Ackermann war die ganze Woche über schon etwas zickig, wollte immer nur von seiner Schokoladenseite aufgenommen werden. Aber unsere Sofie, die kann mit ihm. Wir warten noch auf sie. Die sucht noch einen Parkplatz. Ist verdammt angespannt hier, die Parkplatzsituation. Das nächste Mal kommen wir mit dem Lastenrad.« Emilio Galucci setzte sich auf eine Kiste mit Ausrüstungsgegenständen und starrte an die graue Wand neben der goldfarbenen Eingangstür von Ambrosius Ackermann.

Für Emilio Galucci, Toni Wexlberger und Sofie Hackl war der Freitag der letzte Drehtag in Tübingen. Heute sollte das letzte Dinner stattfinden, danach die Punktevergabe und dann der Sieger feststehen.

Plötzlich ging Ackermanns Tür auf: »Was hocken Sie da rum! Ich fange jetzt an zu kochen! Das sollten Sie filmen! Angezogen bin ich schon! Dawei, dawei! Jalla! Jalla!«

Emilios Blick richtete sich gegen die Decke. Er benötigte göttlichen Beistand, um das zu überstehen. Er atmete tief durch, um sich zu entspannen.

»Imma langsam die Pferdln!«, antwortete Toni und schaltete die Kamera ein.

In diesem Augenblick gab es im Erdgeschoss einen lauten Knall und Glas splitterte. »Scheiß Glump!«, fluchte Sofie und machte einen Schritt beiseite, um nicht in den Orangensaft zu treten.

»Was ist denn da unten los?« Das war Emilio aus dem fünften Stock, der gleichzeitig Ackermann in Schach halten musste.

»Mir ist 'ne Flasche runter gefallen!«, Sofie klang kleinlaut.

»Ganz schöne Sauerei!« Das war Emily McScott aus dem Erdgeschoss. Auch sie hatte das Zerbersten der Flasche gehört und neugierig die Tür geöffnet.

Sie blickte die junge Frau mit den kurzen blauen Haaren und dem silbernen Nasenring etwas irritiert an.

»Ich helfe Ihnen beim Wegmachen!«, schlug sie vor. »Joel! Vorsicht, da sind überall Scherben! Bleib da weg!« Der Kleine radelte aus dem Flur. Er trug einen Schlafanzug mit Piratenmuster und fuhr fröhlich juchzend durch die Orangensoße. Jetzt erschien Hund Kiri auf der Bildfläche. Zuerst bellte er die unbekannte Frau an, dann sah er den leckeren See am Boden und begann, probehalber daran zu lecken.

Im 4. Stock schreckte Wilde nach einem kurzen, unruhigen Nickerchen hoch. Was war denn da draußen im Treppenhaus los? Es hörte sich nach einer Versammlung an. Jetzt bellte dieser Köter aus dem Erdgeschoss los. Wotan spürte ein unangenehmes Kratzen im Hals.

Er fühlte seine Stirn. Nein, Fieber schien er nicht zu

haben. Unbeholfen stemmte er sich hoch und tappte etwas benommen zur Eingangstür. Der Tukan starrte ihn an, als er sich Halt suchend mit der linken Hand an den Türrahmen lehnte. Dann nahm er die Klinke in die Hand und riss die Tür auf.

»Ruhe, Zefix!«, brüllte er so laut es ihm sein schmerzender Hals erlaubte. Wohltuendes Schweigen legte sich über das ehrenwerte Haus Am Alten Güterbahnhof.

Kurz darauf kam Aufnahmeleiter Emilio die Treppe herunter.

»Guten Morgen! Ich muss mich entschuldigen! Wir bauen für eine Fernsehsendung auf. Das macht leider manchmal Lärm!«, sagte er und blickte etwas irritiert auf Wotans rotkariertes Flanellnachthemd.

»Auch das noch! Ich geh jetzt ins Büro!«. Er sah Emilio irritiert an und schlug ihm die Tür vor der Nase zu.

7.05 Uhr. Er schleppte sich ins Bad, pinkelte ins Bidet und putzte sich die Zähne. Rasieren und Duschen strich er ersatzlos.

7.15 Uhr. Er verließ mit seinem Fahrradhelm in der Hand seine Wohnung.

7.30 Uhr. Er machte sein Fahrrad am Ständer vor dem Kriminalkommissariat fest.

Er lief achtlos an der Rabatte mit den Osterglocken vorbei und nahm einen tiefen Zug der pollenverseuchten Luft. Gott sei Dank habe ich keine Allergie wie der arme Wolfgang, dachte er kurz. Der Parkplatz war noch ziemlich leer, nur Roberts alter Mercedes stand einsam neben einem Forsythienbusch.

Sollte er etwas zum Frühstück mitbringen? Sein Magen erinnerte ihn daran. Das Frühstück war heute ja ausgefallen. Kurz entschlossen drehte Wilde um und spurtete zur Bäckerei an der Ecke. Dort erstand er fünf Butterbrezeln.

Die waren heute nicht im Sonderangebot gewesen. Aber das brauchte Wolfgang nicht zu erfahren. Für sich kaufte er extra eine Quarktasche, sein Lieblingsgebäck.

Mit der Tüte im Arm öffnete er wie der heilbringende Messias die Bürotür.

»Morgen, Robert«, grüßte er seinen Kollegen, der vor dem Rechner brütete und sich an seiner Teetasse festhielt. »Ich hab was zum Frühstücken mitgebracht, im Tausch gegen einen Kaffee!«

»Morgen, Wotan!« Robert erhob sich und drückte demonstrativ auf die Taste für den Cappuccino an der neuen Maschine. Das Gerät gab ein kurzes mahlendes und zischendes Geräusch von sich und spuckte dann den Muntermacher aus. Er reichte Wotan die Tasse.

»Voila, mit perfektem Schaum«, sagte er galant. »Ich bin gerade an der Fake SMS, die der Wüst bekommen hat. Gar nicht so einfach, die zurückzuverfolgen. Da hat sich einer was dabei gedacht!«

Er ging wieder zu seinem Rechner zurück und vertiefte sich in die Software. Dann hob er plötzlich den Kopf.

»Ach ja!« Er sah Wotan an, der es sich gerade am Besprechungstisch bequem gemacht hatte und in seine Quarktasche beißen wollte.

»Gestern habe ich noch mit dem Freund von Wüst telefoniert, dem Morgan Dingsda. Der hat gar nicht aufgehört zu erzählen, hatte wahrscheinlich Redebedarf. Auf die Frage, was Wüst beruflich gemacht hat, hat er mir erzählt, dass er seit zwei Jahren im Ruhestand sei und früher Architekt war. Sie seien auch erst seit zwei Jahren zusammen, haben vor einem halben Jahr geheiratet und planten eine Hochzeitsreise nach Kalifornien. Werner sei ein herzensguter Mensch gewesen und er könne nicht verstehen, dass ihn jemand umbringen wollte. Bla, bla, bla!«

»Ist das der mit der dunklen Hautfarbe?« Wotan wirkte unkonzentriert.

»Afroamerikanische Wurzeln, wie man so schön sagt«, lachte Robert.

»Lacht ihr über mich, es ist doch immer die Kollegin, die nicht da ist!« Bernadette betrat das Büro.

Wotan biss in sein Gebäck. Einen Augenblick lang waren nur seine Kaugeräusche zu hören.

»Wo ist eigentlich Wolfgang?«, fragte Bernadette.

»Der hat doch heute seine Schießprüfung und kommt erst später!«, sagte Robert. »Steht mir auch noch bevor! Blöde Schießerei!«

»Bernadette, komm, du weißt, wir sind heute an die SOKO Familienclan ausgeliehen. Wir müssen jetzt in die Einsatzbesprechung zu Kommissar Helge für die Razzia heute Abend!« Bernadette zog eine Grimasse. Wotan leckte sich den Zuckerguss von den Fingern und stand auf.

»Wo habe ich nur den Plan für die verdammte Veranstaltung hingelegt?« Er kramte in einem Ablagekorb herum und ging dann kopfschüttelnd ohne den Plan, aber mit Bernadette, aus dem Büro.

Wildes Armbanduhr zeigte 23.45 Uhr, als er ins Haus Am Alten Güterbahnhof zurückkehrte. Der Tag war hektisch und die Razzia missglückt gewesen. Er fröstelte. Dieser Mai hatte es in sich. Das Wetter wurde immer schlechter und kälter. Ein verlängerter April, dachte sich Wotan.

Die Razzia war ein Witz gewesen.

Schlecht recherchiert, schlecht durchgeführt, schlechtes Ergebnis, dachte er unzufrieden. Die SOKO Familienclan hatte nichts erreicht. Von wegen Bandenkriminalität! Ein paar Albaner und koreanische Nutten hatten sie im »Red Paradies« vorgefunden. Kleine Fische! So konnte man auch Steuergelder verschwenden.

Einzig Bernadette sorgte mit ihrer Parodie einer Puffmutter für Lacher unter den enttäuschten Beamten. Oberkommissar Helge, der alte Miesmacher, hatte sie dafür gerügt. Idiot!

Wilde wollte gerade auf den Knopf am Aufzug drücken, als die Tür aufging. Ein Mann im grauen Anzug kam mit hochrotem Gesicht herausgeschossen und rannte ihn beinahe um.

Er fuchtelte mit den Armen und schimpfte: »So ein Betrug! Der mit seinen Maden und Elchklößen gewinnt! Und dann vergiftete er uns mit seiner Stinkfrucht! Das ist ja ekelhaft!« Dabei sah er Wilde anklagend an.

»Jetzt beruhigen Sie sich erst mal!«, blaffte der ihn an.

»Alles Betrug! Alles Verbrecher! Der Sieg hätte mir gehören sollen!«, schimpfte der Senior weiter.

»Ich bin Polizist. Soll ich Ihnen Handschellen anlegen und Sie in die Ausnüchterungszelle bringen?« Wotan verstand keinen Spaß mehr. Der Mann starrte ihn erschrocken an.

Dann drehte er sich um, machte einen Ausfallschritt und begann sofort wieder zu keifen: »Saubande, elendige!«

Er wankte ein wenig, als er zur Eingangstür stolperte. Anscheinend war er doch angetrunken, was seinen unkontrollierten Ausbruch erklären würde.

»Ich bringe euch alle um, so wahr mein Name Purzelt ist! Gourmands!«

Er hob drohend seine Faust gegen das Gebäude und verschwand in der Dunkelheit. Wotan verstand nicht, was hier vorging, Es war ihm auch egal. Purzelt oder Rumpelstilzchen, was sollte das.

Jetzt wollte er erst einmal ein kaltes Bier und dann seine Ruhe.

Er fuhr hoch in den 4. Stock. Als er seine Wohnungstüre aufschloss, hörte er in der Penthousewohnung über sich lautes Stimmengewirr. Möbel wurden verrückt und Türen zugeschlagen. Wie lang würden die da oben noch lärmen? Eine Zumutung war das!

Im Erdgeschoss bellte ein Hund und ein Kind schrie.

Er erinnerte sich sehnsüchtig an die nächtliche Ruhe in seiner alten Wohnung. Die alte Frau Stegmeier im Dachgeschoss hatte selten Besuch gehabt und das Rentnerehepaar im Erdgeschoss war fast das ganze Jahr mit seinem Hymer Wohnmobil unterwegs.

Jetzt fehlte nur noch ein Ninja in seiner Wohnung!

Aber morgen war ja Samstag. Da konnte er ausschlafen und entspannen. Und dann ans Ausräumen gehen.

10. DIE TÖDLICHEN LEUCHTEN

Er hatte sich aus »Resi's Bierschuppen« unbemerkt wegschleichen können. Anastasia Korbmeier hatte eine Runde Altbierlikör spendiert. Da Eberhard Purzelt und Ambrosius Ackermann fehlten, war die Stimmung unter den Teilnehmern des »Perfekten Dinners« und den Mitgliedern der Fernsehcrew wieder hervorragend.

Toni Wexlberger parodierte unter großem Applaus das Genuschel des österreichischen Schauspielers Franz Moser und Dorothea Schmälzle erzählte ihr ganzes Repertoire an Schwabenwitzen vom Pferdle und Äffle.

Er war von der Toilette aus durch den Hinterausgang in eine Nebenstraße gelangt. Um diese späte Stunde leuchtete nur noch jede zweite Straßenlaterne matt. Diese Sparmaßnahme der Stadt Tübingen kam ihm sehr gelegen. Es waren nur vereinzelte Fußgänger unterwegs.

Heute war Nummer zwei dran und er würde seinen Plan vollenden. Er fühlte sich angespannt und zugleich erwartungsvoll erregt. Nach wenigen Minuten Fußweg erreichte er sein Ziel. In dem Wohnkomplex waren die meisten Rollos heruntergelassen. Hinter wenigen Fenstern schimmerte noch Licht.

Die Haustür war kein Hindernis für ihn. Er hatte heute Abend vorsorglich das Hebelchen im Haustürschloss umgelegt und somit den Schließmechanismus ausgeschaltet.

Die Beleuchtung im Flur ging automatisch mit einem kaum hörbaren Klicken an. Er blieb vor dem Aufzug stehen und horchte. Im Haus war es mucksmäuschenstill. Er hörte nur sein Herz pochen. Jetzt durfte er keinen Rückzieher machen.

Er betätigte den Aufzugknopf. Sofort glitt die Tür zur Seite, er stieg ein und drückte den 5. Stock. Das gönnte er sich. Auch Mördern stand etwas Luxus zu, dachte er und stieß ein kurzes, trockenes Lachen aus.

Oben holte er das Werkzeug zum Knacken von Schlössern aus seinem Rucksack und nestelte am Schloss in der goldenen Eingangstür herum. Sein Freund Dieter, der in seiner Jugend einschlägige Erfahrungen im Einbrechermilieu gemacht hatte, war ihm ein guter Lehrer gewesen.

Kurz darauf hörte er das Klicken, als das Schloss aufsprang. Leise schob er die Tür auf. In der Wohnung war es dunkel und still. Es roch dumpf nach menschlichen Ausdünstungen, Alkohol und der widerlichen Stinkefrucht. Er hielt kurz die Luft an. Auf Zehenspitzen schlich er durch den Flur. Den Weg hatte er sich genau eingeprägt und konnte ihn blind gehen.

Tastend fand er den Lichtschalter im Wohnzimmer und schaltete den Kronleuchter ein. Seine Kerzen hüllten das luxuriöse Zimmer in helles Licht.

Der Marmortisch, an dem das »Perfekte Dinner« stattgefunden hatte, war noch nicht abgeräumt. Beim Aufbruch hatte sich niemand die Mühe gemacht, die Stühle mit den weißen Hussen an ihren Platz zu schieben. In den Kristallschalen war das Stinkfruchtparfait kaum angerührt.

Ein leerer Dekanter stand neben halbvollen Weingläsern. Einige goldbestickte Leinenservietten lagen zusammengeknüllt unter dem Tisch. Die Karten mit den Punkten für die Dinnerbewertung lagen mit dem Logo der Sendung nach oben neben den Gläsern. Eine Karte war in der Mitte auseinandergerissen.

Direkt hinter dem Esstisch befand sich eine Design-Kochinsel in Granit-Kieseloptik. Auf der dunklen Quarzplatte und dem Cerankochfeld standen ungespülte Töpfe und Pfannen. Den hinteren Bereich des geräumigen Zimmers nahm eine Sitzlandschaft aus weißem Leder ein. Zwischen den Kissen mit geometrischen Schwarz-Weiß-Mustern lagen aufgeschlagene Hochglanzzeitschriften mit Raumdekor. Rechter Hand war der Raum als eine Art Fotostudio eingerichtet. An einem Metallgestell hingen schwere Scheinwerfer. Eine sehr teuer aussehende Kamera war auf einem Stativ montiert.

Der ungebetene Besucher orientierte sich kurz und schlich in Richtung Schlafzimmer. Vor der geschlossenen Tür blieb er kurz stehen und betrachtete das aufgeklebte Poster, das die Skyline von Dubai mit dem Burj Khalifa zeigte. Dann riss er die Tür so schwungvoll auf, dass sie krachend gegen die Wand knallte, und schlug mit der Faust gegen den Schalter für das Deckenlicht.

Die goldenen Troddeln am Baldachin des Himmelbetts zitterten vom Luftzug. Mit großen Schritten durchquerte er den Schlafraum.

Er beugte sich über den Mann, der erschrocken zusammengezuckt war, und brüllte ihm ins Ohr: »Steh auf, du Verbrecher!«

Der Mann lag noch einen Augenblick reglos auf dem Bauch. Der nackte Oberkörper war halb von einem weißen Seidenbett bedeckt. Dann ging ein Schauer durch seinen Körper. Er fuhr so abrupt hoch, dass die Decke auf den Boden rutschte. Der Blick des Eindringlings glitt über die schwarze Pyjamahose mit dem goldenen Kronenmuster und die stark behaarte Brust des stattlichen Mannes. Ambrosius Ackermann starrte den Störenfried aus kleinen schlaftrunkenen Äuglein an.

Jetzt kam das Messer zum Einsatz. Er zog es aus der hinteren Hosentasche, klappte es auf und hielt es dem überrumpelten Ackermann an den Hals.

»Auf, du Fettkloß!«, kommandierte er.

Völlig verwirrt rappelte der sich hoch. Anscheinend wähnte er sich in einem Albtraum.

»Ab ins Wohnzimmer!«, kommandierte der Einbrecher und fuchtelte mit dem Messer vor dem Gesicht seines Opfers herum.

»Was wollen *Sie* schon wieder?«, zischte Ackermann. Er hatte sich erstaunlich schnell gefasst, rappelte sich plötzlich auf, drehte sich zu seinem Peiniger um und versuchte, sich auf ihn zu werfen. Anscheinend wollte er ihn mit seinem bloßen Gewicht erdrücken. Dabei schwankte er gefährlich. Er hatte wohl noch reichlich Alkohol von seiner einsamen Siegesfeier im Körper.

Der Angreifer war auf der Hut, wich geschmeidig aus und ließ Ackermann ins Leere laufen.

»Keine Tricks!«, sagte er und stach ihn mit der Messerspitze in den Arm. Sofort quoll Blut aus einer länglichen Wunde auf Ackermanns behaartem Oberarm.

Der Peiniger dirigierte den offensichtlich noch Angetrunkenen zum Esstisch. Der Mann tappte barfuß zum Tisch und wollte sich auf den einzigen Stuhl mit lila Schaffell setzen. Der Mann mit dem Messer zog den Stuhl blitzschnell zur Seite. Das Opfer ruderte mit den Armen, um das Gleichgewicht zu halten. Er fluchte lautstark und lehnte sich gegen den Tisch. Keuchend starrte er seinen Angreifer an.

»Sag mir, wo sind die Akten?«, forderte der Eindringling. Die Geisel sah ihn aus geröteten Äuglein verständnislos an. Dann schien ihr plötzlich ein Licht aufzugehen.

»Ah, so läuft der Hase!«, nuschelte er. »Meinen Safe wirst du Schlaumeier nie finden. Den Code wirst du niemals knacken!« Dabei blickte er aus einem Reflex heraus zu einem abstrakten Gemälde hinüber, das über der Anrichte hing.

Der Eindringling folgte seinem Blick. Da hatte sich der Typ selbst verraten. Bestimmt war der Safe hinter dem Bild verborgen. Den Platz würde er später genauer anschauen. Jetzt musste er seinen Plan zu Ende bringen.

Ambrosius Ackermann sah ihn ungerührt an.

»Spinner!«, murmelte er. Er ging leicht schwankend um den Tisch und schenkte zwei Gläser mit Sekt aus der Magnumflasche voll.

»Auf mich und meinen triumphalen Sieg!«, lallte er, noch immer umnebelt von seiner Sauforgie. Er wollte seinem Peiniger ein Glas reichen. Doch der schlug es ihm so schwungvoll aus der Hand, dass es klirrend an der Design-Kochinsel zerschellte. Ambrosius Ackermann leerte sein Glas in einem Zug und warf es hinterher. Er schwankte leicht, wollte sich auf dem Tisch abstützen und griff in eine Dessertschale mit flüssigem Parfaitrest. Er leckte sich die Soße von den Fingern und murmelte: »Deliziös, Ambrosius, deliziös!«

Der Mann mit dem Messer konnte sich nicht mehr beherrschen …

Eine Welle des mühsam unterdrückten Zorns auf diesen bornierten, selbstgefälligen Ackermann kam in ihm hoch. Wie von selbst öffnete sich sein Mund und er brüllte sein Anklagepamphlet lautstark ins Zimmer. Der Schweiß stand ihm in kleinen Tröpfchen auf der Stirn und er zitterte am ganzen Körper.

»Ich glaube, du verkennst den Ernst der Situation! Marsch, in dein Fotostudio!«, beendete er seine Rede. Er bedrohte Ackermann wieder mit seinem Messer. Der machte ein paar zögerliche Schritte in Richtung Studio.

»Weiter!« Der Angreifer trieb ihn in die Mitte des Studios.

»Stehenbleiben!« Ackermann hielt an und blieb mit dem Rücken zu seinem Peiniger stehen. Der Eindringling zog ein längliches Holzstück aus seiner Jacke, holte aus und schlug mit voller Wucht auf Ackermanns Hinterkopf. Der sackte zusammen, ging wie in Zeitlupe zu Boden und blieb reglos liegen.

Der Mann sah sich keuchend im Raum um.

Eine Wand des Studios war gänzlich von einem schwarzen Tuch bedeckt. Davor stand auf einer Säule das fragile Modell eines utopisch wirkenden Wohnturms. Der Angreifer vergaß für einen Augenblick sein Vorhaben und ging voller Bewunderung um diese einzigartige Konstruktion herum. Der Typ hatte ja wirklich was drauf, dieses kreative Arschloch. An mehreren hohen Gestellen waren schwere Scheinwerfer angebracht, um das Modell auszuleuchten. Neben der Kamera lagen unterschiedliche Objektive in einer Box.

In einem hohen Metallregal lagerten braune Glasflaschen mit unterschiedlichen Aufschriften. Der Fremde konnte mit den Fachbegriffen nichts anfangen. Auf einem schwarzen

Plastikhocker waren Zeitschriften mit den Ansichten von Gebäuden gestapelt.

Er durfte nicht trödeln. Er holte einen kleinen Nusskasten aus seiner Jackentasche und begann, die Schrauben an dem Gestell mit den Scheinwerfern zu lockern. Obwohl seine Finger zitterten, war er nach zehn Minuten fertig. Er zog an den Metallstreben und sprang beiseite. Das Gestell klappte wie ein Kinderspielzeug zusammen und stürzte mit vollem Gewicht auf den leblosen Körper von Ackermann.

Das geschah natürlich nicht lautlos. Der Angreifer zuckte zusammen und lauschte ins Haus. Aber außer dem Ticken der goldenen Pendeluhr hörte er keinen Laut. Bei der Wucht des Sturzes waren das Regal mit den Flaschen, Plastikschüsseln, Zeitschriften sowie die Deckenleuchte zu Boden gegangen. Einige Flaschen waren zerborsten. Ein beißender Geruch von Chemikalien verbreitete sich im Raum.

Der Mann zog ein Taschentuch aus der Hosentasche und hielt es sich hustend vor die Nase. Die Leiche lag seltsam verkrümmt unter dem Haufen aus Metall, Glassplittern und durchnässten Zeitschriften. Die Flüssigkeiten vermengten sich zu einem giftigen See rund um den Toten. Die Beine der Schlafanzughose waren hochgerutscht und man konnte das Schlangentattoo am linken Unterschenkel erkennen. Das Tier züngelte dem Angreifer im Dämmerlicht wie lebendig entgegen. Der verharrte einen Augenblick. Dann drehte er sich um und lief zum Esstisch. Dort packte er den Sektkühler und schleuderte ihn samt der leeren Magnumflasche Dom Perignon auf das Chaos am Boden.

Das Eiswasser mischte sich mit dem Blut, das unaufhörlich aus einer Kopfwunde sickerte. Die Sektflasche blieb unversehrt, drehte sich neben dem Körper mehrere Male um ihre eigene Achse, bis sie ruhig liegen blieb.

Dann sank er erschöpft auf den Kuhhocker neben dem

umgekippten Regal. Er atmete tief durch. Er bemerkte Spritzer auf seinen schwarzen Sneakers und versuchte, die Flecken mit einem Papiertaschentuch abzuwischen, was ihm aber nicht vollständig gelang. Die Schuhe würde er in einem Altkleidercontainer entsorgen müssen. Mit einer müden Bewegung holte er sein Smartphone aus der Hosentasche und machte ein Foto von dem Chaos.

»Das war Nummer zwei!«, tippte er in eine App und schickte Nachricht und Foto ab.

Er fühlte sich völlig ausgebrannt. Erschöpft ging er ins Schlafzimmer. Vor dem Bett standen schwarze Adiletten. Er stellte das Paar sorgfältig neben die Leiche. Auf die Deko mit den Socken wollte er nicht verzichten. Suchend schob er einige Türen des Einbauschranks im Schlafzimmer auf. Schließlich stieß er auf eine Schublade, deren Inhalt der Strumpfabteilung eines Kaufhauses zur Ehre gereicht hätte. Er wählte ein weißes Paar mit silbernem Sternenmuster und drapierte es neben den Pantoffeln.

»Gut!«, lobte er sich mit heiserer Stimme. Im Hinausgehen versuchte er, das Bild über der Anrichte im Wohnzimmer abzunehmen. Er betrachtete kurz die kräftigen Farben. Es waren abstrakte Häuser dargestellt und dazwischen sah man schmale Augen. Am rechten unteren Rand las er die Signatur »Hundertwasser«. Er riss sich von der Betrachtung los und klappte das Gemälde seitlich weg.

»Hab's doch gewusst!«, flüsterte er. Hinter dem Bild kam ein Safe zum Vorschein.

»Du kommst später dran!«, murmelte er.

Er vergaß nicht, das Licht auszumachen, als er den Tatort verließ.

Wieder fühlte er für einen kurzen Moment den schweren Druck des Verlustes von seinem Herz genommen und konnte ein schiefes Lächeln nicht unterdrücken.

11. DIE HOHEN ERWARTUNGEN

Heute, am Samstagmorgen, war Saskia Klaschke mit einem Lächeln aufgewacht und hatte sich wohlig in ihrer rosa gestreiften Satinbettwäsche geräkelt.

Er hatte sie eingeladen!

Er hatte sie geküsst!

Er hatte über ihr Haar gestreichelt!

Alles war so, wie es Rosamunde Pilcher in ihren Romanen beschrieb. Sie hatte keinen Film versäumt, alle aufgenommen und mehrmals angesehen. Und so etwas passierte jetzt auch ihr.

Immer noch lächelnd, setzte sie sich auf und fuhr die Rollos ihres Schlafzimmers mit der Fernbedienung hoch. Dann machte sie ihre Musikanlage an. In der ganzen Wohnung ertönte »Liebe ist!« von Nena. Das war der einzige wirkliche Luxus, den sie sich gegönnt hatte. Eine Anlage, die ihre ganze Wohnung beschallte!

Ihr Sohn Leopold übernachtete heute bei seinem Freund Rufus, also konnte sie die Anlage voll aufdrehen.

Sie schlüpfte in ihre pinkfarbenen Puschen und tanzte am Fenster in der Maisonne Richtung Bad.

»Liebe will nich'
Liebe kämpft nich'
Liebe wird nich'
Liebe ist
Liebe sucht nich'
Liebe fragt nich'
Liebe is', so wie du bist«,

sang Nena und Saskia sang laut mit. Sie streifte ihr Rüschennachthemd von den Schultern und warf es mit dem

Fuß über den Hocker vor dem Schminkspiegel. Ihre Füße bewegten sich rhythmisch zur Musik.

Beschwingt drückte sie einen Streifen der Paradontose Zahnpasta auf die Bürste und begann, immer noch tänzelnd, ihre Zähne zu schrubben. Sie spülte und spuckte dreimal aus, das sollte ihr Glück bringen. Dann öffnete sie die Duschkabine und stieg unter den Strahl heißen Wassers.

Wenig später schlüpfte sie aus der Kabine. Der zarte Geruch der regenerierenden Duschcreme mit Allantoin hüllte sie ein. Nena begleitete sie immer noch musikalisch. Sie trocknete sich sorgfältig ab und griff nach dem Döschen mit der Tagespflege von Pierre Ricaud.

Zärtlich strich sie sich über den Körper und stellte sich vor, wie er das machen würde. Nach einem Gläschen Sekt würde sich sicher etwas ergeben.

Innig cremte sie die rasierten Hautstellen um ihre Vagina. Ein Schauer durchlief sie. Sie konnte es fast nicht mehr erwarten. Sie stellte sich den stattlichen Mann vor, wie er auf sie sank. Aber halt! Jetzt ging wirklich ihre Fantasie mit ihr durch. Im richtigen Moment wollte sie bereit sein und der war definitiv nicht jetzt!

Sie schlüpfte in ein winziges Spitzenhöschen und zog das schwarze Togakleid mit dem langen Schlitz auf der Seite an. Dann wählte sie eine Halskette aus ihrer neuen Kollektion. Einen tropfenförmigen Bernstein in einer filigranen Goldfassung. Sie schüttelte ihr Haar aus, ignorierte den grauen Haaransatz und biss auf ihre Lippen. Dann betrachtete sie sich im Spiegel.

Perfekt! Noch ein Tropfen Parfüm auf den Brustansatz und es konnte losgehen.

Sie atmete tief durch und sah auf die Uhr im Flur. 9.55.

10 Uhr hatte er gesagt. Alles im grünen Bereich! Sie zog ihre Wohnungstür zu und fuhr mit dem Aufzug in den 5. Stock.

Die Tür zur Penthouse Wohnung war nur angelehnt. Er erwartete sie also schon!

»Liebster, ich komme!«, flüsterte sie und strich sich mit der Zunge noch einmal über die Lippen. Dann stieß sie die Tür zu Ackermanns Wohnung auf. »Guten Morgen, Ambrosius«, grüßte sie laut und ging schnellen Schrittes ins Wohnzimmer.

Sekunden später ähnelte Saskia Klaschke der Figur auf dem Bild »Der Schrei« von Edward Munch. Ihre Augen waren vor Entsetzen weit aufgerissen. Sie presste beide Hände an die Wangen und brüllte hysterisch. Wie bei einem Totenschädel zeichneten sich ihre Wangenknochen unter der kreideweißen Haut ab. Sie konnte nicht mehr aufhören zu schreien.

12. DER TOTE IM FOTOSTUDIO

Wotan Wilde, einen Stock tiefer in seiner Wohnung, war guter Stimmung. Obwohl er ein leichtes Kratzen im Hals spürte und seine Nase lief, war er doch gut ausgeruht aufgewacht. Siegrun hatte oft bis nach Mitternacht im Bett gelesen. Das hatte zu ständigen Streitigkeiten geführt. Er brauchte nun mal seine Nachtruhe. Nun konnte er ganz nach seinem Rhythmus leben.

Herrlich! Samstag! Er würde Kartons auspacken, um wieder in die Nähe einer Normalität zu kommen.

Seine Hausschuhe hatte er wieder nicht gefunden. So begnügte er sich mit den dicken Wollsocken, die man bei den Temperaturen gut gebrauchen konnte. Er trug seinen dunkelblauen Bademantel über dem rotkarierten Nachthemd und wollte erst gemütlich frühstücken, bevor er sich anzog.

Im fahlen Morgenlicht stand er in der Küche und versuchte, eine Dose »Knack und Back Croissants« an der Kante der Arbeitsplatte aufzuschlagen.

Er freute sich schon auf die knusprigen Hörnchen und stellte sich vor, wie sie auf seinem Teller lagen, daneben eine dampfende Tasse Kaffee und die Zeitung vom Wochenende. Ach ja, die war ja noch im Briefkasten.

In Ermangelung seiner Schlappen wollte er gerade in seine frisch geputzten Budapester schlüpfen, um ins Erdgeschoss zu laufen und seine Zeitung zu holen, als er diesen markerschütternden Schrei hörte. Erschrocken machte er die Tür einen Spalt auf und horchte nach draußen. Eine Frauenstimme schrie laut, durchdringend und anhaltend.

Was war da los? Wo kam das her? Er lauschte und ortete den unangenehmen Ton im Stockwerk über sich. Ohne lange zu überlegen, rannte er die Treppe hinauf. Die Frau schrie noch immer.

Die Tür zur Wohnung im 5. Stock stand offen und das Kreischen hatte fast sein Maximum erreicht. Wilde stürzte in die Wohnung und stand in dem riesigen Wohnraum, den er schon von seinem unseligen Toilettenausflug kannte.

Eine Frau im schwarzen Kleid stand mitten im Raum, die Hände vors Gesicht geschlagen. Zuerst wurde sein Blick von einer festlich gedeckten Tafel abgelenkt, dann sah er den verkrümmten Körper. Er lag in dem Teil des Raumes, der als Fotoatelier eingerichtet schien, unter einem verbogenen Stahlgestänge, zerbrochenen Scheinwerfern und ausgelaufenen Fläschchen mit Chemiekalien begraben.

Um den kahlen Kopf der Leiche hatte sich eine Pfütze gebildet. Das Eiswasser aus einem umgekippten Sektkühler und die Entwicklerflüssigkeiten waren dort zusammengeflossen. Es stank gotterbärmlich.

Wotan packte die Frau, die er als eine Mitbewohnerin erkannte, an den Schultern und rüttelte sie. Sie sah ihn mit ausdruckslosen Augen an und schrie weiter.

Erst als er ihr sachte eine Hand über den Mund legte, verstummte sie und begann übergangslos zu schluchzen. Wotan versuchte sich als Frauentröster und nahm sie in den Arm. Beide standen einige Sekunden eng aneinandergelehnt.

»Heilix Blechle! Was ist denn hier los?« Holger Kostka stand in der Tür und betrachtete fassungslos das Chaos. »Ist der tot? Ich wollte nur …«

»Das ist ein Tatort! Zutritt verboten!«, herrschte Wotan den Gärtner an. Er ließ die Frau los und drückte sie auf den Stuhl mit dem lila Schaffell. Sie schniefte und starrte ins Leere.

Kleinlaut zog Kostka ab. Seine Frau und die beiden Kinder standen in Schlafanzügen am Treppenabsatz. Anscheinend war jetzt das ganze Haus alarmiert.

Jetzt spie der Aufzug Familie McScott aus, einschließlich Bobbycar und Hund. Der wandte sich ob des scharfen Geruches ab und versuchte, wieder in den Aufzug zu kommen. Er fiepte vor sich hin. Wotan fühlte sich etwas unwohl, wie er da auf Socken und im Bademantel den Blicken der Hausbewohner ausgesetzt war.

»Das gilt auch für Sie!« Wotan versuchte, besonders bestimmt zu klingen. »Wir unterhalten uns noch! Bitte verlassen Sie alle den Tatort und halten Sie sich zu unserer Verfügung!« Die oft gesagte Floskel gab ihm Sicherheit und seine Autorität zurück. Die Bewohner zogen sich erschrocken in den Aufzug zurück.

»Ich bringe Sie in Ihre Wohnung, Frau …«, wandte er sich freundlich an die Frau auf dem Stuhl.

»Klaschke, Saskia Klaschke«, half sie ihm weiter.

»Frau Klaschke, ich bringe Sie in Ihre Wohnung und schicke gleich einen Mitarbeiter zu Ihnen.« Saskia nickte und wischte mit dem Rock die Tränen aus dem Gesicht. Sie musste furchtbar aussehen. Der verstrubbelte Mann in Bademantel und handgestrickten Wollsocken flößte ihr Vertrauen ein.

Wotan blockierte die Wohnungstür mit einem Schuh und begleitete die Zeugin in ihre Wohnung. Anschließend ging er in seine Wohnung, um die Spurensicherung und seine Kollegen telefonisch zu informieren. Außerdem musste er sich etwas Vernünftiges anziehen.

Kurz darauf war Bernadette vor Ort. Wotan hatte schon die Beamten der Spurensicherung in die Tatwohnung geführt und wartete jetzt vor der Tür auf seine Ermittlungscrew.

»Du wirst auch immer fauler. Jetzt lässt du dir die Leichen schon vor die Tür liefern! Cleverer Schachzug!« Bernadette klopfte Wotan auf die Schulter. »Dann wollen wir uns das mal ansehen!«

»Wo sind Wolfgang und Robert?«, fragte er sie.

»Die haben heute frei. Wolfgang ist vermutlich auf Schnäppchenjagd und Robert sitzt im Café und schaufelt Kuchen in sich rein. Waren telefonisch nicht zu erreichen!«

Bernadette sah zu, wie Julius, über die Leiche gebeugt, die ersten Untersuchungen vornahm. Im selben Moment bereute sie, dass sie sich in der Eile nur ihre Jeans und den hellblauen Pullover übergezogen hatte. Auch Make-up hatte sie nicht aufgelegt und an ihre strähnigen Haare wollte sie gar nicht denken. Sie hielt sich im Hintergrund.

»Wer ist eigentlich der Tote?«, fragte Bernadette nach einer Weile.

»Mein spezieller Freund Ambrosius Ackermann, der Kotzbrocken des Hauses mit riesigem Ego. Siehst du ja an der Wohnung. Alles sehr pompös.« Wotan verzog das Gesicht.

»Wer hat ihn gefunden?« Bernadette arbeitete ihre Frageliste ab.

»Das war eine Saskia Klaschke aus dem zweiten Stock.« Wotan war erstaunt, wie flüssig ihm dieser Name über die Lippen kam. »Die beiden hatten wohl eine Verabredung zu einem Schäferstündchen, so wie sie angezogen war.«

»Oh, là, là!«, war der einzige Kommentar von Bernadette, sie hatte schon wieder Julius fixiert und Gott allein wusste, was in ihr vorging.

»Ich befrage mal die restlichen Hausbewohner. Die werden mir wahrscheinlich wenig Neues sagen können! Du kannst ja hier bei Herrn Burmeister bleiben. Damit sich dein Wochenendeinsatz wenigstens lohnt, Prinzesschen!« Wotan zwinkerte und hustete gleichzeitig. Dann verschwand er im Aufzug.

Kurz darauf stellte Julius seinen Alukoffer neben Bernadette, die auf dem Treppenabsatz saß und eine Nachricht auf ihrem Smartphone schrieb.

»Interessiert an den neuesten Nachrichten?«, fragte er und setzte sich neben sie. Schmetterlinge begannen in ihrem Bauch zu flattern, als sich ihre Schultern zufällig berührten.

»Immer, wenn *du* sie erzählst …« Am liebsten bei einem Glas Wein in deinem Bett nach einer heißen Liebesnacht, malte sie sich aus.

»Schieß los!«, fügte sie lahm hinzu. Sie lief rot an. Julius sah sie von der Seite an.

»Hast du etwas?«, fragte er.

»Nein, nein, alles okay«, antwortete sie schnell und sah zu Boden.

»Also, es sieht momentan so aus, als wäre er von dem ganzen Metallkram erschlagen worden. Jedenfalls hat er auch eine klaffende Wunde am Hinterkopf. Darum auch das viele Blut. Dazu aber nach der Obduktion mehr. Todeszeitpunkt zwischen zwei und drei Uhr nachts. Der Gestank kommt übrigens von den Chemikalien, die zum Entwickeln der Bilder benutzt werden, nicht vom Leichnam. Der roch offensichtlich nach irgendeinem Männerduft. Scheint ein eitler Kerl gewesen zu sein. Seine Fingernägel sind auch top gestylt, ebenso seine Fußnägel.« Julius beendete seinen Monolog und sah Bernadette an.

»Hat er denn keine Schuhe an?«, fragte die.

»Nein, die Adiletten stehen fein säuberlich nebeneinander neben der Chemiepfütze und die Socken liegen gefaltet darauf«, berichtete Julius.

Dieses Detail kam ihr bekannt vor. Wo hatte sie das schon gesehen?

»Ich fahr jetzt in die Pathologie und warte auf den Kandidaten. Bis später!« Julius nahm seinen Koffer und verschwand im Aufzug.

Bernadette blieb wie gelähmt auf der Stufe sitzen und spürte der Berührung von Julius nach.

Kurz darauf schnauften zwei Bestatter mit einem Metallsarg die Treppe hoch und an ihr vorbei.

»Nagelneues Haus und es passt kein Sarg in den Aufzug!«, beschwerte sich der eine. Die Männer stellten ihn ab und warteten darauf, dass die Spurensicherer fertig wurden.

Der Aufzug ging auf und Wotan kam heraus.

»Das war nicht sehr ergiebig. Die Hausbewohner haben zwar gestern die Fernsehleute gehört und gesehen, wissen aber sonst nichts weiter. Wir werden wohl eine Gegenüberstellung machen müssen, um auszuschließen, dass neben den Fernsehleuten noch andere Personen im Haus waren. Die Teilnehmer des ›Perfekten Dinners‹ brauchen wir auch. Das wird ein ganz schöner Aufwand, aber anders wird es wohl nicht gehen. Das pack ich alles momentan nicht, ich hab mörderisches Kopfweh!« Wotan langte sich an die Stirn.

»Lass mich das machen. Hast du Schmerztabletten?« Bernadette gab sich besorgt.

»Wir sind dann fertig!« Penny Schönblick, die Leiterin der Spurensicherung, gab den Tatort frei und verließ mit ihren Beamten die Wohnung.

Zwei Polizisten räumten mit den Bestattern die verbogenen Metallstreben und die schweren Scheinwerfer von der Leiche. Der Fundort war mit einem weißen Klebeband markiert. Die Spurensicherer hatten mit großen Papiertüchern die Flüssigkeiten aufgesaugt. Das zusammengeknüllte Papier lag wie eine weitere weiße Leiche neben dem Toten.

Den Rest würde der Tatortreiniger übernehmen.

Die Bestatter hoben die Leiche in den orangefarbenen Leichensack und schlossen den Reißverschluss. Dann legten sie den metallenen Deckel auf das Unterteil des Sarges und jonglierten den Sarg die Treppe hinunter.

»Jetzt sind wir dran!«, hustete Wotan und zog Bernadette in die Wohnung.

Der große zentrale Raum der Wohnung war ein einziges Durcheinander. Im Fotostudio lagen das verbogene Metallgerüst und Scheinwerfer neben dem weißen Umriss der Leiche.

Auch hier viel tristes Grau, dachte Bernadette. Die Farbe verbreitete für sie eine depressive Grundstimmung. Das musste dem Bewohner ja aufs Gemüt schlagen. Aber trotzdem hatte er schöne Fotos gemacht. Die Einrichtung zeugte von Geschmack und erlesenem Stil.

Die goldenen Figuren auf den Sockeln wirkten wie römische Kunstwerke. Auf den Sofas und Stühlen lagen Kissen mit silbernen Bordüren. Bunte Teppiche und großformatige Fotos von Gebäuden und Landschaften waren die einzigen Farbkleckse im ewigen Grau.

Durch die raumhohe Fensterwand konnte man auf die riesige Dachterrasse sehen. Die Balkonmöbel waren mit farbigen Stoffen bezogen und im Eck stand ein Ussija, der ebenfalls mit einer farbigen Plane abgedeckt war.

Der Himmel war wolkenverhangen und passte zur deprimierenden Stimmung, die die Wohnung verbreitete.

»Nicht mein Stil und Geschmack!«, sagte Wotan kurz. Er musterte die Fotos, die an zwei quer durch das Fotostudio gespannten Leinen mit Wäscheklammern aufgehängt waren.

Bernadette stellte sich neben ihn und überflog kurz die Fotos. Neben privaten Bildern, die verschiedene Menschengruppen zeigten, gab es auch eher künstlerische Aufnahmen von Häusern und Baudetails.

»Wie machen wir jetzt weiter? Meinen Samstag lass ich mir nicht weiter vermiesen!« Wotan setzte sich auf das Sofa und lehnte den Kopf zurück.

»Morgen holen wir uns die Teilnehmer des ›Perfekten Dinners‹ aufs Revier und am Montag schauen wir uns die Fernsehcrew an!«, legte er fest. »Du versuchst, Wolfgang und Robert zu aktivieren, die brauchen wir!«

»Ja, Chef!« Bernadette salutierte. »Kann ich dich zum Frühstück einladen?«

Wotan hob seinen Arm und zeigte ihr seine Armbanduhr: »Zum Mittagessen vielleicht, es ist 13.30 Uhr. Aber erst nehm ich ein Aspirin.«

»Ich kenn da einen tollen Spanier!«, sagte Bernadette. Plötzlich ging es Wotan wieder besser.

Eine Viertelstunde später saßen sie im »El Chico« an einem der dunklen Holztische. Bernadette hatte bei der Wirtin Carmen, die sie offenbar gut kannte, eine Paella con Carne für zwei Personen bestellt. Sie nippte an ihrem Rotwein. Der Mondeo Selección Especial, eine Empfehlung von Carmen, war eine gute Wahl gewesen. Wotan nahm einen großen Schluck aus seinem Weizenglas und rülpste leise.

»Wie geht's dir, so alleine in deiner neuen Wohnung?«, eröffnete Bernadette das Gespräch. »Ich glaube, du vermisst deine Frau.«

Wotan sah sie überrascht an. Mit dieser Frage hatte er nicht gerechnet. Sie hatten zwar ein gutes Verhältnis, aber Bernadette wusste, dass er nicht gerne über persönliche Dinge sprach, schon gar nicht über Gefühle.

»Wie meinst du das?«, fragte Wotan, um Zeit zu gewinnen. Er griff nach seinem alkoholfreien Weizen und trank das Glas auf einen Zug halb leer.

Bernadette räusperte sich: »Du weißt, mit mir kannst du über alles reden, auch über deine Verflossene.«

Bernadette blickte Wotan fragend an. Der starrte auf den Bierdeckel mit dem Logo der Brauerei Heinerle. Nach kurzem Zögern sprudelte es dann aus ihm heraus.

»Weißt du, was sie da gemacht hat, war nicht in Ordnung. Einfach so abzuhauen mit dem Herrn Innenarchitekten Sprühnagel, dem Arsch. Ich hab mich damals schon gefragt, ob so viele Termine nötig wären, um die Wohnung zu planen. Aber ich hab mich in meinen Job verbissen und sie einfach machen lassen. Ich war so blind! Diese Wohnung war mir damals scheißegal. Ich war schon auch schuld. Ich nehme ihr nur übel, dass sie mich ins offene Messer hat laufen lassen und ohne Vorwarnung verschwunden ist. Ich hatte keine Chance!« Nach dieser langen Rede stürzte er den Rest Bier hinunter.

Bernadette legte ihre Hand auf Wotans Arms. Der zog ihn irritiert zurück und fixierte weiter seinen Bierdeckel.

»Du vermisst sie sehr, oder?« Bernadette zeigte Mitgefühl.

Jetzt hob Wotan seinen Kopf und blickte in die Ferne.

»Das klingt jetzt wahrscheinlich trivial, aber ihr Essen vermisse ich besonders. Sie war eine tolle Köchin! Ihre Linsen mit Spätzle, handgschabt, wohlgemerkt, und ihr Zwiebelrostbraten waren ein Traum.« Wotans Stimme versagte, was nicht nur daran lag, dass eine Erkältung im Anmarsch war.

»Aber ihre nächtlichen Leseorgien vermiss ich nicht«, hängte er noch an.

Es entstand wieder eine Pause. Bernadette nahm einen weiteren Schluck Rotwein und Wotan orderte mit einer Handbewegung ein zweites Bier.

»Und du und Julius?«, fragte er dann, um das Thema zu wechseln.

Bernadette umklammerte jetzt das Weinglas mit beiden Händen, als wolle sie sich daran festhalten.

»Ich blicke bei ihm einfach nicht durch. Ich weiß, dass er mich mag. Aber er ist immer distanziert und höflich. Er unternimmt keinerlei Versuch, mit mir zu flirten. Ich hab ihm schon so oft dazu Gelegenheit gegeben. Hast du nicht einen Tipp?« Bernadette war offensichtlich am Ende mit ihrer Weisheit. Sie seufzte tief.

Endlich blickte Wotan seine Begleiterin an. Er war überrascht, dass die tatkräftige Bernadette in Liebesdingen so ratlos war.

»Mensch, Bernie!« Wotan wählte absichtlich ihren ungeliebten Spitznamen, um die Situation zu entschärfen. »Mensch, Bernie, sei doch mal taff! Im Beruf bist du es doch auch! Ergreife einfach selbst die Initiative!«, schlug er vor.

Bernadette schaute ihn mit großen Augen an.

»Ich will aber erobert werden! Vielleicht zu einem romantischen Wochenende eingeladen werden oder so.« Bernadette zog eine Schnute. Wotan runzelte die Stirn.

Er wollte gerade zu einem längeren Vortrag über die Emanzipation der Frau anheben, als Carmen eine riesige Platte mit Paella auf den Tisch stellte.

So begnügte sich Wotan mit dem Ausruf: »Das sieht aber lecker aus!«

Bernadette ergänzte: »Que rico!«

Nach einem lautstarken »Buen provecho!« eilte die Wirtin zur Theke.

Das ließen sich die beiden nicht zweimal sagen. Alle Beziehungsprobleme waren erst einmal vom Tisch und auf ungewisse Zeit verschoben.

13. DER VORMITTAG MIT DEN DINNER-TEILNEHMERN

Bernadette von Hohenstein hatte das Verdeck ihres knallgelben Minis geschlossen, als sie auf den Parkplatz vor dem Kommissariat fuhr. Am Sonntagvormittag war wenig Verkehr auf den Straßen.

Es war zwar ein strahlend blauer Maimorgen, aber saukalt. Sie war für ihre Nackenheizung dankbar.

Sie hatte im Radio gehört, dass der 13. Mai dem Eisheiligen Servatius zugeordnet wurde. Einige Leute hatte sie unterwegs ihre Windschutzscheiben freikratzen sehen.

Ihr Wagen hatte in der beheizten Garage ihrer Eltern auf Schloss Hohenstein gestanden. Sie hatte keinen Dünkel deswegen, es war einfach praktisch. Die Hausangestellten waren ihr manchmal lästig, aber trotzdem hatte sie gestern Abend die Hausdame Roswita ihr Auto auftanken lassen.

Sie war mit der Planung zur Vernissage im Schloss ihrer Eltern total ausgelastet gewesen. Der Zyklus mit ihren Blumenaquarellen sollte erst im August ausgestellt werden, aber die Flyer mussten schon vorher gestaltet und bestellt werden. Es war ihre erste Vernissage und da musste alles stimmen. Sie war jetzt schon aufgeregt.

Lange Zeit hatte sie in ihrem Atelier alleine gemalt. Auf Drängen ihrer Mutter hatte sie den Mut gefasst und Christoph Staller, dem Leiter der Künstlergruppe der VHS Reutlingen, ihre Bilder gezeigt.

»Frau von Hohenstein, in Ihnen schlummert Potenzial«, hatte er anerkennend gemeint. Daraufhin besuchte sie »Urban Sketching- und Aquarellkurs« bei der VHS. Jetzt war die Zeit reif für eine eigene Vernissage im Schloss.

Der Kurs »Bildhauerisches Gestalten« wollte auch Skulpturen beisteuern. Sie war schon etwas nervös, wenn sie an die Veranstaltung dachte. Nach dem Essen mit Wotan im »El Chico« hatte sie Christoph Staller und Eduard Wegner von der Bildhauergruppe im Schloss zum Tee empfangen und ihnen die möglichen Räumlichkeiten für die Exponate gezeigt. Es war ein konstruktives Treffen mit einer Reihe von guten Ideen gewesen.

Jetzt trug sie anstelle des rosafarbenen Etuikleides löcherige Jeans und ein T-Shirt mit Boss Hoss Aufdruck. Die Stilettos hatte sie gegen Sneakers mit Plateausohlen getauscht. Ihr Haar war wie immer zu einem Pferdeschwanz zusammengebunden. Auf Make-up wollte sie trotzdem nicht verzichten. Sie hatte nur eine leichte Tönungscreme aufgetragen, die Wimpern getuscht und einen zartblauen Lidschatten benutzt. Mit einem glänzenden Lipgloss hatte sie schließlich die Lippen nachgezogen.

Sie parkte ihren Mini unter einer der großen Kastanien, die den Parkplatz vor dem Kommissariatsgebäude säumten. Er war noch relativ leer. Sie sah das blaue Mercedes Coupe von Robert Altmann weiter vorne stehen. Ein C123, sie hatte sich die Zahl gut merken können, die Robert immer erwähnte, wenn er mal wieder von seinem Oldtimer schwärmte und damit prahlte, wie zuverlässig das Auto aus dem Jahre 1977 sei. Benz halt!

Als sie gerade aussteigen wollte, piepste ihr Smartphone. Sie angelte ihre Michael Kors Handtasche vom Beifahrersitz und wühlte kurz darin. Dann hielt sie ihr iPhone in der Hand.

»Bernadette!«, meldete sie sich, während sie ausstieg und den Trenchcoat enger um ihren Körper zog. Sie ging auf das dreistöckige Gebäude zu. Im 3. Stock war die Mordkommission untergebracht. Das Gebäude aus den 90er-Jahren des letzten Jahrhunderts hätte dringend einen neuen Anstrich vertragen.

Wildes Stimme klang leicht belegt.

»Hallo, Bernadette! Ich habe mir offensichtlich eine Erkältung eingehandelt. Dieser eiskalte Wind auf der Burg und dann die schlecht schließende Balkontür in meiner neuen Wohnung fordern ihren Tribut.«

»Dann werden wir wohl die Dinner-Teilnehmer ohne dich befragen müssen«, stellte Bernadette fest.

»Sieht so aus!« Wotan musste zweimal ansetzen und sich zwischendurch mehrfach räuspern, um das herauszubekommen. Bernadette hatte inzwischen die Sicherheitsschleuse am Eingang des Präsidiums durchquert und lief die Treppe hoch.

»Gute Besserung! Hast du Vitamin C daheim oder besser noch, inhaliere doch, das hilft immer!«, schlug sie Wotan vor.

»Mal seh'n, was ich noch …« Wotan verlor zunehmend seine Stimme und Bernadette konnte den Schluss des Satzes nur noch erahnen.

»Halte dich auf dem Laufenden! Gute Besserung! Viel trinken und tschüss!« Bernadette legte auf und nahm sich vor, sobald wie möglich bei ihrem Chef vorbeizusehen.

Schwungvoll betrat sie ihr Büro. An den Anblick der nagelneuen Büromöbel, die letzte Woche geliefert worden waren, musste sie sich erst noch gewöhnen.

»Morgen, Robert! Gibt es schon Kaffee?« Bernadette warf ihre Handtasche auf den Schreibtisch und gesellte sich zu ihrem Kollegen, der mit einem ratlosen Blick vor der neuen Kaffeemaschine stand.

»Ich blicke bei dem blöden Ding nicht durch. Ich wollte mir doch nur etwas Teewasser machen«, grummelte er. Der etwas dickliche Kommissar mit seinem markanten Haarkranz war schon von einem Lichtschalter überfordert, aber am PC machte ihm keiner etwas vor.

Die Kollegen im Kommissariat vermieden es, ihn auf den Grund seiner Abneigung gegen elektrische Küchengeräte anzusprechen, obwohl alle die tragische Geschichte kannten.

Das schreckliche Ereignis, bei dem Robert seine geliebte Frau verloren hatte, lag jetzt fast zehn Jahre zurück.

An einem Samstagvormittag wollte seine Frau Hortensia wie jedes Wochenende Brot backen. Sie hatte sich eine professionelle Küchenmaschine gekauft, um den schweren Hefeteig zu kneten.

An diesem Morgen trug Hortensia ihren lila Seidenschal, den sie selbst gebatikt hatte. Als sie sich über die laufende Maschine beugte, um die Teigqualität zu kontrollieren, geschah das Unglück. Der Schal verfing sich im Knethaken. Die Rettungsversuche von Robert, der zufällig in die Küche kam, blieben erfolglos. Es gelang ihm nicht mehr, sie rechtzeitig zu befreien. Sie wurde von ihrem eigenen Schal erdrosselt. Die Rettungskräfte versuchten vergeblich, Hortensia wiederzubeleben.

Nach diesem tragischen Geschehnis baute sich bei Robert eine fast schon panische Abneigung gegen alle elektrischen Geräte auf. Nachdem er für zwei Monate dienstunfähig geschrieben war, entschloss er sich auf Anraten von Wotan, bei einem Psychologen Hilfe zu suchen. Die Therapie zeigte Wirkung. Robert konnte das schreckliche Ereignis verarbeiten. Heute ertrug er mit stoischer Gleichmut die Späßchen seiner Kollegin.

»Die Maschine tut dir schon nichts!«, witzelte Bernadette. Roberts Hand schloss sich um den Stein in seiner Hosentasche. Der Name seiner Frau stand darauf. Er hatte ihn von seiner Trauerbegleiterin erhalten. In solchen Momenten half ihm das.

»Dein Wort in Gottes Ohr!« Robert schien nicht überzeugt.

Bernadette drückte probehalber auf einige Knöpfe. Gurgelnd setzte sich die Maschine in Betrieb und Bernadette stellte schon mal ihre Tasse bereit, gefrühstückt hatte sie nicht.

Sie vermied das Frühstück im Schloss. Regelmäßig brachten ihre Eltern brisante Themen aufs Tapet. Gestern war zum hundertsten Mal das Thema Schwiegersohn diskutiert worden. Hermann von Bergfels war der Favorit ihrer Mutter. Was er doch für ein netter Gesellschafter wäre und was er im väterlichen Pferdezuchtbetrieb leisten würde, betonte auch ihr Vater. Bernadette brauchte keinen Blaublütigen.

Der Pathologe Julius Burmeister war schon eher ihre Kragenweite. Aber der blockte immer noch jegliche Annäherungsversuche ab. Sie hatte schon alles probiert. Sie sah ihn vor ihrem geistigen Auge an dem Schreibtisch in ihrem Büro lehnen und an einer Tasse Kaffee nippen, splitterfasernackt. Bernadette verlor sich in ihren wilden Fantasien.

»... habe ich eingeladen. Müsste in Bälde da sein«, drang da Roberts Stimme zu ihr durch. Sie hatte anscheinend die Hälfte seiner Ansage verpasst.

»Wen hast du eingeladen?«, fragte sie nach.

»Na, alle Dinner-Teilnehmer! Zuerst kommt Anastasia Korbmeier. Das ist eine vollschlanke Bayerin.« Er pinnte ein Bild an die Wand der Schande.

»Genau meine Kragenweite! Aber ich schaue mir das aus der zweiten Reihe an. Wolfgang ist beim Verhören viel geschickter und du solltest als ausgleichendes Element dabei sein«, sagte Robert.

Das war schon eine lange Ansprache für ihn, er wirkte auch etwas erschöpft.

»Die hat mich schon am Telefon in Grund und Boden gequatscht, macht irgendwas mit Telefondienst. Aber das erzähle ich, wenn Wolfgang auch da ist«, sagte er.

Wo Wolfgang nur blieb?

Robert stellte jetzt seine dickbauchige Teetasse auf den Schreibtisch und kramte in seiner Teebeutelsammlung herum, dabei murmelte er etwas über seine Lesebrille, die offensichtlich wieder mal verschwunden war. Tee war nicht ihr Ding, besser schmeckte ihr Kaffee in all seinen Spielarten.

Sie blätterte in der Obduktionsakte von Ackermann. Reste von Mehlwürmern und Elchfleisch hatte Julius in seinem Magen festgestellt. Das klang ja reichlich abgefahren für einen Gewinner. Hatten die anderen Teilnehmer Bandwürmer und Fledermäuse serviert? Sie würde es heute bei den Vernehmungen erfahren.

Gerade hörte sie hinter sich, wie Wolfgang in ein Taschentuch schnäuzte.

»Morgen, Wolfgang!«, sagte sie, ohne sich umzudrehen, sie hatte ihn an seinem Allergieschnupfen und -schnaufen erkannt. »Wir machen gleich Briefing!«

Sie hörte am zischenden Geräusch, dass Robert heißes Wasser in die Tasse laufen ließ, er hatte seine Abneigung gegen die Maschine anscheinend überwunden. Schon zog ein bittersüßer Gestank durch den Raum.

»Mmh, Kräuterfreund! Mein Lieblingstee! Ein würzig frischer Kräutertee mit Ingwer, Ginseng und aromatischen Gewürzen«, trompetete er. Es klang wie in einem Werbespot. Er hatte seine Lesebrille wieder auf, die er offenbar wiedergefunden hatte.

»Trink aus! Das ist ja schon Geruchsterror!« Bernadette schüttelte sich.

»Wotan hat mich vorhin angerufen, bei dem ist eine Erkältung im Anflug. Der kommt heute nicht. Wir sollen die Dinner-Teilnehmer alleine vernehmen«, teilte Bernadette mit.

Da legte Wolfgang plötzlich los: »Ich empfehle bei Erkältungen immer Wadenwickel und Bettruhe. Das zieht das Fieber heraus und lässt einen wohltuend schlafen. Man wird praktisch von alleine gesund. Ich muss Wotan nachher gleich anrufen.«

»Blödsinn, da hilft nur Lindenblütentee mit einer Beimengung von Anis und Thymian! Entspannt sofort und hilft gegen alle Erkältungsbeschwerden. Es gibt nichts Besseres. Ich bring Wotan heute Nachmittag eine Kanne vorbei«, erklärte jetzt Robert. Er nahm einen Schluck seines stinkenden Tees und blickte triumphierend in die Runde.

»Wenn ihr mit der medizinischen Fachsimpelei fertig seid, können wir uns den Zeugen widmen!« Bernadette war ungeduldig. Es war immer das Gleiche, wenn jemand krank war, musste jeder seine Hausmittelchen loswerden. Sie schwor auf Vitamin C und Inhalation.

Da trat Wachtmeister Weidenmüller in den Raum und unterbrach die Expertenrunde. Hinter ihm stand eine blonde Frau mit gesunder Gesichtsfarbe.

»Die Dame will zu …«, hob er an.

»… Oberkommissar Altmann. Ich bin Anastasia Korbmeier. Er wollte mit mir über den Todesfall von Ambrosius Ackermann sprechen. Aber ich weiß gar nichts, ich habe ihn eigentlich gar nicht gekannt. Er war ein Unsympath und wer kocht schon Maden zur Vorspeise. Total verrückt der Typ, und dann gewinnt der auch noch!«, sprudelte es ungefragt aus ihr heraus.

Als sie Luft holte, fuhr Bernadette dazwischen: »Frau Korbmeier! Jetzt kommen Sie erst mal mit in den Verhörraum und wir sprechen über alles!« Sie dirigierte die dralle Person aus dem Raum und ging voran in den Verhörraum. Der war noch mit den alten Holzmöbeln ausgestattet und machte einen tristen Eindruck. Die Einrichtung bestand aus vier Stühlen und einem Tisch, auf dem ein Mikrofon aufgebaut war und der von einer Neonleuchte in fahles Licht getaucht wurde.

»Ein Verhörraum darf nicht heimelig sein, er dient nur der Findung der Wahrheit!«, sagte Wotan immer. Deshalb hatte er sich gegen neue Möbel für den Raum gewehrt.

Anastasia Korbmeier schien es jetzt die Sprache verschlagen zu haben. Die Lider über den blauen Kulleraugen zuckten erschrocken, als sie die Örtlichkeit sah.

»Setzen Sie sich doch!«, forderte Bernadette sie freundlich auf. Frau Korbmeier quetschte sich an den Rand eines Stuhles. Sie legte die Korbtasche auf den Schoß und strich die rote Brokatschürze ihres grünen Dirndls glatt.

Wolfgang betrachtete die circa 25-Jährige unauffällig. Sie trug das blonde Haar zu einem Zopf geflochten. Die Stupsnase gab ihrem Gesicht etwas naiv Kindliches. Die Ohrstecker zeigten ein stilisiertes Edelweißmotiv und ein Kreuz war der kleine Anhänger an einer Silberkette.

»Sie kannten Herrn Ackermann vor dem ›Perfekten Dinner‹ nicht?«, fragte er unvermittelt.

»Nein, ich habe ihn erst in dieser Woche kennengelernt. Ich hab mich auch ganz auf mein Menü ›Ozapft is‹ konzentriert und wenig mit ihm gesprochen. Meinen Schweinebraten loben alle meine Freunde und Verwandten und in meine Bayrisch-Creme könnte ich mich reinsetzen. Kennen Sie Bayrisch-Creme? Und erst die Erdbeersoße. Ich gebe immer ein wenig Zimt daran! Ich würde …«

Wolfgang unterbrach den Redeschwall.

»Wie war Ihr Eindruck von der Gruppe? Haben sich die anderen Teilnehmer auffällig gegenüber Herrn Ackermann verhalten?«, fragte er.

»Alle waren ganz nett. Auch der Eberhard Purzelt. Der ist nur am letzten Abend ausgeflippt, als er nicht gewonnen hat. Das Rezept des Wiener Schnitzels vom Lafer ist schon etwas Old School und mit seinem komischen Milchquader zum Nachtisch konnte ich nichts anfangen. Der hat nur nach Grießbrei geschmeckt. Die Kaffeedrops darauf waren aber nicht schlecht. Der erste Platz war das für mich jedenfalls nicht! Ich habe ihm sechs Punkte gegeben. Der sollte sich nicht so aufregen! Er hat uns alle beschimpft und Morddrohungen ausgestoßen. Besonders Ackermann gegenüber wurde er sehr ausfallend, als der die höchste

Punktzahl hatte. Wie er das geschafft hat, ist mir schleierhaft. Von mir hat er nur einen Punkt bekommen! Purzelt ist ja dann auch einfach abgehauen!« Anastasia Korbmeier strich sich nervös durchs Haar und blickte gehetzt um sich. Offenbar hatte sie die Vorkommnisse noch nicht verarbeitet.

»Haben Sie Herrn Purzelt am Abend noch einmal gesehen?«, fragte Bernadette.

»Als wir mit der Crew ein Bier trinken gingen, habe ich ihn noch mal vor dem Haus gesehen. Später nicht mehr.« Nach diesem für Frau Korbmeiers Verhältnisse extrem kurzen Statement sah sie Bernadette an.

»Sie waren also mit der Crew noch ein Bier trinken. Bis wann und wo?« Wolfgang hielt sich kurz.

»Wir waren in ›Resi's Bierschuppen‹, so bis halb zwei. Das Bier war schrecklich. Total verwässert. Ich kann das beurteilen, ich war nämlich Bierkönigin in Hafelfing, meinem früheren Wohnort, und kenn mich da aus. Zu meinem Menü habe ich …«

»Danke!«, würgte Bernadette sie ab.

Frau Korbmeier holte noch einmal tief Luft, als wolle sie noch mehr erzählen.

»Und Herr Purzelt ist sofort nach der Preisvergabe verschwunden. Ist das richtig?«

»Das stimmt. Er hat alle beleidigt, seine Nachspeise nach Ackermann geworfen und ist dann abgedampft!« Anastasia war sichtlich entrüstet.

»Und Ackermann?«, fragte Bernadette.

»Der hat sich eine Flasche Sekt geschnappt, eine Magnumflasche Dom Perignon, und allein gefeiert. Der ließ sich nicht provozieren. Wir waren alle froh, dass der Typ nicht mit in die Kneipe ging!« Anastasia verzog das Gesicht.

»Vielen Dank, Frau Korbmeier! Sie können jetzt gehen.«

Bernadette winkte einer Polizeibeamtin zu, die neben der Tür gesessen hatte. Anastasia nickte noch einmal allen zu und ließ sich dann von der Beamtin hinausbegleiten.

Kurz darauf saßen sie wieder in ihrem Büro. Wolfgang hatte einen Käsekuchen ausgepackt.

»Den gibt's bei Aldi seit Montag bei der Amerikanischen Woche. Ein echter Cheesecake!«, lobte Wolfgang.

»Du ruinierst mir noch die Figur mit deinen Süßigkeiten!«, beschwerte sich Bernadette und holte einen Apfel aus der Schublade ihres Schreibtischs.

»Wisst ihr, wie mir die vorgekommen ist? Wie die Gisela Schlüter, die kam allerdings aus Norddeutschland! Aber das war vor eurer Zeit. Als man noch Fernsehen sah. Die hat auch ohne Punkt und Komma geredet. Ihr Buch ›Lassen Sie mich auch mal zu Wort kommen‹ ist legendär«, warf Robert ein.

Sofort rief Wolfgang ihren Sketch »Werbung im Einkaufsmarkt« im Internet auf. Dann quakte die unverwechselbare Fistelstimme der Künstlerin durch den Raum. Alle versammelten sich um den PC und amüsierten sich.

»So, jetzt geht es aber weiter«, beendete Bernadette die heitere Pause. »Robert überprüft das Alibi der Aufnahme-Crew und versucht herauszubekommen, wer von den Perfekten-Dinner-Teilnehmern noch ein Bier trinken war. Ich werde noch mal den Pathologen besuchen. Robert, wen hast du uns als Nächstes eingeladen?« Bernadette sah Robert an.

»Lin Wang, ist chinesische Studentin und 18 Jahre alt. Sie studiert seit zwei Semestern Biologie und Chemie in Tübingen. Ihr Menü hieß ›Das Beste aus dem Reich der Mitte‹. Zubereitet hat sie es im Wohnheim im Geigerle. Wenn man die Zimmer mit Kochnische kennt, muss man echt Respekt haben, wie sie das hingekriegt hat.« Er pinnte ein Foto an die Glaswand, das das runde und freundliche Gesicht einer jungen Chinesin zeigte. »Sie kommt in einer halben Stunde.«

»Das reicht für den Pathologen!« Bernadette raffte ihren Trenchcoat zusammen und stürzte aus dem Zimmer.

Mit viel Glück fand sie mit ihrem Mini gleich eine Parklücke vor dem Kupferbau und der gegenüberliegenden Pathologie.

Sie zog den Reißverschluss ihrer Nottasche auf, die sie immer im Auto hatte. Sie enthielt eine Leggins mit Lochmuster und eine Bluse, die den Blick auf ihren schwarzen BH zulassen würde. Unter vielen Verrenkungen zog sie sich in dem kleinen Wagen um. Ein letzter Blick in den Schminkspiegel und sie war bereit für Doktor Julius Burmeister.

Bernadette überquerte die zweispurige Straße vor dem altehrwürdigen Bau des Institutes. Im Kellergeschoss stürmte sie ohne Zögern durch die Edelstahltür in den Raum 4, wo der Doc arbeitete. Und da saß er. Ein warmes Gefühl machte sich wieder einmal in ihrem Magen breit.

»Hallo, Doc!«, sagte sie mit sanfter Stimme, als sie den Raum betrat.

»Hallo, Bernadette!« Der Doktor saß vor einem Mikroskop und schaute angestrengt hinein. »Ich bin gleich bei dir!«

Oh ja, bei ihr, schon lief ihre Fantasie an. Sie sah, wie er auf sie zukam und ihren Kopf zärtlich griff. Seine Lippen näherten sich ihren …

»Ich habe keine revolutionären Nachrichten für dich!«, sagte Julius.

Er hatte sie wieder zurückgeholt in den kalten, grün getäfelten Raum.

»Aber euer Toter wurde erschlagen, bevor die Scheinwerfer und der Metallkram auf ihn gefallen sind. Eindeutig Mord! Am Hinterkopf hat er eine tiefe Wunde. Ich habe

Holzreste darin gefunden.« Er hatte seinen Stuhl umgedreht und sah sie an.

Vor ihrem geistigen Auge ging Bernadette zu ihm hinüber, fuhr mit der Zunge über seine Wange und kniete sich vor ihn, zog seine Hose herunter und begann, sein Glied mit dem Mund zu bearbeiten. Er wühlte in ihren Haaren.

Aber nein, hatte Wotan ihr nicht geraten, taff zu sein?

»… Todeszeitpunkt zwischen 1.00 und 2.00 Uhr, wie ich gestern schon vor Ort gemutmaßt habe. Was hast du eigentlich für komische Klamotten an?«, setzte er hinzu und brachte sie auf den Boden der Tatsachen zurück. Sie merkte, wie ihr das Blut ins Gesicht stieg.

»Na, das sind ja interessante Nachrichten!«, stammelte sie, ohne auf die Frage von Julius einzugehen. »Alles Weitere im Bericht, nehme ich an? Hab's eilig!« Sie musste hier raus. So schnell sie konnte, eilte sie aus dem Raum. Julius blickte ihr sinnend nach.

Dann saß sie in ihrem Auto und atmete tief durch. Sie hatte wieder einmal alles falsch gemacht. Sie seufzte noch einmal und ließ den Motor an. Beim Rücksetzen wäre sie beinahe mit einem Einparker kollidiert, der auf ihren Parkplatz wartete, aber der Piepser warnte sie gerade noch rechtzeitig.

Sie rief Wotan über die Freisprechanlage an: »Hallo, Wotan, wie geht's? Kurze Info: Ackermann wurde erschlagen. Erst danach ist das ganze Metallzeugs auf ihn gefallen!«

»Danke für die Info!« Man konnte Wotan kaum verstehen, seine Stimme war nur ein heiseres Flüstern.

»Gute Besserung!« Bernadette legte auf. Diese Einbahnstraßen in Tübingen nervten sie. Sie fuhr sowieso nicht gern Auto, dafür aber schnell, doch das hier konnte einem alles vermiesen. Sie brauchte für den Rückweg fast doppelt so lange wie für den Weg in die Pathologie. So hatte sie Gelegenheit, über ihre beiden Fälle nachzudenken.

Entnervt kreiste sie schließlich auf dem Parkplatz vor dem Kommissariat, fand dann doch noch ein Plätzchen auf einer Baumscheibe. Die Kollegen würden ihr nicht gleich ein Knöllchen verpassen.

Zwei Stufen auf einmal nehmend, hetzte sie in den ersten Stock.

»Lin Wang wartet schon im Vernehmungsraum!«, teilte ihr Wolfgang mit, als sie schwer atmend oben eintraf.

»Sexy, sexy!« Er schnalzte mit der Zunge. »Hat dich der Doktor heute bemerkt? Gib doch auf, das wird nie passieren.«

»Blödel!«, antwortete Bernadette. »Dafür erzähle ich dir die neuesten Nachrichten aus der Pathologie nicht.« Sie streckte Wolfgang die Zunge heraus, verließ das Zimmer und knallte die Tür zu.

Im Verhörraum wirkte Lin noch verlorener und kleiner, als sie schon war. Ihr pechschwarzes Haar war adrett zu einer Pagenfrisur geschnitten. Sie trug eine Brille mit dünnem Metallgestell und kein Make-up. Ihr schmuckloses dunkelblaues Kleid wirkte eher wie ein Überwurf. Sie trug flache Ballerinas und presste eine große Umhängetasche an ihre Brust.

»Hallo! Ich bin Hauptkommissarin Bernadette von Hohenstein. Ich habe ein paar Fragen an Sie!«, sagte Bernadette im Hinsetzen.

»Haben Sie Herrn Ackermann schon vor dem ›Perfekten Dinner‹ gekannt?« Sie schlug einen scharfen Ton an, obwohl sie das eigentlich gar nicht wollte.

»Nein, den unangenehmen Mann habe ich erst beim Dinner das erste Mal gesehen. Ich hatte von Anfang an den Eindruck, dass er mit meiner chinesischen Abstammung nicht zurechtkam. Dabei bin ich in München geboren. Bei seinem Sieg schien es auch nicht mit rechten Dingen zuzugehen. Wie konnte der 28 Punkte bekommen? Ich hab ihm nur zwei gegeben«, begann sie, Kritik anzumelden. Ihre Stimme war dabei erstaunlich fest und ihre Meinung offensichtlich auch.

»Warum meinen Sie, dass er Sie wegen Ihrer Abstammung ausgegrenzt hat?«, fragte Bernadette.

»Er hat an meinem Essen kein gutes Haar gelassen! Der Reis war angeblich verkocht und die Erbsen matschig. Das Lammfleisch war zäh und schmeckte nach nichts. Die Brötchen waren trocken, die Füllung geschmacklos. Alle anderen lobten den exotischen Geschmack. Sie wissen gar nicht, was das für eine Logistik war, in meiner kleinen Küche ein Menü zu kochen! Und bei der Bewertung ging es auch nicht mit rechten Dingen zu. Könnte ich ein Glas Wasser haben?« Lin war den Tränen nahe.

Bernadette machte ein Zeichen in Richtung Spiegelwand, hinter der Wolfgang die Vernehmung verfolgte. Kurz darauf tauchte er auf und stellte ein Glas Wasser auf den Tisch.

»Und Sie sind der Meinung, dass bei der Bewertung getrickst wurde?« Bernadette sah sie fragend an.

»Auf jeden Fall. Die Würmer auf der Vorspeise waren eklig. Der Elchbraten war trocken und zäh und das Eis zum Nachtisch, das muffig und bitter schmeckte, war eklig. Dann tat er auch noch so, als ob er den Preis verdient hätte. Er grinste zufrieden, als er das Tablett mit den grünen Geldscheinen überreicht bekam. Wozu brauchte der denn 3.000 Euro? Die sollte er spenden. Purzelt hatte schon recht mit seinen Beschimpfungen. Ich hätte demonstrativ mit ihm gehen sollen!«, erklärte sie mit fester Stimme.

»Und was haben Sie nach der Preisverleihung gemacht?«, fragte Bernadette.

»Ich bin mit den anderen ein Bier trinken gegangen, obwohl ich eigentlich keine Biertrinkerin bin. Ackermann war nicht dabei. Der hat sich eine Flasche Sekt geschnappt und hielt eine Privatfeier ab.« Die Chinesin musterte Bernadette.

»Danke für die Aussage, Sie können jetzt gehen!« Bernadette nickte der anwesenden Polizistin zu. Lin und sie verließen den Raum.

Wolfgang kam zu ihr in den Verhörraum.

»Scheint ja ein Herzchen gewesen zu sein, der Tote!«, merkte er an.

»Ja, das zeigt sich immer mehr, dass mit der Auswertung etwas nicht gestimmt hat. Das sollte uns doch zu denken geben. Das klingt nach einem Plan. Hatte jemand schon das Filmteam befragt?«

»Ne, zumindest gibt es kein Protokoll.« Wolfgang schüttelte den Kopf.

14. DER NACHMITTAG MIT DEN DINNER-TEILNEHMERN

Wolfgang blickte auf seine Rolex. Die hatte er aus dem Türkeiurlaub mitgebracht. Da gab es echt günstige Uhren! In seinem tiefsten Inneren wusste er, dass die Uhr kein Original war. Aber sobald er ein vermeintlich günstiges Angebot entdeckte, musste er einfach zuschlagen.

Manchmal nervte ihn seine Schnäppchen-Mentalität selber.

Eigentlich war er ja ein gebranntes Kind. Vor ein paar Jahren war er auf einen gefakten Applestore hereingefallen. Er hatte sich von den supergünstigen Sonderangeboten dazu verleiten lassen, ein iPad und ein iPhone zu bestellen. Warum hatte er nur das Geld sofort überwiesen? Er hatte nur ein Paket mit einem Stück Spanplatte bekommen. Wahrscheinlich lachten sich die Urheber auf Malle ins Fäustchen.

Das Geld war weg und die Betreiber der Internetplattform verschwunden!

Wurde er aus dem Schaden klug?

Nein! Vielleicht sollte er wie Robert zum Psychologen gehen. Er hatte schon mal kurz mit Wotan darüber gesprochen. Bei Gelegenheit würde er mal ein längeres Gespräch mit ihm suchen, wenn sie nur zu zweit in der Mittagspause waren.

Er schaute noch einmal auf seine Rolex. Ihm kamen doch ernsthafte Zweifel, ob man so eine Uhr für 50 Euro bekommen konnte. Mit Echtheitszertifikat!

Aber jetzt hatte er erst einmal Hunger.

»12.30 Uhr! Kantine!«, schlug er vor. Mit ihren ersten Vernehmungen waren sie fertig. Nichts konnte sie mehr von einer Mittagspause abhalten.

»Scherzbold! Heute ist Sonntag. Keine Kantine!«, holte ihn Bernadette auf den Boden der Tatsachen zurück. Dann saßen sie ratlos am Besprechungstisch.

»Bringdienst!«, schlug Robert vor und legte einen Stapel Flyer auf den Tisch. »Was hättet ihr denn gerne? Italienisch, spanisch, thai, chinesisch, deutsch, indisch? Alles da!«

Eine Diskussion entstand, in der jeder von ihnen andere Argumente einbrachte. Es wurde zunehmend lauter.

»Mensch, Leute! Schnauze!«, beendete Bernadette den Disput.

»Wenn ihr euch nicht einigen könnt, bestimme ich! Und es wird …«, sie machte eine dramatische Pause, »… chinesisch! Lin sei's gedankt!«

Ihre Mitarbeiter schienen ob der Entscheidung nicht unglücklich zu sein und begannen, den Flyer des China-Thai-Restaurant »Dynastie« zu studieren. Sie bestellten sich verschiedene Vorspeisen und Fleischgerichte mit Nudeln und Reis. Man einigte sich darauf, dass es sich um eine Art Buffet handeln sollte. Jeder würde jedes Gericht probieren dürfen. Robert bestellte.

»Halbe Stunde!«, teilte er dann mit.

Bis zum Essen beschäftigte sich jeder selbst, was aber schnell vorbei war, als der Anruf von der Pforte kam, dass ein Bote vom Thai-Restaurant vor der Tür stehe. Bernadette erklärte sich mit Unterstützung von Wolfgang bereit, das Essen abzuholen und auch zu bezahlen.

Mit einer Auswahl von Pappschachteln kamen die beiden ins Büro, verteilten die beigefügten Holzstäbchen und Teller aus dem Bürofundus. Dann war sich jeder selbst der Nächste. Das große Speisen begann. Sie probierten sich durch die Gerichte und bald waren die Behälter leer. Dann wurde gemeinsam abgeräumt und die Kaffeemaschine angeschaltet.

Alle schienen zufrieden. Das Mahl würde in die Geschichte des Kommissariats eingehen, da waren sie sich einig.

»Der arme Wotan!«, bemerkte Bernadette, als sie einen Glückskeks nach dem Kaffee aufbrach. »Wer lächelt, statt zu toben, ist immer der Stärkere«, las sie mit erhobener Stimme.

»Das können wir gleich probieren«, meinte Robert.

Ein Polizist stand plötzlich mit Eberhard Purzelt, dem dritten Dinner-Teilnehmer, im Büro.

Der etwa 65-jährige dickliche Mann hatte eine peinlich genau gescheitelte Frisur und eine rote Hautfarbe. Die dicke Hornbrille gab ihm einen intellektuellen Ausdruck.

Er trug einen beigefarbenen Anzug mit grüner Krawatte, darunter eine gestreifte Weste. Die braunen Halbschuhe glänzten frisch gewienert. Bernadette wusste aus der Akte, dass er pensionierter Studienrat war. So sah er auch aus.

Nach den Fragen zu seiner Identität begann er zu schwadronieren.

»Beim Teutates! Ich hatte um 13.00 Uhr den Termin hier und jetzt ist es schon 15 Minuten zu spät! Von wegen akademische zehn Minuten!«, sagte er mit einer kieksigen Stimme und fuchtelte dabei mit dem Zeigefinger vor dem Gesicht von Bernadette herum.

»Ich bin Hauptkommissarin Bernadette von Hohenstein, kommen Sie doch bitte mit!«, begrüßte sie den Pensionisten, ohne auf seine Vorwürfe einzugehen. Dann zeigte sie ihm den Weg zum Verhörraum. Diesmal holte sie sich Robert mit dazu. Er war in der gleichen Altersgruppe und konnte das Eis eher brechen als der jüngere Wolfgang.

»Setzen Sie sich bitte, Herr Purzelt. Wir wollen über Herrn Ackermann sprechen«, begann Bernadette.

Aber Eberhard Purzelt war immer noch aufgebracht.

»Mich eine viertel Stunde warten lassen! Das ist ein Skandal! Ich hab meine Zeit auch nicht gestohlen. Da beeilt man sich beim Mittagessen und lässt die Mittagsruhe ausfallen, um pünktlich zu sein!« Purzelts Gesicht verfärbte sich ins Purpurne.

»Beruhigen Sie sich wieder. Wollen Sie etwas zu trinken?«, versuchte Robert, die Lage zu entspannen.

»Nein danke, keine weiteren Verzögerungen, fragen Sie!«

»Haben Sie Ackermann schon vor dem Dinner gekannt?«, legte Bernadette wieder los.

»Noch nie gesehen und das ist auch gut so! Mit solchen Menschen umgebe ich mich normalerweise nicht. Mit seinen Maden als Vorspeise, bin ich ein Vögelein? Und dann das Elchfleisch. Wir haben hervorragendes heimisches Fleisch, wieso muss es aus dem Ausland eingeflogen werden?«, erregte er sich. »Und der Nachtisch aus dieser Durian, einer asiatischen Stinkfrucht. Wie funktioniert das mit der CO_2-Bilanz? Die Dinger werden eingeflogen! Von weit her! Unglaublich!«

Purzelt redete sich in Rage, zog sein Sakko aus und hängte es über seine Stuhllehne. »Es stank in der ganzen Wohnung nach dem Zeug. Einfach eklig! Von mir hat er nur zwei Punkte bekommen. Schleierhaft, wie er auf 28 Punkte kam.«

»Was haben Sie nach dem Dinner und der Preisverleihung gemacht?«, mischte Robert sich in das Verhör ein.

Purzelt ging nicht auf die Frage ein und hatte die Augen geschlossen.

»*Ich* hätte gewinnen müssen! Mein Schaumsüppchen mit

echten Flusskrebsen und mein Wiener Schnitzel mit perfekt gewellter Panade war goldbraun und knusprig.«

»Was haben Sie nach der Preisverleihung gemacht?«, riss ihn Robert aus seiner Schwärmerei.

»Das einzig Richtige, ich bin gegangen, ansonsten hätte ich für nichts garantieren können! Beim Teutates! Die anderen sahen auch so aus, als ob sie mir am liebsten gefolgt wären!« Er hatte sich offensichtlich wieder gefangen und saß aufrecht auf der Stuhlkante.

»Und Sie sind nicht zurückgekommen?« Bernadette sah ihn an.

»Ich hab es mir überlegt! Eigentlich hätte ich dem Betrüger den Marsch blasen sollen! Ich bin aber nach Haus gegangen!« Offensichtlich beruhigte er sich langsam wieder.

»Kann das jemand bezeugen?«, lautete die Standardfrage.

»Nein! Ich bin Witwer. Ich bin dann ins Bett und hab allein bis 6.00 Uhr früh geschlafen.« Purzelt schien sich wieder im Griff zu haben.

»Danke, Herr Purzelt. Sie können dann gehen. Aber halten Sie sich zu unserer Verfügung.« Bernadette öffnete die Tür des Vernehmungsraums.

»Wo sollte ich auch hin?«, grummelte Purzelt, bevor er verschwand.

»Ihm würde ich einiges zutrauen. Was meinst du?«, fragte Robert.

»Wütend genug war er. Aber hören wir noch Frau Schmälzle!« Bernadette trat auf den Flur.

»Da ist eine Frau Dorothea Schmälzle.« Die Beamtin, die zu Bernadette trat, deutete auf eine kräftige Frau. Sie saß auf der dunkelgrünen Plastikbank auf der linken Gangseite.

Sie trug ein hellgraues Kostüm mit großem Karomuster, das etwas zu kurz war und ihre drallen Oberschenkel betonte. Ihre lockigen kurzen Haare waren leicht fettig und hätten einen Schnitt vertragen können. Sie machte aber einen sehr netten und aufgeschlossenen Eindruck.

»Frau Schmälzle, ich bin Hauptkommissarin Bernadette von Hohenstein, wenn Sie bitte mitkommen würden.« Bernadette ging auf die Frau zu. Die stemmte sich hoch und schüttelte Bernadette die Hand. Dann humpelte sie hinter ihr her.

»Sind Sie verletzt?«, fragte Bernadette.

»Ich habe mir gestern bei der Kehrwoch das Knie verdreht«, sagte Frau Schmälzle. »Bin übers Kehrblech gestolpert.« Der schwäbische Zungenschlag war nicht zu leugnen.

Dann waren sie im Vernehmungsraum angekommen.

»Nehmen Sie Platz!«, sagte Bernadette, »lassen Sie uns über das ›Perfekte Dinner‹ sprechen. Haben Sie Herrn Ackermann schon vorher gekannt?«

»Nein, ich bin ihm in dieser Woche zum ersten Mal begegnet.« Frau Schmälzle gab sich große Mühe, Hochdeutsch zu schwätzen. »Am Anfang war er ein richtig Netter. Bodenständig hat er mein schwäbisches Menü genannt und eine zweite Portion Spätzle verlangt. Später ist er auf einmal so gemein geworden. Als er den ersten Preis in der Hand hielt, hat er uns alle verspottet und kleingemacht. Soll er doch an seinen 3.000 Euro ersticken! Oh, das sollte man nicht sagen.« Frau Schmälzle wirkte erschrocken.

»Und wie haben die anderen Teilnehmer reagiert?«, stieg Wolfgang ins Verhör ein.

»Wir waren alle total überrascht von seinem Sinneswandel. Das Essen, das er uns servierte, war für den europäischen Geschmack mehr oder weniger ungenießbar. Ich konnte Purzelt verstehen, dass er richtig ausfallend wurde. Er hat Ackermann sogar seinen Nachtisch ins Gesicht geworfen, bevor er laut schimpfend die Wohnung verließ. Der Ackermann hat sich Sekt eingegossen. So aus einer Magnum Flasche. Dann hat er ein Glas nach dem anderen in sich reingeschüttet«, berichtete die Frau weiter.

»Und was haben Sie nach dem Dinner gemacht?« Bernadette kannte die Antwort zwar schon, fragte aber trotzdem.

»Ich bin mit den anderen und der Crew in ›Resi's Bierschuppen‹ gegangen. Ich hab den Purzelt vor dem Haus gesehen. Er saß auf einer Blumenbeet-Einfassung und murmelte vor sich hin.« Frau Schmälzle sah sinnend in die Luft.

»Wann war das und wann haben Sie die Crew verlassen?«, fragte Wolfgang.

»Purzelt hab ich so gegen 0.30 Uhr gesehen und ich bin um 2.00 Uhr nach Hause gefahren. Ich hab den Nightliner genommen. Der fährt bis 5.00 Uhr früh.« Frau Schmälzle konzentrierte sich auf die Angabe genauer Zeiten.

»Danke, Sie können jetzt gehen. Falls wir noch etwas wissen wollen, kommen wir auf Sie zu.« Bernadette öffnete die Tür des Vernehmungszimmers.

»Jetzt sind wir durch bis auf Ackermann, aber der wird nicht mehr viel erzählen!«, meinte Wolfgang sarkastisch.

»Höchstens unserem Pathologen, aber wir sollten erst mal alles zusammenfassen!« Bernadette ging in Richtung Büro.

Dann saßen sie vor der Wand der Schande.

»Schmälzle, Wang und Korbmeier sind mit der Crew um 0.30 Uhr in ›Resi's Bierschuppen‹ abgedampft und haben bis um zwei dort gefeiert. Nur Purzelt ist gleich nach der Preisvergabe verschwunden, wurde aber von Frau Schmälzle und Frau Korbmeier noch einmal vor dem Haus gesehen. Er hätte auch ein Motiv, wie alle anderen übrigens auch. Ackermann, mit dem keiner mehr etwas zu tun haben wollte, hat sich nach seinem Sieg mit Sekt abgefüllt. Danach wurde er mit einem Holzprügel erschlagen, wie bei Wüst. Zufall? Es gibt aber auch noch die Übereinstimmung mit dem Mord an Wüst wegen der Schuhe und der Socken. Derselbe Mörder? Wenn ja, wo ist der Zusammenhang?«, resümierte Bernadette. »Von den drei Leuten der Crew wissen wir noch gar nichts. Die sollte man als Täter auch nicht ausschließen. Robert, hast du dazu etwas ermittelt?«

»Die waren zwar alle noch was trinken, aber wer da genau wann und wo war, sollten wir noch einmal klären. Ich schlage vor, dass wir sie morgen in die Wohnung von Ackermann bestellen und vor Ort befragen. Ich habe die Produktionsfirma schon angerufen. Das Team ist heute in Stuttgart beim nächsten Dreh zu einem neuen ›Perfekten Dinner‹. Morgen können sie um zehn einen Termin in Tübingen dazwischenschieben.« Robert sah stolz in die Runde.

»Das war's für heute!«, Bernadette stand auf und sah auf die Uhr, die an der Wand hing, 17.33 Uhr. »Was haltet ihr von einem Absacker bei ›Bernardo‹? Schließlich ist heute Sonntag!«

Unter allgemeiner Zustimmung verließen sie das Büro.

15. DIE FERNSEHCREW

Kurz vor 10.00 Uhr drückte Bernadette den Klingelknopf zu Wotans Wohnung. Sie wollte vor dem Gespräch mit den Leuten vom Kamerateam noch einmal nach ihm sehen. Die hatte sie für 10.00 Uhr einbestellt, um sie vor Ort in der Wohnung Ackermanns zu vernehmen.

Der Sonntagabend bei »Bernardo« war wirklich lustig gewesen. Dabei hatten sie zwei Flaschen seines besten Barolo DOCG aus dem Gut Roberto Sarotto niedergemacht und waren dann in einem Sammeltaxi nach Hause gefahren.

Sie fühlte sich frisch und ausgeruht, was für die Qualität des Weins sprach. Gespannt war sie nur, wie es den anderen ging.

Durch die schwarz umrandeten Scheiben der Eingangstür hatte sie einen guten Blick auf die Briefkästen und die silberne Aufzugtür.

Hinter ihr plätteten zwei Arbeiter der Gartenbaufirma Kostka mit einer Walze den Boden in den Trennbeeten zwischen Gehweg und Straße. Das war vermutlich die Vorbereitung für den Rollrasen. Bernadette hatte das schon im Garten von Schloss Hohenstein gesehen. Die beiden unterhielten sich dabei lautstark über das Scheißwetter der letzten Tage. An diesem Montag war es gar nicht so schlecht, sonnig und mild.

Der Summer des Türöffners ging kurz, Bernadette öffnete die Eingangstür und lief zum Fahrstuhl. Ihr Finger schwebte über dem Rufknopf der Kabine. Oder sollte sie vielleicht doch die Treppe nehmen? Ihrer Figur würde ein kurzer Spurt gut bekommen. Sie drückte auf den Aufwärtspfeil des Aufzugs, entschied sich dann aber doch für die Treppe.

Flott stieg sie im dunkelgrau gestrichenen Treppenhaus die Treppen hoch. Die diversen Umzüge hatten einige Kratzspuren an den Wänden hinterlassen. Bernadette begann zu keuchen. Vielleicht sollte sie wieder öfter zum Joggen gehen, schoss ihr durch den Kopf. Am Treppenabsatz des 4. Stocks machte sie eine kurze Verschnaufpause, bevor sie auf den Klingelknopf von Wotans Wohnung drückte.

Zu ihrem Erstaunen öffnete ihr Kollege Robert.

»Erster!«, sagte er fröhlich, »Wotan schnieft hier auch irgendwo herum! Wolfgang hat angerufen, er braucht noch ein paar Minuten.«

»Ist das Bernadette?« Wotans raue Stimme meldete sich aus dem Wohnzimmer. »Wir sollten hoch in Ackermanns Wohnung, die Fernsehleute werden sicher bald eintreffen.«

Bernadette war inzwischen ins Wohnzimmer getreten. Ihr Chef saß auf dem Sofa und sah fast so grau aus wie die Polster. Die Haut war fahl, seine Haare standen wirr ab. Er hatte sich in eine rot karierte Decke gewickelt.

»Bleibt mal auf Abstand, dass ihr euch nicht ansteckt!«, grummelte er.

»Und immer Hände waschen«, fügte er hinzu.

Bernadette und Robert nickten kurz.

»Du machst erst mal gar nichts, wir übernehmen das.« Bernadette sah ihn mitleidig an. »Leg dich wieder ins Bett und ruh dich aus!«

Es klingelte.

»Das muss Wolfgang sein!«, sagte Robert und bediente den Öffner. Er machte die Tür auf und lehnte sie an.

»Meine Kaffeemaschine steht in der Küche. Wenn ihr meine Pads findet, kann ich euch Kaffee anbieten!«, schniefte

Wotan. Er war aufgestanden und kramte in einer Kiste nach Aufbrühbarem.

»Lass stecken, ich mach das!«, übernahm Robert.

»Hallo, Firma Kümmerle, Bad und Sanitärtechnik ist da!« Ein Mann im Blaumann schob einen kleinen Rollwagen mit zwei Toilettenschüsseln in die Wohnung. Er stand etwas orientierungslos im Flur.

»Endlich! Sie schickt der Himmel«, antwortete Wotan. »Sie kennen sich ja aus!«

»Wir gehen dann mal hoch in die Wohnung von Ackermann, die Fernsehleute müssten in nächster Zeit eintrudeln.« Bernadette gab Robert ein Zeichen. Die beiden verschwanden im Hausflur. Wotan legte seinen Kopf zurück. Ihm fielen die Augen zu, und kurz darauf war er weggenickt. Nur sein Schnarchen unterstützte den Installateur bei seiner Arbeit.

Bernadette bestand darauf, ins nächste Stockwerk zu laufen. Robert keuchte neben ihr die Stufen hoch.

Sie musste an den Sketch mit Loriot denken. In dem dunkelgrauen Flur konnte man sich nur umbringen.

»Wir hätten gern das Aschgrau!«, legte das alte Ehepaar mit seinem grauen Sofa in dem Filmchen fest. Mausgrau war ein weiterer Vorschlag des Möbelberaters alias Loriot, das war bestimmt die Farbe in diesem Treppenhaus.

Ihr eigenes Sofa war mit gelbem Nappaleder bezogen. Darauf brachte man sich nicht um. Im Gegenteil! Sie sah sich in Gedanken mit dem Pathologen Julius Burmeister auf dem Sofa wälzen.

»Hast du den Schlüssel?«, fragte Robert und riss sie aus ihren Tagträumen. Gleichzeitig hörte man innen leise die Türklingel. Wahrscheinlich war das Filmteam im Anmarsch.

Sie holte den Schlüsselbund aus einer Plastiktüte, auf der ein Aufkleber der Spurensicherung pappte. Sie durchtrennte das Siegel der Polizei an der Tür. Im dritten Anlauf fand sie den Schlüssel, der das Schloss sperrte. Sie traten in den Flur der Wohnung und Robert drückte den Türöffner für die Haustür. Dann warteten sie an der Wohnungstür. Man hörte Stimmengewirr im Treppenhaus. Kurze Zeit später spuckte der Aufzug eine Gruppe von vier Leuten aus.

Die zwei Männer und zwei Frauen gingen langsam in die Wohnung. Sie nickten Bernadette und Robert nur kurz zu.

Stumm starrten sie auf das weiße Klebeband im Wohnzimmer, das die Lage der Leiche markierte. Es war, als ob der Leichnam noch anwesend wäre. Getrocknetes Blut bedeckte den Boden, wo der Kopf gelegen hatte. Ansonsten herrschte immer noch das gleiche Chaos in der Wohnung wie am Tag zuvor.

Ein schwarzes Gestell mit zerbrochenen Scheinwerfern lag verbogen auf dem Boden. Der Berg weißer Papiertücher, mit denen die Spurensicherung die ausgelaufenen Chemikalien aufgewischt hatte, war noch nicht weggeräumt. Es roch nach Chemie und Essensresten.

Die Fernsehleute drängen sich vor dem Küchenblock zusammen und sahen etwas überfordert aus. Für den Bruchteil einer Sekunde nahm Bernadette das Bild über der Anrichte wahr. »City View« von Hundertwasser, schoss es ihr durch den Kopf.

Dann wandte sie sich der Gruppe der Fernsehleute zu: »Ich bin Kommissarin Bernadette von Hohenstein und das ist mein Kollege Wolfgang Schickenrieder. Robert Altmann kommt noch.«

Jetzt ergriff ein Mann im grauen Kapuzenpullover mit der Aufschrift »DAILY – mein Sender« das Wort: »Ich bin Emilio Galucci, der Aufnahmeleiter, das sind Toni Wexlberger, mein Kameramann, meine Assistentin Sofie Hackl und unsere Praktikantin. Wir sind vollzählig.«

Man hörte wieder leise die Türglocke aus Wildes Wohnung. Bernadette drückte den Türöffner. Kurz darauf tauchte Wolfgang hinter Robert auf.

»Dachte ich mir doch, dass ihr hier oben seid. Schrecklicher Verkehr heute!«, flüsterte er Bernadette zu. Dabei sah er aus den großen Fenstern, die auf die große Dachterrasse hinausführten, und unterdrückte ein Niesen. Der Himmel zeigte sein strahlendstes Blau.

»Diese Allergie macht mich noch fertig!«, murmelte Wolfgang. Er trat zur Seite und schnäuzte sich ausgiebig.

Er beobachtete einen Regionalzug, wie er auf der Strecke Tübingen – Reutlingen vorbeifuhr. Der war hinter den Schallschutztüren kaum zu hören. Lautlos drehte sich der hohe Baukran auf dem Nachbargrundstück. Bauarbeiter wuselten über die Gerüste.

Der Chemikaliengeruch reizte Wolfgangs empfindliche Schleimhäute. Er zog sein Nasenspray aus der Tasche und sprühte es ausgiebig in beide Nasenlöcher.

»Wie geht's Wotan?«, fragte er.

»Nicht gut. Ich glaube, er schläft jetzt«, sagte Bernadette.

Robert hatte schon seinen Notizblock auf den Küchenblock gelegt und klopfte die Taschen seiner Jacke nach der Lesebrille ab. Erleichtert fischte er sie aus der Innentasche seiner Jacke und war bereit für die Befragung.

»Am besten, du unterstützt Robert!«, sagte Bernadette zu Wolfgang, der seine tränenden Augen mit einem Tempo abtupfte.

»Herr Galucci, haben Sie kurz Zeit für mich?« Bernadette winkte den Aufnahmeleiter zu sich. »Ich würde mir gerne ein paar Highlights des Freitagabends aus Ihren Aufnahmen anschauen, wäre das möglich?«

»Klar, dazu müssten wir zu unserem Bus auf dem Parkplatz. Wir haben aber nur Rohmaterial, noch nichts geschnitten und nachbearbeitet!«, schränkte der Aufnahmeleiter ein.

»Das ist nachrangig. Ich will nur etwas Atmosphäre spüren!«, meinte sie zu Galucci. Die Praktikantin wich ihm nicht von der Seite. Die beiden schlossen sich Bernadette an.

»Ich schau mir das vorläufige Bildmaterial an!«, informierte Bernadette Robert im Vorbeilaufen. Das Grüppchen ging zum Aufzug.

»Na, dann nehmen Sie erst mal auf dem Sofa Platz«, wies Robert die junge Frau mit dem blauen Haarschopf und den Mann mit dem Dreitagebart an.

Mit einem Seitenblick musterte Bernadette Galuccis Begleiterin. Ihr langes braunes Haar floss unter einer Schirmkappe hervor, die sie tief ins Gesicht gezogen hatte. Die dunkle Brille erinnerte sie an das Modell von Heino. Die Ärmste hat anscheinend auch eine Lichtallergie, schoss es Bernadette durch den Kopf.

Sie trug eine abgeschabte, weite Motorradjacke über einem gemusterten wadenlangen Rock. Sie schätzte die Frau auf Ende 30. Seltsam, dass sie in diesem Alter ein Praktikum machte.

Wortlos quetschte sich die Praktikantin in die Ecke des Aufzugs und starrte auf den Boden. Irgendwie kam Bernadette die Körperhaltung bekannt vor.

Bernadette sah Emilio fragend an. Der reagierte sofort.

»Ach ja, ich hab vergessen, den Namen zu erwähnen. Das ist Silja Ochsenhut, die Praktikantin. Sie war vorgestern nicht mit dabei und unterstützt uns heute bei den Aufnahmen zur neuen Staffel«, erklärte er geflissentlich. Die Frau hob den Kopf, nickte kurz und hüstelte.

Silja Ochsenhut hoffte inständig, dass sie von dieser eingebildeten Schnepfe von Kommissarin nicht erkannt wurde. Als sie sich auf der Burg Hohenneuffen begegnet waren, hatte sie Yogakleidung getragen und einen falschen Namen angegeben. Sie war auch nicht auf dem Kommissariat gewesen. Das war anscheinend noch niemandem aufgefallen, hatte sie doch auch falsche Personalien angegeben.

Der Aufzug hielt im zweiten Stock. Als ein junges Paar mit prall gepackten Rucksäcken zustieg, unterbrachen sie ihr Gespräch. Der junge Mann spielte mit einem Schlüssel und die junge Frau schaute auf ihr Handy. Beide murmelten ein »Bonjour« und unterhielten sich dann auf Französisch.

»Im zweiten Stock ist eine airbnb Wohnung. Das hat Ackermann erzählt und dann gleich einen Schwall von ausländerfeindlichen Verwünschungen angeschlossen«, erklärte Emilio Galucci.

»Sympathisches Kerlchen!«, meinte Bernadette.

Im Erdgeschoss öffneten sich die Türen des Aufzugs. Die Touristen wandten sich den Briefkästen zu. Der junge Mann warf einen Schlüsselbund in den Kasten des zweiten Stocks. Seine Begleiterin steckte das Handy in die Hosentasche, nahm den Rucksack ab und zog einen Reiseführer aus der Seitentasche.

Bernadette, Emilio und Silja Ochsenhut liefen zielstrebig zur Tür und gingen nach draußen.

»Hast du den Putzraum auch wirklich abgeschlossen?«, raunzte der junge Mann in reinstem Hochdeutsch seine Begleiterin an.

»Ja, die Papprolle lehnt an der Wand neben dem Altpapier und dem Staubsauger. Völlig unauffällig«, zischte die junge Frau.

»Die Ware ist deponiert und wartet auf Abholung. Wir spielen weiter die französischen Touris. Très bien!«, grinste der Mann.

»Pst! Nicht so laut!«, warnte seine Begleiterin. Kurze Zeit

später liefen beide den Fußweg entlang Richtung Bahnhof. An der Abzweigung blieben sie stehen und steckten ihre Köpfe über dem Reiseführer zusammen. Dann bogen sie nach links ab und verschwanden im Strom der Menschen.

Der Gartenbautrupp der Firma Kostka vor dem Haus hatte inzwischen das Walzen des Rasens abgeschlossen. Die Männer luden die Gerätschaften auf den Anhänger des Transporters. Ein weiß-brauner Kläffer wühlte in dem frisch gewalzten Boden und zwei kleine Kinder unterstützen ihn dabei.

Das Kleinere rief immer wieder begeistert: »Loch graben, Loch graben!«, und wühlte mit dem Hund um die Wette. Das Größere versuchte, ihn zu übertönen, und erzählte etwas von einem Schatz, der gefunden werden musste.

Der Vorarbeiter und eine genervte Frau versuchten, sie davon abzuhalten.

Mit wachsender Begeisterung warfen die Kinder mit Erde um sich.

»Fynn, Joel, Kiri!«, rief die Frau aufgeregt und wollte die Kinder und den Hund von dem entstehenden Loch wegziehen.

»Da helfen nur Gummibärchen und Würstchen«, bemerkte die Frau mit der Schirmkappe. Emilio warf ihr einen warnenden Blick zu. Silja sollte sich doch möglichst unauffällig verhalten.

»Unser Aufnahmewagen steht dort drüben.« Er zeigte auf einen weißen Kastenwagen mit dem lila Logo »DAILY – mein Sender«. Emilio schob die Seitentür auf und verschwand im Wagen. Kurz darauf winkte er Bernadette zu sich.

»Das ist unser Schnittpult. Ich habe schon mal das Material von gestern aufgerufen. Mit dem Hebel hier können Sie durch die Aufnahmen navigieren«, erklärte er.

»Alles verstanden!« Bernadette setzte sich vor das Pult.

»Ich lass Sie dann mal alleine«, meinte Emilio und ging nach draußen.

»Hast du dir alles genau angesehen, Silja?«, flüsterte Emilio der angeblichen Praktikantin zu, die lässig an dem Auto lehnte. Emilio schob sie an den Schultern vom Auto weg und außer Hörweite von Bernadette.

»Da oben ist er also abgenibbelt am Fußboden, in der ganzen Soße! Und der ganze Krempel ist auf ihm gelandet. Das hat er verdient! Der Verbrecher!« In Siljas Augen loderte Genugtuung, ihr Atem ging schwer.

Emilio sah sie besorgt an: »Wie geht's dir heute?«

»Geht so! Die Luft, du weißt doch!«, sagte Silja.

»Mit der Reise ist alles organisiert?«, fragte Emilio.

»Die Fähre nach Olbia habe ich schon gebucht. Es kann also losgehen! Hauptsache, du bist pünktlich«, meinte Silja.

»Ich kann jetzt hier nicht sofort weg, das würde auffallen!« Emilio blickte zum Kastenwagen. »Ich verdrücke mich hier so bald wie möglich.«

Er schob die Autotür auf. »Können wir uns einen Kaffee beim Bäcker um die Ecke holen?«, fragte er.

Bernadette nickte kurz und sah sich zum wiederholten Mal die Schlusssequenz der Aufzeichnung an. Die Umschläge mit den Ergebnissen lagen schon auf dem Tisch. Man hatte nicht gesehen, wer sie dort verteilt hatte. Die Teilnehmer öffneten sie und hielten ihre Wertungen hoch.

»Übrigens, Herr Galucci, wer ist eigentlich für die Umschläge zuständig?«, rief Bernadette. Emilio stieg wieder in das Auto. »Eigentlich ich. Aber das ist ja kein Staatsgeheimnis, die liegen vorher schon bereit«, meinte Emilio.

»Ich habe sie gesehen, als ich oben am Tisch war. Haben Sie die Bewertung irgendwo dokumentiert?«, fragte Bernadette.

»Ja, natürlich! Der Zettel müsste sogar hier im Wagen sein«, sagte Galucci und öffnete ein paar Schubladen am Schneidetisch.

»Hier ist er!« Er reichte Bernadette ein Blatt mit einer Tabelle.

Teilnehmer	Pur-zelt	Schmälzle	Wang	Korb-meier	Acker-mann	Gesamt
Purzelt	-	7	9	9	2	27
Schmälzle	6	-	7	5	1	19
Wang	8	8	-	7	2	25
Korbmeier	6	7	7	-	2	22
Ackermann	5	7	8	8	-	28

Das war komisch, bei der Vernehmung der Dinner-Runde war nicht der Eindruck entstanden, dass sie Ackermann so gut bewertet hatten, dachte Bernadette. Sie erinnerte sich an die Schilderungen der Teilnehmer über Ackermanns Sieg. Alle hatten sich extrem aufgeregt. Purzelt hatte sogar randaliert. Er warf mit Nachtisch nach Ackermann und redete mit hochrotem Kopf auf ihn ein. Dann hatte er unter unflätigen Beschimpfungen die Wohnung verlassen.

»Können Sie mir das auf DVD ziehen?«, fragte Bernadette Emilio.

»Natürlich, das habe ich schon gemacht, ich dachte mir schon so etwas!«, sagte Emilio. Er kramte in einer Schublade. Dann gab er Bernadette eine DVD in einer Plastikhülle.

»Perfektes Dinner 11.5.19«, stand darauf.

»Danke!«, sagte Bernadette und stieg aus dem Auto.

»Sie können jetzt gehen. Aber halten Sie sich zu unserer Verfügung!«, sagte sie zu den Fernsehleuten und lief in Richtung des Hauses.

Vor dem Haus waren Frau McScott, Fynn, Joel und Kiri verschwunden. Nur verstreute Erde auf dem Weg und ein Loch, einem Dachsbau ähnlich, erinnerte an die Szene von vorhin.

»Hier habe ich das Blatt mit den richtigen Ergebnissen!«, sagte Emilio zu Silja, als Bernadette weg war, und deutete auf eine andere Tabelle.

»Die Teilnehmer haben sich nicht grundlos gewundert. Aber das war es mir wert, den Verdacht auf Purzelt zu richten!« Emilio wirkte sehr zufrieden. »Komm, jetzt holen wir uns einen Kaffee und fahren zum nächsten Dreh!«

Teilnehmer	Pur-zelt	Schmälzle	Wang	Korb-meier	Acker-mann	Gesamt
Purzelt	-	7	9	9	2	27
Schmälzle	6	-	7	5	1	19
Wang	8	8	-	7	2	25
Korbmeier	6	7	7	-	2	22
Ackermann	1	2	2	1	-	6

»Seid ihr so weit?«, fragte Bernadette Robert und Wolfgang, im 5. Stock angekommen. Die beiden nickten.

»War aber nicht sehr ergiebig!«, sagte Robert.

»Das müsst ihr euch nachher ansehen!« Sie hielt die DVD hoch.

Nachdem Kameramann und Assistentin die Wohnung verlassen hatten, schloss Bernadette die Eingangstür ab und sicherte sie mit einem Siegelstreifen. Sie liefen in den 4. Stock hinunter.

»Ez passt des scheiß Glumb wieder net!« Der Installateur mit dem Rollwagen kam aus der Tür, Wotan im Schlepptau.

»Hast du scho mal in a Loch gschissen! Du Versager, schleich di!«, krächzte der sichtlich erregt und hustete dann erbärmlich. So hatte Bernadette ihren Chef noch nie reden gehört.

»Sie bekommen ein Chemieklo von mir als Überbrückung, bis die richtige Toilette da ist!«, sagte der Installateur kleinlaut.

Wotan zeigte ihm den Mittelfinger, schleppte sich zurück ins Wohnzimmer und ließ sich aufs Sofa fallen. Er schien Schüttelfrost zu haben, zog die karierte Decke über die Schultern und glotzte Bernadette aus fiebrig glänzenden Augen an.

»Mir geht's nicht gut!«, flüsterte er.

Es klingelte. Als Bernadette öffnete, stand eine junge Frau vor der Tür.

»Ich bin Emily McScott aus dem Erdgeschoss. Ich kümmere mich um den Herrn Wilde, wenn Sie erlauben. Er war so nett zu den Kindern und er ist doch ganz allein.«

Sie schwenkte dabei eine Whiskeyflasche hin und her.

»Heißer Whiskey mit einem Tropfen Wasser hat noch jedem geholfen, altes irisches Hausmittel. Ein ordentliches Glas voll, 24 Stunden schlafen und man fühlt sich wie neu geboren!«

Sie schritt an den Polizisten vorbei, gefolgt von den neugierigen Kindern und dem schnüffelnden Hund. Dann stellte sie die Whiskeyflasche auf die Anrichte und füllte den Wasserkocher.

»Wenn das die irischen Heilmittel sind, werde ich auf der Stelle krank!«, sagte Wolfgang und grinste schief.

Wotan ertrug alles klaglos. Die Geräusche der Umgebung drangen nur wie durch ein Wattepolster zu ihm vor. Er ergab sich seinem Schicksal.

»Wir haben alle befragt, da hat sich nicht viel Neues ergeben. Ob wirklich alle immer in ›Resi's Bierschuppen‹ waren, wollte keiner beschwören. Dass Herr Purzelt und Herr Ackermann nicht mit dabei waren, haben alle bestätigt«, fasste Wolfgang zusammen. Er beobachtete gespannt, wie Frau McScott eine ordentliche Portion Whiskey in eine hohe Kaffeetasse gab und etwas von dem heißen Wasser dazugoss.

Dann flößte sie dem Kranken die dampfende Flüssigkeit ein. Wotan hustete und versuchte, sich zu wehren. Aber er hatte keine Chance. Als die Tasse leer war, begleitete sie ihn ins Schlafzimmer und deckte ihn mit seiner Daunendecke zu. Dann zog sie leise die Tür zum Schlafzimmer zu und setzte sich im Wohnzimmer aufs Sofa.

»Die Kinder habe ich wieder nach unten geschickt, die schauen Pumuckl auf Netflix. Ich warte noch kurz, bis er eingeschlafen ist! Wissen Sie, wo sein Wohnungsschlüssel ist? Dann könnte ich später noch mal nach ihm sehen.« Sie sah Bernadette an.

Nach kurzer Suche fanden sie den Schlüsselbund in Wotans Jackentasche an der Garderobe.

»Lasst uns ins Büro fahren!«, sagte Bernadette. »Und vielen Dank, Frau McScott!« Wotan bekam von alledem nichts mehr mit. Er war schon alkoholselig weggedöst.

16. DER FIEBERTRAUM

Am Abend hatte Bernadette sich bei Emily McScott den Schlüssel geholt, um nach Wotan zu sehen. Als sie die Wohnung ihres Chefs betrat, hörte sie nur leises Schnarchen.

Sie war schnell noch in der Schlossapotheke gewesen und hatte sich gegen die Ansteckungsgefahr ein Vorbeugungsset gekauft. Eine 50 ml Flasche Umckaloabotropfen, ein Röhrchen Vitamin C Brausetabletten, ein Fläschchen Gemüsesmoothie Rote Bete und Brennnessel, eine Hunderterpackung Zinkkapseln, ein Päckchen Salbeibonbons zuckerfrei und Nasenfeintaschentücher mit Pfefferminzaroma.

Sie nahm eines von den Gläsern, das im Regal über der Spüle standen, füllte es zur Hälfte mit Wasser und warf eine Brausetablette ins Glas. Während sie an der Spüle lehnte, betrachtete sie die aufsteigenden Sprudelbläschen und ließ dann ihren Blick durch Wotans Wohnung schweifen.

Eine tolle Wohnung hatte sich ihr Chef gekauft. Das musste der Neid ihm lassen. Besonders die geölten Parkettböden und die originelle Dschungeltapete mit dem Tukan hatten es ihr angetan. Der saß in Originalgröße im Dschungel und beobachtete das Geschehen in der geräumigen Diele. Sie schlenderte mit dem Glas in der Hand durch das Labyrinth von Umzugskisten und musterte die leeren Wände.

Hier hätte er genügend Wandfläche, um das Geburtstagsgeschenk der Abteilung zum 50. Geburtstag aufzuhängen. In seiner alten Bude war seine fadenscheinige Ausrede mit dem Platzmangel noch durchgegangen, obwohl man da auch ein Plätzchen gefunden hätte.

Ein Stillleben im Goldrahmen war wohl nicht sein Ding. Vielleicht hätte sie ihm lieber ein Fahrrad oder einen Ninjakämpfer mit Schwert malen sollen? Bernadette schmunzelte und nahm einen großen Schluck von dem Gesundheitsdrink.

Ihre Leidenschaft waren Blumenaquarelle. Sie hatte es mit Unterstützung der VHS-Kurse.

Das geschenkte Bild musste doch irgendwo in den Kisten zu finden sein. Sie würde es suchen und ihm einen würdigen Platz zuweisen. Wo doch jetzt seine Siegrun nicht mehr da war. Ja, das war jetzt ihre Aufgabe! Sie ging auf Zehenspitzen ins Schlafzimmer und betrachtete das schlafende Häufchen Elend. Der Arme hatte eine Erkältung vom Feinsten. Sie würde sich erst in den Sessel setzen und über ihn wachen, wenn sie das Bild gefunden hatte. Dann startete sie die Suche im Heuhaufen und öffnete die erste Kiste.

Als Wotan aufwachte, öffnete er mühsam seine verklebten Lider. Im Zimmer war es dunkel. Er konnte sich nicht erinnern, wo er war. Er versuchte, in die Dunkelheit zu lauschen. Ein unangenehmer Druck lastete auf seinen Ohren. Sein Mund fühlte sich an wie ein Stempelkissen und seine Zunge lag wie trockenes Stroh in seinem Mund. Er schluckte. Wo war seine Spucke hin?

»Ich bin ein Rohr im Wind, bind dich nicht an mich!«, kam ihm eine Textzeile von Hannes Wader in den Sinn, kringelte sich ein und platzte in bunten Seifenblasen. Er versuchte, das Stroh in seinem Mund zu befeuchten.

Er war in einem Bett. So viel stand fest. Langsam dämmerte ihm wieder, dass er in seinem Schlafzimmer sein musste. Er tastete nach seinem Kopfkissen. Das warfen plötzlich Zyklopen nach ihm. Er war zu schwach, um sich zu wehren. Wie in einem Film sah er verschiedene Szenen ablaufen. Es roch eklig. Viele Menschen in weißen Gewändern waren im Raum. Da hingen Fotos an einer Schnur. Sie waren mit goldenen Wäscheklammern zum Trocknen aufgehängt. Auf allen waren dicke Männer mit Glatze abgebildet. Einer kam ihm bekannt vor. Er lag in einer Blutlache und fletschte seine Vampirzähne! Eine Frau und Kinder und ein Hund tanzten um ihn herum und sangen ein Schlaflied.

Jetzt roch es nach Whiskey und ganz intensiv nach Zitronen. Dicke Eichenfässer rollten auf ihn zu. Er versuchte, ihnen auszuweichen. Hilfesuchend sah er sich um.

Er sah nur die roten Zahlen des Projektionsweckers an der Zimmerdecke. 3.00 Uhr und der Doppelpunkt zwischen Stunden und Minuten blinkte im Sekundentakt.

Sein Kopf war wie in Watte gewickelt. Ohne Vorwarnung bekam er Schluckauf und würgte Whiskey hoch. Ihm war gleichzeitig heiß und kalt. Auf seiner Stirn standen Schweißperlen. Er bemerkte, dass auch sein Nachthemd nassgeschwitzt war. Er wollte aufstehen. Mühsam schlug er die Decke zurück. Er atmete rasselnd. Ein kalter Schauer durchfuhr ihn. Es war eiskalt in der Wohnung. Das war sicher nicht gesund, so nass dazuliegen. Er musste die Klamotten wechseln. Er spürte Gänsehaut am ganzen Körper. Er bekam Schüttelfrost und seine Zähne klapperten leise.

Er brauchte Hilfe. So weit konnte er noch denken.

»Hilfe!«, formulierten seine Lippen, aber kein Ton verließ seinen Mund.

Da entdeckte er die Silhouette einer Frau in seinem Schlafzimmersessel, die sich gegen das halb hochgezogene Rollo abzeichnete. Er ruderte mit den Armen und hätte beinahe seine Nachttischlampe vom improvisierten Nachttisch gestoßen.

Mit zitternden Händen machte er die Lampe an. Er hatte vergessen, dass es eine Alexa gab, die auf Befehl Licht anmachte. Im Sessel saß Bernadette, die mit leicht geöffnetem Mund leise schnarchte.

»Bernadette!«, versuchte er, sie zu rufen, brachte aber nur ein Krächzen heraus. »Bernadette!«, wiederholte er mühsam. Sie reagierte nicht.

Wotan ließ sich zurückfallen. Was hatte er in seinem Fieberwahn geträumt? Er zermarterte sein Gehirn, stieß die Schleier beiseite, die es umgaben. Plötzlich stand die Realität des gestrigen Tatorts glasklar vor seinem geistigen Auge.

Er stand vor Ackermanns Leiche. Im Raum war eine Leine aufgespannt. Die Bilder, die er sich ansah, waren mit kleinen Wäscheklammern daran befestigt.

Auf allen waren Gebäude abgebildet. Ackermann stand immer davor, mit wechselnden Personen. Manchmal trugen alle Anzug und Krawatte, manchmal Arbeitskleidung und Helme. Er schloss die Augen und versuchte, sich an die Gebäude zu erinnern. Er fror erbärmlich, aber er war im Flow. Sein Gehirn arbeitete auf Hochtouren. Er vergaß, dass es ihm so erbärmlich schlecht ging und er hilflos in seiner Wohnung lag.

Er kannte die Gebäude. Eines war das KA 4, das Gebäude der Uniklinik Tübingen, an dem er jeden Morgen vorbeifuhr.

Das andere war das Zentrum für Islamische Theologie, das erst vor Kurzem eingeweiht worden war.

Und das nächste war das »Spaceshuttle«, das futuristische Hallenbad Ost mit seinem weitgeschwungenen Holzdach. Er hatte plötzlich ein schlechtes Gefühl. Da war doch etwas passiert? Ein Unfall, ein Unglück? Er erinnerte sich nicht mehr. Langsam rutschte er wieder in einen unruhigen Schlaf ab. Die Häuser wirbelten durch seinen Kopf.

Die Personen, die mit Ackermann auf den Bildern waren, marschierten in langen Reihen an den Gebäuden vorbei. Zwischendurch war Bernadette zu sehen, die ihm mit einer Whiskeyflasche zuprostete.

Dann tauchte Wüst, die Leiche von der Burg, auf und schleppte Balken hinter sich her. Moment, was wollte der hier? Er spulte noch einmal alles zurück. Bernadette mit der Flasche, ein paar Anzugträger, das Hallenbad. Ihm wurde schwindelig.

Er legte eine Pause ein und nickte wieder weg.

3.35 Uhr zeigten die roten Ziffern an der Decke, als er die Augen wieder öffnete. Der blinkende Doppelpunkt schien ihn zu verhöhnen. Steh doch auf, du Ratte, in deinem nassen Schlafgewand. Er sah sich unter einem Wasserfall stehen und Schwimmbewegungen machen.

Dann setzte sein Gehirn wieder ein. Was hatten Ackermann, Wüst und das Hallenbad miteinander zu tun? Er musste das Bild noch einmal anschauen. Er musste näher rangehen. Es gelang ihm nicht. Er sah nur die roten Zahlen an der Decke. 3.45 Uhr zeigte sein Wecker. Es war zum Haareraufen. Das erste zarte Tageslicht sickerte durch das Rollo.

»Bernadette!«, schnaufte er. Die schlummerte noch sanft wie Dornröschen in ihrem Sessel.

Hatte er das alles nur geträumt oder war auch ein Fünkchen Wahrheit in den Bildern, die er gesehen hatte? Er setzte sich auf, und ihm wurde sofort schwindelig. Er klammerte sich mit beiden Händen an die Bettdecke, um sich zu stabilisieren.

Er musste etwas nach Bernadette werfen, um sie aufzuwecken. Er fühlte sich zu schwach, um aufzustehen. Außerdem würde er wahrscheinlich auf seiner Schweißspur ausrutschen. Sie musste ihn in Ackermanns Wohnung bringen, damit er die Bilder genau ansehen konnte.

Meine Hausschuhe, fuhr es ihm durch den Kopf.

Er beugte sich zur Seite, schwindelig, und angelte nach einem Schuh. Im Halbdunkel konnte er nicht genau zielen. Der erste Wurf verfehlte sein Ziel. Er atmete schwer, Schweiß stand auf seiner Stirn. Der zweite Schuh war außerhalb seiner Reichweite. Jetzt war alles egal. Irgendwie musste er die Frau wach bekommen.

Er holte tief Luft, hustete kurz, sah alles doppelt, und sagte, so laut er konnte: »BERNADETTE!«

Die schreckte hoch und sah sich um. Dann entdeckte sie Wotan, der im Bett saß.

»Wotan! Ist was mit dir? Geht's dir gut?«, fragte sie.

»Nee! Muss … Wohnung … Ackermann!«, flüsterte er und sah seine Kollegin aus wässrigen Augen an. »Die Bilder!« Die roten Ziffern zeigten 5.00 Uhr. Die Rollos waren nur zur Hälfte geschlossen. Es dämmerte. Durch das gekippte Fenster hörte er die Vögel in den höchsten Tönen jubilieren.

Bernadette blickte ihren Chef mitleidig an.

»So gehst du nirgends hin. Jetzt bekommst du erst mal einen trockenen Schlafanzug. Wo könnte der sein?«, fragte sie.

»… Schrank … Bademantel!« Man konnte ihn kaum verstehen. Alles drehte sich um ihn. Er musste die Bilder sehen, das war sein Ziel, er konnte an nichts anderes denken.

Bernadette stand vor dem Schrank und wühlte in den Kleiderstapeln. Anscheinend hatte Wotan doch schon einige Kartons ausgepackt. Dann wurde sie fündig und warf ein gestreiftes Nachthemd aufs Bett. Wotan wechselte unter Verrenkungen die Kleidungsstücke. Dann klaubte Bernadette den blauen Bademantel vom Boden und half dem Kranken hinein. Wotan rang nach Luft und klammerte sich an sie. Kraftlos sank er wieder aufs Bett.

»… die Wohnung von Ackermann!«, kommandierte er dennoch fest entschlossen.

»Zu Fuß wird das nichts!«, sagte Bernadette. Sie lief suchend durch die Wohnung. Dann entdeckte sie im Arbeitszimmer den grauen Schreibtischstuhl auf Rollen. Das war die Lösung! Sie schob ihn ins Schlafzimmer.

»Hier ist dein Rollstuhl!«, sagte sie lachend. Auch Wotan wollte einstimmen, brachte aber nur ein Husten hervor. Speichel lief ihm aus den Mundwinkeln. Bernadette gab ihm ein Tempotaschentuch mit Pefferminzduft aus ihrer Packung. Wotan stutzte, schnäuzte sich aber dann ausgiebig. Er quälte sich auf den Stuhl und gab mit ausgestrecktem rechten Arm das Signal zur Abfahrt. Er trug nur einen Hausschuh, hielt aber die Suche nach dem zweiten für Zeitverschwendung.

Unfallfrei rollten sie in den Aufzug und fuhren einen Stock höher. Bernadette schnitt das Siegel auf und öffnete die Tür. Den Schlüssel hatte sie noch von der Vernehmung des letzten Tages in der Handtasche, die sie im Vorbeirollen gegriffen hatte.

»Wohin jetzt?«, fragte sie.

»Fotos!«, dirigierte Wotan, deutete nach links und hustete. Er wankte auf seinem Stuhl und Bernadette befürchtete, dass er jeden Moment herunterkippen würde.

Wieder lief ihm kalter Schweiß über die Stirn. Seine Stimme zitterte. Er nahm den Chemikaliengeruch gar nicht wahr. Bernadette dagegen rieb sich die brennenden Augen. Zielgerichtet fuhren sie auf die Bilder zu, die sich auf den gespannten Schnüren am hinteren Ende des Fotostudios befanden. Die Metallgestänge am Boden erschwerten die Fahrt.

Sie schob ihn an der Leine mit den Fotos entlang. Wotan konzentrierte sich, soweit ihm das möglich war. Immer wieder wischte er Tränenflüssigkeit aus seinen Augen und schniefte in sein Tempotuch.

»Halt!«, befahl Wotan und deutete auf ein Foto.

Das Bild zeigte Ackermann, Wüst und drei Männer im Blaumann vor dem Hallenbad Ost.

»Da gab … zwei Tote!«, flüsterte Wotan. Bernadette zog das Bild von der Schnur und gab es Wotan. Er sah es sich genau an.

»Was haben miteinander … und was mit … Hallenbad?«, überlegte Wotan hustend. Er blickte fragend zu Bernadette.

»Lass uns das später klären! Du musst wieder ins Bett!«, sagte die und schob den Stuhl in Richtung Ausgang.

Ein wenig matt wedelte Wotan mit dem Bild und murmelte: »Lösung, Lösung, Lösung!«

Dann fielen ihm die Augen zu. Er wäre beinahe von seinem Schreibtischrollstuhl gekippt. Bernadette hielt ihn gerade noch zurück und rüttelte ihn gleichzeitig wach. Sie fuhr ihn zurück ins Schlafzimmer. Die roten Ziffern zeigten inzwischen 5.46 Uhr. Das Vogelgezwitscher hatte sich schon fast wieder gelegt. Es schien ein sonniger Tag zu werden. Wotan kroch ins Bett.

Nachdem Bernadette ihm einen Becher heißen Whiskey mit einem Tropfen Wasser eingeflößt hatte, fiel er sofort in Tiefschlaf und schnarchte dabei, als wolle er ganze Wälder absägen.

6.00 Uhr zeigte der Wecker an der Schlafzimmerdecke. Bernadette zog kurz in Erwägung, noch einen Powernap zu machen, entschied sich aber dagegen. Sie lief ins Bad und machte sich frisch, dabei überlegte sie sich, ob sie ihre Medikamente dalassen sollte, packte sie dann aber ein. Wotan stand wohl mehr auf alkoholische Medizin.

So früh bin ich noch nie im Präsidium gewesen, dachte sie, als sie die Wohnungstür ins Schloss zog. Sie warf den Wohnungsschlüssel in den Briefkasten der McScotts. Das hatte sie mit Emily so ausgemacht. Dann fuhr sie ins Präsidium.

Vor ihr lag ein langer Arbeitstag.

17. DIE HEISSE SPUR

Um 6.25 Uhr pinnte Bernadette das Foto aus Ackermanns Wohnung an die Tafel der Schande und sah es sinnend an. Schon Wahnsinn, was Wotan da geleistet hatte. Mit schätzungsweise 39 Grad Fieber und verschwollenen Augen so zielsicher ein Foto zu identifizieren, war schon eine Leistung. Sie betrachtete das Bild.

Ackermann und Wüst standen nebeneinander. Gab es eine Verbindung zwischen den beiden Todesfällen? Auf jeden Fall zwischen den beiden lebenden Personen.

Eine Gemeinsamkeit bei den Tatorten waren abgestellte Schuhe und zusammengelegte Socken in der Nähe der Toten. Was allerdings nichts erklärte, sondern nur noch mehr Fragen aufwarf. Sie würde erst einmal auf die Kollegen warten und dann zusammen mit ihnen ein Resümee ihrer Ermittlungen ziehen.

Sie dachte an Julius Burmeister. Sollte sie noch einmal bei dem Pathologen vorbeifahren? Aber was gab es, das nicht auch per Telefon zu lösen gewesen wäre? Sie war kurz davor, zu resignieren und aufzugeben.

Gedankenverloren nippte sie an ihrem Cappuccino. Kein schlechter Stoff! Die neue Jura-Maschine war eine gute Anschaffung gewesen.

Wie Wotan das wohl geschafft hatte, den Controller von der Notwendigkeit einer neuen Maschine in ihrem Büro zu überzeugen? Aber seit Bernhard Rübli in Pension gegangen war und die neue Controllerin mit dem schönen Namen Clothilde Bernstein das Ressort übernommen hatte, war einiges besser geworden.

Sie ließ ihre Gedanken schweifen und dachte zur Abwechslung mal an die Vernissage. Wo bloß die anderen blieben? Ein Blick auf ihre Armbanduhr zeigte kurz vor 7.00 Uhr. Sie war wirklich früh dran.

Sie hatte Wotan in der Whiskeyseligkeit zurückgelassen. Der Glückliche! Besser konnte es einem fast nicht gehen, na ja, von der Erkältung mal abgesehen. Sie würde heute Abend nach ihm sehen. Die Frau aus dem Erdgeschoss kümmerte sich ja um ihn. War die verdächtig? Eher unwahrscheinlich.

Um die Zeit bis zum Eintreffen ihrer Kollegen zu überbrücken, würde sie den Fall Wüst noch einmal durchsehen. Sie holte die Akten und blätterte darin herum.

Was wussten sie über den Mann?

Er war Architekt und im Ruhestand, und er war schwul. Mit einem Afroamerikaner zusammen, nein, verheiratet, der von dem herzensguten Menschen Wüst schwärmte. Wollte nicht Wolfgang den Mann noch einmal auf dem Kommissariat vernehmen?

Sie konnte nichts darüber finden. Was war das für ein Schlendrian! Wotan fehlte hier eindeutig mit seiner harten Hand. Wenigstens gab es ein Bild von dem Schwarzen. Sie pinnte es neben Wüsts Personalausweis-Foto.

Ob Ackermann auch schwul war? Darüber hatten sie sich nie Gedanken gemacht. Es gab keine Anzeichen dafür. Weder in der Wohnung noch bei seinen persönlichen Sachen war ihr etwas in der Richtung aufgefallen. Es gab jede Menge Fingerabdrücke in der Wohnung, aber es waren keine verwertbaren dabei.

Dann war da noch diese Mail. Unterschrieben mit A. A wie Ambrosius, A wie Ackermann. A wie Arschloch? Eine Spur, aber eine sehr weiche. A. konnte jeder sein! Von Ackermann würden sie nichts mehr erfahren. Hatte sich Robert dessen Handy schon angeschaut? Gab es da eine Antwortmail? Sie musste ihn fragen!

Wo war Wüsts Porsche Cayenne? Darüber hatte sich noch niemand Gedanken gemacht. Warum stand er nicht am Parkplatz in Hohenneuffen? War der Mörder damit geflüchtet? Oder war er mit Wüst gemeinsam an der Burg angekommen? Fragen über Fragen. Sie notierte die ungeklärten Fragen an der Tafel. Sie mussten sie nachher durchgehen und verteilen.

Wo blieben nur die anderen?

Es war bereits 8.00 Uhr. Je eher man anfängt, desto eher ist man fertig, hatte ihre Oma immer gesagt. The early bird catches the worm, wie ihr Englischlehrer formuliert hätte. Etwas Wahres war schon daran. Sie machte sich einen Espresso und starrte gegen die Decke. Wie es Wotan wohl ging? Anrufen konnte sie ihn nicht. Er lag mit circa zwei Promille im Tiefschlaf. Vielleicht sollte sie Emily McScott im Erdgeschoss mal anrufen. Sie blätterte ihre Unterlagen durch. McScott! Sogar mit Telefonnummer.

Sie wählte!

»McScott!«, hörte sie aus dem Handy.

»Hier ist Oberkommissarin Hohenstein, die Assistentin von Hauptkommissar Wilde!«, sagte Bernadette.

»Wie kann ich Ihnen helfen?«, fragte McScott. Man hörte Kindergeschrei im Hintergrund. Offensichtlich hielt sie die Sprechmuschel zu und redete mit den Kindern.

»Könnten Sie vielleicht noch mal nach dem kranken Kommissar sehen? Ich mache mir doch Sorgen. Den Schlüssel zu seiner Wohnung haben Sie ja«, sagte Bernadette.

»Natürlich, ich fahr später mal rauf, wenn ich die Kinder in den Kindergarten gebracht habe«, erklärte sich Emily bereit.

»Vielen Dank!«, antwortete Bernadette und fühlte sich

beruhigt. Das kam aber nicht mehr an, weil Fynn schon aufgelegt hatte.

»Guten Morgen!« Wolfgang und Robert betraten gemeinsam das Büro.

»Morgen! Na endlich seid ihr da! Ich bin hier schon vereinsamt!«, Bernadette tat beleidigt.

»Ist doch gerade mal fünf nach acht«, verteidigte sich Robert und zog eine Schnute. »Wie geht es unserem Boss?«

»Der schläft seinen Rausch aus. Nein, Spaß beiseite. Er hat höchst effizient gearbeitet. Ich glaube, er hat einen wichtigen Beitrag zur Lösung unseres Falls geliefert!«, sagte Bernadette und erzählte von Wotans Fieberträumen und seinem unermüdlichen Einsatz. Sie erntete einige Lacher, als sie beschrieb, wie sie ihn mit dem Bürostuhl durchs Haus kutschiert hatte. Dann versammelten sich alle um das Foto, das Wotan zielsicher ausgesucht hatte.

»Erstaunliche Leistung!«, lobte Wolfgang seinen Chef.

In diesem Augenblick läutete das Telefon. Robert beugte sich über den Schreibtisch und nahm ab. Er verhielt sich sehr wortkarg und antwortete nur mit ja, hm und nein. Dann legte er nach einem kurzen »Bis dann!« auf.

Bernadette und Wolfgang sahen ihn fragend an.

»Eberhard Purzelt hat eine wichtige Info zu seinem Alibi. Er will nur mit mir sprechen, weil nur ich ihn verstehe!«, erklärte Robert mit einem Achselzucken.

»Ich fahre jetzt nach Kusterdingen in den Weiherweg 7. Wir treffen uns bei seiner Schwester, einer Annabell Krötenheinrich. Bis dann!« Robert klopfte zum Abschied auf den Tisch.

»Dann machen wir hier mit den Akten weiter«, meinte Wolfgang. »Der Seelenversteher hat heute Außendienst.« Er schob seinen Stuhl zum Schreibtisch, während Robert Altmann die Tür hinter sich schloss.

Zwei Stunden später stand er wieder in der Tür. Er war blass und leicht verstört.

»Was ich gerade erlebt habe, glaubt ihr nicht! Das erzähle ich euch später. Auf jeden Fall ist Purzelt raus, er hat ein Alibi!«, sagte Robert.

»Wir fangen wieder von vorne an!«, sagte Bernadette frustriert. Sie blickte in die Runde und dann auf die Tafel der Schande. »Wir müssen systematisch an die Sache herangehen!«

»Robert, du kümmerst dich um die Handys der Opfer und versuchst herauszubekommen, ob sie miteinander in Kontakt standen. Wolfgang, du versuchst, den Wagen von Wüst zu finden, der muss doch irgendwo sein! Und ich werde noch einmal unseren farbigen Freund Morgan Medfort, den Lebensgefährten von Wüst, besuchen. Der soll mir mal etwas über das Verhältnis von Ackermann und Wüst erzählen. Der muss doch etwas wissen! Wir treffen uns nach dem Mittagessen wieder hier.« Das waren klare Ansagen.

Kurz darauf hielt Bernadette mit ihrem Dienst-BMW vor dem Haus von Wüst. Der Weg zur Haustür führte durch einen gepflegten Garten. Der Bungalow war aus den 60er-Jahren und riesig. Die Außenflächen waren mit Klinkern verkleidet, die Fenster reichten bis zum Boden. Eigentlich empfand Bernadette das Haus mehr bedrohlich als beeindruckend. Sie drückte auf den Klingelknopf mit Kameraobjektiv darüber.

»Ja?«, fragte eine tiefe Stimme.

»Hauptkommissarin Hohenstein, ich hätte da noch ein paar Fragen zum Tod von Herrn Wüst!«, meldete sich Bernadette und hielt ihren Ausweis vor die Kamera. Es dauerte einige Minuten, bis Medfort die Tür öffnete.

»Kommen Sie doch bitte herein!«, sagte er nonchalant und machte eine leichte Verbeugung. Er war ein durchtrainierter Hüne, genau das Gegenteil des dicken Wüsts. Sie liefen durch einen dunklen Flur in ein riesiges Wohnzimmer mit Möbeln aus dem vorigen Jahrhundert.

»Wie kann ich Ihnen helfen?«, fragte Medfort, nachdem er Bernadette Platz und ein Wasser angeboten hatte.

Bernadette holte ihr Smartphone aus der Tasche und zeigte ihm das Bild, das Ackermann und Wüst zeigte.

Medfort beugte sich nach vorne und betrachtete das Bild: »Das ist Ambrosius Ackermann, die Leute im Blaumann kenne ich nicht! Und im Hintergrund sieht man das Hallenbad Ost. Das Ingenieurbüro von Ackermann und Wüst hat das damals gebaut.«

»Und hatten die beiden noch Kontakt?«, fragte Bernadette.

»Nach dem schrecklichen Unfall damals gingen sie im Streit auseinander. Vor allem, nachdem Wüst eine Geldstrafe bekommen hatte und Ackermann als Gewinner aus dem Prozess hervorging.« Medfort sah sie an, als ob sie das alles wissen müsste.

»Welcher Prozess?«, fragte Bernadette.

»Ich will nicht darüber sprechen. Kann man aber in den Zeitungen nachlesen.« Medfort sah zu Boden und schwieg. Für ihn schien das Gespräch beendet. Bernadette stand etwas verwirrt auf, verabschiedete sich und verließ das Haus.

Was war denn das gewesen? Warum wollte er nichts Weiteres sagen? Sie musste sich unbedingt über das Hallenbad erkundigen.

Robert war inzwischen weniger erfolgreich. Die SMS zurückzuverfolgen war so gut wie unmöglich und auf dem Handy von Ackermann gab es kein Gegenstück dazu. Von ihm war sie nicht gekommen. Eine Sackgasse!

Wolfgang kam auch nicht weiter. Er war noch einmal zur Burg Hohenneuffen gefahren und alle Parkplätze abgegangen. Auch in Waldwege hatte er gespäht und im weiteren Umfeld die Straßen abgefahren. Aber Wüsts Auto blieb verschwunden.

In die Fahndung hatte er es schon gegeben. Da half nur Warten und auf einen Zufall hoffen. Was bezweckte der Täter damit, das Auto zu verstecken? Befanden sich Spuren an dem Wagen, die ihm gefährlich werden konnten? Oder war das nur ein Zufall und hatte nichts mit dem Fall zu tun? Wolfgang war ratlos.

Bernadette kreiste jetzt mit ihrem Mini schon das zweite Mal um das Haus von Wotan und suchte einen Parkplatz. Das war doch zum Kotzen. Hier gab es einfach keine Parkplätze, außerdem standen überall die Kastenwägen der Handwerker, die in den anderen Neubauten letzte Arbeiten verrichteten.

Dann endlich fuhr der Wagen der Schlosserei Kühne weg und Bernadette konnte parken.

Zu ihrem Erstaunen ging der Türöffner, als sie bei Wotan klingelte. Sie fuhr mit dem Aufzug hinauf. Als sich die Tür öffnete, sah sie ihn schon, eingewickelt in die obligatorische rot karierte Decke, in seiner Wohnungstür stehen.

»Du siehst ja schon wieder hervorragend aus!«, log sie ihrem bleichen Chef ins Gesicht.

»Komm rein! Ich fühle mich zwar noch beschissen, aber kann doch wenigstens wieder meine Umgebung wahrnehmen! McScott war auch schon mit diesem Kiri hier und wollte mich wieder mit Whiskey abfüllen. Das konnte ich gerade noch verhindern. Außerdem nervt mich der blöde Hund. Er hat einen Narren an mir gefressen und leckt mir ständig die Beine ab!«, flüsterte er und hielt sich an der Wand fest, als er sich umdrehte. »Erzähl mal, was ihr bis jetzt habt!«

Wotan ließ sich im Wohnzimmer aufs Sofa fallen und nahm einen Schluck aus einer Kaffeetasse, aus der ein Teebändchen hing.

»Dank deines heldenhaften Einsatzes sind wir einen Schritt weiter, denke ich!«, sagte Bernadette.

»Welcher heldenhafte Einsatz?«, fragte Wotan und Bernadette erinnerte ihn an seinen fiebergeschüttelten Ritt auf dem Schreibtischstuhl.

»Und was zeigt das von mir auserwählte Bild?«, fragte Wotan.

»Wüst, Ackermann und das Hallenbad Ost einschließlich dreier Arbeiter im Blaumann«, erklärte Bernadette.

Wotan starrte gegen die Wohnzimmerwand und schürzte nachdenklich die Lippen.

»Irgendwas war mit dem Hallenbad!«, überlegte er. Ihm fielen die Augen zu. Und sein Kopf sank zur Seite. Ein leichtes Schnarchen ertönte.

»WOTAN!«, sagte Bernadette laut. Er schreckte hoch und sah orientierungslos um sich. Bernadettes Telefon klingelte. Robert, zeigte das Display.

»Kommst du zum Essen?«, hörte Bernadette. Jetzt, wo sie kurz vor dem Durchbruch waren.

»Keine Zeit!«, sagte sie kurz angebunden und legte auf.

»Hallenbad?« Wotan schien angestrengt nachzudenken. »Da war doch was!« Mehr kam nicht. Ihm fielen die Augen zu. Dann schreckte er wieder hoch.

»Hallendach!«, murmelte er, bevor er endgültig wegnickte.

Bernadette starrte ihn an. Jetzt, wo es spannend wurde, musste er schlafen. Mist! Sollte sie ihn wecken? Er sah so zufrieden aus. Sie ließ ihn lieber schlafen.

Ihr Telefon klingelte wieder. Sie wollte nicht mit den anderen essen gehen, hatten die Dödels das nicht verstanden?

»Was!«, sagte sie unwirsch ins Telefon.

»Hier ist Emilio Galucci!«, hörte sie.

»Entschuldigen Sie! Ich dachte, es wäre jemand anderer! Was kann ich für Sie tun?«, fragte Bernadette.

»Wir haben da noch ein paar Sachen von unserer Ausrüstung in der Wohnung von Herrn Ackermann. Können wir uns die holen?«, fragte er Bernadette.

»Der Tatort ist zwar noch versiegelt, aber mit einem Beamten können Sie da rein!«, stellte Bernadette fest.

»Wir würden morgen früh so um 9.00 Uhr vorbeikommen!«, schlug Emilio vor.

»Ich schicke jemanden!« Für Bernadette war alles klar.

»Danke und Wiederhören!«, sagte Galucci kurz angebunden.

»Morgen um 9.00 Uhr kommt der Galucci, das muss ich noch Robert sagen. Wo notiere ich mir das?«, murmelte Bernadette und tippte etwas in ihr Handy. Sie sah Wotan an, der den Kopf unruhig hin und her bewegte und Unverständliches murmelte. Sie zog die Decke über ihn und schlich zur Wohnungstür, zog sie hinter sich ins Schloss und drückte auf den Rufknopf des Aufzuges.

Silja blickte von den Fährtickets auf, die sie in der Vortasche des Rucksacks verstaute. Emilio legte das Handy auf den Küchentisch in Siljas Einzimmerapartment.

»Die blickt doch überhaupt nicht durch, diese Fürstentussi! Wir können morgen noch mal in die Wohnung und den Rest erledigen.«

Er holte den Kamm aus der kleinen Tasche der Jeans, die von dem Erfinder Levi Strauss für die Taschenuhr gedacht war, und kämmte die Haare zurück. Das beruhigte ihn, wenn er angespannt war.

»Unterschätz die Kleine und ihren Tross nicht!«, sagte Silja.

»A wa«, machte Emilio und steckte den Kamm mit einer unwilligen Handbewegung zurück.

»Ich habe Dieter gefragt, der kennt sich mit Tresoren aus und weiß, wie man die knackt. Total easy, hat er gesagt. Er kommt morgen auch mit in die Wohnung und hilft mir beim Aufmachen. Du musst den Beamten nur zehn Minuten ablenken. Dann holen wir uns die Unterlagen. Die können nur dort sein! Wüst hat sich ja total dummgestellt, bevor er über den Abhang ging! Aber Ackermann hat sich dann selbst verraten.« Emilio lachte vor sich hin. »Die Unterlagen hinterlassen wir der Polizei! Jetzt wird alles aufgedeckt. Diese Scheißkerle in dem scheiß Planungsbüro! Die stecken doch alle mit drin und sind viel zu gut weggekommen!«

»Die Fähre nach Olbia geht am Donnerstag. Die kommen nie drauf, dass wir die Hände im Spiel hatten.« Silja rieb sich die Hände.

»Wo ist eigentlich das Kantholz aus dem Hallenbaddach?«, fragte sie.

»Das habe ich noch nicht entsorgt. Vielleicht nehm ich es morgen mit, als Glücksbringer! Mal sehen.« Emilio holte noch einmal seinen Kamm aus der Tasche und fuhr über die akkurat gekämmte Frisur.

Zur gleichen Zeit saß Bernadette am Parkplatz im Auto. Der Soundtrack aus Dirty Dancing lief und half ihr beim Nachdenken. »Hallendach«, hatte Wotan gesagt. Was war mit dem Hallendach? Sie dachte angestrengt nach. Dächer zogen vor ihrem geistigen Auge vorbei. Flachdach, wie bei der Villa von Wüst, Walmdach, wie bei der Scheune zu Hause, und wie hieß das Dach ihres Schlosses? Schlossdach, legte sie nach kurzem Nachdenken fest. Aber das hatte alles nichts mit dem Hallenbaddach zu tun.

Sie rief Robert an.

»Robert!«, meldete der sich. »Gehst du jetzt doch mit essen?«

Der Mensch konnte nur ans Essen denken.

»Gibt es heute was Besonderes in der Kantine?«, fragte sie nicht sehr interessiert.

»Kirschmännle mit Vanillesauce! Dein Lieblingsessen!« Er war ganz euphorisch.

»Mensch, das habe ich völlig vergessen, wartet auf mich, ich eile!« Bernadette merkte, wie ihr Magen knurrte. Ihr lief das Wasser im Mund zusammen. In dem Augenblick hatte sie die Frage nach den Dächern vergessen. Der Kirschauflauf in der Kantine schmeckte fast so wie der in ihrer Kindheit bei Omi. Sie startete das Auto, stellte die Musik lauter und bretterte ins Kommissariat.

Wolfgang und Robert saßen noch im Büro und arbeiteten am Computer.

»Blöde Protokolle!«, schimpfte Wolfgang. »Was hat die Chinesin ausgesagt? Ich bring's nicht mehr zusammen!«

»Hör dir doch das Band noch mal an«, schlug Robert vor.

»Band hin, Band her, wir gehen jetzt in die Kantine!« Bernadette stand atemlos in der Tür.

Als sie ins Nachbargebäude wanderten, erzählte Bernadette von den Tagträumen Wotans.

»Ich kann mich erinnern, da war was«, sagte Robert. »Vor Jahren ist das Dach des Hallenbads im Winter eingestürzt. Hat die Schneelast wohl nicht getragen. Es hat auch einen Prozess gegeben. Ich weiß aber nicht mehr genau, weshalb.«

»Jetzt erinnere ich mich auch. Es ging um die Unterkonstruktion. Die war irgendwie minderwertig. Ich recherchiere das mal und drucke dir die Infos aus«, sagte Wolfgang nachdenklich.

»Morgen kommt übrigens um 9.00 Uhr der Galucci, um noch Sachen aus der Wohnung von Ackermann zu holen. Robert, kannst du einen Beamten organisieren, der das mit dem Siegel managt?«, bemerkte Bernadette, während sie an der Essensausgabe anstanden.

»Das Kirschmännle bringt mich noch mal um!« Robert strich über seinen Bauch und rülpste. Sie waren wieder aus der Kantine zurückgekehrt und saßen an ihrem Besprechungstisch.

»Die zweite Portion war wohl doch etwas übertrieben!«, lachte Wolfgang.

»Aber mit den frischen Kirschen ist es noch mal so gut wie mit den Dosenteilen!«, entschuldigte Robert seinen Fressanfall.

Bernadette stieß nur unauffällig auf. »Noch jemand einen Espresso?«

Sie setzte sich mit der kleinen Tasse in der Hand auf den Besprechungstisch und musterte die Wand der Schande.

»Was wissen wir?«, fragte sie in den Raum »Auf jeden Fall, dass die Spuren der SMS ins Nichts führen und dass Wüsts Auto unauffindbar ist. Was haben wir noch? Inzwischen ist klar, dass Wüst und Ackermann über ihr Ingenieurbüro miteinander verbandelt waren und dass unser Fall irgendetwas damit zu tun hat.«

Robert schien gar nicht zuzuhören und tippte auf dem Rechner herum.

Währenddessen wurde Wotan in seiner Wohnung aus seinem Genesungsschlaf aufgeschreckt.

Er fühlte sich etwas besser. Der Nebel in seinem Kopf begann sich langsam zu lichten. Erst jetzt wurde ihm klar, dass sein Telefon klingelte. Er fand es nach kurzem Tasten auf seinem improvisierten Nachttisch. Die Nummer auf dem Display kannte er nicht.

»Wilde!«, krächzte er.

»Sanitär Kümmerle!«, meldete sich eine tiefe Stimme.

Gerade wollte Wotan ansetzen, den Installateur wegen seiner Toilette rundzumachen, da hörte er die erlösenden Worte: »Wenn's Ihnen morgen um 7.00 Uhr passt, komme ich und baue Ihre Toilette ein. Ich nehm dann auch das Chemieklo wieder mit!«

Wotan hasste das stinkende Chemieklo, das ihm der Sanitärsfritze für die Wartezeit ins Bad gestellt hatte.

»Kommen Sie! Aber wehe, es ist wieder die falsche Schüssel!«, drohte Wilde.

»Ganz bestimmt nicht!«, versicherte ihm Kümmerle und legte schnell auf.

»Siri, mach die Rollos auf!«, befahl Wotan. Aber nichts geschah. War er wirklich wach oder bildete er sich das alles ein?

»Siri, mach die Rollos auf!«, rief er noch einmal. Nichts. Die nette Dame in seinem Handy hieß doch Siri? Er brachte alles durcheinander. Bilder von netten jungen, vollbusigen Damen zogen an ihm vorbei. Wie hieß bloß die blöde Kuh mit den Rollos? Amanda? Afira? Alberta? Er konzentrierte sich.

»ALEXA, mach das Schlafzimmer-Rollo auf!« Es war ihm wieder eingefallen. Die grauen Lamellen fuhren langsam hoch und ließen das Sonnenlicht herein.

Er setzte sich auf und quälte sich aus dem Bett. Dann tappte er ins Bad und sank auf sein Chemieklo. Er war schon gespannt auf seine neue Toilette Modell Starck 3 mit Waschfunktion, Sitzheizung und allem Komfort also. Er rappelte sich hoch, wankte in die Küche und öffnete den Kühlschrank.

Gierig schraubte er eine Colaflasche auf, setzte an und trank in langen Schlucken. Er war total ausgetrocknet. Langsam kehrte Leben in ihn zurück. Er sank auf einen Küchenstuhl. Sein Magen knurrte. Er hatte endlich wieder Appetit! Im Kopf ging er den Inhalt seines Kühlschranks durch und holte sich dann ein Naturjoghurt. Er riss den Deckel ab und begann, die weiße Masse in sich hineinzulöffeln.

Weiße Masse! Weiße Massen! Schnee! Er starrte in den Becher.

Schlagartig wusste er wieder, was im Hallenbad passiert war. Der Einsturz der kühnen Dachkonstruktion war wochenlang durch die Medien gegangen.

Er war selbst vor Ort gewesen. In dieser Nacht hatte er Dienst im Kriminaldauerdienst geschoben.

Das ganze damalige Geschehen zog an seinem geistigen Auge vorbei. Er sah wieder die blinkenden Lichter auf den Rettungswagen und hörte die präzisen Befehle der Feuerwehrmänner. Zuerst hatte es geheißen, dass sich zu dieser späten Stunde niemand in dem Bad aufgehalten hatte. Dann hatte der Manager des Bads, der völlig aufgelöst durch das Chaos lief, den alten Opel seines Facility Managers auf dem Parkplatz entdeckt.

Daraufhin wurde intensiv weitergesucht. Zuerst entdeckte der Einsatzleiter zwei Paar Schuhe, die im völlig intakten Barfußgang des Gebäudes standen. Irgendwie war es einem Reporter gelungen, ein Foto davon zu schießen. Es war der Aufmacher am nächsten Tag. Dann barg man die Leichen aus dem Becken.

Es waren fast noch Kinder gewesen, daran erinnerte er sich noch. Das Mädchen wäre an diesem Tag 18 Jahre alt geworden.

Nach und nach stellte sich heraus, warum das Unglück passiert war. Nicht allein die Last der Schneemassen hatte zum Einsturz geführt. Man munkelte, dass Pfusch am Bau eine weitere Ursache war. Die Inhaber des beauftragten Ingenieurbüros waren anscheinend nur auf Gewinn aus gewesen und hatten Holz mit minderwertiger Leimung verbaut, das dem Gewicht des Schnees nicht standhielt. Die Geschäftsführer bestritten bei dem späteren Prozess jegliche Schuld und waren sogar mit einem Freispruch davongekommen. Der Skandal war wochenlang Thema in den Medien gewesen.

Wotan konnte kaum noch die Augen offen halten. Die Erinnerung ermüdete ihn kolossal. Der Joghurtbecher glitt aus seiner Hand und fiel zu Boden. Sein Kopf sank sacht auf den Küchentisch.

»Alexa!«, murmelte er. Dann war er schon eingeschlafen und schnarchte leise vor sich hin.

18. DIE ANNABELL KRÖTENHEINRICH UND ROBERT ALTMANN

Nach 17.00 Uhr waren nur noch Bernadette und Robert im Büro. Wolfgang war schon in den Feierabend abgedampft. Er wollte unbedingt einige Sportunterhosen aus einem Sonderangebot bei Lidl ergattern.

»Jetzt bin ich aber schon neugierig. Erzähl mal was von deinem Lokaltermin mit Purzelt. Du warst ja echt neben der Spur, als du zurückgekommen bist«, sagte Bernadette zu Robert.

Der sah von seinem Rechner auf und wusste offensichtlich nicht, was er sagen sollte.

»Na ja, auf jeden Fall hat der Purzelt ein wasserdichtes Alibi. Kannst alles im Protokoll nachlesen, war schon etwas schräg. Die Adresse war das Haus von Annabell Krötenheinrich. Ich war erst etwas irritiert. Esotherikkram ist nicht so mein Ding. Außerdem war da eine Katze und du weißt ja, meine Allergie«, sagte er geheimnisvoll und tippte auf seiner Tastatur. »Bei dem, was ich schon alles erlebt habe, sollte ich eigentlich ein Buch schreiben. Das meine ich ernst!«

Damit war das Gespräch für ihn beendet. Er wollte nicht darüber reden. Bernadette sah ihn enttäuscht an. Eigentlich hatte sie jetzt einen interessanten Bericht über Roberts Verhör erwartet.

Robert hingegen sann, wie schon oft in der letzten Zeit, darüber nach, was er in seinem Alltag als Kommissar schon erlebt hatte. Die unsäglichen Lügengebäude bei den Verhören, die schrecklich entstellten Leichen, die verrückten Einsätze und die schrägen Typen, die er kennengelernt hatte. Das wäre schon ein Buch wert. Er nahm sich vor, ab jetzt Stichworte zu notieren und einen Ordner dafür im Computer anzulegen.

Bernadette kannte ihn lange genug und wusste, dass sie ihm keine zusätzlichen Infos mehr entlocken konnte. Robert würde dem Team nie erzählen, was er bei der Überprüfung des Alibis von Eberhard Purzelt erlebt hatte. Vielleicht konnte man es ja in seinem Buch nachlesen, falls es das wirklich geben sollte, dachte sie belustigt.

Der Außentermin hatte sich für Robert sehr gut angelassen. Er hatte Glück gehabt und war ganz ohne Stau durch Tübingen gefahren. Alle Geschwindigkeitsbegrenzungen hatte er sorgfältig beachtet. Die Blitzgeräte vor dem OBI und an der Abzweigung zu Lidl machten keinen Mucks. So war er gut gelaunt in Kusterdingen angekommen. Auch hier hielt er sich streng an die vorgeschriebenen 30 Stundenkilometer und winkte den Blitzerkästen kurz zu.

Er registrierte eine Filiale vom Bäcker Padeffke auf der linken Seite und nahm sich vor, auf dem Heimweg einen Tee to go und ein süßes Teilchen mitzunehmen.

Der Weiherweg entpuppte sich als ruhige Seitenstraße. In den gepflegten Gärten standen Einfamilienhäuser, die wohl in den 50er-Jahren gebaut worden und durch Um- und Ausbauten ergänzt waren.

Robert sah Eberhard Purzelt schon vor dem niedrigen Jägerzaun der Nummer 7 auf und ab gehen. Er parkte hinter einem weißen Kleinwagen, der in der gepflasterten Einfahrt stand. Ein Elektroauto, ein Renault ZOE, der neben ihm stand, wurde gerade aufgeladen. Das Kabel schlängelte sich an einem Hollandrad vorbei unter dem halb geöffneten Tor in die Garage.

Die war mit Knöterich und Efeu überwuchert. Eine Kletterrose wuchs zwischen mehreren Rankgewächsen. Für die Blüte war es aber noch zu früh im Jahr.

Daneben duckte sich ein Blockhaus in das weitläufige Grundstück. An der hinteren Grundstücksgrenze stand ein rotes Gartenhäuschen im Schwedenstil mit einer Wetterfahne auf dem Dach. Daneben war auf mehreren Metern Länge Brennholz aufgeschichtet. Die große Buddhafigur aus dunkelgrauem Stein neben dem Eingang irritierte den Ermittler ein wenig. Bevor er weitere Beobachtungen machen konnte, kam Eberhard Purzelt mit schnellen Schritten und ausgestreckter Hand auf ihn zugelaufen.

»Schön, dass Sie so schnell kommen konnten. Ich hab eine fürchterliche Nacht hinter mir. Ich hab keine Minute geschlafen. Ihren Kollegen konnte ich mein Alibi nicht erzählen. Es war mir zu peinlich. Aber Sie sind doch mein Jahrgang.«

Bevor er sich noch weiter in Erklärungen verheddern konnte, schüttelte er Robert die Hand und wollte sie nicht mehr loslassen. Mit geschultem Blick musterte ihn der Polizist unauffällig.

Eberhard Purzelt war wie immer korrekt gekleidet. Er trug ein hellblaues Businesshemd mit Fliege und eine graue Hose. Seine Füße steckten in schwarzen Birkenstock-Sandaletten.

»Guten Morgen!« Robert räusperte sich etwas verlegen.

»Geh'n wir rein zu Annabell. Sie kann meine Aussage bestätigen.« Eberhard Purzelt ließ Roberts Hand abrupt los und wandte sich zum Grundstück. Er entriegelte das windschiefe Holztörchen im Gartenzaun und trat in den Garten.

Robert blieb kurz stehen, bevor er Purzelt auf dem Kiesweg folgte. Er las das Metallschild, das neben dem Briefkasten am Zaun angebracht war.

Annabell Krötenheinrich
Rutengeherin, Energetikerin, Lebensreading, Erdheilung,
Chakra Reinigung, Geistheilung, Cosmogetische Heilerin,
Feng-Shui-Tipps für Ihre Wohnung
Termine nach Vereinbarung, Tel. 07071/236589

Der Ermittler zog die Augenbrauen hoch. So eine Dame hatte er noch nie getroffen. Das würde ja interessant werden. Er beschleunigte seine Schritte, um Purzelt zu folgen. Zu gerne hätte er all die steinernen Tierfiguren, die den Weg säumten, näher begutachtet. Aber er hatte Mühe, den Anschluss an Purzelt nicht zu verlieren.

In den Beeten blühten in üppiger Pracht Tulpen, Osterglocken und Krokusse. Die lila Hyazinthen verströmten einen süßen Duft.

Purzelt schien davon nichts zu bemerken. Er hastete den Kiesweg entlang, ließ die Haustür unbeachtet und umrundete das Blockhaus. Dort war ein Wintergarten angebaut. Die Glasfront nahm die ganze Südseite des Hauses ein.

Purzelt blieb abrupt vor einer schmalen Glastür stehen. Da die Scheiben von innen beschlagen waren, konnte man die grüne Wildnis dahinter nur erahnen. Der Senior klopfte energisch gegen die Tür.

Kommt jetzt eine rothaarige Hexe mit wallenden Gewändern und Warze auf der Nase?, fragte sich Robert insgeheim. Zumindest eine Glaskugel und eine schwarze Katze erwartete er schon. Das melodische Klingeln eines Windspiels riss ihn aus seinen Tagträumen, als sich die Tür öffnete.

Feuchte Tropenluft schlug ihnen entgegen. Eine zierliche Frau erschien im Türrahmen. Über dem schwarzen Rolli baumelte an einer feingliedrigen Kette eine silberne Uhr. Die blonden Haare trug die Frau in einer jugendlich wirkenden strubbeligen Kurzhaarfrisur. Im Gegensatz dazu stand ihr Gesicht mit den unzähligen Falten und Fältchen rund um Augen und Mund. Mit den leicht geröteten Wangen wirkte es wie ein verschrumpeltes Äpfelchen.

An den auffallend kleinen Ohren baumelten silberne Kreolen. Die Frau lächelte ihre Besucher freundlich an und umarmte Eberhard Purzelt wie einen alten Bekannten.

Dann löste sie sich von dem Mann und in ihren smaragdgrünen Augen glomm ein Funke auf, als sie Robert Altmann ansah.

Sofort fühlte der sich unwohl und ertappt, wie ein Schüler, der die letzte Schulstunde geschwänzt hat. In seiner Verlegenheit senkte er kurz seinen Blick. Zu dem eng geschnittenen roten Wollrock und den schwarzen Strümpfen trug Annabell Krötenheinrich knöchelhohe Stiefeletten aus Krokoleder.

Bevor der Ermittler grüßen konnte, sauste ein schwarzer Schatten an seinen Beinen vorbei und verschwand im grünen Dickicht des Wintergartens. Robert machte einen erschrockenen kleinen Hüpfer zur Seite und wäre beinahe auf die steinerne Dekokröte getreten, die den Eingang bewachte.

»Ich habe Sie schon erwartet, Herr Altmann.« Bevor er sich wegducken konnte, umarmte Annabell den Ermittler wie einen längst vermissten alten Bekannten. Die Umarmung fühlte sich seltsam leicht und warm an, wie ein kurzer Sonnenstrahl.

Robert wurde es abwechselnd heiß und kalt. Seine Zunge klebte am Gaumen und er brachte keinen Gruß über die Lippen.

Nach einer kurzen Schweigeminute erklärte Annabell mit glockenheller Stimme: »Keine Angst, das war nur Gandolf, mein Katerchen. Er ist mir erst zugelaufen und etwas scheu. Kommt herein!« Mit einer einladenden Handbewegung bat sie die Männer in den Wintergarten.

Etwas linkisch stolperte Robert hinter Purzelt über die Schwelle in den Raum. Purzelt schien sich bestens auszukennen und fiel sofort auf ein Rattansofa mit grünen Samtkissen.

Robert stand etwas unschlüssig herum, ließ sich dann aber neben dem alten Herrn nieder. Er fühlte sich etwas benommen. Auf dem niedrigen Rattantischchen glommen zwei Räucherstäbchen in einer schlanken Vase und erfüllten den Raum mit einem exotischen Geruch. Aus dem Pflanzendickicht ertönte ein fremdartiger melodischer Singsang. Inzwischen hatte Annabell auf einem schwarzen Sitzsack Platz genommen und ihren Laptop aufgeklappt.

Mit prüfendem Blick musterte sie den Ermittler, der unruhig hin und her rutschte.

»Sie haben eine helle Aura, leider etwas unscharf und verwaschen. Ihr Energiefeld bräuchte dringend eine Auffrischung. Haben Sie schon mal an eine energetische Sonnensitzung gedacht?« Annabells Gesicht schien nur noch aus diesen magischen Augen zu bestehen. Ihre Stimme lullte ihn ein. Was wollte er eigentlich hier?

»Es geht darum, dass du mein Alibi für den Todeszeitpunkt von Herrn Ackermann bestätigst, Annabell.« Eberhards Stimme drang mühsam zu Altmann durch und erinnerte ihn an den Grund des Treffens. Er räusperte sich.

»Äh, ja, wo war Herr Purzelt denn vorgestern so zwischen 1.00 Uhr und 2.00 Uhr morgens?«, fragte der Ermittler.

Annabell scrollte auf der Tastatur hin und her.

»Also in meinem Terminkalender ist da eine Ortsbegehung in Eberhards Wohnung eingetragen. Ich kann mich auch erinnern, dass wir das Schlafzimmer in seiner Wohnung mit der Wünschelrute vermessen haben und abgelaufen sind.« Eberhard Purzelt bemerkte Altmanns verständnislosen Blick.

»Ich kann Ihnen das erklären. Bei der Vernehmung im Präsidium vor Ihrer Bernadette von Hohenstein war mir das peinlich, Ihr Chef Wotan Wilde war ja leider nicht da.«

»Wotan Wilde?«, warf Annabell überrascht ein. »Eine Frau Siegrun Wilde hat mich beauftragt, ein Schlafzimmer und eine neu bezogene Wohnung Am Alten Güterbahnhof für einen Herrn Wotan Wilde energetisch zu vermessen.«

Ohne darauf einzugehen, fuhr Eberhard Purzelt leise fort: »Wir sind doch beide in quasi dem gleichen Alter, da werden Sie mich bestimmt verstehen.«

In Altmanns Kopf fuhren die Gedanken Karussell. Worauf, um Himmels willen, wollten denn diese zwei Wahnsinnigen hinaus? Der Ermittler tappte komplett im Dunkeln. Und was hatte das alles mit der Wohnung seines Chefs zu tun?

»Also, ich fühle mich seit meiner Pensionierung nicht ausgelastet, quasi einsam«, stammelte der Alte und knetete seine Hände. »Da gibt es auch so Foren für uns ältere Generation, mit netten Mädels und so. Das ist mir irgendwie peinlich.« Er saß mit kerzengeradem Rücken auf dem Sofa.

Robert Altmann richtete sich energisch auf. Ältere Generation! Er zumindest stand noch mitten im Leben mit seinen 60 Jahren, war quasi noch taufrisch. Rückenschmerzen, Verdauungsbeschwerden und Schlaflosigkeit hatte doch heutzutage jeder gestresste Arbeitnehmer.

»Also«, fuhr der Ruheständler fort. »Wir haben uns schon einige Male in Stuttgart getroffen und passen wirklich sehr gut zusammen, die Margarete und ich. Da wollte ich für unsere erste gemeinsame Nacht nichts dem Zufall überlassen. Und die Annabell ist ja meine Schwester und auf ihren Rat kann ich mich verlassen. Also, wir waren nach dem Dinner am Freitag noch bis in die frühen Morgenstunden in meiner Wohnung.«

»Bei Vollmond kann ich besonders gut arbeiten«, ergänzte Annabell die Ausführungen ihres Bruders. Um Robert drehte sich alles. Er griff sich an die Stirn.

»Soll ich die CD mit dem Walgesang ausschalten? Sie wirken etwas blass.« Annabell legte ihre warme, weiche Hand auf Roberts kalten, knochigen Handrücken. Das war also die komische Klangwolke, die hier über allem lag, dachte Robert.

»Sie sind Geschwister?«, fragte er überrascht. Er konnte so gar keine Ähnlichkeit zwischen dem dicklichen älteren Herrn mit der Halbglatze und der zarten Gestalt von Annabell Krötenheinrich erkennen.

»Ja, da hat sich das Erbgut unterschiedlich verteilt und mein verstorbener Mann hieß Waldemar Krötenheinrich.« Die Energetikerin strahlte den Polizisten an. Der kam sich plötzlich nackt vor.

»Ich hab gedacht, wir Senioren verstehen uns doch«, hörte er wieder Eberhards Stimme.

»Wenn Sie wollen, kann ich Ihr Kraftfeld auspendeln, kostenlos und unverbindlich«, schob jetzt Annabell Krötenheinrich ein. Diese Frau war ihm unheimlich.

Er atmete tief ein und versuchte, auf die Füße zu kommen. Das gelang ihm im zweiten Anlauf, nachdem Annabell ihm eine Hand gereicht hatte. Bei der Berührung hatte er das Gefühl, ein Blitz wäre durch seinen Körper gefahren.

Dann räusperte er sich und murmelte: »Vielen Dank für die Auskunft.« Er nickte beiden kurz zu.

»Falls noch Fragen sind, komme ich gern aufs Kommissariat«, bot Annabell an und strich sich die blonden Strähnen aus den Augen.

»Nein, das wird nicht nötig sein.« Er bahnte sich einen Weg an dem Rattantischchen vorbei, öffnete die Glastür und lief in langen Schritten über den Weg. So schnell ein Senior eben laufen kann. Er streifte beinahe den Buddha, der überlebensgroß neben dem Tor thronte. Das Tor quietschte in den Angeln, als er es aufstieß. Er war dankbar für die Fernbedienung des Dienstwagens. Schwer atmend riss er die Wagentür auf und fiel auf den Fahrersitz.

Dort kam er langsam wieder zur Ruhe. Seine Hände zitterten noch leicht, als er sie Halt suchend aufs Lenkrad legte. Was war denn das gewesen? Hatten ihn die Räucherstäbchen umnebelt oder hatte ihn die Dame mit dem sanften Pendeln der silbernen Uhr hypnotisiert?

Er schüttelte den Kopf. Mit dem Starterknopf ließ er den Motor an und der Wagen rollte langsam los. Abrupt trat er auf die Bremse und würgte den Motor ab. Erst musste er etwas gegen seinen trockenen Mund tun. Im Handschuhfach fand er in einer zerknitterten Packung noch zwei Fruchtbonbons. Verwirrt steckte er beide in den Mund. Der Himbeergeschmack beruhigte ihn etwas. Er atmete tief durch und startete erneut.

Noch leicht benommen, war er schließlich im Büro angekommen.

Den Tee und das süße Teilchen hatte er vergessen. Er war sich auch nicht ganz sicher, ob er irgendwo geblitzt worden war. Falls ja, würde er die Geschwindigkeitsübertretung mit einem Einsatz bei Gefahr im Verzug erklären.

»He, Robert, alles in Ordnung mit dir?«, fragte Bernadette besorgt.

»Alles okay!«, Robert konnte immer noch nicht fassen, was er heute Nachmittag erlebt hatte.

19. DIE SENSO WASH STARCK 3

Am nächsten Tag saß Wotan immer noch an seinem Eichentisch in der Küche, den Kopf auf der Tischplatte, leise schnarchend. Draußen dämmerte es.

Er war anscheinend eingenickt. Er hob abrupt den Kopf, stöhnte und rieb sich das schmerzende Genick. Seine Beine fühlten sich kalt an. Das karierte Flanellnachthemd war über die Knie hochgerutscht. Mit beiden Armen stemmte er sich auf der Tischplatte hoch. Er fühlte sich eigentlich ganz gut. Sein Hals schmerzte nicht mehr beim Schlucken und sein Kopf war frei. Er warf einen Blick auf sein Handy, das auf dem Tisch lag. Das zeigte 4.47 Uhr und weder Mails noch andere Nachrichten an. Er lauschte in sich hinein. Sein Magen knurrte hörbar. Er hatte Hunger. Das war ein gutes Zeichen der Genesung, stellte er fest.

»Alexa, mach das Licht an!«, befahl er und tappte zur Küchenzeile. Er hatte Hunger wie ein Bär. Erwartungsvoll öffnete er die Kühlschranktür und inspizierte den Inhalt.

Eier und Schinken fielen ihm als Erstes ins Auge. Spiegeleier mit Speck, das war sein Lieblingsfrühstück. Nun ja, heute würde er sie ohne Speck, dafür mit Schinken essen.

Er schnitt zwei Scheiben Schinken klein und briet sie an. Dann schlug er großzügig vier Eier in die Pfanne, verrührte sie und gab ein extragroßes Stück Butter dazu. In der Brotschublade entdeckte er eine Brezel. Sie sah etwas altbacken aus. Er legte sie kurz auf den Toaster.

Kurze Zeit später saß er am Tisch, einen Teller Rührei mit Schinken vor sich, eine aufgebackene Brezel in der rechten Hand. Er schnupperte noch einmal verzückt am Teller. Dann trank er in einem Zug sein Glas Orangensaft leer. Himmlisch! Wann hatte er das letzte Mal etwas gegessen? Er wusste es nicht mehr. Von einer halben Flasche Whiskey wurde man zwar gesund, aber nicht satt, wie er dank Emily McScott jetzt wusste.

In den Duft der Rühreier mischte sich ein muffiger Geruch. Er hielt seine Nase unter die Achsel. Das war er selbst. Er fuhr sich über den Dreitagebart am Kinn. Er kratzte die letzten Eireste vom Teller, stellte ihn in die Spüle, stand auf und schlurfte Richtung Bad.

Wie neu geboren, nach frühlingsfrischem Duschgel duftend und rasiert verließ er eine halbe Stunde später das Badezimmer.

Er zog frische Unterwäsche, seinen dunkelgrauen Kaschmirpullover und die neue schwarzen Jeans an. Um dem Tag einen Kick zu geben, entschied er sich für die Socken mit dem rotweißen Rautenmuster. Bunte Socken beeinflussten seine Denkleistung positiv. Das hatte er vor einigen Jahren festgestellt, als ihm Siegrun immer wieder hartnäckig diese Socken mit den bunten Rautenmustern kaufte.

Es war erst 6.01 Uhr. Zu früh, um ins Büro zu gehen. Außerdem kam um 7.00 Uhr der Installateur Kümmerle zum Toiletteneinbau. Er warf seine Kaffeemaschine an, setzte zwei Pads ein und ließ die braune Flüssigkeit in seine größte Tasse laufen. Dann setzte er sich damit in seinen gemütlichen Fernsehsessel.

Er machte die Bildergalerie auf dem Handy auf und scrollte sich durch die Fotos. An einem Foto von Wüst und Ackermann blieb er hängen. Robert hatte ihm noch weitere Dateien geschickt. Er tippte die erste an. Es war ein Zeitungsbericht über den Einsturz des Hallenbaddaches im Januar vor sechs Jahren. Er vergrößerte den Text und las einige Stellen durch. Ein Foto zeigte Wüst und Ackermann im Gerichtssaal. Ackermann machte ein Victoryzeichen. Wüst strahlte.

»Ungerechtes Urteil im Hallenbad-Prozess«, stand über dem Artikel. Weiter unten entdeckte er ein Foto. Es zeigte einen Mann und eine Frau, die von Reportern bestürmt wurden. »Der Vater von Markus G. und die Mutter von Julia O. wollen Revision gegen das Urteil einlegen«, las er die Bildunterschrift.

Der gründliche Robert hatte noch die Todesanzeigen der beiden Jugendlichen angehängt. Wotan erinnerte sich noch an die Beerdigung und die große Anteilnahme der Einwohner von Tübingen. Ackermann hatte einen Vertreter aus seinem Büro zur Beerdigung geschickt. Vor der Kirche hatten auch einige Demonstranten gestanden, die mit Schildern »Gegen den Justizirrtum!« und »Ackermann ins Gefängnis« gegen das Urteil demonstrierten.

Pfarrer Weigel hatte eine ergreifende Rede gehalten und der Kirchenchor einige Choräle gesungen.

In der Rubrik »Nachgehakt« mutmaßte der Autor, ein H. P. Schlämmer, dass nicht nur beim Hallenbadbau gepfuscht und hohe Summen eingespart worden seien. Er forderte eine Untersuchung aller städtischen Bauten, die von einer nicht näher genannten Firma gebaut worden waren. Die Namen Ackermann und Wüst nannte er nicht. Doch jeder wusste, wer gemeint war. Es war aber nie etwas geschehen, soweit Wotan wusste. Welcher Sumpf aus Schmiergeldern und Abhängigkeiten dafür verantwortlich war, wollte er gar nicht wissen.

Die Versicherung zahlte den Schaden und zwei Jahre später gab es ein neues Dach. Alles paletti. Ein letztes PDF-Dokument zeigte eine schwarz umrandete Anzeige im »Schwäbischen Anzeiger« zum fünften Jahrestag des Unfalls. »Wir vergessen nie! In Liebe Mama und Papa!«, lautete der Text.

Sollte das etwas mit den Morden zu tun haben? Er starrte aus dem Wohnzimmerfenster. Es würde ein wunderbarer Frühlingstag werden. Wotan stand auf und versuchte, die Tür zum Balkon zu öffnen. Als sie aber immer noch klemmte, gab er sein Vorhaben auf. Er musste noch einmal mit Galucci sprechen. Der war doch die ganze Woche beim Dreh für das »Perfekte Dinner« mit Ackermann zusammen gewesen. Vielleicht war ihm etwas aufgefallen.

Irgendetwas hatte er übersehen. Er versuchte, sich zu erinnern. Hing das mit Bernadette zusammen? Sie war gestern in seiner Wohnung gewesen und hatte telefoniert. Er zermarterte sich das Hirn. Er würde sie später anrufen. Jetzt war es noch zu früh.

Es klingelte an der Haustür. Ah, der Installateur war da. Er drückte auf den Türöffner.

Er spähte aus seiner Wohnungstür. Kurz darauf ging die Aufzugtür auf und Installateur Kümmerle schob einen Rollwagen heraus. Der war mit einem Werkzeugkoffer und zwei Kartons, auf denen Toilettenschüsseln abgebildet waren, beladen. Der eine war etwas größer als der andere.

»Morgen, dann wollen wir mal! Ich hab die Schüssel fürs Bad und eine fürs Gästeklo mit dabei«, sagte er unternehmungslustig und fuhr Richtung Bad.

Wilde setzte sich aufs Sofa und schob gedankenverloren die Werbeprospekte auf dem Couchtisch hin und her. Im Bad hörte er Kümmerle fluchen.

Wenn er sich richtig erinnerte, wollte Galucci so gegen 9.00 Uhr kommen und noch Equipment aus der Wohnung von Ackermann abholen. Wahrscheinlich würde ein Beamter dabei sein, um das Polizeisiegel an der Tür zu öffnen.

Erstaunlich, dass er sich noch an diesen Termin erinnerte. Da musste er nachher nur noch in den 5. Stock und konnte mit Galucci sprechen.

»Ich bin jetzt fertig! Sie können sie ausprobieren!« Kümmerle stand stolz in der Badezimmertür. Das war ja schnell gegangen.

Wotan sah ihn erstaunt an und folgte ihm ins Bad.

»Da ist sie! Die Senso Wash Starck 3 mit Rearwash, Comfortwash, Ladywash, Heißluft-Trockner, Sitzheizung und Speicherfunktion für verschiedene Nutzer. Und hier das Handbuch! Die Schüssel im Gästeklo ist eine ganz normale ohne Handbuch. Draufsetzen und los.« Kümmerle überreichte Wotan ein dickes Handbuch in einer Klarsichthülle.

»Kann man auch einfach nur aufs Klo gehen?«, fragte Wotan provozierend. Kümmerle nickte, lud das geborgte Chemieklo auf den Wagen und rollte von dannen.

Misstrauisch beäugte Wotan das neue High-Tech-Gerät. Da hatte sich seine ehemalige Göttergattin ganz schön in Unkosten gestürzt.

20. DIE ENTFÜHRUNG

Emilio Galucci stellte den Rollkoffer in den Flur. Drei Tage nach ihrer Vernehmung durch die hochnäsige Kommissarin Hohenstein war es heute so weit. Es war Mittwoch und der Tag ihrer geplanten Abreise.

Er setzte sich zu Silja an den Küchentisch.

»Gestern habe ich noch mal mit Tante Alessia in Tempio Pausania telefoniert. Sie freut sich schon auf uns. Ich habe ihr erzählt, dass wir einige Zeit untertauchen müssen. So was ist die schon gewöhnt. Das mit der Blutrache gehört zwar der Vergangenheit an, aber aus ihrer Haut können die Sarden nicht!«, erklärte er Silja. »Du kennst doch sicher die Geschichte von Sergio Moroddo, den sie über zwei Jahre im Ort versteckt hatten. Am besten, du lässt dir alles von Nona Aurelia erzählen.«

Silja saß auf der Stuhlkante und trank in kleinen Schlückchen einen Kräutertee. Sie hatte in letzter Zeit mit Magenschmerzen zu kämpfen.

»Hauptsache, wir können in der Jagdhütte am Fuße des Monte Limbara untertauchen!«, sagte sie mit rauer Stimme. »Wenn der Skandal publik wird, sollten wir von der Bildfläche verschwunden sein.«

Ein melodischer Türgong ertönte.

»Das ist sicher Dieter, wie immer überpünktlich! Der kann es wohl gar nicht mehr erwarten, unter Polizeischutz einen Safe zu knacken!«, verkündete Emilio.

Mit langen Schritten ging er zur Tür und öffnete. Ein gedrungener Mann in dunklem Blazer und Jeans trat sich gerade die Füße auf dem Vorleger ab. Die schmalen Augen des Ankömmlings ließen auf asiatische Vorfahren schließen. Das dichte Haar war akkurat auf zwei Millimeter Länge geschnitten. Dieter sah eher aus wie der Besitzer eines Sushi-Lokals, nicht wie ein Kleinkrimineller, der seine Karriere noch nicht ganz an den Nagel gehängt hatte.

»Tach, Emilio, alter Junge!«, rief er erfreut und schlug seinem Bekannten auf die Schulter. »Da hast du ja einen seltsamen Bruch an Land gezogen!«

»Mann, noch ein bisschen lauter und wir können das alles vergessen«, mahnte Emilio.

»Mach hin, Silja, wir sollen um 9.00 Uhr Am Alten Güterbahnhof 17 sein. Ein Beamter wird uns reinlassen. Hast du die Tickets?«, rief er seiner Komplizin über die Schulter zu und drängte Dieter von der Fußmatte.

Silja rollte den Koffer heraus und schulterte ihren Reiserucksack.

»Alles dabei!«, sagte sie mit Verschwörerstimme.

Nachdem Emilio Galucci zweimal rund um den Wohnblock gefahren war, besetzte er sofort den Parkplatz, den der Lieferwagen der Sanitärfirma Kümmerle frei machte.

»Die Parksituation hier ist zum Kotzen!«, schimpfte Emilio. Schweigend stiegen Silja und Dieter aus. Am Eingang wartete ein junger Mann mit kurzen blonden Haaren und Lederjacke.

»Hallo, ich bin Emilio Galucci. Sind Sie von der Polizei?«, fragte Emilio.

»Ich bin Kommissar-Anwärter Herbert Furtwangler. Ich soll Ihnen oben die Wohnung von Herrn Ackermann aufschließen«, stellte er sich vor.

»Wir holen nur schnell die Reste unserer Filmausrüstung aus der Wohnung. Geht ganz schnell«, erklärte Emilio.

Furtwangler holte einen Schlüsselbund aus einer Plastiktüte und öffnete die Haustür. Sie fuhren mit dem Aufzug nach oben zum Penthouse. Furtwangler nestelte am Dienstsiegel herum und sperrte dann die Wohnungstür auf. Emilio und Dieter drängten an ihm vorbei in die Wohnung.

»Ich glaube, ich habe einen Stein im Schuh!«, sagte Silja und hielt sich an Furtwangler fest, um ihren Schuh auszuziehen.

»Lassen Sie sich Zeit«, rief er den Männern nach, »dass Sie auch nichts vergessen!«

Als Silja die Sache mit dem Schuh erledigt hatte, wurde sie plötzlich sehr redselig.

»Mein Neffe möchte auch die Polizeilaufbahn einschlagen. Was braucht man da für Voraussetzungen?«, begann sie die Befragung. Sie erkundigte sich nach der Besoldungsstufe als Kommissar-Anwärter und zeigte sich sehr an der Ausbildung interessiert. Der arglose Furtwangler fühlte sich geschmeichelt und erzählte munter drauflos. Silja machte ihm Komplimente und hielt ihn im Gespräch.

Dann trugen Emilio und Dieter zwei Metallkoffer heraus und deponierten sie vor dem Ausgang. Silja und Furtwangler setzten sich darauf, während Silja mit dem jungen Mann schäkerte. Sie berichtete von ihrem Erlebnis mit der Policia in ihrem letzten Italienurlaub, woraufhin Furtwangler über seine Erlebnisse beim Mountainbiking in den Dolomiten berichtete. So verging die Zeit.

Emilio und Dieter mussten sich trotzdem beeilen. Irgendwann würde das Plauderstündchen zu Ende sein.

Emilio klappte das Bild über der Anrichte im Wohnzimmer zur Seite. Dahinter tauchte der Tresor auf. Ackermann hatte ihm durch einen unwillkürlichen Blick kurz vor seinem Tod den Platz verraten.

»Da ist das gute Stück!«, sagte Emilio zu Dieter. »Er gehört dir!«

»Aha, ein Wega 10-260! Easy!«, meinte Dieter fachmännisch. Er zog ein Stethoskop aus seiner Jacke, hielt es an die Tresortür und begann, das Zahlenrad zu drehen.

Emilio sah nervös in Richtung Eingangstür.

»Ich trage noch was nach draußen!« Er schnappte sich einen schwarzen Koffer und lief Richtung Eingang.

»Hallo, Herr Galucci!« Die Stimme kannte er doch.

Hauptkommissar Wotan Wilde stand im Flur bei Furtwangler und Silja. Galucci hätte beinahe der Schlag getroffen.

»Sie können jetzt gehen! Ich übernehme das hier!«, sagte er zu Furtwangler. Der nickte nur kurz und verschwand die Treppe hinunter.

»Ich habe da noch ein paar Fragen an Sie«, sagte Wotan und machte Anstalten, in die Wohnung zu gehen. Emilio geriet langsam in Panik. Silja versuchte, Wotan in ein Gespräch zu verwickeln und von der Tür wegzudrängen.

Aber Wotan wurde sofort misstrauisch.

»Was ist hier los?«, fragte er.

»Ich kenne Sie!«, sagte er zu Silja. Es sah so aus, als wollten die beiden verhindern, dass er die Wohnung betrat. Irgendetwas stimmte hier nicht. Wotan machte einen schnellen Ausfallschritt und erhaschte einen Blick ins Wohnzimmer. Ein ihm unbekannter Mann hantierte mit einem Stethoskop an einem verschlossenen Tresor.

»Was machen Sie da?«, rief Wotan. Galucci hatte ihn am Arm gepackt und hielt ihn fest.

»Lassen Sie mich los!«, Wotan schnaufte wie ein Dampfross. Die Erkältung hatte sich auf die Bronchien geschlagen.

»Vielleicht später, alter Mann!« Galucci zog Wotan zu sich. Ihre Gesichter waren sich so nah, dass sich die Nasenspitzen beinahe berührten. Da traf Wotan die Erkenntnis wie ein Blitz. Natürlich! Galucci war auf den Zeitungsfotos vom Prozess gewesen. Er war der Vater von Julia Ochsenhut, der Toten aus dem Hallenbad. Das alles hier war kein Zufall!

»Offen!«, rief Dieter in diesem Moment. »Ein Kinderspiel!« Er machte die Tresortür auf. Inzwischen war Silja Emilio zu Hilfe gekommen und zog am Arm des Kommissars. Wotan wollte sie wie eine lästige Fliege verscheuchen, was ihm aber nicht gelang. Die drei rangen verbissen miteinander. Dann traf Emilio mit einem gezielten Schlag Wotans Kinn. Der ging in die Knie und sank benommen zu Boden.

Dieter hielt einen braunen Umschlag hoch.

»Habt ihr das gesucht?«, fragte er.

»Schau nach, was drin ist!«, rief Emilio ganz außer Atem.

Dieter riss den Umschlag auf. Zuerst fiel ein Datenstick heraus. Er hielt ihn ans Ohr und rief triumphierend: »Da sind die Beweise drauf, das höre ich!« Dann folgte ein grüner Hefter.

»Gutachten!«, verkündete er. »Holzqualität der Balken der Qinjang Inc.!«

Er klappte den Ordner auf und blätterte zum Schluss: »… kommen wir zu dem Ergebnis, dass die Verleimungsqualität der Dachträger nicht europäischen Standards entspricht. Wir raten von der Verwendung ab. Bla, bla, bla … Auch vom Einsatz der anderen Verbundhölzer ist abzuraten!«

»Dann sind auch noch andere Gebäude betroffen, ich wusste es!«, hauchte Silja. »Die beiden haben es verdient! Das sind Verbrecher und Mörder!«

Wotan erwachte langsam aus seiner Ohnmacht. Er sah den Fall jetzt glasklar vor sich.

»Ihr seid Verbrecher!« Ein Rachekomplott und er war mittendrin. Er musste Bernadette Bescheid sagen. Es gelang ihm aber nicht, sich vollständig zu erheben. Seine Knie waren wie aus Pudding und sein Kinn fühlte sich an wie Matsch. Silja trat hinter ihn und drückte ihn zusätzlich noch zu Boden.

»Wir müssen den Bullen loswerden, zumindest, bis wir in Sicherheit sind!«, sagte Emilio in den Raum. Dann blickte er Wotan fast mitleidig an. »Es muss sein und schöne Träume!« Er zog ein längliches Holzstück aus der Jacke.

»Das hat mir schon zweimal gute Dienste geleistet«, sagte Galucci, holte aus und schlug es Wotan seitlich an den Kopf. Es gab ein unschönes Geräusch und Wotan sank in sich zusammen. Silja ließ ihn zu Boden gleiten.

»Wir müssen ihn verstecken«, postulierte Emilio. Silja schwieg.

Zuerst herrschte in Emilios Kopf völlige Leere. Er starrte vor sich hin. Dann kam ihm der Gedankenblitz!

»Die Ferienwohnung im ersten Stock. Der Schlüssel der airbnb-Wohnung ist bestimmt noch im Briefkasten. Ich habe gesehen, wie zwei Touristen ihn da reingeworfen haben«, erinnerte er sich jetzt. »Den holen wir uns und bringen dort den Bullen unter. Silja, in dem einen Koffer sind Kabelbinder! Fessle den Schnüffler!«, kommandierte Emilio. Er war jetzt wieder ganz Herr der Lage.

»Dieter, dich brauch ich für das Briefkastenschloss!« Der trottete etwas widerwillig hinter ihm her. Mit Entführung wollte er eigentlich nichts zu tun haben.

Nachdem Silja die Hände und Füße des Bewusstlosen mit Kabelbindern fixiert hatte, setzte sie sich erschöpft auf das Wohnzimmersofa. Das Ganze geriet langsam aus den Fugen. Ein gekidnappter Polizist kam in ihrer Planung nicht vor. Notdürftig klebte sie den Umschlag mit dem Ordner und dem Datenstick zu. Sie schrieb »Unsere Beweise« auf den Umschlag und deponierte ihn wieder im offenen Safe. Den sollte die Polizei finden und ihre Arbeit tun. Sie hatten ihren Teil erledigt. Dann schob sie die Kisten wieder in die Wohnung zurück, versteckte sie in der Abstellkammer und wartete. Die Polizei sollte denken, dass sie mit ihrem Equipment abgefahren seien.

»Ich habe die Wohnungsschlüssel!«, sagte Emilio triumphierend, als Dieter und er aus dem Aufzug stiegen. Die beiden Männer hoben den bewusstlosen Wotan hoch und schleppten ihn zum Aufzug. Silja zog die Eingangstür von Ackermanns Wohnung ins Schloss.

Durch das Treppenhaus hörte man Stimmen.

»Sie bleiben hier unten an der Tür, wir fahren hoch zum Penthouse!« Das war eine Frauenstimme. »Wolfgang, ich habe kein gutes Gefühl!«

Silja schaut Emilio verzweifelt an, was sollten sie jetzt machen? Der nickte Dieter zu. Die beiden hoben Wotan hoch und schleppten ihn zur Treppe. Silja griff sich auch einen Arm. Ächzend und stöhnend begannen sie den Abstieg in den 2. Stock. Im 3. Stock angekommen, hörten sie die Aufzugtüren im obersten Stockwerk aufgehen. Es war ein Wettlauf mit der Zeit.

»Die Tür ist zu, Bernadette, wir sind zu spät!« Eine männliche Stimme stellte das fest.

Das Trio hatte mit seiner Fracht inzwischen den 2. Stock erreicht. Emilio versuchte mit zitternder Hand die Tür zu öffnen.

Endlich klickte es. Die Wohnungstür ging auf. In der Ferienwohnung war es dunkel. Sie fielen fast in den Flur mit ihrer schweren Last. Silja zog leise die Tür zu.

»Das war knapp!« Silja lehnte sich gegen die Wand und rutschte erschöpft daran herunter. Von draußen hörte man gedämpfte Stimmen und Schritte.

Dieter machte im Flur das Licht an und sah sich in der Wohnung um.

»Wir bringen den Mann ins Wohnzimmer!« Sie schleppten den leblosen Körper in das Zimmer und legten ihn aufs Sofa. Mit einem karierten Geschirrtuch knebelten sie ihn. Dann saßen sie in ihrem Gefängnis und lauschten. Emilio holte mehrfach seinen Kamm aus der Tasche und kämmte über die perfekte Frisur. Immer wieder waren Stimmen zu hören. Einmal klingelte es Sturm an der Tür, dann klopfte jemand. Nach einer Dreiviertelstunde kehrte Ruhe ein. Sie schickten Dieter als Späher hinaus ins Feindesland, da ihn niemand kannte.

Nach zehn Minuten kehrte er zurück: »Die Luft ist rein!«

Sie sahen noch einmal nach Wilde, der immer noch bewusstlos auf dem Sofa lag. Silja fühlte seinen Puls.

»Scheint alles okay zu sein. Die nächsten Gäste werden ihn schon finden«, sagte sie. Sie schalteten das Licht im Flur aus und verließen die Wohnung. Mit einem Klappern fiel der Schlüssel in den Briefkasten des 2. Stockes, der bis auf einen kleinen Kratzer unversehrt aussah.

In der Wohnung der McScotts bellte ein Hund.

21. DIE FINSTERNIS

Wotan öffnete mühsam seine Augen. Er sah nichts! Er war blind! Die Erkenntnis traf ihn wie ein Blitz.

Hatte der Schlag auf den Kopf sein Sehvermögen zerstört? An den Schlag erinnerte er sich noch genau. Er war zwar überraschend gekommen, aber er war lange genug bei Bewusstsein, um ihn zu registrieren. War da nicht der Italiener mit involviert? Gleich wusste er wieder, worum es gegangen war. Er war in eine heimliche Aktion geraten. Ging es um den Safe? Das war jetzt nebensächlich. Er war blind und musste so gehandikapt weitermachen. Er wunderte sich über sich, wie schnell er diese Tatsache akzeptiert hatte.

Er musste rauskriegen, wo er war.

Was ihm zuerst auffiel, war der schwache Geruch nach Putzmittel. So roch es immer, wenn Siegrun das Bad mit dem Sagrotanreiniger putzte.

Er lauschte. Er hörte nur das Blut in seinen Ohren rauschen. Aus seiner Umgebung drang kein Laut. Er lag auf dem Rücken auf einer weichen Unterlage. Es fühlte sich wie ein Bett oder ein Sofa an. Er versuchte, sich hochzustemmen, aber seine Hände waren auf den Rücken gefesselt.

Zu seiner Erleichterung entdeckte er doch noch einen kleinen Lichtschimmer im Raum. Gott sei Dank, er konnte noch sehen! Seine Augen gewöhnten sich an das Dämmerlicht. Er erkannte die Umrisse von Fenstern. Durch die Ritzen in den Rollläden sickerte Licht. Ein Stein fiel von seinem Herzen.

Um sich zu konzentrieren, schloss er kurz die Augen.

Dann versuchte er, den Kopf zu heben. Kraftlos ließ er ihn wieder sinken. Der Schmerzsturm in seinem Schädel machte es ihm kurz unmöglich, einen klaren Gedanken zu fassen. Wo zum Teufel war er nur?

Er zerrte wieder an seinen Fesseln. Auch seine Füße waren an den Knöcheln zusammengebunden. Der Knebel im Mund schmeckte widerlich nach abgestandenem Fett. War das vielleicht ein Geschirrtuch?

Seine Gedanken wirbelten zusammenhanglos im Kreis. Wie um alles in der Welt war er in diese Lage gekommen?

Langsam kehrte die Erinnerung zurück. Seine Überheblichkeit und seine Gutgläubigkeit waren ihm zum Verhängnis geworden. Er war einfach losgelaufen, um Galucci zu treffen, ohne jemanden aus seinem Team zu informieren. Wie ein blutiger Anfänger hatte er sich verhalten, die Lage völlig falsch eingeschätzt – und das rächte sich jetzt.

Bestimmt glaubten seine Kollegen, er läge noch in seinem kuscheligen Bett und schlafe seine Erkältung aus. Es würde mindestens bis in den späten Vormittag hinein dauern, bis jemand nach ihm sah und sein Verschwinden bemerkte. Aber vielleicht war es schon längst Nachmittag? Er wusste es nicht! Vielleicht würde man nach Jahren sein Skelett finden. Tiefe Hoffnungslosigkeit umgab ihn wie die Dunkelheit.

Dann fiel ihm der Mörder von Wüst und Ackermann ein, der ungestraft in der Welt herumlief. Er war ihm auf der Spur! Als er wütend an seinen Fesseln zog, schnitten die Kabelbinder nur noch fester ins Fleisch. Ohne Werkzeug waren die nicht zu lösen. Um in eine bequemere Lage zu kommen, versuchte er, sich zu drehen. Dabei kämpfte er mit den voluminösen Kissen, die in seinem Rücken lagen. Sie erschwerten alle Bewegungen.

Er wollte schreien, brachte aber unter dem Knebel nur ein Gegurgel zustande. Ihm würde nichts anderes übrigbleiben, als auf seine Befreiung zu warten. Aber wie sollte ihn sein Team hier finden, wenn er nicht einmal selbst wusste, wo er war.

Jetzt begann auch noch seine Blase zu drücken. Das Glas Orangensaft und die große Tasse Kaffee nach dem Aufstehen hätte er nicht trinken sollen. Seine Konzentration lag auf seiner randvollen Blase.

Noch war er Herr seiner Blase! Er schmunzelte fast ein wenig, trotz seiner misslichen Lage. Warum dachte er jetzt an eine amerikanische Serie? Kam der Spruch: »Ich bin der Herr meiner Blase« nicht in einer Folge von »The Big Bang Theory« vor? Sheldon kämpfte da mit seinen Bedürfnissen.

Ja, er war noch Herr seiner Blase! Wenigstens das! Er musste sich jetzt in Geduld üben und abwarten. Seinem Team konnte er vertrauen. Die würden alles Menschenmögliche tun, um ihn zu finden. Alle seine Hoffnungen lagen darauf, dass sie schon nach ihm suchten.

Er ahnte nicht, dass Bernadette schon ganz nahe an seinem Gefängnis gewesen war. Sie hatte aber ihrem Gefühl plötzlich nicht mehr vertraut und den Einsatz erfolglos abgebrochen. Diesen puren Aktionismus konnte sie vor ihrem Team nicht rechtfertigen.

»Ich bin Herr meiner Blase«, wiederholte Wotan gebetsmühlenartig in seinem Kopf. Er konnte an nichts anderes mehr denken, obwohl die Kopfschmerzen seine Schädeldecke fast zum Zerspringen brachten.

Ohne jede Vorwarnung verlor er die Kontrolle. Eine warme Flüssigkeit lief an seinem Bein herunter. Erleichtert und auch etwas beschämt seufzte er auf. Hatte er als Kind jemals ins Bett gemacht? Das Gesicht seiner Mutter tauchte vor seinem geistigen Auge auf. Er schüttelte den Kopf, was dieser mit stechenden Schmerzen beantwortete.

Nachdem er Herr seiner inzwischen leeren Blase war,

konnte er sich auf den Fall konzentrieren. Ihm blieb in seiner ungemütlichen Lage ja momentan nichts anderes übrig. Er sinnierte vor sich hin.

Die Mordverdächtigen waren Emilio Galucci oder Silja Ochsenhut. Dieser Dieter hatte wahrscheinlich nichts damit zu tun und war auch in der Wohnung das erste Mal aufgetaucht.

Der sportliche Galucci war sein Favorit im Mörderreigen. Der schmächtigen Silja traute er nicht zu, dass sie die Schwergewichte Wüst und Ackermann bedroht hatte. Man benötigte für die Verwüstungen bei der Burg und im Fotostudio Muskelkraft. Eher ein Job für einen Mann!

Die Reihenfolge, erst Leute umzubringen und dann die Beweise für ihre Schuld zu suchen, erschien Wilde eher unsinnig. Was anderes konnte in dem Safe gewesen sein? Aber da hatte jeder Mörder wohl andere Prioritäten. Wer wusste schon, was in deren Köpfen vorging. Ihn wunderte nichts mehr. An Mordmotiven und den wirklichen Taten hatte er schon die abstrusesten Dinge erlebt.

Was planten die beiden als Nächstes? Sie mussten davon ausgehen, dass man nach ihnen fahndete. Wohin würden sie flüchten? Welches Land lieferte heutzutage nicht mehr aus? Argentinien? Oder war das nur für Kriegsverbrecher relevant?

Emilio hatte italienische Wurzeln. In bella Italia konnte man ganz gut untertauchen. Oder war er aus Sardinien? Wotan wusste es nicht. Die Mafia mischte womöglich mit. Die Clans hielten alle zusammen wie Pech und Schwefel.

In Wotan Wildes Kopf dröhnte es. Ein Aspirin wäre jetzt toll gewesen und dazu ein kühles Bier. Aber dann müsste er wieder aufs Klo. Er war der Herr seiner Blase!

Irgendwo bellte ein Hund. War das der Köter aus dem Erdgeschoss? Er lauschte angestrengt. Weit entfernt hörte er einen Zug tuten. Er war also in seinem Haus! Er fühlte einen

Energieschub, strampelte und versuchte, sich zu befreien. Stattdessen rollte von seiner Unterlage und landete mit einem Plumps auf dem Boden.

»Klasse, Wilde! Was hast du jetzt erreicht? Jetzt liegst du auf dem Boden! Klasse Leistung!«, hätte er gesagt, wenn er nicht geknebelt gewesen wäre.

Er versuchte, sich am Sofa abzustützen und aufzurichten. Durch die Nase allein bekam er zu wenig Luft und ihm ging die Puste aus. Er musste eine Pause einlegen. Wie viel Uhr war es? Er hatte jegliches Zeitgefühl verloren. Auf jeden Fall war es noch oder schon wieder Tag. Das wusste er sicher.

Dann nahm er einen neuerlichen Anlauf. Seitlich, wie eine Wüstenschlange, robbte er übers Parkett in Richtung Balkontür, unter der sich ein feiner Lichtstreifen abzeichnete. Erschöpft blieb er vor der Tür liegen und schnaufte panisch.

22. DIE BILDERROLLE

An diesem Mittwochmorgen stiegen die Freundinnen Magdalena und Charlotte vor dem Tübinger Hauptbahnhof aus dem eXpresso, dem Airportsprinter. Ihr Flug aus Faro in Portugal war in Stuttgart pünktlich um 7.45 Uhr gelandet.

Die Bahnhofsuhr zeigte jetzt 9.25 Uhr. Die Sonne schien, aber ein kühler Wind erinnerte daran, dass es erst Frühling war.

»Isso funcionou muito bem! E agora fora no apartamento!« Magdalena gab lautstark ihre spärlichen Portugiesischkenntnisse zum Besten. Für ihre deutsche Mitreisende klang es authentisch, aber unverständlich.

Sie war eine gertenschlanke Blondine mit langen Haaren, die im unteren Drittel rot gefärbt waren. Ihr Augenbrauen-Piercing passte zu ihrem schmalen Gesicht. Die Kleidung hätte einem Hippie gut gestanden. Sie trug ein lila Batik-T-Shirt und kurze, ausgefranste Jeans, die nicht ganz zum deutschen Wetter passen wollten. Am petrolfarbenen Deuter Rucksack auf ihrem Rücken baumelte eine leere Trinkflasche.

»Muito bem!«, antwortete Charlotte ebenso laut. Sie bildete das genaue Gegenstück zu Magdalena. Klein und drall kam sie daher, mit schwarzen Haaren, die zu einem Pagenkopf geschnitten waren. Mit einem weit geschnittenen schwarzen Minikleid, das eindeutig zu kurz für ihre dicken Oberschenkel war, versuchte sie, ihre stämmige Figur zu kaschieren.

Aus den Seitentaschen ihres dunkelroten Vaude Rucksacks ragten ein aufblasbares Sitzkissen und ein zusammengerollter Umschlag. Die beiden Freundinnen hatten eine Woche an der Algarve verbracht. Das erklärte auch ihre sommerliche Kleidung, da bei ihrem Abflug in Faro 24 Grad Außentemperatur herrschte. Die Reise hatten sie Last Minute gebucht und ihre WG-Zimmer in Stuttgart für die Zeit untervermietet.

Sie konnten sich diese Reise leisten, weil ihnen Joe, ein flüchtiger Bekannter von Magdalena, die nötige Summe vorgestreckt hatte. Sie sollten dafür eine kleine Gefälligkeit für ihn erledigen.

Wahrscheinlich war die Gefälligkeit nicht ganz legal. Aber no risk, no fun, war das Motto der beiden Studentinnen. Bei ihrer Ankunft am Flughafen hatte ihnen Joe einen braunen Umschlag zugesteckt. Sie sollten nach Tübingen fahren und erst dort den Umschlag öffnen. Sie fanden die ganze Aktion cool und aufregend zugleich.

Auf Tübingen freuten sie sich schon. Leute treffen und feiern war ihr Ziel.

Sie setzten sich auf die Bank an der Bushaltestelle. In dem Gewusel von Reisenden fielen die beiden niemandem auf. Neugierig öffneten sie den Umschlag. Ein kleiner Schlüssel und der Lageplan einer Wohnung steckten darin.

Auf dem beigefügten Zettel stand, sie sollten eine Bilderrolle in der airbnb-Wohnung abholen (Schlüssel im Briefkasten), noch zwei Tage die Touristen spielen, die Rolle dann nach Genf bringen, in einem Schließfach am Bahnhof deponieren und den Schlüssel stecken lassen. Alles Weitere sollte sie nicht kümmern. Zugfahrkarten erster Klasse ab Tübingen mit Sitzplatzreservierung waren auch in dem Umschlag.

Das schien leicht verdientes Geld.

Sie stopften die Unterlagen in einen überquellenden Papierkorb. Fahrkarten und Briefkastenschlüssel nahm Charlotte in Verwahrung.

»Easy, peasy!«, sagte Magdalena ganz unportugiesisch und schulterte ihren Rucksack. Laut Plan brauchte man zehn Minuten zu Fuß in die Wohnung. Dort würden sie duschen, kurz ausruhen und dann das Touristenprogramm beginnen. In den folgenden Tagen konnten sie sich mit ihren Freunden treffen, im Biergarten ein Weizen zischen, Stocherkahn fahren, das historische Rathaus, das Schloss und den Botanischen Garten besichtigen. Am Freitag würden sie nach Genf fahren und die Ware in einem Schließfach deponieren.

Charlotte hatte die Karte mit dem Lageplan in der Hand.

»Da lang!« Sie deutete Richtung Blaue Brücke.

»Abenteuer!«, sagte Magdalena, die lieber dem Navi als einer Papierkarte folgte, und lief hinterher. Sie reihten sich in den Strom der Passanten ein.

»Ob das richtig ist?«, fragte Magdalena 15 Minuten später und schaute auf das Papier. Sie standen in einem Neubaugebiet mit Lastwagen, Bauarbeitern und Kränen.

»Am alten Güterbahnhof«, entzifferte Charlotte ein Straßenschild. »Das scheint mir richtig! Jetzt müssen wir nur noch die Nummer 17 suchen.«

»Da lang! Nein, da!« Magdalena schien desorientiert.

»Nimm doch das Haus!« Charlotte deutete auf die Metallziffern, die am Haus hinter ihnen befestigt waren.

Die Haustür war nur angelehnt. Charlotte drückte sie auf, während Magdalena den kleinen Schlüssel bereithielt. Dann suchte sie den Briefkasten mit dem airbnb- Aufkleber.

»Süß, schau mal!« Magdalena zeigte auf das rosa Einhorn, den Dino und den Benjamin-Blümchen-Sticker auf dem Briefkasten der McScotts.

»Töröö!«, antwortete Charlotte. »Jetzt sperr schon auf!« Ein Schlüsselbund lag in dem Kasten.

Nach dem Flug und dem frühen Aufstehen freuten sie sich auf eine Dusche und ein Schläfchen. Sie stiegen in den Aufzug und fuhren in den 1. Stock. Magdalena steckte den Schlüssel ins Schloss und sperrte die Wohnungstür auf. Es war absolut dunkel in der Wohnung.

»Pfui Teufel! Riecht wie in einem Klo hier. Wir müssen erst mal lüften!«, meinte sie und tastete nach dem Lichtschalter. Sofort erhellte ein Deckenstrahler den Flur.

»Ich zieh die Rollos hoch und mach die Fenster auf!«, sagte Charlotte. Sie stieß eine Glastür auf, suchte den Lichtschalter, fand ihn nicht und tastete sich daraufan einem Sofa und einem Couchtisch entlang auf die Fensterfront zu. Dann suchte sie nach dem Riemen des Rollos, bemerkte einen Schalter und wie durch Geisterhand fuhren die Rollos nach oben. Helles Sonnenlicht flutete herein und fiel auf einen Körper. Ein geknebelter Mensch lag reglos und zusammengekrümmt vor der Balkontür.

»Iiiiiiii!«, schrie Charlotte, drehte sich um und stürzte aus dem Wohnzimmer. Dabei rannte sie fast Magdalena um, die gerade den Rucksack abstellen wollte.

»Was?«, rief die überrascht.

»Eine Leiche!«, schrie Charlotte und versuchte, sich an ihr vorbei aus der Wohnung zu drängen.

Magdalena behielt die Nerven: »Spinnst du?«

Geistesgegenwärtig packte sie Charlotte am Ärmel und hielt ihr mit der anderen Hand den Mund zu.

»Egal, was passiert. Wir müssen erst unseren Job erledigen und das Paket aus der Abstellkammer holen!«, zischte sie.

»Wo ist die Abstellkammer?«, fragte sie Charlotte. Die hatte den Wohnungsplan im Kopf, der auch im Umschlag gewesen war. Mit einem roten Kreuz war darauf markiert gewesen, wo sie das Paket finden sollten.

»Wir müssen hier so schnell wie möglich raus!« Magdalena packte ihre Freundin am Arm und zog sie zur Tür der Abstellkammer. Sie zerrte am Türgriff. Aber der Raum war abgesperrt. Mit zitternden Händen zog sie den Schlüsselbund aus ihrer Jackentasche. Nach einigen Versuchen gelang es ihr, mit zitternden Händen den Schlüssel umzudrehen. Neben Putzutensilien, gebündeltem Altpapier und mehreren Getränkekisten lehnte eine Papprolle mit dem Aufdruck »Tübinger Schloss« in der Ecke.

»Das ist das verfluchte Teil!«, sagte Magdalena und stopfte die Rolle in ihren Rucksack. Sie stürzten aus der Wohnung und schlugen die Tür hinter sich zu.

Der angeblich Tote wand sich unterdessen verzweifelt am Boden. Wotan Wilde konnte nicht begreifen, warum seine Retterinnen ihn im Stich gelassen hatten.

»Schöne Scheiße!«, keuchte Charlotte und lehnte sich erschöpft an die graue Wand im Aufzug. »Da ist was schiefgelaufen!«

»Was machen wir?« Magdalena war immer noch außer Atem.

Sie sahen sich an.

»Flucht nach vorn!«, antwortete Charlotte. Sie drückten den Knopf ins Erdgeschoss und klingelten dann Sturm bei den McScotts.

Eine junge Frau im gestreiften Sommerkleid öffnete ihnen. Neben ihr drängte sich ein Junge mit einer Brezel in der Hand auf die Türschwelle. Ein kleiner Hund tippelte heraus und schnüffelte an Magdalenas Schuhen.

»Was ist los?«, setzte die Frau an und verstummte erschrocken, als sie die beiden jungen Frauen mit den hochroten Gesichtern sah.

Magdalena und Charlotte begannen gleichzeitig, auf sie einzureden, die eine in ihrem Pseudoportugiesisch, die andere auf Englisch. Frau McScott verstand gar nichts. Sie blickte verständnislos von einer zur anderen.

»Morto no primeiro andar, chame a polícia!« Magdalena blieb in ihrer Rolle.

Als die Frau nicht reagierte, legte Charlotte los.

»There is a dead man in the first floor! Call police!!«, keuchte sie atemlos. Das verstand Emily sofort.

»Wait! I'll call the police!«, rief sie, machte kehrt und verschwand in der Wohnung. Kind und Hund liefen hinterher.

Charlotte und Magdalena sahen sich kurz an, nickten sich zu und liefen aus dem Haus. Mit großen Schritten, aber nicht zu aufgeregt, marschierten sie in Richtung Neckarbrücke und mischten sich in den Strom der Einheimischen, Studenten und Touristen.

»Was machen wir jetzt?«, fragte Charlotte. Sie lehnten möglichst unauffällig am Geländer der Neckarbrücke und beobachteten einen Stocherkahnfahrer.

»Shit, shit, shit! Gute Frage! Welcher Idiot legt eine Leiche in eine konspirative Wohnung?«, antwortete Magdalena und kaute an der Lippe. »Wir setzen uns erst mal zum ›Neckarmüller‹ in den Biergarten, da fallen wir nicht auf. Dann überlegen wir weiter! Ich hab außerdem Hunger!«

»Deine Nerven möchte ich haben! Ich bringe jetzt nichts runter!«, sagte Charlotte mit zittriger Stimme.

23. DIE SUCHE NACH WOTAN HAT EIN ENDE

Im Kommissariat herrschte fast gleichzeitig dicke Luft.

Bernadette war geladen und genervt.

»Es zieht!«, stellte sie fest und schloss mit einem Knall das Bürofenster. Für die Blütenpracht der alten Kastanienbäume, die rund um den Parkplatz des Kommissariats standen, hatte sie heute absolut kein Auge.

Kommissar Anwärter Furtwangler stand wie ein begossener Pudel vor ihrem Schreibtisch. Er hatte in seinem kurzen mündlichen Bericht über den Einsatz bei der Wohnung von Ackermann ganz nebenbei erwähnt, dass Kommissar Wilde aufgetaucht war und ihn weggeschickt hatte. Wie von der Tarantel gestochen, war daraufhin Bernadette aufgesprungen. Ihre Wut hatte sie an dem Fenster ausgelassen, das sie mit so viel Schwung zugeworfen hatte, dass die Scheiben nur so klirrten.

»Das kann doch nicht wahr sein! Schon wieder der Chef im Alleingang!«, rief sie aufgeregt. »Sie müssen noch viel lernen, Furtwangler!«

Sie hätte nie zugestimmt, dass ihr Chef Galucci und seine Assistentin beim Abholen ihres restlichen Equipments überwachte, vor allem nicht in seinem angeschlagenen Zustand. Nervös wählte sie seine Nummer. Aber nur die Mailbox sprang an. Da stimmte etwas nicht!

»Robert, Wolfgang, kommt! Wir fahren sofort zu Wotan! Da läuft was schief, das habe ich im Gefühl! Er ist allein mit Galucci und seiner Praktikantin!«, rief sie ihren Kollegen zu, die an ihren Schreibtischen saßen und die Szene wortlos beobachtet hatten.

»Furtwangler kommt auch mit. Der kann noch was lernen!« Da ihre Kollegen Bernadettes Temperament und ihr untrügliches Näschen für Gefahr kannten, wehrten sie sich nicht dagegen. Es leuchtete ihnen nicht so recht ein, was dieser plötzliche Aufbruch sollte. Ihr Chef würde doch mit einem Aufnahmeleiter und seiner Praktikantin zurechtkommen.

In zwei Polizeiwagen rasten sie mit Blaulicht los. Holger Kostka, der gerade Getränkekisten in den Aufzug laden wollte, sprang erschrocken zur Seite, als die Truppe wortlos und in höchster Eile an ihm vorbeirannte und in den 4. Stock fuhr.

Die Tür zu Wotans Wohnung war nur angelehnt. Mit vorgehaltenen Pistolen drangen sie in die Wohnung ein und durchkämmten systematisch alle Räume, fanden aber niemanden. In der Küche und der ganzen Wohnung lief leise »EAV«, die Schalter der Kaffeemaschine leuchteten hell. Eine halbvolle Kaffeetasse mit dem Aufdruck »Schwertmeister« stand auf der Arbeitsplatte. Der Kaffee war noch lauwarm.

»Ich hatte recht! Da ist Gefahr im Verzug! Lange ist er noch nicht weg!«, konstatierte Bernadette. »Schauen wir mal rauf in die Penthousewohnung!«

Die Polizisten hetzten die Treppe in den 5. Stock hinauf. Nur Furtwangler ließ sich nicht hetzen. Er verstand die ganze Panik nicht.

Die Tür zu Ackermanns Wohnung war verschlossen, das Polizeisiegel gebrochen. Jetzt kam Furtwanglers große Stunde. Er schlenderte wortlos an Bernadette vorbei, holte einen Schlüsselbund aus der Jackentasche und sperrte die goldene Tür auf. Sie warf ihm einen eisigen Blick zu.

Auf ihr Kopfnicken hin stürmten die beiden Streifenbeamten und die Ermittler in die Wohnung. Schnell durchsuchten sie die Räume, fanden aber niemanden. Im weiträumigen Wohn- und Esszimmer war noch nichts aufgeräumt. Es sah noch genauso aus wie kurz nach dem Leichenfund.

»Hier muss dringend saubergemacht werden!«, brummelte Wolfgang.

»Es stinkt nach Stinkfrucht«, ergänzte Robert und hielt sich sein Taschentuch vor die Nase.

»Stellt euch nicht so an!«, raunzte Bernadette sie an. »Schaut mal, das Bild über der Kommode ist von der Wand geklappt.«

Neugierig betrachteten alle drei den geöffneten Safe. Wolfgang stieß einen erstaunten Pfiff aus.

»Dass die Spurensicherung den nicht gefunden hat! Schaut, da liegt ein Umschlag!«, meinte er.

Dann zog er Einweghandschuhe aus der Tasche und streifte sie umständlich über. Er griff sich den Umschlag.

»Unsere Beweise«, stand in einer zierlichen Handschrift auf der Vorderseite. Vorsichtig schnitt Wolfgang den Umschlag mit einem silbernen Brieföffner auf, der in einer Schale auf der Kommode unter dem Bild lag. Dann zog er einen kleinen Datenstick und eine Klarsichthülle heraus, die mehrere Schriftstücke enthielt.

»Gutachten!«, las er vor, »Holzqualität der Balken der Qinjang Inc.!«

»Darum kümmern wir uns später«, bemerkte Bernadette nervös, »hier ist kein Hinweis auf den Verbleib von Wotan und Galucci. Wir sollten jetzt gleich das Haus durchkämmen!«

Sie teilten sich auf und klingelten an allen Wohnungen. Leider konnte kein Bewohner eine zweckdienliche Aussage machen. In der airbnb-Wohnung im 1. Stock öffnete niemand. Enttäuscht brach Bernadette den Einsatz ab und alle verließen das Gebäude.

Im Kommissariat holte sich jeder der SOKO »Gewaltverbrechen« einen Kaffee. Wie üblich hielt Robert alle auf, weil er die Maschine zum Aufbrühen seines Matchatees nutzte. Er bot auch Furtwangler eine Tasse an, die auszuschlagen sich der nicht getraute, obwohl er lieber einen Espresso genommen hätte.

Dann versammelten sich alle um den Besprechungstisch. Wolfgang riss eine Packung Gummibärchen auf und berichtete kurz von einem Sonderangebot bei Lidl. Er schob die Süßigkeit in die Mitte. Alle griffen sich eins der bunten Bärchen und kauten nervös darauf herum. Es herrschte eine gedämpfte Stimmung. Der Raum wirkte seltsam leer ohne ihren Chef.

Wolfgang lehnte sich im Stuhl zurück und blätterte in dem Gutachten, das in dem Umschlag gewesen war. Dann steckte er den Datenstick in seinen Laptop.

Robert gab Emilio Galuccis Daten ein und suchte nach neuen Infos. Bernadette saß mit gekrümmtem Rücken auf dem Tisch. Sie starrte unverwandt auf die Wand der Schande, um in den Fotos, Notizen und Pfeildiagrammen Zusammenhänge zu erkennen.

Wo steckte Wotan nur? Was war in der Wohnung im 5. Stock geschehen? Sollten sie Galucci in die Fahndung geben?

»Ich hab ihn, er ist kein Unbekannter!«, rief da plötzlich Robert. »Emilio Galucci: Anzeige wegen Belästigung von Werner Wüst. Annäherungsverbot auf 100 Meter. Er hat tagelang vor Wüsts Villa gestanden mit einem Plakat, Wüst provoziert und laute Drohungen ausgestoßen, weil er Gerechtigkeit für den Tod seiner Tochter gefordert hat.«

»Wie war der Name des Mädchens?«, fragte Bernadette. Robert tippte auf seiner Tastatur.

»Auf jeden Fall nicht Galucci!«, stellte er fest. »Wie kriege ich das heraus? Dauert etwas! Ich such mal in den Zeitungen.«

Plötzlich stieß er einen lauten Pfiff aus: »Wen haben wir denn da? Das ist doch Galuccis angebliche Assistentin. Die kennen wir doch von der Burg Hohenneuffen. Das ist eine Ausgabe der ›Schwäbischen‹. Hier ist ein Foto vom Hallenbadprozess.« Bernadette sprang vom Tisch und beugte sich über Roberts Schulter.

»Silja G., die Mutter des Opfers Markus G., und Emilio G., der Stiefvater des Opfers Julia O., werden aus dem Saal geführt, nachdem sie nach dem Urteil den Richter beschimpft und die Angeklagten bedroht hatten«, las sie vor. Es herrschte kurz Stille im Raum.

»Julia Ochsenhut!«, rief Robert plötzlich. »Das war die

Tote! Die Tochter!« Er las weiter auf seinem Bildschirm. »Bla, bla, Markus Gundel war der andere Tote. Silja Gundel ist seine Mutter, von wegen Assistentin. Die Tochter von Galucci hieß Ochsenhut, wahrscheinlich der Name ihrer verstorbenen Mutter. Tata!«

»Ich geb 'ne Fahndung raus! Weit können die beiden noch nicht sein!« Bernadette hob den Telefonhörer ab. Ein Polizist kam ins Büro gestürzt.

»Leichenfund! Am Alten Güterbahnhof!«, schrie er in den Raum.

Alle erstarrten. War das Wotan? Das konnte nicht sein! Bernadette griff sich ihre Jacke und spurtete los. Tränen bildeten sich in ihren Augenwinkeln.

Erst im Auto kam sie wieder zu sich. Sie musste Julius anrufen, vielleicht wusste der schon mehr. Der Pathologe wurde immer zuerst verständigt.

»Wähle Julius Burmeister!«, befahl sie ihrer Sprachsteuerung im Auto.

»Burmeister!« Er ging sofort ans Telefon. »Du rufst wegen Wotan an! Ich bin noch unterwegs. Ich weiß noch nichts Genaues!« Er ließ Bernadette nicht zu Wort kommen.

»Wir treffen uns dort!« Bernadettes Stimme klang brüchig. Wotan tot? In diesem Augenblick wurde ihr klar, wie viel ihr der Chef bedeutete. Er war nicht nur der kompetente Kollege, den man alles fragen konnte und der meist auch eine Antwort wusste. Er war auch ein Freund und Gesprächspartner, mit dem man Quatsch machen und auch durchaus ernste Gespräche führen konnte.

Wie fremdgesteuert fuhr sie zum Einsatzort. Mit quietschenden Reifen kam sie auf der Straße vor Wotans Haus zu stehen.

Mehrere Streifenwagen und ein Rettungswagen standen vor dem Gebäude. Hinter ihr sprang Julius Burmeister aus seinem Auto. Gemeinsam liefen sie durch die geöffnete Eingangstür. Im ersten Stock hörten sie Leute reden. Es roch nach Zigarettenrauch.

Sie spurteten die Treppe hoch. Drei Sanitäter standen rauchend auf dem Treppenabsatz und unterhielten sich. Waren sie zu spät gekommen? Gab es keine Hoffnung mehr?

»Wo?«, fragten Julius und Bernadette wie aus einem Munde. Ein langer Dürrer mit rotem Haarschopf deutete mit seiner Zigarette in Richtung Wohnraum. Dann wandte er sich wieder seinen Kollegen zu.

»Wotan, ich dachte …«, stammelte Bernadette, als sie ihn erblickte. Da saß er, der Wilde Wotan. Er lehnte reichlich blass und mit zerzausten Haaren in einem wuchtigen schwarzen Ledersessel.

Frau McScott stand hinter ihm und hielt ihm ein Glas mit einer bernsteinfarbenen Flüssigkeit vors Gesicht.

Es sah verdammt nach Whiskey aus.

Aber Wotan wirkte noch ganz nüchtern. Wahrscheinlich war es nur Apfelschorle. Sie beugte sich zu Wotan hinunter und umarmte ihn. Der versuchte, sichtlich gerührt, sich aus der Umarmung zu befreien.

»Schon gut! Mir ist zwar noch etwas schummrig, aber es geht mir gut. Wir müssen sofort die Fahndung nach Emilio Galucci einleiten, unter anderem verdanke ich dem meine Entführung! Er versucht wahrscheinlich zusammen mit Silja Ochsenhut zu fliehen«, sagte er mit zittriger Stimme. »Erzähle alles später.«

»Fahndung ist schon eingeleitet! Ich glaube, wir sind auf die gleiche Lösung gekommen!« Bernadette strahlte ihn an.

Wotan sah sie nachdenklich an.

»Wer hat mich eigentlich gefunden?«, fragte er Bernadette.

»Das weiß ich nicht. Angerufen hat uns auf jeden Fall

Frau McScott!«, stellte Bernadette fest und blickte sie fragend an.

»Da standen zwei junge Mädchen mit Rucksäcken vor meiner Tür. Die beiden waren ganz durcheinander. Die eine hat irgendein Kauderwelsch gesprochen, klang ein bisschen nach Spanisch, die andere hat mich auf Englisch angeredet. Ich habe dann den Notruf gewählt. Dann waren beide verschwunden.« Frau McScott zuckte mit den Achseln.

»Würden Sie sich mit unserem Phantomzeichner zusammensetzen?«, fragte Bernadette Frau McScott.

»Klar, warum nicht!«, sagte sie. »Ich komme morgen aufs Kommissariat. Ich muss jetzt die Kinder von der Kita abholen. Bin schon spät dran!« Damit hastete sie aus der Wohnung.

»Können wir die Lagebesprechung oben in der Wohnung bei Wotan machen?«, fragte sie in die Runde, um Wotan die Fahrt ins Präsidium zu ersparen. Wolfgang, Robert und Wotan nickten.

Sie fuhren im Pulk in den 4. Stock.

Dann saßen sie um den Eichentisch in der Küche. Alle rechneten insgeheim zum Abschluss der Besprechung mit einem kühlen Bier. Aber das erwähnte niemand explizit.

Bernadette war so erleichtert, sie hätte die Welt umarmen können.

»Muss mal schnell für kleine Kommissarinnen!«, sagte sie lachend und verschwand im Flur.

Befriedigt stellte sie fest, dass das von ihr gemalte Stillleben mit den Sonnenblumen immer noch unter einem Stapel Handtücher im Bad versteckt war. Sie hatte es vor ein paar Tagen bei der Krankenwache in einer Umzugskiste entdeckt.

Die Abteilung hatte es Wotan zum Geburtstag geschenkt. Es war eines ihrer Lieblingsbilder und sie hatte extra einen filigranen Rahmen ausgesucht. Insgeheim war sie schon etwas beleidigt, weil Wotan immer wieder eine Ausrede fand, es nicht aufzuhängen. Heute war ihr Tag! Bernadette zog das Bild unter den Handtüchern hervor und stellte es direkt gegenüber dem Hightech-Klo auf einen kleinen Sims, der sich in etwa einem Meter Höhe um das ganze Bad zog und zwei Fliesenfarben voneinander absetzte.

Kurz nahm sie auf dem Klodeckel Platz und bewunderte die Sonnenblumen in der Vase ausgiebig.

»Fast wie ein später van Gogh«, murmelte sie. Dann warf sie einen Blick auf die umfangreiche Bedienungsanleitung der Toilette, die auf dem Waschbecken lag, und betätigte den Spülknopf.

»Ein Traum, dein Badezimmer!«, flötete sie, als sie die Küche betrat, »vor allem der Sims ist toll!« Sie zwinkerte mit den Augen. Wotan sah sie verständnislos an.

»Wir suchen also zwei junge Frauen mit Rucksäcken. Ob die etwas mit Galucci zu tun haben, ist unklar. Aber warum verschwanden sie sofort, nachdem sie Wotan gefunden haben? Und wer sind sie?«, fragte Wolfgang gerade.

»Das ist eine airbnb-Wohnung. Die kann im Prinzip jeder mieten. Aber wie kam Galucci in die Wohnung, um Wotan dort zu verstecken?«, stellte Robert die berechtigte Frage.

Nachdenkliches Schweigen machte sich breit.

»Denkpause!«, murmelte Wolfgang und verschwand im Flur. Nach einigen Minuten tauchte er vergnügt pfeifend auf. »Ein Kunstwerk, dieses Klo! Und der Sims, echt toll!«, meinte er verschmitzt. Spinnen die jetzt alle, dachte sich Wotan, ließ den Gedanken dann aber wieder fallen.

Jetzt wurde auch Robert hellhörig.

»Könnten wir vielleicht schon mal unser erstes Bier öffnen?«, unternahm er einen vorsichtigen Vorstoß. »Aber vorher muss ich noch aufs Klo!« Er verschwand im Bad.

Obwohl man keine Spülung hörte, tauchte er gleich wieder auf.

»Ein Traum, diese Technik und Farbgebung! Und wirklich, der Sims fasziniert!«, sagte er gedrechselt.

Wotan blickte sein Team misstrauisch an. Was war denn hier los? Was sollte das Gefasel von einem Sims. Der war ihm noch gar nicht aufgefallen.

»Seid ihr alle irre?«, fragte er misstrauisch.

Er stand auf und ging ins Badezimmer. Alle lauschten gespannt. Dann hörten sie ein dumpfes Stöhnen, das in lautes Gelächter überging. Grinsend trat Wotan mit dem Bild in der Hand aus der Badezimmertür.

»Ich geb mich geschlagen, liebe Bernadette! Ich häng's in den Flur!«, sagte er.

»Aber mit spezieller Beleuchtung und Diebstahlsicherung!«, forderte Bernadette spaßhaft.

»Jetzt wieder zurück zu unserem Fall«, meinte Wotan und wurde für einen Augenblick wieder ernst. »Robert, du findest raus, an wen die Wohnung vermietet war! Wolfgang, du kümmerst dich um die Phantombilder! Bernadette, du holst einen Öffner aus der Schublade! Und ich spendiere allen ein kühles Bier.«

Wotan drehte sich um und holte vier Tannenzäpfle aus dem Kühlschrank.

»Auf die Kunscht!«, prostete er den dreien augenzwinkernd zu.

»Auf die Auferstehung Wotans von den Toten!«, sagte Bernadette und hob ihre Flasche.

Die Truppe saß bis kurz vor Mitternacht zusammen und leerte noch einige Flaschen.

24. DIE ÜBERGABE

Charlotte und Magdalena hatten nach ihrem Leichenfund beschlossen, in den »Neckarmüller«, ein beliebtes Tübinger Lokal an der Neckarbrücke, zu gehen. Das war wie immer rammelvoll. Die beiden hätten keinen besseren Ort wählen können, um unterzutauchen. Im Biergarten ganz hinten entdeckten sie einen Tisch, an dem noch zwei Plätze frei waren. Die Gruppe von Asiaten, die daran saß, nickte ihnen freundlich zu und rückte zusammen.

Zu ihrer Überraschung wurden sie von einem alten Bekannten, einem früheren Mitbewohner ihrer WG in Stuttgart, an der Abholtheke des Gartens bedient.

Berthold Gümpel, auch Berti genannt, reichte ihnen abgeschmälzte Maultaschen und Apfelsaftschorle. Sie erzählten ihm, dass sie zwei Tage in Tübingen verbringen wollten, aber noch keine Unterkunft hätten.

»Maggie und Charly, die unzertrennlichen zwei!«, grinste Berti.

In Erinnerung an die guten alten Zeiten und eine kurze, heftige Beziehung mit Magdalena schlug er spontan vor, dass die beiden doch in seiner Wohnung übernachten könnten. Er bewohnte den ersten Stock im Haus seiner Eltern.

Zwei Stunden später hockten sie in der winzigen Küche mit Möbeln aus den 60er-Jahren, tranken Kaffee und tauschten Erinnerungen aus.

»Heidanei, ich hab mich aber jetzt verplaudert!«, rief Berti plötzlich. »Die Sprechstunde beim Professor Pachner ist gleich aus! Fühlt euch wie daheim!« Er schnappte sich seinen Laptop und verschwand.

»Wie machen wir jetzt weiter?«, fragte Charlotte und machte einen verzweifelten Eindruck.

»Ich habe da eine Idee!« Magdalena zog mit zittrigen Händen den Lageplan der konspirativen Wohnung aus der Vortasche ihres Rucksacks. Unter der Überschrift »Notfallkontakt« war auf der Rückseite eine Handynummer vermerkt.

»Wusste ich doch, dass ich da was gesehen hatte!«, meinte sie.

Mehrmals wählte sie die gleiche Nummer. Es klingelte ein paarmal, dann brach der Kontakt ab. Endlich, nach etlichen Versuchen, ging jemand ran.

»Ja!«, meldete sich eine dunkle Männerstimme. Magdalena schaltete auf laut. Charlotte hörte nervös mit.

»Es geht um die Rolle«, fühlte Magdalena vorsichtig vor.

»Was ist damit? Ist irgendwas nicht in Ordnung?«, fragte der Unbekannte.

Stockend schilderte Magdalena die Vorgänge in der airbnb-Wohnung.

»Ihr hättet zuerst einen Cleanertrupp anfordern müssen, bevor ihr Hals über Kopf abhaut!«, sagte die Stimme.

»Einen was?«, fragte sie hysterisch.

»Cleaner! Soll ich es buchstabieren? Die entfernen dezent Sachen, die andere zurückgelassen haben«, kam es zurück.

Mein Gott, rechneten die mit herumliegenden Leichen? Wo waren sie da reingeraten?

»Wir wollen damit nichts zu tun haben!«, lehnte sie ab. Sie sollten doch nur ein Paket abholen und ein paar Tage harmlose Touristinnen spielen.

»Tja, Ladys, ihr seid jetzt Teil der Organisation. Gewöhnt euch dran!«, kam es zurück. Kaute der Mensch am Telefon Kaugummi? Magdalena kam es so vor, als ob die Worte sich dehnten. »Teil der Organisation«, was bedeutete das? Sollten sie jetzt Leichen transportieren?

»Und jetzt?«, fragte sie mit zitternder Stimme. Von ihrer Souveränität war nichts mehr übrig. Charlotte lauschte leichenblass. Jetzt war Schluss mit lustig.

»Ihr hört von mir«, sagte der Unbekannte. Dann riss die Verbindung ab.

Die beiden sahen sich wortlos an. Magdalena kaute an ihren Haaren und Charlotte begann, an den Fingernägeln zu knabbern, womit sie eigentlich längst aufgehört hatte.

»Was machen wir jetzt?«, fragte Charlotte. Magdalena zuckte die Achseln. Dann saßen sie ratlos in der Küche. Die Zeit dehnte sich.

»Hunger?«, fragte Charlotte nach einer halben Stunde. Sie durchsuchten die Küchenschränke, fanden eine Dose Ravioli, eine geöffnete Packung Toast, ein angebrochenes Glas Nutella, mehrere Dosen Stuttgarter Hofbräu und entschieden sich dann aber für eine Packung Miracoli. Sie kramten zwei Töpfe heraus und kochten die Nudeln und die Soße.

Dann tauchte Berti auf, verspeiste hocherfreut einen Teller Spaghetti und radelte zu seiner Schicht beim Neckarmüller. Die beiden Mädchen dagegen stocherten lustlos in ihrem Essen herum und tranken zwei Dosen Stuttgarter Hofbräu.

Um 18.34 Uhr klingelte Magdalenas Handy. Es zeigte keine Nummer an.

»Ja!«, meldete sie sich zaghaft.

»Es ist so weit, Ladys! Treffen um 23.00 Uhr im Alten Botanischen Garten beim Spielplatz. Bringt das Paket mit!« Dann brach die Verbindung ab.

Magdalena starrte auf das Telefon in ihrer Hand: »Das ist mir nicht geheuer!«

»Was ist los?«, fragte Charlotte.

»Der will uns treffen, 23.00 Uhr im Park. Wir sollen

das Paket mitbringen!« Magdalenas Stimme klang panisch. »Charly, was sollen wir machen?«

»Wir müssen es loswerden. Je eher, desto besser! Die Typen sind humorlos!«, flüsterte Charlotte.

»Ich übergebe das Paket und du bleibst im Hintergrund. Falls was Unvorhergesehenes passiert, kannst du mich unterstützen!« Etwas Besseres fiel ihr nicht ein.

»Weißt du was, Maggie, wir sollten mal nachschauen, was eigentlich in der Papprolle ist«, schlug Charlotte plötzlich vor. »Wir sollten wenigstens wissen, wofür wir sterben!«

Magdalena fand das zwar etwas makaber, nickte aber. Sie nahm die Papprolle, die bis jetzt unbeachtet auf der Eckbank gelegen hatte. Vorsichtig löste sie das Klebeband und drehte am Deckelverschluss. Charlotte stand auf und beobachtete atemlos, wie Magdalena mit spitzen Fingern eine zusammengerollte Leinwand herauszog. Charlotte stellte den Topf und die Teller beiseite. Dann legte ihre Freundin das Bild auf den Küchentisch und strich die Leinwand glatt.

»Oh my God, Charly!«, ächzte sie. Beide starrten mit offenem Mund auf das Bild. »Maggie, das ist doch …«, hauchte Charlotte. »Das ist doch ganz berühmt!« Sie googelte sofort. »Moment! Schau mal!«

Sie hielt Magdalena ihr Smartphone vor die Nase.

»Wow! Das dürfte etwas mehr wert sein als ein Ticket nach Faro!«, stellte Magdalena ernüchtert fest.

Charlotte war plötzlich ganz cool.

»Da sollte auch mehr für die Kuriere drin sein. Wir tauschen es aus und geben es nur gegen ›Lösegeld‹ raus!«

»Meinst du? Das sind Profis! Ob wir uns mit denen anlegen sollten?«, Magdalena wirkte skeptisch.

»Ach was! Wir sitzen am längeren Hebel. Die wollen das

Bild. Was soll schon passieren?«, spornte sie Charlotte an. »Wir suchen ein Tauschbild!«

Sie streiften durch die Wohnung, um etwas Brauchbares zu finden. Im ehemaligen Jugendzimmer von Berti wurden sie fündig. Sie tauschten das Gemälde gegen einen vergilbten Kunstdruck, der eine Ansicht von Tübingen zeigte, aus. Er war mit Stecknadeln über Bertis Schreibtisch angepinnt.

»Wohin jetzt mit dem Original?«, fragte Susanna.

»Warte, der Berti hat mir einmal von einem Versteck aus seinen Kindertagen erzählt. Das kannte nicht einmal seine Mutter«, antwortete Magdalena. Nach kurzem Suchen fanden sie den Platz und verstauten vorsichtig das kostbare Stück.

Nachdem sie bis zur Übergabe noch Zeit hatten und dringend Nervennahrung brauchten, beschlossen die beiden, sich ein Eis zu gönnen. Ihre Stimmung war deutlich besser geworden. Sie fühlten sich wie die Heldinnen in einem Agententhriller. Wenn das mal nicht nach hinten losging.

»Da Cappo«, die Eisdiele in der Nähe des Alten Botanischen Gartens, war genau die richtige Adresse. Sie bestellten einen »Super Coppa mit Amarena« und ließen sich zwei Löffel dazu bringen.

Kurz vor der vereinbarten Übergabezeit schlenderten sie getrennt zum Park. Charlotte verbarg sich hinter einem Fliederbusch am Rande des Spielplatzes.

Die Parkleuchten tauchten die Umgebung in ein gespenstisches Dämmerlicht. Die letzte Vorstellung im Kino »Museum« nebenan war schon beendet. Nur noch wenige Autos und vereinzelte Stadtbusse fuhren vorbei.

Charlotte war nervös. Eine Taschenlampe wäre jetzt nicht schlecht gewesen. Sie stand hinter dem Busch, trat von einem Fuß auf den anderen und zog die Jacke enger um sich. Es war kühl geworden. Ihr war irgendwie übel. Sie schob es auf die riesige Eisportion.

Sie konnte die Umrisse von Magdalena erkennen, die mit der Posterrolle unter dem Arm neben der Rutschbahn stand. Nach ein paar Minuten setzte sie sich auf eine Bank neben dem Klettergerüst.

Sie machte zu Charlotte ein Okay-Zeichen mit dem hochgereckten Daumen.

Wie aus dem Nichts stand plötzlich ein schwarz gekleideter Mann vor ihr. Charlotte hatte ihn nicht kommen sehen. Das Gesicht der wuchtigen Gestalt war nicht zu erkennen. Der Mann trug anscheinend eine Sturmhaube. Charlotte sah, wie er auf Magdalena einredete. Die gab ihm zögerlich die Papprolle. Hoffentlich entdeckte er nicht, dass sie schon einmal geöffnet worden war. Aber er kaufte keine Katze im Sack. Das hätten sie sich ja eigentlich denken können. Waren sie in ihrer Geldgier zu naiv gewesen?

Der Kerl nestelte am Verschluss und zog das Papier aus der Röhre. Charlotte wurde es heiß und kalt. Sie hatte plötzlich das dringende Bedürfnis, sich zu übergeben.

Der Typ knipste eine Headlamp an. Er erkannte sofort, dass das nicht das gewünschte Bild war. Er warf die Papprolle und den wertlosen Druck mit Schwung auf den Boden und trat bedrohlich nah auf das Mädchen zu. Dann fuchtelte er mit den Armen. Magdalena erstarrte zur Salzsäule.

»Lauf, Maggie, lauf!«, wollte Charlotte schreien, es kam aber kein Laut über ihre Lippen.

Jetzt erkannte Charlotte eine Pistole in der Hand des Unbekannten. Sie stieß einen kurzen Entsetzensschrei aus, hielt sich dann aber den Mund zu. Der Mann sah kurz in ihre Richtung, schien sie aber nicht bemerkt zu haben.

Dann schlug er mit der Pistole gegen die Wange ihrer Freundin. Magdalena ging zu Boden und hielt ihm die Hände abwehrend entgegen.

Er schien vor Wut zu schäumen. Er beugte sich zu ihr hinunter, packte sie an den Schultern und schüttelte sie. Pausenlos redete er auf sie ein und fuchtelte drohend mit der Pistole vor ihrem Gesicht herum.

Plötzlich hallte ein Schuss durch den Park. Er hörte sich für Unbeteiligte wie die Fehlzündung eines Autos auf der Wilhelmstraße oder ein Feuerwerkskörper bei einem Junggesellenabschied an. Magdalena sackte zusammen und blieb regungslos liegen. Der Mann sprang auf und verschwand im Dunkeln.

Charlotte schlug die Hände vors Gesicht und sackte zusammen. Ihr Herz schlug bis zum Hals. Der Typ hatte Magdalena erschossen!

Panik erfasste Charlotte. Sie wollte nur noch weg. Sie sprang auf und rannte los. Vor der Eisdiele blieb sie schwer atmend stehen. Sie musste Maggie helfen! Wieso war sie weggerannt? Sie musste Hilfe holen! Aber keine Menschenseele war unterwegs. Im Laden war es dunkel und die Stühle und Tische im Außenbereich waren bereits zusammengestellt.

Sie lehnte sich gegen das Schild an der Wand, das die Auswahl an Eisbechern zeigte. Keuchend zog sie ihr Handy aus der Jackentasche, wählte kurz entschlossen die 112.

»Niedergeschossene am Spielplatz im Alten Botanischen Garten!«, sagte sie mit zitternder Stimme und legte auf.

Dann machte sie kehrt und lief Richtung Park. Vor dem Kino »Museum« blieb sie stehen und drückte sich ins Eck über den Eingangstreppen.

Da kam auch schon der Notarztwagen, gefolgt von einem Rettungswagen. Sie bremsten vor dem Eingang zum Park.

Ein Polizeiauto folgte. Männer in Uniform sprangen aus den Wägen und liefen Richtung Spielplatz.

Dann wagte sie sich von der Treppe und lief vorsichtig zu den Büschen, die ihr schon einmal Schutz gegeben hatten. Die Sanitäter knieten neben Magdalena. Ihre Freundin lag wie tot da. Alle anderen Vorgänge blendete Charlotte aus. Auf dem spärlich beleuchteten Parkweg meinte sie den Täter zu erkennen. Bei näherem Hinsehen entpuppte sich der aber als Polizist, der die Umgebung absuchte.

Was sollte sie jetzt tun? Charlotte ging mit großen Schritten Richtung Fußgängerzone und setzte sich auf eine kleine Mauer. War sie hier in Sicherheit? Der Angreifer kannte sie nicht, oder doch?

Hatte Joe in Stuttgart am Flughafen nicht ein Selfie mit ihnen gemacht? Sie dachte nach. Doch, sie glaubte sich erinnern zu können. Der Komplize könnte wissen, wie sie aussah. Das war fatal! Ihr Plan war Quatsch gewesen. Sie hatten sich von Geldgier das Hirn vernebeln lassen und ihre Gegner unterschätzt.

Die Verbrecher würden mit allen Mitteln nach dem echten Bild suchen. Jetzt war die Jagd auf sie eröffnet.

Sie starrte vor sich hin. Der sicherste Ort schien ihr momentan Bertis Wohnung zu sein. Sie ging zur Bushaltestelle auf der Neckarbrücke. Dabei hielt sie sich im Schatten der Gebäude und Bäume.

Sie zog die Kapuze über den Kopf und setzte sich ins Wartehäuschen. In einer halben Stunde würde sie in Sicherheit sein, dachte sie.

25. DIE FRAGEN WERDEN MEHR

Wie versprochen, war Emily McScott am nächsten Tag ins Kommissariat gekommen. Bei der Erstellung der Phantombilder der beiden jungen Frauen erwies sie sich als hervorragende Beobachterin.

Jetzt heftete Bernadette die Bilder der beiden an die Tafel der Schande.

»Das sind sie also! Eine schlank, eine etwas pummelig, Allerweltsgesichter, aber eine mit Piercing. Nur die Frisuren waren auffällig. Wie heißen die beiden und was hatten sie in der Wohnung zu suchen? Sie hatten auf jeden Fall einen Schlüssel. McScott hat ausgesagt, dass die im Hippie-Look wahrscheinlich Portugiesisch sprach, die im Minikleid Englisch«, sagte sie nachdenklich.

»Ich habe mal versucht rauszubekommen, wer die Wohnung eigentlich gemietet hat. Bei airbnb ist das eigentlich aussichtslos. Die wollten eine richterliche Verfügung, um uns die Buchung zu geben. Aber den Zahn habe ich ihnen gezogen. Ich habe ihnen erzählt, dass es sich um Mordermittlungen handelt. Da dürfen wir alles.« Robert lachte in sich hinein und schob seine Lesebrille auf die Stirn.

Er hielt den Ausdruck einer E-Mail hoch und nahm wie zur Belohnung einen großen Schluck Melissentee.

»Der ist ja schon kalt!«, beschwerte er sich dann, als wenn die anderen daran schuld wären.

»Das Ergebnis meiner Recherche! Die Wohnung hat eine Frau Angelika Meyer aus München gebucht. Die Unterlagen gingen an einen Herrn Peter Huber in Hamburg. Ich habe die Kollegen dort auf die Adresse angesetzt. Ergebnis kommt hoffentlich noch heute. Bezahlt wurde von einem Konto in der Schweiz. Clever gemacht und Spuren verwischt.« Er wirkte ratlos, aber gleichzeitig auch zufrieden. »Da waren Profis am Werk. Vielleicht sind die zwei Mädchen aber auch unabsichtlich in was hineingeraten.«

»In der Wohnung versteckt hat dich sicher der Galucci, der dich auch niedergeschlagen hat!«, meinte Bernadette zu Wotan. »Nicht die beiden Frauen. Laut Aussage von Emily McScott wirkten sie ziemlich konfus, als sie dein Auffinden meldeten.«

»Apropos Galucci! Vorhin hat die Staatsanwaltschaft angerufen. Die italienische Polizei hat Emilio Galucci und Silja Ochsenhut festgenommen, als sie die Fähre von Livorno nach Olbia auf Sardinien nehmen wollten. Die beiden werden nach Tübingen überstellt. Dann können wir sie hier verhören«, informierte Wolfgang und schnäuzte sich seine allergiegeplagte Nase.

»Übrigens, noch eine weitere Anmerkung zu unserem letzten Fall. Die Kollegen haben das Auto von Werner Wüst ausgebrannt in einem Waldstück beim Neuffener Hörnle gefunden. Die Spusi war schon dort, aber da ist nichts mehr zu holen«, verkündete er noch mit ernster Miene. »Das war meine letzte Fußnote zu diesem Fall!«

»Wir geben jetzt auf jeden Fall umgehend eine Fahndung nach den beiden Mädchen heraus. Die Bilder sind sehr gut. Falls sie noch in Tübingen oder Umgebung sind, werden wir sie bald haben. Wolfgang, übernimmst du das?«, delegierte Wotan.

Wolfgang nickte.

»Heute ist ›Schnitzel-Tag‹ in der Kantine, ab 11.30 Uhr!«, verkündete da plötzlich Robert, der vor dem Essensplan stand. Obwohl Wotan es nicht leiden konnte, hatte er ihn wieder an die Tafel der Schande angepinnt.

»Ihr könnt ja nachkommen, wenn ihr fertig seid.« Robert nahm seine Lesebrille ab, hängte sie über den Monitor und eilte aus der Tür.

»Wenigstens findet er nachher seine Brille wieder«, knurrte Wotan. »Wir sollten aber auch mal Pause machen.«

»Bin ja auf die vegetarische Schnitzelvariante gespannt«, Bernadette strahlte Vorfreude aus. Dann verließ die restliche SOKO gemeinsam ihr Büro.

Nach der Mittagspause trafen sich alle wieder im Büro. Bernadette war von einem knusprigen Sellerieschnitzel mit Schnittlauchdip und Kartoffelgratin angenehm überrascht worden.

»Das ›Jägerschnitzel DDR-Style‹ war ein Fake!«, beschwerte sich dagegen Wotan. »Das war panierte Fleischwurst mit Tomatensoße! Betrug!«

»Das schwäbische Jägerschnitzel mit Spätzle war umso besser!« Robert leckte sich mit der Zunge über die Lippen, als ob er dem Geschmack nachspüren wollte.

»Die Veggievariante war auf jeden Fall sehr gut! Hättest du auch nehmen sollten, Wotan!« Bernadette blickte zufrieden drein und schaltete die Kaffeemaschine ein.

Nur Wolfgang beteiligte sich nicht am Gespräch. Er hatte ohnehin nur einen Apfelstrudel mit Vanillesoße gegessen. Seitdem er nach einer Wette bei einem XXXL-Schnitzelessen Sieger geworden war, hatte er nie mehr ein Schnitzel angerührt. Jetzt las er in einem KTU-Ordner, den er gerade auf seinem Platz vorgefunden hatte.

Die Truppe nahm am Besprechungstisch Platz. Ein Verdauungskaffee war angesagt. Nur Robert nahm seine Brille vom Monitor und vertiefte sich in eine Internetseite.

Wolfgang hielt ein Foto in die Höhe, das eine junge Frau zeigte, die mit geschlossenen Augen auf dem Boden lag. Er nieste mehrmals ausgiebig.

»Das lag im KTU-Bericht, den ich gerade gelesen habe. Es geht um eine Frau, die gestern Abend im Alten Botanischen Garten niedergeschossen wurde. Kennen wir die? Robert, für dich ist das Handy der Frau mit dabei!«

Er warf Robert ein Smartphone zu, das der erstaunlich geschickt auffing.

»Das ist doch die Blonde von den Fahndungsfotos!«, bemerkte Wotan erstaunt. »Ist die tot?«

»Nein, nur angeschossen. Lungendurchschuss rechts! Liegt in der Unfallklinik!« Wolfgang überflog die Unterlagen. »Ich klär euch gleich über die Vorgänge auf.«

Nachdem alle ein koffeinhaltiges Getränk vor sich stehen hatten, nur Robert trank einen intensiv nach Klostein riechenden Verveinetee, war auch Wolfgang so weit. In einem kurzen Statement fasste er die Vorgänge der Nacht für die anderen zusammen.

»Die Frau liegt im künstlichen Koma auf der Intensivstation«, beendete er seinen Vortrag.

»Was wissen wir und welche Fragen müssen wir beantworten?«, überlegte Bernadette und nippte an ihrem Cappuccino, während alle auf die Tafel der Schande blickten.

»Erstens: Was ist im Park passiert? Und zweitens: Wo ist die andere Frau? Wir haben eine verdreckte Bilderrolle und ein Poster mit einer alten Ansicht von Tübingen neben der Verletzten gefunden. Wollte sie es ihrem Angreifer zeigen oder ihm übergeben? Wer erschießt einen Menschen wegen eines alten, vergilbten Kunstdrucks?«, fasste Wotan zusammen.

»Ich habe keine Ahnung! Aber wenn der Angreifer erfährt, dass sein Opfer noch lebt, wird er es vielleicht nochmals versuchen! Wir sollten einen Polizisten vor ihre Tür stellen«, schlug Wolfgang vor.

»Aber ob das genügt, wage ich zu bezweifeln. So wie die

alles organisiert haben, sind das echte Profis. Die würden sicher einen Weg finden, ihr Werk zu vollenden. Ich würde vorschlagen, wir lassen die ›Portugiesin‹, Ausweis hatte sie leider keinen dabei, für die Presse sterben«, überlegte Bernadette und strich sich die Haare zurück.

»Das ist eine gute Idee. Aus ermittlungstechnischen Gründen, wie man so schön sagt, wäre das sinnvoll!«, meinte Wotan. Wolfgang und Robert nickten zustimmend.

»Die Frau braucht auf jeden Fall Polizeischutz. Ich werde das sofort organisieren!«, meinte Wotan und griff zum Telefon.

»Und ich mache die Pressemitteilung«, sagte Bernadette, trank ihren Cappuccino aus und erhob sich.

In diesem Augenblick trat ein junger Polizist ins Büro der SOKO.

»Tach zusammen! Die Festgenommenen Emilio Galucci und Silja Ochsenhut wären jetzt eingetroffen. Wir haben sie im Verhörraum eins beziehungsweise zwei untergebracht«, informierte er mit sachlicher Stimme.

»Danke, wir kommen! Das ging ja schnell. Respekt vor unseren italienischen Freunden. Wahrscheinlich wollten sie sie loswerden.« Bernadette grinste.

»Bernadette, nimm dir die Ochsenhut vor, Wolfgang, wir beide kümmern uns um Galucci! Du musst mich zurückhalten, wenn's mit mir durchgeht!«, teilte Wotan die Aufgaben auf.

Robert blieb allein zurück. Er tippte auf dem Handy der »Portugiesin« herum.

»Ich glaube, ich habe da was!«, rief Robert nach einer Weile. Erstaunt blickte er sich im leeren Büro um. Er hatte bei seinen Recherchen gar nicht bemerkt, dass alle ausgeflogen waren. Das musste schon länger her sein, denn sein Tee war inzwischen kalt geworden.

Irgendwer hatte von den Verhörräumen gesprochen, daran erinnerte er sich noch. Er verließ das Büro und lief den Gang entlang. Da sah er auch schon die drei Kollegen auf dem Flur stehen. Sie waren ins Gespräch vertieft.

»Ich glaube, ich habe da etwas!«, setzte er an, als er sie erreichte.

»Ihr habt etwas versäumt!«, hörte er Bernadette sagen. »Diese Ochsenhut hat mich ab dem ersten Moment beschimpft. Dass die Polizei und das Gericht unfähig sind und Mörder laufen lässt. Nur wenn man selbst zur Waffe greift, bekommt man Recht. Ich kam überhaupt nicht zu Wort. Es war unglaublich! Sie erging sich in Hasstiraden. Ich hatte sie ganz anders eingeschätzt. Aber anscheinend war der Galucci der Besonnenere. Ich hab sie in die Zelle bringen lassen. Im Prinzip wissen wir ja das meiste schon!«

»Ich glaube, ich habe da etwas!«, setzte Robert wieder an.

»Galucci verhielt sich ganz anders«, meinte Wolfgang. »Zuerst war er stumm wie ein Fisch. Auch als wir ihn mit dem Überfall auf Wotan konfrontierten, äußerte er sich nur einsilbig. Als wir aber immer mehr Beweise auffuhren, da wurde er plötzlich gesprächig. Er räumte seine Täterschaft bei Wotan ein. Zu den beiden Morden sagte er nichts. Erst als Wotan ihm ein Bild seiner toten Tochter zeigte, da brach er fast zusammen. In einem endlosen Redeschwall brach alles aus ihm heraus. Er faselte von Justizirrtum und Blutrache und seiner sizilianischen Herkunft. Auch den Namen Silja erwähnte er immer wieder. Aber das waren nur Bruchstücke und Befindlichkeiten. Die Fakten sind noch zu wenig. Wir müssen das Verhör später noch fortsetzen!«

Wotan hatte während des Vortrags von Wolfgang geschwiegen und wirkte nachdenklich.

»Ich glaube, ich habe da etwas!«, setzte Robert wieder an.

Alle drei sahen ihn an, als ob sie ihn gerade erst bemerkt hätten.

Er hielt ein Handy in die Höhe.

»Das ist das Handy der Angeschossenen! Sie hat mehrfach mit einer Charly telefoniert. Seht euch mal deren Foto an!«, sagte Roland triumphierend, während er das Smartphone herumzeigte. »Das ist zweifelsohne unsere andere Gesuchte! Ich habe den GPS-Chip in ihrem Smartphone, natürlich nur inoffiziell, mit unserer Polizeisoftware geortet. Sonderlich professionell verhält sich die nicht. Jeder andere hätte sein Telefon sofort ausgeschaltet. Ich glaube, die rechnet nicht damit, dass die Polizei sie sucht«, stellte Robert fest. »Sie ist gerade in der Eduard-Spranger-Straße 4. Ich habe schon mal in Google Earth geschaut, da gibt es zwei Mehrfamilienhäuser auf einem Grundstück.«

»Die holen wir uns!« Wotan stand auf und wollte gerade losgehen, hielt dann aber inne.

»Mist, um 10.00 Uhr kommt mein Fenstermonteur!«, sagte er. Heute Morgen hatte ihn schon kurz nach 7.00 Uhr eine Frau Morgel von der Firma »Schramm Fensterbau« aus dem Schlaf gerissen. Sie hatte sich tausendmal entschuldigt, dass seine Reklamation im Spam gelandet war. Aber jetzt würde der Meister persönlich seine Balkontür reparieren, die seit seinem Einzug klemmte und zudem undicht war. Hoffentlich bekamen die Handwerker das Problem heute in den Griff.

»Zur Not schaffen wir das auch ohne dich!«, beruhigte ihn Bernadette.

»Eigentlich wollte ich schon gerne dabei sein!«, stellte Wotan fest. Andererseits würde er auch gerne Herrn Schramm seine Meinung sagen.

26. DER AUSRUTSCHER

Bernadette parkte den schwarzen BMW der Mordkommission in einer Seitenstraße der Eduard-Spranger-Straße. Die drei Kommissare stiegen aus, holten ihre schusssicheren Westen mit dem großen Aufdruck Polizei auf dem Rücken aus dem Kofferraum und zwängten sich hinein.

»Irgendwie ist die beim Waschen eingegangen!«, witzelte Robert, als er die Klettverschlüsse schloss.

»Wie lange kannst du die Luft anhalten?«, konterte Bernadette. »Jetzt aber Spaß beiseite. Ob die Gesuchte im vorderen oder im hinteren Haus ist, wissen wir nicht. Ich würde sagen, wir gehen erst mal vorne rein.« Sie schlug den Kofferraum zu.

Sie liefen an einem verklinkerten Haus mit Flachdach vorbei, das von einer hohen Thujahecke umgeben war. Am nächsten Gebäude in der Eduard-Spranger-Straße stand die Hausnummer 4a. In dem zweistöckigen Komplex befanden sich offensichtlich mehrere Wohnungen.

Eine Terrasse und eine Box mit Mülltonnen passierend, kamen sie zum Hauseingang. Bernadette und Robert pressten sich neben der Tür an die Wand, um zu sichern, Wolfgang klingelte am Schild mit der Aufschrift »Dorothea und Harald Gümpel«.

Es dauerte zwei oder drei Minuten, bis eine ältere Frau mit einem Buch in der Hand die Tür öffnete. Ein Mann im Rollstuhl rollte hinter sie. Die beiden blickten die Polizisten in den schusssicheren Westen erschrocken an.

»Das ist Hauptkommissar Schickenrieder von der SOKO Tübingen, das sind meine Kollegen Hohenstein und Altmann«, stellte er sich und seine Mitstreiter vor, die inzwischen zu ihm getreten waren. »Wir suchen diese Frau!«

Er hielt der weißhaarigen Seniorin eine Kopie des Phantombildes unter die Nase. Die betrachtete das Bild ausgiebig.

»Ich kenn die von irgendwoher«, sagte sie und nahm Wolfgang das Bild aus der Hand.

»Männe, hast du die schon mal gesehen?« Sie zeigte das Bild dem Mann im Rollstuhl.

Der nickte: »Ja, die ist gestern mit meinem Sohn und noch einer jungen Frau die Treppe zu seiner Wohnung raufgelaufen. Mir sind die komischen roten Haare von der einen aufgefallen. Ich dachte, das wären Kommilitoninnen.«

»Was hat die denn ausgefressen?«, fragte Frau Gümpel neugierig.

»Das dürfen wir Ihnen leider nicht sagen. Laufende Ermittlungen!«, antwortete Wolfgang und nieste. »Haben Sie irgendwo Birken im Garten?«

Er wartete die Antwort nicht ab.

»Wir sehen uns jetzt im Haus um. Vielleicht ist die Gesuchte ja oben. Gehen Sie doch bitte wieder in Ihre Wohnung!«, sagte Bernadette zu den Gümpels. »Mein Kollege Altmann wird bei Ihnen bleiben.«

An der Treppe im oberen Stockwerk stand Charlotte und lauschte.

Sie hatte in der Nacht den letzten Bus erwischt und war kurz nach Mitternacht ins Haus geschlichen. So leise wie möglich hatte sie die Tür mit dem Schlüssel aufgeschlossen, den Berti unter der Fußmatte abgelegt hatte. Er selbst war nach dem Dienst im »Neckarmüller« zu seinem Freund gegangen, um die Präsentation für den »ollen Pachner« fertig zu machen.

Charlotte hatte eine schreckliche Nacht hinter sich. Sie wusste nicht, wie es jetzt weitergehen sollte. Schließlich war sie gegen Morgen in einen unruhigen Schlaf gefallen.

Das Klingelgeräusch hatte sie aus dem unruhigen, von Albträumen durchzogenen Schlummer gerissen. Panisch umklammerten jetzt ihre Hände das Treppengeländer. Sie hatte das Gespräch gehört und war alarmiert. Sie suchten sie! Sie musste weg!

Einen Fluchtweg hatte sie sich schon in den Nachtstunden ausgeguckt. Das Haus war an einen Hang gebaut. Sie konnte vom Balkon im ersten Stock leicht auf die Rasenfläche im Garten springen.

Ohne zu zögern, stürzte sie in die Wohnung. Sie riss die Balkontür auf, stieg auf einen Gartenstuhl und hielt sich am Sonnenschirmständer fest. Sie warf einen Blick nach unten, atmete tief durch und sprang. Obwohl sie lieber am Sofa chillte, als sich sportlich zu betätigen, kam sie sicher auf allen vieren auf. Sie rappelte sich auf und rannte quer durchs Grundstück zum Nachbarhaus. Von dort würde sie auf die Straße gelangen und dann …

Weiter hatte sie noch nicht gedacht.

Bernadette und Wolfgang drängten an den Gümpels vorbei und liefen die Treppe zum ersten Stock hoch. Mit gezogenen Waffen stürzten sie in die Wohnung. Sofort bemerkten sie die offene Balkontür.

»Da ist sie!« Wolfgang deutete auf eine schwarzhaarige Frau, die über den Rasen zum Nachbarhaus lief. Mit einem Satz sprang er übers Geländer, Bernadette folgte ihm.

»Halt! Polizei, stehen bleiben!«, brüllte Bernadette hinter der Frau her. Im selben Moment wurde ihr bewusst, dass das noch nie gefruchtet hatte. Auch jetzt blickte sich die Verdächtige nur kurz um, legte einen Spurt ein und verschwand hinter einem Geräteschuppen.

Jetzt zahlte es sich aus, dass Bernadette zweimal pro Woche joggen ging. Wolfgang fiel zurück und keuchte, von der Allergie geschwächt, hinterher. Sie zwängte sich durch eine makellos getrimmte Ligusterhecke und sah die Verdächtige über den Rasen des Nebenhauses auf einen Pool zurennen. Sie wollte augenscheinlich durch das geöffnete Tor der Einfahrt auf die Straße gelangen. Bernadette aktivierte alle Reserven. Wolfgang war weit abgeschlagen.

Die Verdächtige umrundete knapp eine Wäschespinne. Suchte Halt und riss ein knallgelbes Handtuch von der Leine. Um den Weg abzukürzen, lief sie über die feucht glänzenden Fliesen am Poolrand. Mit den nackten Sohlen fand sie keinen Halt. Charlotte rutschte mit dem rechten Fuß aus, schwankte, ging in die Knie, wedelte verzweifelt mit den Armen, um ihr Gleichgewicht wieder zu erringen, und kippte dann mit einem spitzen Schrei ins Wasser.

Bernadette und Wolfgang hielten schwer atmend am Pool an. Die Frau bemerkte, dass sie im Becken stehen konnte, und watete zum Rand. Wolfgang wollte ihr galant seine Hand reichen. Die Schwarzhaarige zog eine Grimasse und schlug seine Hand zur Seite. Sie schüttelte das nasse Haar wie ein Hund und stieg die Badeleiter hoch.

»Was wollen Sie von mir?«, fragte die triefende Frau frech. Das knielange Sleepshirt klebte an ihrem Körper und das Wasser tropfte aus ihren Haaren.

Bernadette zog ein riesiges Badehandtuch, auf dem eine grinsende Mickymaus-Figur abgebildet war, vom Wäscheständer und bot es der durchnässten Gestalt an.

»Sie sind vorläufig wegen Verdunklungsgefahr festgenommen!«, sagte Wolfgang. »Wir unterhalten uns im Revier.«

Kurz darauf saß Charlotte im Vernehmungsraum. Sie hatte ihre durchnässte Kleidung gegen einen etwas zu großen dunkelblauen Trainingsanzug mit der Aufschrift »Polizei« getauscht und wurde von einer schweigenden Beamtin bewacht. Sie trug Bernadettes Laufschuhe, die ihr eine Nummer zu groß waren.

Die blasse junge Frau verknotete die Beine um den Stuhl und warf trotzig den Kopf in den Nacken. Der Sturz in den Swimmingpool hatte ihr fast den Rest gegeben. Sogar die Kommissarin hatte sich über sie lustig gemacht. Sie würde nichts erzählen! Das Risiko, wie Magdalena zu enden, war ihr zu groß. Man konnte ihr nichts nachweisen und würde sie bald wieder gehen lassen. Sie würde mit den Dieben Kontakt aufnehmen, das Gemälde zurückgeben und verschwinden. Das war nun ihr Plan!

Wolfgang kam mit Bernadette in den Vernehmungsraum und knallte eine zusammengerollte Leinwand auf den Tisch.

Das Poster im Park hatte ihn auf den Gedanken gebracht, dass es sich hier um die gescheiterte Übergabe eines Kunstwerkes handeln könnte. Bernadette spendierte ein missglücktes Gemälde für seinen Plan. Es war ihr erster Versuch, das Aquarell »Dahlien und Clematis« von Emil Nolde nachzuempfinden.

Sie wandelten auf schmalem Grat und setzten auf das Überraschungsmoment.

»Vorsicht! Das ist einiges wert!«, platzte Charlotte unwillkürlich heraus. Sofort biss sie sich auf die Lippen.

»Das stammt aus Ihrer Wohnung. Wo haben Sie das her?«, fragte Wolfgang in scharfem Ton.

Charlotte blieb stumm und starrte auf die Tischplatte. Es war ihr rätselhaft, wie die Polizei so schnell das Geheimversteck hatte finden können.

»Sie wollen schweigen? Das ist Ihr gutes Recht, wird Ihnen aber noch leidtun, Frau Hopf! Tja, Jugendsünden rächen sich. Wir haben in der Polizeikartei Ihr kleines Rauschgiftvergehen anhand Ihrer Fingerabdrücke gefunden!«, meinte Bernadette.

»Jetzt haben Sie sich aber mit Leuten eingelassen, die keinen Spaß verstehen. Glückwunsch zu diesem Aufstieg!«, fügte Wolfgang dazu.

Charlotte antwortete nicht und betrachtete ihre Fingernägel.

»Wollen Sie auch eine Kugel in den Leib wie Ihre Freundin? Das wird das Letzte sein, das Sie spüren«, startete Bernadette einen Versuchsballon.

Jetzt erwachte Charlotte aus ihrer Lethargie.

»Ist sie tot? Das glaube ich nicht!« Tränen schossen in ihre Augen. Dann besann sie sich, lehnte sich zurück, verschränkte die Arme vor der Brust und schaute die Polizisten feindselig an. Die würden nichts von ihr erfahren.

»Hier steht es schwarz auf weiß«, sagte Bernadette und warf eine Zeitung auf den Tisch.

»Frau im Park erschossen!«, stand da in dicken Lettern. Charlotte schrie überrascht auf und brach in Tränen aus.

»Maggie, das wollte ich nicht!«, murmelte sie entsetzt.

Wolfgang hielt ihr ein Tempotaschentuch hin, das sie ihm abrupt wegriss.

Charlotte war zu keiner Kommunikation mehr fähig. Abwechselnd schnäuzte sie sich in das Taschentuch und wischte sich die Tränen ab. Man sah ihr an, dass sie ihre Optionen abwog. Jetzt, da sie ihre Freundin tot glaubte, hatte sie nicht mehr viel zu verlieren.

»Ihre einzige Chance, noch einigermaßen heil aus dem Schlamassel zu kommen, ist, uns bei der Suche nach den Hintermännern zu unterstützen«, sagte Bernadette.

»Aber die kenne ich nicht! Das lief alles anonym und übers Telefon!«, flüsterte Charlotte. Sie hatten sie eiskalt erwischt, sie gebrochen und in eine Falle gelockt, wenn man auch über die Methode streiten konnte. Ihre Vorgesetzte, Polizeirätin Gurkenbichler, würde sicher nur die relevanten Teile ihres Gesprächs mit der Zeugin erfahren.

»Der einzige Mensch, den wir gesehen haben, war der Mann, der geschossen hat«, fügte sie hinzu.

Wolfgang und Bernadette standen auf, gingen zur Seite und unterhielten sich mit gedämpfter Stimme. Dann kehrten sie zum Tisch zurück. Wolfgang fixierte Charlotte.

»Was halten Sie von einer nochmaligen, vorgetäuschten Bildübergabe mit dem SEK im Hintergrund? Ungefährlich für Sie!«, schlug Bernadette vor. »Das könnte sich strafmildernd auswirken.« Sie versuchte, das Mädchen zu ködern.

»Ein Treffen auf eigene Faust würden Sie ohne Polizeischutz nicht überleben. Diese Leute sind mit allen Wassern gewaschen. Bei dem Wert dieses Objekts werden sie alles daransetzen, es zu bekommen.« Von welchem Objekt und welchem Wert Bernadette sprach, wusste sie nicht. Aber sie schien ins Schwarze getroffen zu haben. Charlotte sah beide abwägend an. Sollte sie die ganze Geschichte erzählen?

Sie ahnte noch nicht, dass Robert drei Nummern eines Prepaid Handys auf Maggies Smartphone gefunden hatte. Durch Charlottes Aussage hofften die Polizisten zu erfahren, welcher Anruf die beiden Studentinnen in den Park gelockt hatte.

Wolfgang schob nach: »Wir werden Sie schützen, wenn Sie uns helfen. Ansonsten wäre Ihr Leben keinen Pfifferling mehr wert!«

Das Argument gab den Ausschlag. Charlotte putzte sich ein letztes Mal die Nase und setzte sich aufrecht. Sie erkannte, dass das Angebot ihre einzige reelle Chance war, aus dieser vertrackten Geschichte herauszukommen.

»Gut, ich helfe Ihnen! Was soll ich tun?«, fragte Charlotte entschlossen und warf das Taschentuch in den Papierkorb unter dem Tisch.

»Wir werden alles Notwendige vorbereiten. Zuerst nehmen Sie Kontakt zu dem Mann auf, der Ihre Freundin niedergeschossen hat!«, sagte Wolfgang und legte das Handy vor Charlotte auf den Tisch.

»Das ist das Handy Ihrer Freundin. Sie wissen, wann Sie mit dem Schützen Kontakt hatte. Rufen Sie ihn an und versuchen Sie, einen Termin für heute Abend um 22.00 Uhr in der Platanenallee am Silcher Denkmal auszumachen.« Er sah sie fast beschwörend an.

Charlotte schniefte, während sie über das Display des Smartphones scrollte. Sie kaute an ihren Lippen, sah Wolfgang und Bernadette kurz an und drückte entschlossen den Wählbutton. Dann stellte sie auf laut und lauschte gespannt.

»Ja!«, meldete sich eine männliche Stimme nach drei Klingeltönen.

»Ich habe etwas, was Sie haben wollen«, sagte Charlotte mit fester Stimme, »Übergabe heute um 22.00 Uhr am Silcher-Denkmal in der Platanenallee!«

»Okay!« Dann war die Leitung tot.

Die Kommissare sahen sich zufrieden an.

»Und jetzt verraten Sie uns das Versteck des echten Bildes!«, forderte Bernadette die verdutzte Frau auf. Gleichzeitig entrollte sie die Leinwand, in der Charlotte das Gemälde vermutet hatte.

»Ein echter Bernadette von Hohenstein!«, feixte Bernadette und strich das Gemälde mit den blauen und gelben Blüten auf dem Tisch glatt.

»Fuck, ihr habt mich reingelegt! Jetzt hören Sie von mir nichts mehr!« Charlotte erkannte, dass sie getäuscht worden war. Sie versuchte aufzuspringen. Bernadette drückte sie bestimmt auf den Stuhl zurück.

»Wir geben Ihnen Zeit, darüber nachzudenken!«, sagte sie knapp.

Sie wies die neben der Tür sitzende Beamtin an: »Die Dame bekommt ein Einzelzimmer mit schwedischen Gardinen.« Die Polizistin griff Charlotte am Arm und führte sie hinaus.

»Erfolg auf ganzer Linie!« Bernadette lehnte sich zurück und war sichtlich zufrieden mit sich.

»Das Bild schenken wir Wotan zum Einzug«, meinte Wolfgang. »Passt gut zur Dschungeltapete im Flur.«

»Wo er doch florale Muster so liebt!«, feixte Bernadette und rollte das Aquarell sorgfältig zusammen.

27. DIE BALKONTÜR

Donnerstag, der 17.5., um 10.00 Uhr. Diesen Termin hatte ihm doch Frau Morgel von der Firma »Schramm« genannt. Wotan wurde langsam unsicher. Es war jetzt schon 10.15 Uhr.

Bernadette hatte ihn angerufen und berichtet, dass sie mit dem Einsatz in der Eduard-Spranger-Straße beginnen würde. Verflixt, wie gern wäre er dabei gewesen.

Er tigerte im Flur auf und ab. Da er sich vom Tukan beobachtet fühlte, ging er in sein Wohnzimmer. Dieses Vieh begann langsam, ein Eigenleben zu führen.

Er staubte seine Schwertersammlung ab und blätterte

einige Kataloge durch. Missmutig betrachtete er den Flyer zur Ausstellung im Stuttgarter Schloss und nahm sich vor, an einem der nächsten Wochenenden hinzugehen.

Nach und steigerte er sich immer mehr in die Wut über die unpünktlichen Handwerker hinein. Er hatte schließlich Wichtigeres zu tun, als hier so untätig herumzulungern.

Er machte seinem Unmut Luft, indem er Verfluchungen vor sich hinmurmelte. »Hundsfott-Handwerker, ich erwürge sie alle! Unpünktliches Pack!«, waren noch die harmlosesten.

Endlich klingelte es. Wotan rannte zum Türöffner und drückte ihn. Er stellte sich in die geöffnete Wohnungstür und blickte finster drein.

Kurz darauf kamen zwei Männer aus dem Aufzug. Ein älterer, kleiner Typ, der sich als Sepp Brandstätter vorstellte, und ein junger Mann, der nicht näher benannt wurde. Er trug einen Werkzeugkoffer und eine Leiter.

»Ich dachte, es kommt Ihr Chef?«, sagte Wotan.

»Dann wollen wir mal«, antwortete der Ältere, ohne auf die Frage einzugehen. »Wo ist der Problemfall?« Er schaute auf seinen Auftragsblock. Wotan ging voran und zeigte im Wohnzimmer auf die klemmende Tür.

»Das ist sie, aber beeilen Sie sich, ich muss weg!«, machte Wotan Druck.

»Eile mit Weile!«, meinte Brandstätter. Er stellte den Werkzeugkoffer ab und rüttelte in aller Seelenruhe am Griff der raumhohen Tür. Dann gab er dem jungen Helfer halblaute Anweisungen.

Wotan setzte sich in einen Sessel und beobachtete missgelaunt das Tun der beiden Handwerker. Dann stand er auf, um sich einen Kaffee zu machen. Als er mit der Tasse in der Hand zurückkam, standen sie vor der Tür und beratschlagten sich.

»Was ist los?«, fragte Wotan.

»Wir haben ein Problem an der Mechanik! Wir kommen da aber nur seitlich ran. Das heißt, wir müssten die Tür aushängen. Das Teil ist aber zu schwer, als dass sie ein Mann allein abstützen könnte. Ich rufe jetzt mal in der Firma an, dass die uns noch jemanden schicken. Das wird aber dauern«, erklärte Herr Brandstätter bedächtig.

»Kann ich Ihnen nicht helfen?«, fragte Wotan.

»Das wäre schon möglich, aber auf eigenes Risiko!«, sagte Brandstätter.

»Ich glaube, das kann ich riskieren!« Wotan warf sich in die Brust.

Brandstätter gab dem Lehrling und Wotan Anweisungen, er positionierte sie auf beiden Seiten neben der Tür und wies sie an, sie zu stützen. Dann stieg er auf seine Leiter und begann, die Halteschrauben am oberen Ende der Tür zu lösen.

»Achtung, Tür kommt!«, rief er.

Leider hatten Wotan und der schmächtige Lehrling das Gewicht der Tür völlig falsch eingeschätzt. Den Bruchteil einer Sekunde blickten sie erstaunt auf, als sie bemerkten, mit welcher Wucht das schwere Teil auf sie zukam. Dann zeichnete sich Panik auf ihren Gesichtern ab.

»Achtung!«, brüllte Brandstätter, versuchte noch einzugreifen und die Tür etwas abzustützen, aber sie war zu schwer.

»Merde!«, brüllte Wotan.

Der schmächtige Helfer sprang mit einem Ausfallschritt nach rechts. Wotan reagierte zu spät. Der Rahmen krachte mit vollem Gewicht auf seine rechte Schulter. Tür und Mensch kippten im Zeitlupentempo zu Boden. Wotan versuchte noch, den rechten Arm aus dem Gefahrenbereich zu ziehen.

Doch es war zu spät. Alle drei hörten ein knirschendes Geräusch in seiner Schulter, als die Tür auf ihn fiel.

Gleichzeitig durchzuckte ihn ein stechender Schmerz. Er stöhnte gequält auf.

Brandstätter und der Lehrling standen erst wie versteinert da. Wortlos griffen sie zu und versuchten, die Tür von Wotan zu hieven. Im zweiten Anlauf gelang es ihnen, sie so weit anzuheben, dass Wotan darunter hervorrobben konnte.

Sie halfen ihm auf. »Schafscheiß, elendiger!«, wollte Wotan fluchen. Aber die Worte blieben ihm in der Kehle stecken. Mit schmerzverzerrtem Gesicht hielt er sich seine Schulter.

»Ich kann meinen rechten Arm nicht mehr bewegen! Ich glaube, die Schulter ist ausgekugelt!«, stöhnte Wotan leise.

»Wir fahren Sie ins Krankenhaus!«, sagte Brandstätter erstaunlich ruhig. »Kommen Sie!« Er und der leichenblasse Lehrling stützten ihn und halfen ihm in den Aufzug. Wotan hatte höllische Schmerzen. Aber er wollte sich keine Blöße geben und biss die Zähne zusammen.

Sie bugsierten ihn irgendwie auf den Beifahrersitz des Kastenwagens der Firma »Schramm«. Gott sei Dank war der Weg in die Notaufnahme der Uniklinik nicht weit. Bei jeder Bodenunebenheit durchzuckte Wotan ein stechender Schmerz, der ihn leise aufstöhnen ließ.

Brandstätter parkte den Lieferwagen auf dem Standplatz für Krankenwagen. Sie halfen Wotan beim Aussteigen.

»Den Rest mache ich allein«, presste Wotan hervor. »Ich geb euch den Schlüssel meiner Wohnung. Legt ihn dann unter die Fußmatte, wenn ihr fertig seid.«

»Okay, Boss, wir tun unser Bestes. Gute Besserung!«, antwortete Brandstätter etwas zerknirscht und der Lehrling nickte. Wotan wandte sich der Schiebetür zur Notaufnahme zu. Er schlurfte mit eingefrorener Miene durch den breiten Gang und fand auch gleich die Theke der Notaufnahme.

Dort wurde er weiter nicht groß beachtet. Es herrschte der normale hektische Routinebetrieb. Er meldete sich an. Man reichte ihm auf einem Klemmbrett ein Formular.

Er ließ sich ächzend auf einen freien Stuhl vor der Anmeldung fallen und versuchte mit der linken Hand, die Fragen anzukreuzen. Sein rechter Arm hing wie ein schmerzender Fremdkörper an seinem Körper.

Da er weder blutete wie ein Schwein noch seinen Daumen in einem Einweckglas dabei hatte, war sein Fall offensichtlich nicht so dringlich.

Immer wieder wurden Liegen vorbeigeschoben, auf denen Schwerverletzte lagen. Ein Handwerker im weißen Maleranzug und blutigem Kopfverband setzte sich neben ihn. Plötzlich kippte der in seine Richtung vom Stuhl. Mit seiner verletzten Schulter konnte er ihn nicht auffangen.

»Hilfe!«, brüllte Wotan und sah sich hilfesuchend um. Zwei Pfleger kamen angerannt und hoben den Verletzten in einen Rollstuhl.

Er musste würgen, als ein Mann mit einem Eisenstab in der Brust an ihm vorbeigeschoben wurde.

Mehrfach versuchte er, Bernadette anzurufen, es war aber immer wieder die Mailbox dran. Seine Assistentin war bestimmt im Einsatz.

Endlich stand eine füllige Schwester mit einem Rollstuhl vor ihm. »Dann wollen wir mal, Herr …!« Sie nahm ihm das Klemmbrett ab und überflog die Angaben. »Jetzt geht's zum Röntgen, Herr Wilde. Haben Sie Schmerzen?« Sie wartete keine Antwort ab und fuhr ihn schnellen Schrittes zur Röntgenabteilung. Hier parkte sie ihn vor einer grauen Tür.

»Meine Kollegin kommt gleich«, sagte sie und weg war sie. Wotan kam sich vor wie bestellt und nicht abgeholt. Sein leerer Magen revoltierte. Ihm war kotzübel. Ob das dem pochenden Schulterschmerz oder der Klinikluft geschuldet war, wusste er nicht. Er schloss die Augen und versuchte, sich an etwas Schönes zu erinnern.

Vor seinem geistigen Auge erschienen aber nur halbvolle Umzugskisten, die Blutlache bei Ambrosius Ackermann und das Innenleben seines gut gefüllten Kühlschranks. Endlich wurde er von einer resoluten Dame in Weiß geröntgt und anschließend in einer Art Rumpelkammer mit Patientenliege und Bildschirm abgestellt. Auch hier musste er sich wieder in Geduld üben. Er versuchte erst gar nicht, sein inneres Auge zu aktivieren. Stattdessen ging er in Gedanken noch einmal den Fall Galucci durch.

Ein sichtlich gestresster Arzt kam eine gefühlte Ewigkeit später hereingestürmt.

»Ich bin Doktor Burkhart«, stellte er sich vor und blickte dabei schon auf den Bildschirm.

»Ausgekugelt!«, stellte er lapidar fest. Das hätte Wotan ihm auch ohne Bild sagen können.

»Das haben wir gleich! Nehmen Sie bitte hier auf der Liege Platz!«, meinte er mit einer einladenden Handbewegung. »Halten Sie sich mit der linken Hand an der Kante fest!«

Ächzend wand sich Wotan aus dem Stuhl, kletterte umständlich auf die Liege und klammerte sich nach Anweisung an die Kante.

Dann ergriff der Arzt Wotans rechte Hand mit seinen beiden Händen.

»Das wird jetzt kurz weh tun!«, sagte er und ließ Wotan keine Zeit zum Nachdenken. Er zog kurz, aber kräftig, an seinem rechten Arm. Ein Schmerz wie tausend Höllenfeuer durchzuckte seine Schulter. Wotan schrie kurz auf.

»So, das war's schon!«, sagte der Arzt gut gelaunt, »jetzt bewegen Sie mal Ihren Arm!«

Wotan versuchte, wieder zu Atem zu kommen. Langsam

und vorsichtig drehte er seinen rechten Arm um die Achse. Das tat zwar weh, war aber möglich.

»Ich gebe Ihnen noch ein paar Schmerztabletten und eine Trageschlaufe mit!« Er nickte einer Schwester zu, die hinter ihm aufgetaucht war. »Sie sollten Ihren Arm ein paar Tage darin tragen, dann müsste es wieder gehen. Auf jeden Fall sollten Sie die Schulter noch einmal röntgen lassen, um zu sehen, ob alles okay ist!«

Der Arzt nickte kurz, lächelte ihn aufmunternd an und verließ den Raum.

Wotan wäre nicht der Wilde Wotan gewesen, wenn er jetzt in seine Wohnung gefahren wäre und seine Wunden geleckt hätte. Er trank einen Espresso in der Cafeteria, obwohl es schon nach 17.00 Uhr war. Die Menschen in Bademänteln, die ihre Infusionen mit sich schoben, wurden ihm dann nach einer Weile doch zu viel.

Er aß das letzte Stück Schokoladenkuchen aus der Kuchentheke im Stehen, da sein Magen sich vehement gemeldet hatte.

Dann kaufte er sich eine kleine Flasche Wasser, nahm zwei Schmerztabletten und telefonierte mit Bernadette.

»Warum ich mich so lange nicht gemeldet habe?«, antwortete er auf ihre Nachfrage. »Wir hatten da ein kleines Problem mit der Balkontür.« Und mit einer ausgekugelten Schulter, fügte er in Gedanken hinzu.

Als sie ihm von dem geplanten Einsatz am Silcher Denkmal in der Platanenallee erzählte, rief er ein Taxi und fuhr in die Stadt, um seinen Kollegen bei den Vorbereitungen zu helfen.

28. DIE FALLE SCHNAPPT ZU

Der Aufenthalt in der Arrestzelle hatte Charlotte schließlich doch noch zur Zusammenarbeit mit der Polizei motiviert. Eine Beamtin in Zivil brachte sie zum Haus der Gümpels, wo Charlotte sich umzog und froh war, aus dem Polizeitrainingsanzug zu kommen.

Wieder ins Präsidium zurückgekehrt, wurde sie von einem Techniker verkabelt und in den Gebrauch der Technik eingewiesen. Der »Knopf im Ohr« und das Minimikrofon am Kragen des Sweatshirts verursachten ihr zuerst Unbehagen.

Um alles möglichst unverdächtig wirken zu lassen, fuhr sie anschließend mit dem Bus zur Eberhardsbrücke. Um 21.45 Uhr stieg sie mit klopfendem Herzen aus dem Nahverkehrsmittel und trottete zur Neckarinsel, wo sich die Platanenallee und das Silcher-Denkmal befand.

Um 22.00 Uhr sollte dort die Übergabe des Bildes stattfinden. Eine leere Papprolle hatte sie unter den Arm geklemmt. Charlotte hatte die Kapuze ihres dunkelblauen Anoraks über den Kopf gezogen. Es nieselte leicht.

Der Weg wurde von Straßenleuchten mehr schlecht als recht beleuchtet. Die hohen Bäume der Platanenallee, die an beiden Seiten standen, warfen lange Schatten. Das nasskalte Wetter hatte dafür gesorgt, dass die Umgebung menschenleer war. Es war gespenstisch still. Nur zwischendurch hörte man auf den nahe liegenden Schienen einen Zug vorbeirauschen.

Wotans Kollegen hatten mit Sorge von seiner Armschlinge Notiz genommen, als er im Kommissariat auftauchte. »Nur ein Kratzer«, hatte er auf ihre neugierigen Fragen geantwortet. Er wollte ungern von seiner Ungeschicklichkeit bei der Balkontürreparatur berichten.

Jetzt saß Wotan neben Robert und einem Techniker in einem weißen Kastenwagen mit der Aufschrift »Schlosserei Habermann«. Das Fahrzeug war auf der Neckarhalde neben der Pension »Traube« und der Taverne »Mykonos« geparkt, die sich am anderen Ufer des Neckars auf Höhe des Denkmals befanden. Die drei starrten auf einen Monitor.

Die Stadt Tübingen hatte an neuralgischen Punkten der Stadt schon länger Kameras installiert. Der Platz vor dem Silcher-Denkmal gehörte dazu. So wollte man der Drogenkriminalität beikommen. Auf die Kameras hatten sich die Polizeitechniker aufgeschaltet.

Die SEK-Truppe unter der Leitung von Kommissar Grenado war schon auf dem Posten und hielt sich im »Seufzerwäldchen« hinter dem Denkmal versteckt. Die Profis hatten sich gut getarnt und waren nicht zu sehen.

Bernadette und Wolfgang standen auf ihrem Außenposten etwas abseits, aber gut versteckt hinter einem Gebüsch.

»Da haben wir aber die Arschkarte gezogen«, jammerte Wolfgang und wischte sich die Regentropfen aus dem Nacken.

»Hättest eben deinen Südwester aufsetzen sollen«, antwortete Bernadette launig.

Im Beobachtungsbus herrschte gespannte Stille. Wotan und der Techniker beobachteten die Lage auf dem Monitor. Plötzlich raschelte und knisterte es hinter ihnen.

»Was ist da los?«, fragte Wotan genervt und fuhr nervös herum.

Robert holte einen Schokohasen aus einer Tüte mit einem Ostersortiment und biss ihm genüsslich die Ohren ab.

»Gab's zum halben Preis bei REWE«, erklärte er. »Nervennahrung!«

Wotan sog hörbar die Luft ein: »Du bist noch schlimmer als Wolfgang!«

Er rückte das Headset gerade und starrte wieder auf den Monitor. Der Techniker nahm sich hocherfreut ein Gelee-Ei aus der Tüte, die ihm Robert hinhielt, und erzeugte erneut ein lautes Rascheln.

»Pscht!«, zischte Wotan. Aber außer dem Quaken einer schlaftrunkenen Ente und dem leisen Gurren aus dem Taubenturm war nichts zu hören.

Wotan rutschte auf dem Drehstuhl hin und her, um eine bequemere Sitzposition zu finden. Sein rechter Arm war in einer schwarzen Trageschlinge ruhiggestellt. Der Kommissar spürte einen ziehenden Schmerz im Gelenk, da die Wirkung der Schmerztabletten langsam nachließ. Aber er hatte jetzt keine Zeit für Körperlichkeiten.

»Alle bereit?«, fragte Grenado über Funk. Der Reihe nach meldeten sich die Beobachter der SEK-Einheit zurück. Fehlte nur noch die Zielperson!

Dann tauchte Charlotte schemenhaft auf dem Bildschirm auf. Sie verschmolz in der dunkelblauen Jacke und der schwarzen Hose geradezu mit der Finsternis. Sie ging bedächtig zum Denkmal und blickte an der Skulptur empor, die von einem Strahler angeleuchtet wurde.

»Hier Kommissar Wilde! Charlotte, wir haben Sie im Blick. Bei Ihnen alles klar?«, fragte er Charlotte via Funk.

Die hauchte ein »Ja!« ins Mikrofon. Sie war ganz stolz, dass sie mit der ungewohnten Technik zurechtkam.

»Philipp Friedrich Silcher war ein deutscher Komponist und Musikpädagoge, der heute hauptsächlich aufgrund seiner Lieder bekannt ist. Daneben komponierte er aber auch Motette, Kammermusik und zwei Ouvertüren für großes Orchester. Bekannt unter anderem durch seine Lieder ›Muss i denn zum Städtele hinaus‹ und ›Ich hatt' einen Kameraden‹. Gestorben am 26. August 1860 in Tübingen«, las Charlotte leise die Aufschrift der Gedenktafel vor, um sich zu beruhigen.

»Danke für die Nachhilfe!«, antwortete Wotan genervt.

Robert grinste: »Hast wohl im Musikunterricht immer gefehlt?« Sein Chef warf ihm einen bitterbösen Blick zu und angelte sich ein Schokoladenei aus der Tüte.

»Funkdisziplin, bitte!«, meldete sich Hauptkommissar Nadal Grenado, der trotz seiner Routine bei jedem Einsatz nervös war.

»Da kommt jemand! Achtung!« Ein SEKler meldete sich über Funk. Eine ebenfalls dunkel gekleidete Gestalt kam auf Charlotte zu. Die zuckte erschrocken zurück, als sie die Pistole in seiner Hand bemerkte.

»Merde, der ist bewaffnet!«, entfuhr es Wotan. Das Phantom hielt sich nicht mit langen Reden auf. Er bedrohte das Mädchen mit der Pistole. Widerwillig gab sie ihm die Bilderrolle.

»Das wird mir jetzt zu heiß!«, hörte man Grenado über Funk, »Zugriff!«

Sofort stürmten die Polizisten aus ihrer Deckung.

»Polizei! Waffe weg!«, hörte man von allen Seiten.

Der Bewaffnete drehte sich um seine Achse. In dem Moment warf sich ein SEKler auf ihn, schlug ihm die Pistole aus der Hand und rang ihn zu Boden. Ein weiterer Uniformierter hielt die zappelnde Gestalt fest und legte ihr Handschellen an. Der Beamte kniete auf dem Überwältigten und hob einen Arm zum Zeichen, dass der Einsatz vorbei war.

Dann zerrte er den Mann hoch und zog ihm die Sturmhaube vom Kopf. Wotan und Robert versuchten, das Gesicht am Monitor zu erkennen, was ihnen wegen der diffusen Beleuchtung jedoch nicht gelang. Der Polizist schubste den

Täter einige Schritte vorwärts, um ihn zu den geparkten Einsatzwagen zu bringen.

Da krachte ein Schuss. Der Festgenommene sackte zusammen und ging zu Boden. Charlotte warf sich auf den Split und schlug die Hände über den Kopf.

»Scheißdregg, Merde!«, schrie Wotan. Er sprang auf, wobei er versuchte, seinen Arm nicht zu bewegen. Dabei stieß er gegen Robert, der die Tüte mit dem restlichen Ostermix fallen ließ.

»Hoppala!«, entfuhr es dem, nicht dem Ernst der Situation angepasst.

»Woher kam der Schuss?«, brüllte Grenado ins Mikro. Er hatte sich sein Nachtsichtgerät übergestülpt und suchte die Umgebung ab. Nebenbei beugte er sich zu dem am Boden liegenden Mann hinunter.

»Mist, der scheint tot zu sein!«, kommentierte er, da er keinen Puls am Hals mehr fühlte. »Holt den Notarzt!« Gebückt lief er zum Denkmal und verschwand dahinter.

Die anderen SEKler hatten ebenfalls Deckung genommen und hielten nach dem Schützen Ausschau.

»Distanzschuss! Der muss vom anderen Neckarufer geschossen haben!«, hörte man eine Stimme aus den Kopfhörern.

»Wotan, raus mit dir! Neben dem Lokal mit den grünen Fensterläden steht jemand auf der Dachterrasse.« Grenados Stimme überschlug sich. Zwischen ihm und dem mutmaßlichen Mörder floss als unüberwindliches Hindernis der Neckar.

Robert sprang aus dem Auto. Wotan folgte etwas vorsichtiger, hielt sich den Arm und orientierte sich erst einmal. In diesem Augenblick kam ein Mann in Kochkleidung die Kellertreppe beim Lokal herauf. Er trug einen leeren Mülleimer in der Hand.

»Polizei!«, schrie Robert, rempelte ihn an und verschwand durch die Kellertür im Haus. Ein Stockwerk höher hörte er die Haustür zuschlagen. Schwer atmend keuchte er die Treppe hinauf. Draußen fuhr ein Motorrad weg.

Dann war er im Gastraum des »Mykonos« angekommen und riss die Ausgangstür auf. Er sah nur noch einen schwarz gekleideten Motorradfahrer davonbrausen. Auf dem Rücken trug er einen länglichen Rucksack.

»TÜ-GT«, entzifferte er das Nummernschild, mehr konnte er nicht sehen. Im Motorrad glaubte er, eine rote Enduro zu erkennen.

»Sowieso geklaut!«, murmelte er und versuchte, wieder zu Atem zu kommen. »Entwarnung, mutmaßlicher Killer entkommen!«, sagte er in sein Mikrofon.

Enttäuscht marschierte er mit Wotan zurück zum Kastenwagen.

Grenado hatte den Einsatz beendet und sammelte seine Leute auf dem Platz vor dem Denkmal ein.

Charlotte hatte man in ein Polizeiauto verfrachtet. Da saß sie nun und kaute völlig aufgelöst an den Nägeln. Die ganze Situation erschien ihr wie ein Albtraum. Neben ihr war ein Mann erschossen worden. Sie wollte nur noch aufwachen.

Die inzwischen eingetroffene Spurensicherung sperrte den Bereich mit Flatterband ab und packte ihre Koffer aus.

Bernadette war enttäuscht, dass Frau Doktor Hoffheimer, die Bereitschaftsdienst hatte, und nicht Julius zur Untersuchung des Toten aufgetaucht war. Sie saß erschöpft auf dem Bänkchen vor dem Denkmal und hätte etwas Aufmunterung gebraucht. Der Schock über den Mord saß tief.

»Geht's?«, Wolfgang setzte sich neben sie.

»Muss!«, sagte Bernadette frustriert.

Wotan rief sie an, er saß inzwischen wieder im Bus. Er sah sie am Monitor ans Telefon gehen.

»Wolfgang und du, ihr könnt für heute Schluss machen. Robert und ich kümmern uns um den Rest. Bis morgen!«, sagte er kurz angebunden.

»Bis morgen!« Bernadette legte auf. Sie wollte noch etwas von Schonung und Verletzung sagen, war aber dann doch zu müde dafür.

»So, und wir beide nehmen uns jetzt Charlotte noch mal vor! Ich will wissen, wo das echte Bild ist«, sagte Wotan zu Robert, der gerade eines der letzten wieder aufgesammelten Schokoeier aus der Tüte angelte.

29. DIE LANGE NACHT

Wotan, Robert und eine sehr blasse Charlotte saßen nach der missglückten Übergabe am Tisch im Verhörraum eins. Es war schon nach Mitternacht und Freitag. In den Räumen des Kommissariats brannte nur noch die Nachtbeleuchtung.

»Den Rest können wir doch auch morgen noch klären«, hatte Robert gemeint. »Die Kleine läuft uns nicht weg.«

Aber Wotan hatte sich in den Fall verbissen und wollte jetzt Klarheit über alle Fakten.

»Das war knapp und nicht sehr erfolgreich. Die haben

gezeigt, dass sie nicht zimperlich sind und Zeugen gnadenlos ausschalten. Wollen Sie, dass es Ihnen auch so geht?«, eröffnete Wotan, an Charlotte gewandt, das Gespräch. »Ich bin auch müde und frustriert und will nicht länger um den heißen Brei herumreden. Mein Arm tut mir weh und die Schmerztabletten habe ich im Auto liegen lassen. Wo haben Sie das echte Bild versteckt?«

Charlotte verschränkte abweisend die Arme vor der Brust und biss sich auf die Unterlippe. Irgendwie erzeugte die Haltung dieses Kommissars einfach Widerspruch in ihr. Der war wie ihr Vater, fordernd und besserwisserisch.

»Kann ich einen Kaffee bekommen?«, sagte sie störrisch.

»Gibt nur Mineralwasser«, antwortete Robert. Er hatte jetzt in der Nacht wirklich keine Lust, mit der unheimlichen Kaffeemaschine zu kommunizieren.

Wotan und Robert wechselten einen langen Blick. Dann nickten sich beide zu. Hier half nur die gute alte Wenn-Dann-Methode.

»Wenn Sie uns sagen, wo das Bild ist, dann hätte ich eine Info über Ihre Freundin Magdalena«, sagte Wotan mit Nachdruck.

»Sie lebt?« In Charlottes Augen regte sich ein Funken Hoffnung.

»Info gegen Info!«, sagte Wotan bestimmt.

Charlotte zögerte einen Augenblick. Sie war erschöpft, hatte sie doch in ihrer Zelle kaum geschlafen und es war schon wieder sehr spät. Nun war der Augenblick, das bescheuerte Bild loszuwerden und so schnell wie möglich Näheres über Magdalena zu erfahren.

»Gut, ich zeig's Ihnen!«, versprach sie.

»Danach besuchen Sie und Herr Altmann die Patientin im Krankenhaus!«, schlug Wotan vor. Ein Lächeln huschte über Charlottes Gesicht.

»Kannst du das allein durchziehen? Ich bin total groggy«, sagte er zu Robert. Wotans Gesichtsfarbe hatte in ein ungesundes Grau gewechselt und seine Stimme war leise. Sein ältester Mitarbeiter dagegen sah relativ fit aus. Das Ostereierdoping hatte gewirkt.

»Hau schon ab und leg dich hin!« Robert versuchte zu lächeln und kramte noch ein Schokoei aus der Tasche.

»Zur Stärkung!« Er hielt es Wotan hin, der es dankbar annahm. »Nimm dir ein Taxi!«

»Jetzt fahren wir in die Eduard-Spranger-Straße!«, sagte Charlotte im gleichen Moment.

»Wir haben dort doch schon alles durchsucht!« Robert war erstaunt.

»Überraschung!«, grinste Charlotte.

Als Charlotte dort die Tür zur Dachgeschosswohnung aufsperrte, kam Berti gerade aus dem Klo.

»Hi, Charly!«, murmelte er schlaftrunken und verschwand in seinem Schlafzimmer. Robert schien er gar nicht wahrgenommen zu haben. Charlotte führte den Polizisten in einen Raum, der früher offensichtlich als Jugendzimmer gedient hatte. Jetzt hatten es Charlotte und Magdalena als Gästezimmer genutzt. In der Ecke stand ein Schrank mit hellgrünen Türen. An den Wänden pinnten vergilbte Tierposter.

Auf zwei Isomatten lagen Schlafsäcke auf dem Boden. Zwei halb ausgepackte Rucksäcke lehnten an der Wand. Auf der Kindertapete waren Flugzeuge und Dampfloks abgebildet. Auf wackligen Holzstühlen hatten die Freundinnen Kleider abgelegt.

Charlotte zog ihren grünen Schlafsack, dann die ebenfalls grüne Isomatte und schließlich einen bunten Flickenteppich zur Seite. Alte, abgetretene Bohlen kamen zum Vorschein.

Charlotte trat auf ein Brett. Das klappte hoch und man sah einen Hohlraum darunter. Er war gerade so groß, dass eine in Zeitungspapier gewickelte Rolle hineinpasste.

»Nehmen Sie das Unglücksbild! Ich will es nicht mehr anfassen! Berti hat in dem Versteck früher seine Playboy-Magazine versteckt.« Charlotte wandte sich ab.

Robert bückte sich und holte die Zeitungsrolle aus dem Versteck. Er machte sich nicht die Mühe, das Kunstwerk anzusehen. Das konnten die Experten in den nächsten Tagen machen. Sein Part war erledigt.

»Nächste Station Krankenhaus!«, sagte er.

Charlotte und Robert erreichten die Unfallklinik kurz vor 1.00 Uhr nachts. Das Foyer war gespenstisch leer. Robert holte aus einem Automaten zwei Dosen Cola. Sie setzten sich auf eine Besucherbank und tranken in stiller Eintracht.

»Intensivstation!«, sagte Robert dann.

Der Stationsarzt war nicht erfreut, als zwei ungebetene Besucher zu nachtschlafender Zeit auftauchten. Nach kurzer Diskussion erlaubte er dann einen kurzen Besuch unter Aufsicht der Nachtschwester.

Sie bekamen grüne OP-Kleidung und einen Mundschutz. Charlotte brach fast zusammen, als sie ihre Freundin Magdalena im Intensivbett sah. Sie lehnte sich einen Augenblick an Robert, bevor sie neben das Bett trat.

Es war dämmrig im Zimmer. Ein dicker Schlauch führte von einem Gerät mit blinkenden Anzeigen zum Mund der Kranken. Am Infusionsständer links neben ihrem Bett hing eine ganze Anzahl von Beuteln mit verschiedenen Flüssigkeiten. Dünne Schläuche führten von dort zu einem Zugang in ihrem Handrücken.

Ein Monitor zeigte die Herzfrequenz und weitere Daten an, mit denen Charlotte nichts anfangen konnte. Zwischendurch pumpte sich immer wieder ein Blutdruckmesser am Oberarm der Patientin mit dezentem Brummen auf.

»Maggie, kannst du mich hören?«, murmelte Charlotte und strich über den nackten Unterarm ihrer Freundin. Er fühlte sich kalt an. Man konnte keine Reaktion erkennen.

»Das ist kein echtes Koma, nur ein künstliches!«, klärte die Pflegekraft auf. »Das soll den Körper bei der Genesung unterstützen!«

Fast fünf Minuten verharrte Charlotte reglos am Bett der jungen Frau. Dann heulte sie plötzlich los und sank auf einem Stuhl in der Zimmerecke zusammen.

»Sie sollten jetzt gehen«, mahnte die Nachtschwester. Charlotte ließ sich widerwillig aus dem Raum führen. Schweigend gaben Robert und sie ihre Schutzkleidung an die Schwester zurück.

Charlotte blickte noch einmal durch das breite Fenster in das Intensivzimmer. Sie winkte ihrer Freundin zu.

»Mach's gut!«, flüsterte sie.

»Ich nehme Sie mit aufs Revier. Da können Sie noch mal in Ihrer Zelle übernachten«, erklärte Robert. Er dachte sehnsüchtig an die Pritsche. Er würde sich den Rest der Nacht mit dem Verfassen des Berichts um die Ohren schlagen müssen.

30. DER BESUCH ZUR SPÄTEN STUNDE

Zur gleichen Zeit lag sein Chef in seinem neuen, komfortablen Boxspringbett und schlief den Schlaf des Gerechten. Das Bett war in seiner Abwesenheit geliefert worden.

Das war eine willkommene Überraschung gewesen.

Wotan hatte den Termin völlig vergessen. Zudem hatte er den Nachmittag in der Notaufnahme verbracht. Frau McScott hatte die Männer der Firma »Betten Ried« in die Wohnung gelassen.

Das unbequeme Gästebett war Geschichte. Die neue Bettdecke umhüllte ihn wie eine Wolke und er träumte von sonnigen Stränden, als jemand an der Tür Sturm läutete.

Er schreckte hoch und starrte auf die Zahl 1.30, die sein Projektionswecker an die Decke warf. Wer war denn das?

Wieder ertönte die Türglocke.

»Merde! Alexa, mach das Licht an!« Wilde fluchte lautstark und schälte sich aus der Steppdecke. Vorsichtig, um seinen Arm nicht unnötig zu belasten, setzte er sich auf und schlüpfte in seine Hausschuhe.

»Komme! Bin doch kein D-Zug!«, entfuhr es ihm, als er an der Dschungeltapete vorbei zur Tür schlurfte. Herr Tukan saß reglos auf seiner Palme und glotzte ihn an, schien ihm aber beizupflichten.

»Herrgott Sack, wer …!«, machte Wilde seinem Ärger Luft und riss die Tür auf, ohne vorher durch seinen Türspion geschaut zu haben. Im hell erleuchteten Treppenhaus stand eine Frau.

Sie trug einen roten Mantel, schwarze Strümpfe und Stiefeletten aus Krokoleder. Die blonden Haare wurden mit einem schwarzen Band aus der Stirn gehalten. Die unzähligen Runzeln und Fältchen in ihrem Gesicht gerieten in Bewegung, als sie Wilde freundlich anlächelte.

Die Besucherin trug einen Laptop-Rucksack auf dem Rücken und ein Behältnis, das wie die Schutzhülle für einen Tennisschläger aussah, in der linken Hand.

»Guten Morgen, Herr Wilde, schön, dass ich Sie jetzt persönlich kennenlerne«, begrüßte sie ihn mit glockenheller Stimme und streckte die rechte Hand zur Begrüßung aus. Ihre smaragdgrünen Augen musterten die Gestalt im Türrahmen.

»Wer …?«, setzte der Kommissar an. Doch im gleichen Augenblick wurde ihm blitzartig bewusst, warum ihn die Frau so amüsiert musterte. Er war nackt! Er war vollkommen nackt! Wilde versuchte, sein bestes Stück mit den Händen zu bedecken. Dann warf er einen Blick über die Schulter, machte einen Schritt zurück und riss sein Regencape vom Garderobenhaken. Sein Arm schmerzte von dieser ruckartigen Bewegung höllisch.

»Merde! Wer sind Sie denn?«, stotterte er und warf sich das knallgelbe Kleidungsstück über.

Annabell Krötenheinrich fasste nach seiner Hand und wiederholte: »Guten Morgen, Herr Wilde, schön, dass ich Sie jetzt persönlich kennenlerne.«

Widerstrebend drückte der Mann die weiche, warme Hand und antwortete etwas ruhiger: »Guten Morgen, wenn man um 1.30 Uhr in der Nacht von einem guten Morgen sprechen kann. Mit wem hab ich das Vergnügen?«

Annabell Krötenheinrich fixierte Wotan Wilde einige Sekunden.

»Sie haben eine sehr unscharfe Aura. Fast als hätten Sie Schmerzen. Sie wirkt verwaschen und wie ausgedünnt. Ihr Energiefeld scheint mir stark geschwächt und bräuchte dringend eine Auffrischung. Haben Sie schon mal an ›Shinrin Yoku‹, Waldbaden, gedacht? Ich mache auch Sitzungen zum Aufladen der inneren Kapazitäten und Durchlichtung des Körpers«, bot sie mit klarer Stimme an.

»Heiland Sack! Gehen Sie nachts von Haus zu Haus und schrecken schwer arbeitende Leute aus dem Tiefschlaf mit Ihrem Quatsch?«, brauste Wilde auf und machte Anstalten, die Tür zuzuschlagen. Blitzartig stellte die nächtliche Besucherin ihren krokodilledern beschuhten Fuß in die Tür.

»Ich habe Ihnen einen Zettel in den Briefkasten geworfen, dass ich heute zur energetischen Bestimmung Ihrer Wohnung vorbeikomme. Eine Frau Siegrun Wilde hat mich beauftragt und vorab bezahlt«, erklärte sie ruhig und bestimmt. Sie zog eine Visitenkarte aus der Manteltasche und hielt sie ihm hin.

Annabell Krötenheinrich
Rutengeherin, Energetikerin, Lebensreading, Erdheilung,
Chakra Reinigung, Geistheilung, Cosmogetische Heilerin,
Feng-Shui-Tipps für Ihre Wohnung
Weiherweg 7, 72127 Kusterdingen, Tel. 07071/236589

Ungläubig starrte er auf die Karte.

Jetzt fiel Wotan ein, dass er seinen Briefkasten in den letzten Tagen nicht geleert hatte. Anscheinend hatte die liebe Siegrun ein schlechtes Gewissen und wollte ihm zum Abschied etwas Gutes tun.

Wie war denn seine abtrünnige Ehefrau auf diese absurde Idee gekommen?

Annabell Krötenheinrich schien Gedanken lesen zu können.

»Ihre Frau ist eine ehemalige Schulkameradin von mir. Ich bin die Purzelt Annabell, jetzt Krötenheinrich.« Irgendwas klingelte bei Wotan bei dem Namen Purzelt, aber er fühlte sich hier so lächerlich und unwohl in seinem Fahrradumhang, mitten in der Nacht, bei diesem seltsamen Treffen.

Immer noch ruhten die grünen Augen auf seinem Gesicht. Wotan wurde langsam unruhig.

»Wollen Sie mich nicht hereinbitten? Meine Wünschelrute und ich können um diese Zeit am besten arbeiten.« Sie hielt das seltsame Behältnis hoch. Der Kommissar fuhr sich durch die Haare und warf dem Tukan einen hilfesuchenden Blick zu.

Dann fasste er sich und erklärte im Ton eines diensthabenden Kommissars der Mordkommission: »Mein Körper und ich können um diese Zeit am besten schlafen. Kommen Sie, wenn es unbedingt sein muss, morgen so gegen 9 Uhr vorbei.« Wenn alles schon bezahlt ist, setzte er in bester schwäbischer Denkart in Gedanken hinzu.

Die Frau zögerte einen Augenblick, dann nickte sie kurz: »Das Ergebnis wäre jetzt besser, aber dann eben morgen. Schlafen Sie gut und denken Sie an Ihre Aura!« Sie setzte die Wünschelrute ab und nahm den Fuß aus der Tür.

»Auf Wiedersehen dann!«, antwortete der Kommissar und wollte sich schon umdrehen. Da machte die kleine Frau einen Schritt auf ihn zu, umarmte ihn sanft und hauchte ihm einen zarten Kuss auf die Wange.

Der Plastikumgang knisterte leise. Sein lädierter Arm fühlte sich federleicht an. Dann schritt seine Besucherin auf den Aufzug zu, drückte den Knopf und war so schnell wie eine Fata Morgana verschwunden.

Wotan Wilde stand sprachlos da. Aber er fühlte sich plötzlich wie neugeboren. Er hätte Bäume ausreißen können. Kopfschüttelnd schlüpfte er aus dem Umhang und hängte ihn zurück. Dann ging er mit federndem Schritt den Gang entlang in den Wohnbereich. Er nahm ein Tannenzäpfle aus dem Kühlschrank, öffnete es mit leichter Hand und trank einen Schluck.

Er fuhr sich übers Haar, lief dann ins Bad und betrachtete sich im Spiegel über dem Waschbecken. Das übernächtigte Gesicht von Wotan Wilde mit Dreitagebart blickte ihn an. Er konnte beim besten Willen keine ausgefranste Aura entdecken.

Jetzt brauchte er erst einmal etwas Frischluft. Er wanderte mit seiner Bierflasche durchs Wohnzimmer, öffnete mit leichter Hand die reparierte Balkontür und betrat den Balkon. Mit einem tiefen Atemzug füllte er seine Lungen. Jetzt war er wieder klar. Nackt wie er war, schlüpfte er ins Bett und schlief sofort ein.

31. DAS SCHLÜSSELERLEBNIS VON BERNADETTE

Bernadette musste, nein, sie wollte in die Pathologie, obwohl sie schlecht geschlafen hatte. Die Aktion gestern am Silcher-Denkmal hatte sie aufgewühlt. Vor ihren Augen war ein Mann erschossen worden. Das hatte sie in ihrer Zeit bei der SOKO das erste Mal erlebt. Sie hatte sich die ganze

Nacht hin und her gewälzt. Auch das erprobte Hausmittel ihrer Mutter, eine Tasse heiße Milch, hatte keine Wirkung gezeigt. Sie hatte sich nur noch schlechter gefühlt.

Ein kleiner Flirt mit Julius würde ihr guttun und ihre Lebensgeister wieder wecken.

Wie ferngesteuert hatte sie heute früh geduscht, sich geschminkt und das schwarze Kleid angezogen, in dem sie sich unwiderstehlich sexy fühlte.

Als sie auf den Parkplatz vor der Pathologie fuhr, wären ihr fast die Augen zugefallen. Mann, war sie fertig! Wie sie den Tag überstehen sollte, war ihr noch unklar.

Wie in Trance überquerte sie die Straße zwischen Parkplatz und Pathologiegebäude. Sie vergaß, sich umzuschauen und konnte gerade noch einem Lieferwagen ausweichen, der sie lautstark anhupte. Wenn du tot bist, nützt du niemandem, dachte sie und konzentrierte sich auf den Weg. Vom Vogelgezwitscher an diesem strahlenden Frühlingsmorgen bekam sie nichts mit.

Als sie die Tür zu dem gekachelten Sezierraum im Untergeschoss öffnete, stand Julius mit einer Tasse Kaffee in der Hand an seinem Schreibtisch. Müde lehnte sich Bernadette an den Türrahmen. Sie war zu keiner Gefühlsregung fähig. Julius drehte sich um und setzte die Tasse auf der Unterlage ab.

»Ich habe ein paar interessante Infos für dich. Du siehst übrigens nicht sehr frisch aus. Hast wohl wieder die ganze Nacht durchgetanzt! So schön möchte ich es auch haben! Während ich mir die Nächte um die Ohren schlage …« Bernadette schnitt ihm das Wort ab. Diese Unterstellung konnte sie nicht auf sich sitzen lassen. Es kam wieder Leben in sie.

»Ich hab schlecht geschlafen. Schließlich wird nicht jeden Tag einer vor deinen Augen erschossen! Laber nicht rum, was gibt's Neues?«, blaffte sie ihn an.

»So kenn ich dich ja gar nicht, du hast ja richtig Pfeffer im Arsch. Sorry, nur kleines Zitat«, sagte Julius und zog die Brauen hoch. »Die Identität des Toten ist noch nicht geklärt. Ich weiß nur, dass er mit einem Gewehr Kaliber 7,62 erschossen wurde. Scharfschützen benutzen diese Waffe. Aber dazu kann dir die KTU sicher mehr sagen. Meine Untersuchung des Mageninhalts gibt Aufschluss darüber, was er kurz vor seiner Ermordung zu sich genommen hat. Und das ist hochinteressant!«

Er machte eine gewollte Pause, um die Spannung zu erhöhen. Bernadette verdrehte genervt die Augen: »Mach hinne, ich bin heute nicht zu umfangreichen Präsentationen bereit!«

»Gebratene Kalbsleber an Bärlauchrahmsoße mit Kartoffelgratin«, dozierte Julius mit beleidigter Stimme. »Dazu hat er vermutlich einen trockenen Chablis getrunken. Die Zusammenstellung ist sehr unüblich und – halt dich fest – genau das hab ich vorgestern als Tagesgericht gegessen.« Er sah Bernadette triumphierend an.

»Sag schon, wo, spann mich nicht länger auf die Folter! Mein Geduldsfaden ist kurz vorm Zerreißen«, leierte Bernadette emotionslos herunter. In ihr konnte heute niemand irgendeine Spannung erzeugen.

»Das mag ich bei Frauen, wenn sie etwas grummelig sind!« Julius änderte seinen Tonfall und begann anscheinend, mit Bernadette zu flirten.

Bernadette kochte innerlich. Sie war immer nett und freundlich zu ihm gewesen. Offensichtlich ein schwerer taktischer Fehler. Wer konnte schon ahnen, dass ihn das abturnte.

»Na sag schon! Wo hat er das gegessen?«, forderte sie ihn schroff auf.

»Im ›JAPENGA‹, kennst du das? Übrigens, hättest du mal Lust, mit mir dort zum Essen zu gehen? Oder auf einen

Burger ins ›Irish Pub‹?«, sagte er gewollt nebenbei. Der Vorschlag kam in diesem Zusammenhang unerwartet.

Sie war sprachlos. Woher kam dieser Sinneswandel bei ihm? Seit gefühlt mehreren Jahren wollte sie eine Beziehung und jetzt sollte sich urplötzlich etwas anbahnen?

»Ich muss mich setzen!«, sagte sie und griff ins Leere hinter sich. Ihr war etwas schwindelig.

Julius schob ihr geistesgegenwärtig seinen Bürostuhl zu.

»Essen, gerne!«, antwortete sie knapp. Mehr brachte sie jetzt einfach nicht heraus.

Ihr Gehirn setzte kurz aus.

32. DER ZUGRIFF

Sie saß müde und schlapp auf dem wackeligen Drehstuhl in der Pathologie.

Deshalb überlegte sie kurz, drehte etwas hin und her und wurde wieder dienstlich.

»Wir sollten uns im ›JAPENGA‹ unbedingt mal umsehen. Vielleicht finden wir da was!« Wenn sie ehrlich war, wusste sie eigentlich nicht, wonach sie suchen sollten. Aber das würde sich ergeben. Wenn der Erschossene dort gegessen hatte, konnten die Angestellten vielleicht auch etwas zu etwaigen Begleitern sagen.

»Wo ist das Lokal eigentlich genau?« Sie sah Julius fragend an.

»Es liegt in der Schaffhausenstraße!«, sagte Julius und trank seinen Kaffee aus.

»Warte mal!« Bernadette schlug sich mit der Hand gegen die Stirn. »Da habe ich schon mal mit Wolfgang einen Burger gegessen. Das ist ganz nah bei Wotans neuer Wohnung.« Der Jagdeifer hatte sie wieder gepackt.

Bevor Julius antworten konnte, hatte sie schon das Handy aus der Handtasche geholt und Wolfgangs Nummer gedrückt. Sie berichtete ihm kurz die neuesten Erkenntnisse und beorderte ihn und Robert ins ›JAPENGA‹.

»Seid vorsichtig und befragt schon mal das Personal«, meinte sie noch abschließend. Damit war das Gespräch beendet. Dann wählte sie Wotans Handynummer. Der meldete sich mit einem unwirschen: »Ja!«

Bernadette warf Julius einen wissenden Blick zu. Anscheinend hatte der Wilde Wotan noch nicht gefrühstückt. Ohne seinen Morgenkaffee hatte er eine Scheißlaune.

»Hallo, Chef, gut geschlafen in der neuen Wohnung?«, fragte sie betont freundlich. Man musste seine schlechte Laune einfach ignorieren und mit einer geballten Charmeoffensive bekämpfen.

»Neue Erkenntnisse zu unserem letzten Mordopfer. Der Unbekannte hat dem Mageninhalt zufolge wahrscheinlich im ›JAPENGA‹ gegessen. Das ist in der Schaffhausenstraße, gleich bei dir ums Eck. Ich hab Wolfgang und Robert schon mal hingeschickt.«

Sie wartete auf eine Antwort.

»Hallo, Wotan, bist du noch da?«, rief sie ungeduldig in den Hörer.

»Klar, musste erst mal nachdenken. Ich bin schon angezogen und gleich vor Ort. Dann besprechen wir den Einsatz.«

»Ich bring Kaffee mit«, ergänzte Bernadette.

Aber Wotan hatte schon aufgelegt. Er warf einen sehnsüchtigen Blick auf die Kaffeemaschine, die er gerade eingeschaltet hatte. Sie blinkte immer noch vor sich hin und heizte auf.

Er wollte wenigstens noch schnell das Croissant vom Vortag zu Ende essen, als es läutete. Im gleichen Augenblick ertönte im Radio die Erkennungsmelodie für die 9-Uhr-Nachrichten.

Der Kommissar stopfte sich den Rest des trockenen Hörnchens in den Mund und hastete zur Wohnungstür. Wenn das diese … ihr Name war weg. Irgendwas mit Reptilien, daran erinnerte er sich noch. Froschmann? Lurchhorst? Krötenhermann! Plötzlich kam ihm die Erleuchtung.

Wenn sie es war, musste sie die Wohnung alleine begutachten. War wohl ohnehin besser, wenn er nicht im Weg herumstand. Er würde ihre Vorschläge zur Kenntnis nehmen und dann alles so belassen, wie es war.

Er öffnete schwungvoll die Tür und schluckte dabei den letzten Bissen hinunter.

»Guten Morgen, Herr Wilde! Hastiges Essen im Stehen sollten Sie unbedingt vermeiden«, drang eine helle Stimme an sein Ohr. Annabell Krötenheinrich stand freundlich lächelnd vor ihm und musterte ihn aufmerksam. Einen winzigen Augenblick fühlte er sich wieder nackt, wusste aber doch genau, dass er schwarze Jeans, einen grauen Rolli und die auf Hochglanz gewienerten Budapester Schuhe trug. Er war frisch rasiert, gekämmt und deodoriert.

»Seien Sie gegrüßt, liebe Frau Krötenhermann!« Wotan Wilde legte so viel Schmalz in seine Stimme, wie er nur konnte. »Leider muss ich zu einem dringenden SEK-Einsatz. Machen Sie es sich hier gemütlich. Tee und Kaffee sind im Küchenschrank über der Spüle. Sie können mir Ihre Vorschläge gerne per Mail schicken. Ziehen Sie die Tür einfach zu, wenn Sie gehen.«

Er riss seine Lederjacke vom Garderobenhaken und vergewisserte sich kurz, dass Handy und Geldbeutel in der Innentasche waren.

»Frohes Schaffen!« Wotan zog den Schlüsselbund vom Haken neben dem Türöffner, nickte der Frau noch mal kurz zu und hastete zum Aufzug. In der Kabine atmete er mehrmals tief durch. Der unheimlichen Dame war er erst mal entkommen, aber wenn seine frühere Frau ihr vertraut hatte, konnte sie so schrecklich eigentlich nicht sein. Wotan war zwiegespalten.

Unterdessen waren Wolfgang Schickenrieder und Robert Altmann auf dem Weg ins Industriegebiet, wo das »JAPENGA« in einem Flachbau untergebracht war. Es lag direkt neben einer Industriehalle, in der Hemden, Unterwäsche und Nachtmode hergestellt wurde. Die Firma betrieb auch einen Outlet-Store an dem Standort und machte Werbung auf riesigen Plakatwänden.

In der Umgebung waren verschiedene Autofirmen angesiedelt, die auf ihren Parkplätzen eine breite Palette unterschiedlicher Automodelle ausstellten.

Das Lokal lag abseits der Straße. An der Rückseite war ein Wintergarten angebaut, der im Sommer geöffnet werden konnte und dann als Terrasse genutzt wurde.

Man sah von dort in einen kleinen Park. Dahinter befanden sich die Parkplätze des Lokals.

Auf das ebenerdige Restaurant war ein Stockwerk gesetzt, in dem sich offensichtlich Wohnräume befanden. Der Eingang dazu und der Hintereingang zum Restaurant lagen auf der rechten Seite. Ins Lokal gelangte man durch eine breite

Glastür auf der Rückseite des Hauses. Das Gebäude war nur wenige Minuten Fußweg von Wotans neuem Domizil entfernt.

Wolfgang und Robert fuhren mit ihrem Dienstwagen auf den Parkplatz des Lokals. Sie wählten den am weitesten entfernten Platz, um nicht aufzufallen. Um diese Tageszeit, es war 9.00 Uhr morgens, stand nur der Kastenwagen mit dem Logo des Restaurants auf dem geteerten Platz.

»Dann wollen wir mal!«, verkündete Wolfgang.

»Wird der erste schöne Frühlingstag«, antwortete Robert und warf einen Blick zu dem zarten Grün der Bäume im angrenzenden Park.

Die beiden Ermittler stiegen aus und liefen zum Eingang des Lokals. Wolfgang rüttelte an der Glastür. Sie war verschlossen.

»Hintereingang!«, verkündete Robert.

Als sie ums Eck bogen, prallten sie beinahe mit einer fülligen Frau zusammen. Die kam aus der Tür, die nicht nur zum Restaurant, sondern zu der Wohnung im ersten Stock führte, wie sie später erfuhren. Die Frau im schlabberigen apricotfarbenen Jogginganzug blickte die beiden überrascht an.

Die Männer traten auf sie zu und Wolfgang zog seinen Dienstausweis aus der Tasche.

»Oberkommissar Schickenrieder. Ich habe ein paar Fragen!«, sagte er. Im selben Moment drehte sich die Frau um und versuchte zu fliehen. Robert, der taktisch klug hinter sie getreten war, hielt sie an der Schulter fest.

»Wo wollen Sie denn so schnell hin?«, fragte er scheinheilig. Die Frau hatte offensichtlich keine Lust zu reden. Sie versuchte, sich aus Roberts Griff zu lösen. Dabei löste sich ihr Haargummi und die grau melierten Haare fielen ihr ins Gesicht.

»Kennen Sie diesen Mann?« Wolfgang hielt ihr sein Handy mit dem Foto des Toten vors Gesicht.

Die Frau zuckte zusammen und fragte: »Ist der tot?«

»Ja, richtig erkannt! Kennen Sie ihn?« Wolfgangs Stimme wurde etwas lauter und drängender.

Die Frau wand sich weiter unter Roberts Händen, sagte aber nichts mehr.

Wolfgang versuchte eine andere Taktik. »Können Sie sich ausweisen?«, fragte er scharf.

Nachdem sie nicht antwortete, nickte er Robert zu. Der griff sich die Umhängetasche der Frau, öffnete den Reißverschluss und begann, in der Tasche zu wühlen.

»He, das dürfen Sie nicht!«, protestierte sie erfolglos.

»Bei Mord dürfen wir alles!« Der Polizist wurde schnell fündig und hielt einen pinkfarbenen, mit Glasperlen besetzten Geldbeutel hoch. Er klappte ihn auf, suchte in der abgegriffenen Brieftasche herum und fand einen Personalausweis. Die Frau stand jetzt stumm daneben und ließ die Arme hängen.

»Frau Berta Holzner! Soso!«, sagte er mit einem zufriedenen Kopfnicken.

»Noch mal, Frau Holzner. Kennen Sie diesen Mann? Er ist mausetot! Erschossen!« Wolfgang sprach plötzlich ganz leise und eindringlich. Jetzt kam plötzlich Leben in die Frau.

Erschrocken blickte sie ihn an und begann mit belegter Stimme zu sprechen: »Er war gestern hier! Er hat auch im Lokal gegessen, mit zwei anderen Männern! Die hat der Georg, also der Herr Schneck, vor einigen Tagen oben in meiner Wohnung einquartiert. Aber der Georg hat als Geschäftsführer das Sagen!«, stammelte sie ängstlich. »Die zwei Scheißkerle waren mir unheimlich, haben mich bedroht. Es war ganz schrecklich.«

»Und sind sie noch immer da?«, fragte Robert.

»Ja! Ich soll ihnen Zigaretten mitbringen und mit niemandem reden. Sie haben meinen Waldi im Bad eingesperrt. Praktisch als Geisel!«, flüsterte die Frau.

»Ist Waldi Ihr Sohn?«, fragte Robert, bereute die Frage dann aber gleich.

»Mein Dackel!«, Frau Holzner sah ihn entrüstet an.

»Waffen?«, mischte sich Wolfgang ein.

»Pistolen und ein Gewehr!«, antwortete sie.

»Du fährst mit Frau Holzner ins Kommissariat. Da kann sie ungestört ihre genaue Aussage machen. Ich bleibe hier und sichere die Wohnung. Wotan und Bernadette werden bestimmt auch gleich kommen«, gab Wolfgang klare Anweisungen.

Die Frau warf einen bangen Blick zu den Fenstern der Wohnung. Die Rollos waren herabgelassen. Frau Holzner war offensichtlich froh, unter Polizeischutz zu stehen.

Wolfgang setzte sich auf einen großen Stein unter einer Kastanie am Parkplatz, während Robert mit seiner Zeugin wegfuhr. Wenn die Situation nicht so brenzlig gewesen wäre, hätte er das frühlingswarme Lüftchen genießen können, das aus dem Park herüberwehte. Doch seine Meditation wurde jäh unterbrochen.

Sein Chef tauchte neben ihm auf. Er trug den Arm noch in der Schlinge, schien aber sehr gut gelaunt.

»Der Frühling weht sein blaues Band oder so ähnlich«, zitierte er. Der kleine Morgenspaziergang zum Einsatzort hatte ihm gutgetan. Vor allem freute er sich, dass er dieser Annabell Froschheinrich entkommen war.

»Was liegt an?«, fragte er, wieder ernsthaft.

»Oben in der Wohnung sind zwei bewaffnete Männer, die vermutlich etwas mit dem gestrigen Mord zu tun haben«, berichtete Wolfgang. »Wir sollten da nicht allein reingehen!«

»Dann fordern wir ein SEK-Team an«, beschloss Wotan und wählte schon die Nummer von Grenado.

Der war schnell am Telefon.

»Hier ist Wotan. Wir brauchen dich und deine Männer hier. Schaffhausenstraße beim Lokal ›JAPENGA‹. Zwei bewaffnete Männer, Lage relativ unklar. Wahrscheinlich war einer der Täter gestern am Silcher-Denkmal!«, klärte er ihn auf.

»Wir sind in 15 Minuten bei euch. Unternehmt nichts!«, sagte Grenado und legte auf.

Kurz darauf fuhr der weiße Kastenwagen des SEK mit der Aufschrift »Schlosserei Habermann«, der auch schon am Silcher-Denkmal im Einsatz gewesen war, vor. Er parkte auf dem Parkplatz einer Firma, die Olivenöl abfüllte und vertrieb. Er grenzte direkt an das »JAPENGA«.

Unter dem Firmenschild mit der Aufschrift »Baskonikos, griechisches Olivenöl« standen inzwischen die zwei schwarzen Kleinbusse der SEK-Beamten. Die wären einem aufmerksamen Beobachter vielleicht verdächtig vorgekommen. Aber die Gegend war wie ausgestorben.

Diesmal saß Wotan mit Hauptkommissar Nadal Grenado vom SEK und Wolfgang vor dem Monitor im Lieferwagen. Die Außenkamera bot ihnen ein Bild des Lokals und der Wohnung.

Ein Espresso und ein Stück Schokolade wären jetzt lecker, schoss es Wotan durch den Kopf. Das trockene Hörnchen lag ihm wie ein Stein im Magen. Im selben Moment fuhr die Schiebetür des Lieferwagens zurück.

»Jemand ein Schokoei?«, verkündete Robert und hielt den Anwesenden eine Tüte hin. »Sonderangebot!«

»Nicht jetzt!«, sagte Grenado scharf, nahm sich aber trotzdem eine Handvoll Eier. Er zog die Tür wieder zu.

Bernadette musste auch jeden Augenblick eintreffen.

Besonders Wotan erwartete sehnlichst den versprochenen Kaffee.

Sie hatten den Einsatz telefonisch koordiniert und abgesprochen, da die Zeit drängte. Niemand konnte ahnen, was die Männer in der Wohnung vorhatten. Die Polizisten wussten nicht, ob die Verdächtigen den Aufmarsch schon bemerkt hatten.

Die Männer im Klempnerwagen beobachteten auf einem Bildschirm und durch ein seitliches Wagenfenster das Lokal und die Wohnung.

»Ich glaube, ich gehöre schon zu deiner Abteilung!«, sagte Grenado und stopfte sich ein Ei in den Mund. »Der zweite Einsatz in zwei Tagen mit deiner Truppe!«

Wotan lachte rau auf: »Bist ein netter Kerl. Mir wär's aber auch lieber, wenn wir euch nicht brauchen würden!« Die Schiebetür wurde zurückgefahren.

»Hallo, Wotan, da komme ich noch rechtzeitig! Grenado! Schon was passiert?« Bernadette lugte ins Auto. Sie war ganz dezent für den Einsatz gekleidet. Schwarze Jeans, schwarzes Sweatshirt. Bernadette hatte einen Umweg über ihre Wohnung gemacht und sich umgezogen. Mit einem schwarzen Minikleid wäre sie wohl fehl am Platz gewesen. Sie trug ein Papptablett mit vier Kaffeebechern, was Wotan hocherfreut zur Kenntnis nahm.

»Danke für den Service!«, meinte er und ließ seine Mitarbeiterin ins Auto. »Wir haben die Aussage einer Servicekraft des Lokals. Sie sprach von zwei bewaffneten Männern, die sich in der Wohnung oben versteckt halten«, informierte Wotan.

»Worauf warten wir dann?«, meinte Bernadette.

»Also Zugriff!«, entschied Wotan und nickte Grenado zu.

Der gab über Funk Anweisung, dass sich seine Männer um das Gebäude verteilen sollten. Wotan sammelte seine Leute um sich.

»Ihr zieht jetzt alle eure Westen an!«, befahl Wotan. »Wir müssen mit allem rechnen. Die Männer sind gefährlich! Wahrscheinlich ist unser Mörder vom Silcher-Denkmal dabei.«

Dann schlichen sie hinter einem Firmentransporter, der mit den Fotos überdimensionaler grüner Olivenölflaschen bedruckt war, zum Seiteneingang der Wohnung. Ein SEKler sperrte mit den Schlüsseln der Bedienung die Haustür auf. Im selben Moment gingen die Rollos in der Wohnung hoch. Hatten die Verdächtigen den Einsatz bemerkt?

»Wir machen weiter wie besprochen!«, gab Grenado die Anweisung.

Sie öffneten mit den Schlüsseln ebenfalls die Hintertür zum Lokal und ein Teil der Truppe drang sofort ein. Der andere Teil der SEK-Truppe spurtete die Treppe hinauf und verteilte sich leise vor der Wohnungstür im ersten Stock.

Hinter den SEKlern schlichen auch Wotans Mitarbeiter in das Haus und dann in den ersten Stock.

Kurz darauf kamen die Späher aus dem Restaurant zurück und zeigten mit Gesten an, dass sich niemand in den Räumen befand.

Mit dem Schlüssel von Frau Holzner sperrte Grenado ganz vorsichtig die Tür auf und öffnete sie weit. Die Truppe stürmte unter lauten Rufen: »Polizei!« in die Wohnung.

Man hörte Befehle, dann fielen Schüsse. Wotan hielt seine Leute zurück und drückte sich neben der Wohnungstür an die Wand, um Deckung zu suchen. Plötzlich wurde es still, nur ein Funkgerät quäkte vor sich hin. Dann bellte ein Hund in der Wohnung los und hörte nicht mehr auf.

Wie aus dem Nichts stand ein Mann in der Tür, die Pistole im Anschlag. Anscheinend hatte er es an den SEKlern vorbeigeschafft. Er trug einen grauen Trainingsanzug und Schlappen. Sein Haar war verwuschelt, als wäre er gerade aus dem Bett aufgestanden. Seine hohen Wangenknochen wiesen auf eine östliche Abstammung hin.

Er bemerkte mit einem kurzen Seitenblick Wotans Leute an den Wänden. Blitzschnell reagierte er. Völlig unerwartet machte er einen Schritt auf Bernadette zu, die schräg neben ihm stand, und zog sie mit dem linken Arm vor sich.

In der rechten Hand hielt er eine Pistole. Damit zielte er auf Wolfgang und Wotan.

»Weg frei!«, kommandierte er, während er jetzt seine Pistole auf den Kopf von Bernadette richtete. Die machte sich zuerst stocksteif, wand sich dann aber wie eine Schlange in seinem Arm.

»Lassen Sie die Frau los oder ich schieße!« Wolfgang stand am nächsten zu dem Paar.

»Weg frei!«, kommandierte der Mann und machte einen Schritt nach vorne.

In der Tür tauchten SEK-Leute auf, die sich aber zurückhielten.

Dann ging alles ganz schnell. Bernadettes Kopf schnellte zurück und traf den Verbrecher an der Stirn.

Der Mann im Trainingsanzug schrie auf und taumelte kurz.

Den Moment der Unachtsamkeit nutzte Wolfgang aus. Er schoss auf den Osteuropäer.

Der Mann ging zu Boden. Seine Waffe flog in hohem Bogen zur Seite. Er stöhnte laut auf und fasste erschrocken an seine Schulter. Blut quoll durch seine Finger.

Die SEKler stürzten aus der Wohnung, rissen ihn hoch und ließen sich auch durch seinen lauten Protest und sein Schmerzgestöhne nicht aufhalten.

Dann kamen weitere Polizisten mit einem Mann im Schlafanzug aus der Wohnung. Er hatte sein dunkles Haar zu einem Pferdeschwanz zusammengebunden. Neben seinem rechten Auge war ein Tattoo in Form einer Schlange zu sehen.

Mit den zwei Festgenommenen in ihrer Mitte drängten die SEKler die Treppe hinunter. Sie verfrachteten den Pyjamamann in ein Polizeiauto, das inzwischen vorgefahren war. Den Verletzten übernahmen zwei Sanitäter und brachten ihn unter der Bewachung der SEKler zu einem Notarztwagen.

»Das war ganz schön gewagt! Du hättest mich verletzen können!«, sagte Bernadette, die noch etwas blass um die Nase war, zu Wolfgang.

»Schießtraining!«, antwortete der und grinste. Bernadette boxte ihn spaßhaft in den Oberarm.

»Steile Vorlage, gut gebissen, Bernie!«, meinte der darauf.

»Hört doch!«, meinte plötzlich Robert. »Da bellt doch wer! Das ist sicher Waldi, der Hund der Bedienung!« Er lief Richtung Bad und öffnete die Tür. Schwanzwedelnd stürzte ein Dackel aus dem Raum und sprang an ihm hoch.

»Na, komm mit, ich bring dich zu deinem Frauchen ins Präsidium!«, lachte Robert und nahm den Hund hoch.

Die Identität des Mannes im Schlafanzug war schnell ermittelt. Bei Interpol waren seine Fingerabdrücke gespeichert. Er hieß Oleg Petrovski und wurde mit internationalem Haftbefehl gesucht wegen eines Bilderraubs in Prag. Da gab es also eine Verbindung in die Kunstszene.

Doch der Angeschossene gab Rätsel auf. Seine Fingerabdrücke waren nirgends registriert und auch ein Abgleich seiner Gesichtsparameter ergab keine Übereinstimmung.

Das gefundene Gewehr konnte der Kugel zugeordnet werden, die den Mann im Park tödlich getroffen hatte. Doch dazu äußerten sich beide Männer nicht.

Mit dem Kunstraub schien der mutmaßliche Schütze nichts zu tun zu haben. Deshalb saß er jetzt im Verhörraum der Mordkommission und wartete auf den Verhörspezialisten Wolfgang. Sein rechter Arm ruhte in einer Schlinge. Unter der Trainingsjacke konnte man einen Verband erkennen. Anscheinend war es nur ein Streifschuss gewesen.

»Wir haben überhaupt nichts!«, sagte Wolfgang und schaute in die Runde. Abgesehen davon, dass die Truppe schon wieder an einer Runde Schokocroissants kaute, ausgegeben von Wolfgang, Sonderangebot bei Lidl, und ihren Kaffee schlürfte, war keine Bewegung in dem Fall zu erkennen.

Robert suchte wieder einmal seine Lesebrille und nervte. Er entdeckte sie zu seinem Erstaunen in der Brusttasche seiner Anzugjacke. Jetzt blätterte er in einem KTU-Bericht.

»Die haben den Balkon untersucht, von dem aus geschossen worden ist. Und haben dort natürlich DNA-Spuren gefunden. Aber die können von wer weiß wem stammen. Wir könnten ja pokern!«, schlug Robert vor.

Wolfgang kramte in seiner Schreibtischschublade und brachte ein DNA-Teststäbchen zum Vorschein.

»Das dürfte ausreichen!«, sagte er. »Wotan, komm bitte mit!«

Wolfgang begann sofort zu reden, als er den Verhörraum betrat: »Wir haben eine DNA-Spur auf dem Balkon gefunden, von dem aus Sie geschossen haben! Wir machen jetzt einen DNA-Test!« Er hielt das Wattestäbchen hoch, mit dem er eine Speichelprobe aus dem Mund des Mannes nehmen wollte.

»Speichelprobe!«, sagte er im Befehlston.

»Dazu kein Recht!«, radebrechte der Mann.

»Das stimmt! Aber dass ich zufällig ein Haar von Ihnen finde, davon kann mich keiner abhalten!« Er gab Wotan, der hinter dem Mann stand, ein Zeichen. Der riss dem Mann ein paar Haare aus.

»Mit denen funktioniert das auch!«, sagte Wolfgang triumphierend. Der Mann versuchte aufzuspringen, wurde aber vom anwesenden Polizisten auf den Stuhl gedrückt.

»Bullenschwein!«, erregte er sich daraufhin.

»Jetzt reden Sie endlich, wir beweisen Ihnen den Mord sowieso!«, sagte Wotan.

»Ich Freund besucht, deshalb auf Balkon!«, versuchte es der Mann.

»Jetzt machen Sie sich nicht lächerlich, wir haben alle Hausbewohner befragt! Niemand kennt Sie dort!«, log Wolfgang.

Dem Mann wurde offensichtlich klar, dass er da nicht mehr herauskommen würde. Er ließ seinen Kopf auf die Tischplatte fallen. Dann richtete er sich wieder auf.

»Gut! Ich Mann erschossen. Auftrag über toten Briefkasten. Sonst niemand kennen!«, sagte er.

»Wenn Sie mir noch sagen würden, wie Sie heißen!«, versuchte es Wolfgang.

»Nie!«, knurrte der Mann und verstummte endgültig.

»Vielleicht hilft uns die DNA!«, sagte Wotan und gab dem anwesenden Polizisten mit einer Handbewegung zu verstehen, dass er den Geständigen in eine Zelle bringen sollte.

33. DIE ANNABELL KRÖTENHEINRICH UND WOTAN WILDE

Leise pfeifend schloss Wotan Wilde die Tür zu seiner Wohnung auf.

Die Aktion war ein Erfolg auf ganzer Linie gewesen. Sein Team hatte hervorragend gearbeitet und in den nächsten Tagen würden sie den Fall abschließen können. Es war erst 16.00 Uhr nachmittags und er wollte mit seinem Rad noch eine kleine Runde am Neckar entlangfahren. Den wunderbaren Frühlingstag musste er unbedingt ausnutzen.

Da bemerkte er, dass er die Tür nur einen Spaltbreit öffnen konnte. Ein schwerer Gegenstand blockierte sie.

»Merde!«, murmelte er und fügte noch ein kerniges: »Heiland Sack! Was is denn des?« hinzu.

Er stemmte sich gegen die Tür und es gelang ihm, in die Wohnung zu schlüpfen. Anscheinend hatte seine Besucherin den letzten unausgepackten Umzugskarton in den Flur geschoben, um mit der Wünschelrute zu arbeiten.

»Hallo, Herr Tukan!«, grüßte Wotan den bunten Tapetenvogel, der hinter dem Regenumhang hervorlugte.

»Wotan, du wirst wunderlich!«, dachte er und grinste in sich hinein. Er hatte sich in den letzten Tagen angewöhnt, Zwiesprache mit dem Exoten zu führen, der stoisch zuhörte. Er zog seine Lederjacke aus und hängte sie an die Garderobe.

»Guten Tag, schöne Frau, Ihre Augen sind so blau!«, ertönte in diesem Augenblick der Refrain der »EAV« als Klingelton vom Handy in Wotans Hosentasche.

Erstaunt stellte er fest, dass die Nummer zu Siegruns Handy gehörte.

»Sehnsucht nach mir?«, meldete er sich anstelle einer Begrüßung. In einem atemlosen Redeschwall klärte ihn seine Ex-Frau darüber auf, dass der Container mit den Möbeln noch nicht in Johannesburg angekommen wäre und irgendwo auf den Weltmeeren herumschipperte, dass das Wetter in Südafrika sehr heiß, das Bier sehr gut und sehr kalt sei und dass ihr Geliebter Gunter Sprühnagel ein Glückstreffer und alles sonst super sei.

Wotan hörte sich die Tirade nahezu schweigend an und setzte nur hie und da ein »Ja«, »Ach so«, »Aha« dazwischen. Als Siegrun einmal Luft holen musste, gelang es ihm, nach dem Grund des Anrufs zu fragen. Er hatte sich inzwischen aufs Sofa gesetzt und die Schuhe ausgezogen. Plötzlich hörte er unterdrücktes Schluchzen am Telefon.

»Du, Woti, ich hatte da so ein schlechtes Gewissen, weil ich dich allein mit der neuen Wohnung gelassen hab und du doch so ungeschickt mit praktischen Dingen bist«, gestand ihm Siegrun zögerlich.

»Die Annabell Krötenheinrich, die ist übrigens eine Schulfreundin von früher, also die hab ich beim Waldbaden getroffen. Sie ist die beste Energetikerin und Rutengeherin in Tübingen und Umgebung. Sie wird bald mal vorbeikommen und dich bei der Einrichtung beraten. Sei nett zu ihr und es ist alles schon bezahlt«, teilte ihm Siegrun mit und schniefte.

Wotan stellte sich lebhaft vor, wie ein farbiger Angestellter ihr in Afrika auf einem Tablett eine Packung Tempos brachte. Er wischte die Vision beiseite.

Dann bedankte er sich für ihre Fürsorge, beteuerte, dass es nicht nötig gewesen wäre, wünschte ihr noch ein baldiges Eintreffen des Containers und legte auf. Hoffentlich erfuhr sie nie von seinem nächtlichen, äußerst peinlichen Zusammentreffen mit Annabell Krötenheinrich.

Er fühlte sich nach diesem Telefonat ausgepumpter als nach einem Arbeitstag im Kommissariat. Wenigstens schien diese Rutengängerin nicht mehr in der Wohnung zu sein. Wie hieß sie schnell wieder? Er hatte sich eine Eselsbrücke gebaut. Irgendwas mit Frosch und einem Mann; Froschkönig, Fröschel oder Unkenkerl? Er wusste es nicht mehr.

Da fiel sein Blick auf ein Paar brauner Stiefeletten aus Krokoleder, das unter dem Couchtisch stand. Er beugte sich hinunter und entdeckte das Metallding, das neben einer karierten Stoffhülle lag. War das eine Wünschelrute? Er hatte so ein Gerät noch nie gesehen. Er packte die Stahlrute an den beiden Kupfergriffen und hob sie auf. Dann hielt er das Gerät hüfthoch vor sich hin und begann, langsam im Wohnraum herumzuwandern.

Was sagte so ein Wünschelrutengänger? Abrakadabra? Doch eher: Wasseradern, Erdstrahlen, wo seid ihr? Da fühlte er plötzlich einen warmen Atem in seinem Nacken. Zwei Frauenhände legten sich um seine Handgelenke.

Wotan erstarrte zur Salzsäule und hielt den Atem an.

»Herr Wilde, Sie scheinen ein Naturtalent zu sein. Aber Gott sei Dank gibt es in Ihrer Wohnung keine pathogenen Störungen«, sagte eine helle Stimme hinter seinem Rücken.

»Haben Sie mich erschreckt!« Wotan fand schnell seine Fassung wieder und ihm fiel auch schlagartig der Name wieder ein: Annabell Krötenheinrich! Wotan schleuderte die Wünschelrute wie eine heiße Kartoffel aufs Sofa. Er drehte sich um und die Frau lächelte ihn freundlich an.

Ihm fielen zuerst ihre Ohrringe auf, die wie grüne Tautropfen an ihren auffallend kleinen Ohren glitzerten. Im blonden Haarschopf trug sie ein schwarzes Samtband. Mit ihren unergründlichen Katzenaugen beobachtete sie jede seiner Bewegungen.

»Heute ist Ihre Aura eher gezackt, immer noch verwaschen, aber etwas stabiler. Sind Sie meinem Ratschlag gefolgt und haben ›Shinrin Yoku‹ bei meiner Kollegin in Reutlingen mitgemacht?«

Nein, ich habe einen verzwickten Fall gelöst, das ist besonders gut für meine Aura!, lag es Wotan auf der Zunge. Doch dann beherrschte er sich und fragte nur lahm: »Sind Sie jetzt fertig?«

»Eine sehr schöne Hollywoodschaukel haben Sie, Herr Wilde, hat viel Charakter und Patina. Augenblick, ich hol schnell meinen Laptop.« Mit diesen Worten schlüpfte sie durch die Balkontür. Wilde registrierte, dass die Besucherin barfuß war. Sie trug schwarze Leggins unter dem roten Wollkleid und einen geblümten Schal locker um den Hals geschlungen.

»Ich werde Sie nicht mit den Einzelheiten zu meinem Bericht langweilen. Sie können das alles selbst nachlesen. Meine Empfehlungen für guten Schlaf nach Feng Shui Regeln wären:

- Das Bett sollte nicht mit dem Fußende direkt Richtung Tür weisen.
- Keine kahlen Wände und Spiegel im Schlafzimmer.
- Auch Pflanzen mit spitzen Blättern wirken beunruhigend.

Kommen Sie mal mit, ich hab schon alles geändert.« Wotan schwante nichts Gutes.

Er hatte seiner Frau versprochen, nett zu Annabell zu sein. So trottete er wie hypnotisiert hinter der Frau ins Schlafzimmer.

Entsetzt blieb er in der Tür stehen. Dieses zarte Persönchen hatte sein neues kompaktes Boxspringbett um

180 Grad gedreht, sodass er jetzt nicht mehr zur Tür sah, sondern auf eine weiße Wand, an der Bernadettes Blumenstillleben hing. Der Umzugskarton, der als Nachttisch gedient hatte, war verschwunden. Der stand ja jetzt im Flur, erinnerte sich Wotan.

An dessen Stelle war das cremefarbene Biedermeiertischchen gerückt, das auf dem Balkon neben der Schaukel gestanden hatte. Siegrun hatte es vor Jahren auf dem Flohmarkt in Konstanz erstanden und in der Gäubahn nach Tübingen transportiert.

Sein geliebter und über Jahre sorgfältig gehegter Fikus war auch weg und stattdessen stand ein Fensterblatt mit seinen runden, unterbrochenen Blättern im Eck.

»Der Spiegel steht im Flur«, erklärte sie ihm, als er suchend umherblickte. »Ich empfehle Ihnen, noch mehr von den Werken dieser Künstlerin zu erstehen. Sie haben eine beruhigende Wirkung. Gänzlich entfernen sollten Sie die grässliche Schwerterausstellung im Wohnbereich.«

Wotan ballte die Fäuste in den Taschen seiner Jeans und biss die Zähne zusammen. »Sonst noch was?«, brachte er hervor.

»Ja, dass ich es nicht vergesse«, antwortete die Frau eifrig, »Kaffee und alkoholische Getränke sollten Sie meiden, bis Ihre Aura wieder stabil ist. Ich würde Ihnen die Anschaffung eines Aquariums empfehlen.«

»Sonst noch was?« Wilde war kurz vor einem Kollaps.

»Ich habe mich auch mit dem Herrn Tukan beschäftigt. Der übt einen sehr positiven Einfluss auf Sie aus. Bleiben Sie dran!«, antwortete Annabell sanft.

Wilde war wie gelähmt. Er sah Annabell Krötenheinrich zu, wie sie in ihre Stiefeletten schlüpfte, die Wünschelrute in die Hülle packte und den Laptop in den Rucksack steckte.

»Ich begleite Sie hinaus!«, würgte er hervor. Er schob sie zur Tür.

»Viel Spaß bei Ihrer Radtour und bis bald!« sagte sie, bereits im Treppenhaus.

»Auf Wiedersehen dann!«, antwortete Wotan und wollte sich schon umdrehen. Da machte die kleine Frau einen Schritt auf ihn zu, umarmte ihn sanft und hauchte ihm einen zarten Kuss auf die Wange.

Dann schritt seine Besucherin auf den Aufzug zu, drückte den Abwärtsknopf und war so schnell wie eine Fata Morgana verschwunden. Wotan Wilde stand sprachlos da. Aber er fühlte sich plötzlich wie neugeboren.

Er hätte Bäume ausreißen können.

34. DIE EINLADUNG

Am Freitagabend nach ihrem Einsatz kam über Facebook die Einladung. Bernadette hatte den Vorfall in der Pathologie schon fast ad acta gelegt. Die Einladung war zu vage gewesen. Dass Julius mit ihr ausgehen würde, daran glaubte sie nicht so recht. Vielleicht war sie einfach zu erschöpft gewesen. Ihr Gehirn hatte nicht richtig gearbeitet. Oder hatte sie sich das alles auch nur eingebildet?

Sie las es schwarz auf weiß auf dem Display.

»Hallo, Bernadette!

Ich würde dich gerne am Sonntag um 20.00 Uhr zu einem lo(e)ckeren Dinner ins ›Mike's urban pub‹ einladen. Ich hoffe, du magst Burger! Würde mich freuen!

Julius«

Sie war baff. Jetzt hatte er sie wirklich konkret eingeladen. Was sollte sie tun? Natürlich annehmen. Aber sie würde ihn noch etwas zappeln lassen. Nach zwei Stunden schrieb sie zurück:

»Hallo, Julius!

Nehme gerne an! Freue mich!

Bernadette ;)«

War das zu kurz und unpersönlich? Sie las die Nachricht noch einmal. Nein, das war genug, warum Romane schreiben? Alles Weitere mündlich! Sie setzte noch ein Smiley dazu, grinste in sich hinein und schickte die Nachricht ab.

Jetzt war noch die Kleiderfrage zu klären. Sie kannte das »Urban Pub«. Das war im American Style, etwas retro, eingerichtet. Vielleicht sollte sie sich anpassen und einen Rock mit Petticoat und ein Felljäckchen tragen?

Sie sah sich einige Klamottenfotos auf dem Smartphone an. Nein, das gefiel ihr nicht. Das war ihr zu sehr Weibchen. Julius sollte sie stahlhart und taff erleben. Bitte schön, das war machbar.

Sofort fiel ihr »Grease« ein mit Olivia Newton-John als die schüchterne Sandy und John Travolta als Heißsporn Danny. Den Film kannte sie von ihren Eltern. Die hatten damit irgendwelche romantischen Erinnerungen, die sie aber immer nur angedeutet hatten.

Sie mochte das Musical auch, hatte es vor Jahren mal in Hamburg gesehen. Die Musik war echt cool!

Sie googelte sofort den Film und sah sich einige Szenen an. Da war es, das Outfit, das sie suchte. Zu dem Lied

»You're The One That I Want« tanzten die Protagonisten über einen Jahrmarkt. Sandy trug eine hautenge schwarze Glitzerhose und ein schulterfreies Top mit einer kurzen Lederjacke drüber. Natürlich in Schwarz! Das war es, das Outfit, das sie brauchte.

Sofort begann sie, in allen möglichen Internetshops nach den Kleidungsstücken zu fahnden. Nach einer halben Stunde brach sie frustriert die Suche ab. Sie hatte nichts Brauchbares gefunden.

Ihre Freundin Josie fiel ihr ein. Die hatte einen begehbaren Kleiderschrank mit der Auswahl eines mittleren Kaufhauses. Außerdem war sie ihr noch einen Gefallen schuldig.

Hoffentlich war sie im Lande und nicht schon wieder auf der »Aida« unterwegs.

Bernadette war sehr erleichtert, als sie schon nach dem zweiten Klingeln ranging.

Ohne längeren Austausch von Höflichkeiten fiel sie sofort mit der Tür ins Haus.

»Hallo, Josie, für ein superwichtiges Date brauche ich ein ›Grease-Outfit‹!«, bestürmte sie ihre alte Schulfreundin.

»So schwarz und hauteng?«, antwortete Josie wie aus der Pistole geschossen. In Kleiderfragen machte ihr niemand etwas vor.

»Genau!«, Bernadette schöpfte Hoffnung.

»Dürfte kein Problem sein! Komm doch morgen vorbei, aber erst nach 15.00 Uhr. Wird wahrscheinlich spät heute Nacht!«, erklärte Josie.

»Bis morgen!«, Bernadette legte zufrieden auf. Josie war einfach die Beste und ihre persönliche Shopping Queen Nummer eins.

Am Samstag um 15.30 Uhr hatten die beiden Freundinnen schon eine halbe Flasche Prosecco getrunken und unter viel Kichern das perfekte Outfit gefunden. Bernadette hatte sich in die Hose gezwängt und sehnte die Tage einer Kleidergröße 34 zurück, als sie noch gertenschlank, aber leider auch magersüchtig war, aber das wussten nur wenige über sie.

Sie bedankte sich überschwänglich bei Josie für die Klamotten und erzählte alles über Julius und ihre Erwartungen an das morgige Treffen. Zwei Stunden und die restliche Flasche Prosecco später nahm sie sich ein Taxi und fuhr nach Hause.

Bernadette wusste, da die beiden aktuellen Fälle geklärt waren, dass sich das Team um Wotan Wilde auf einen ruhigen Sonntag freute. Wolfgang wollte mit seiner Freundin Claudia den Balkongrill testen, den er im Superschnäppchensamstag bei Lidl erstanden hatte. Robert hatte sich in kryptischen Äußerungen ergangen, dass er »seine Gedanken jetzt endlich zu Papier bringen wollte«. Wotan plante den Besuch der Schwertausstellung in Stuttgart und Bernadette wollte das Aquarell für Wotans Wohnung beenden. Sie war schon lange nicht mehr in ihrem Atelier gewesen und vermisste die künstlerische Betätigung.

Jetzt stand sie in ihrem Malkittel vor der Staffelei und war eindeutig zu aufgeregt, um etwas auf die Leinwand zu bekommen. Sie konnte sich nicht konzentrieren und dachte andauernd an Julius. Wie sie die Zeit herumgebracht hatte, bis sie sich umzog, wusste sie nicht mehr.

Sie warf sich in ihr 50er-Jahre Outfit.

Ihr schulterlanges Haar band sie zu einem Pferdeschwanz und krönte es mit einer weißen Schleife. Silberne Ohrringe bildeten den Abschluss. Sie war dezent geschminkt, nur der blaue Lidschatten stand im Kontrast zu ihren blonden Haaren.

Danach nahm sie sich ein Taxi zum Pub. Man konnte ja nie wissen!

Mit der akademischen Verspätung von einer Viertelstunde

traf sie vor »Mike's urban pub« ein, bezahlte das Taxi und war mit ein paar Schritten vor dem Lokal. Sie öffnete die Schwingtür unter dem grünen »Mike's«-Schriftzug und stand im Restaurant. Das Lokal war nur schwach besucht.

Nachdem sie sich an schummrige Beleuchtung gewöhnt hatte, entdeckte sie Julius.

Er saß in einem typisch amerikanischen abgesteppten Ledersofa an einem dunklen Holztisch. Über ihm an der Wand erkannte sie die Umrisse einer abstrakten Ansicht des Neckars mit einigen historischen Gebäuden im Hintergrund. Es hätte aber auch der Mississippi mit einem Schaufelraddampfer sein können. Die erdigen Farben passten jedenfalls zur Einrichtung.

Er sah sie auch sofort, stand auf und bot ihr den Platz neben sich an.

»Wow! Bist du es wirklich? Du siehst unglaublich gut aus!«, staunte Julius und musterte Bernadette, als sie vor ihm stand. Er umarmte sie freundschaftlich.

In Bernadettes Bauch tobten die Flugzeuge, als sie sein herbes Parfum roch und seine Berührungen spürte.

»Setz dich schon mal! Ich bin gleich bei dir.« Julius lief zur Theke. Dort stand eine alte Rock Ola Jukebox. Er kramte aus seiner Hosentasche einige Münzen. Nachdem er sie in den Münzschlitz geworfen hatte, wählte er ein Musikstück aus. Bernadette wartete gespannt. Kaum saß er neben ihr, da ertönte »You're The One That I Want« aus dem Film Grease, den die beiden Hauptdarsteller performed hatten. Offensichtlich kannte er den Streifen.

Der Augenblick war magisch. Die Welt schien stillzustehen. Beide vergaßen alles um sich herum. Bernadette konnte nicht anders, als Julius zu küssen, lange zu küssen. Nach einer endlosen Minute tauchten die beiden wieder in der Realität auf.

»Ich glaube, ich muss dir ein paar Dinge erzählen, bevor wir weitermachen!«, sagte Julius und nahm Bernadettes Hand.

Das klang nicht gut. Bernadettes Schmetterlinge fielen kurz in Schockstarre.

Julius schien das bemerkt zu haben: »Keine Angst! Nichts Schlimmes! Aber du solltest zwei Sachen von mir wissen! Mann, siehst du gut aus, das macht es mir nicht leichter!«

Die Bedienung unterbrach ihr Gespräch: »Was darf's sein?«

Bernadette bestellte einen »Mike's Salat« und einen Mai Tai, Julius einen Bavarian Burger ohne Zwiebeln und ein Bier.

»Lass uns erst essen und dann reden!«, schlug Julius vor. So unterhielten sie sich über den gelösten Fall und die noch offenen Fragen, über Hobbys, Filme und über ihre Kollegen.

Die Bestellungen kamen schnell. Sie begannen schweigend zu essen. Eine halbe Stunde später holte die Bedienung die leeren Teller ab. Jeder hing seinen Gedanken nach. Julius orderte zwei Grappa und Espressi zur Verdauung.

»Also!«, Bernadette lehnte sich zurück und sah Julius auffordernd an.

»Also! Punkt eins!«, Julius blickte Bernadette an und man sah ihm an, dass es ihm nicht leichtfiel. Er nahm nervös den letzten Schluck Bier und spielte dann mit dem Bierfilz.

»Ich …«, begann er und brach dann wieder ab. Man sah, dass er seine Gedanken sortierte. Bernadette sah ihn besorgt an, was war so schlimm, dass er es nicht sagen konnte?

»Ich war schon einmal verheiratet!«, brach es dann aus ihm heraus.

Bernadette hielt den Atem an. Puh, das war eine Überraschung. Er hatte nie eine Ehefrau erwähnt! Würde er jetzt noch fünf Kinder, ein Haus mit Hypothek und pflegebedürftige Eltern präsentieren? Lass den Quatsch, schalt sich Bernadette und konzentrierte sich aufs Gespräch.

Dann sagte sie: »Warst oder bist du verheiratet?« Sie schaute Julius streng an.

»War!«, sagte Julius eilig. »Ich erzähle dir von ihr, wenn du willst!« Bernadette nickte stumm.

»Nach dem Studium ging ich für ein Jahr nach Mali, um für ›World Vision‹ unentgeltlich zu arbeiten. Im Krankenhaus in Bamako lernte ich eine Krankenschwester kennen. Sie war Äthiopierin und hieß Samrawit. Wir verliebten uns. Nach meinem freiwilligen Jahr musste ich nach Deutschland zurück. Sie konnte nur mit, wenn wir verheiratet waren. Und so kam es dazu. Wir heirateten in Mali nach dem dortigen Stammesritual, was uns beim deutschen Standesamt noch einige Probleme machen sollte.« Jetzt war der Damm gebrochen und alles sprudelte aus Julius heraus. Man sah ihm an, dass es für ihn eine Erlösung war. Dann machte er eine Pause.

»Und was ist mit ihr passiert?«, fragte Bernadette, als er sich wieder gefangen hatte.

»Sie ist nach zwei Jahren in Deutschland an einer Blutvergiftung gestorben!« Julius' Stimme war belegt.

»Das tut mir leid!«, fühlte Bernadette mit. Nach den genauen Umständen würde sie ihn später fragen.

»Warte, ich habe ein Bild von ihr!«, Julius zückte sein Handy und wischte ein paarmal. »Das war sie!«

Er zeigte Bernadette eine dunkelhäutige Schönheit mit langen schwarzen Haaren. Geschmack hast du Schwerenöter wirklich, dachte Bernadette und musste sich zurückhalten, um die Stimmung nicht mit dieser Bemerkung zu zerstören.

»Und dann machen wir gleich reinen Tisch …« Er wischte wieder über das Display. »… das sind ihre zwei Kinder, zwei Mädchen. Ayana, jetzt 12 Jahre, und Makeda, jetzt 14 Jahre.

Und sie heißen mit Nachnamen auch Burmeister, ich habe sie adoptiert.«

Bernadette war kurz vor einer Schnappatmung. Ihre enge Hose drückte auf ihr Zwerchfell und sie stand kurz auf, um wieder zu Atem zu kommen. Julius registrierte das nicht.

Die beiden Mädchen ähnelten der GNTM-Gewinnerin Sara Nuru und ihrer Schwester, die in Äthiopien inzwischen eine Firma für fairen Kaffee aufgemacht hatten. Bernadette wusste nicht, was sie sagen sollte. Das Gespräch war verstummt. Plötzlich hörte Bernadette nur noch das Zischgeräusch der Kaffeemaschine am Tresen. Julius Burmeister spielte mit der Speisekarte.

Da lachte Bernadette laut los: »Wir werden das Kind, die Kinder, schon schaukeln!« Der Scherz beendete die Gesprächspause. Alles würde sich finden, wenn sie nur mit Julius zusammen sein könnte.

Der schien sehr erleichtert über ihre Reaktion. Er grinste. Sie prosteten sich mit den Espressotassen zu.

»Auf deine Familie!«, sagte Bernadette. Dann beugte sie sich zu Julius hinüber und gab ihm einen Kuss.

»Wenn es so weit ist, würde ich sie gerne kennenlernen!«, sagte sie mit fester Stimme und sah Julius verliebt an.

»Das ist sicher zu machen. Auch auf deine Familie!«, sagte Julius. »Wenn es so weit ist, würde ich sie gerne kennenlernen!«

»Das ist sicher zu machen.« Auch Julius schien zuversichtlich und erleichtert. Bernadette würde dieses Treffen so lange wie möglich hinauszögern, das nahm sie sich fest vor.

Am nächsten Morgen schlug Bernadette ihre Bettdecke leise zurück, um Julius nicht zu wecken.

Sie schreckte kurz vor den afrikanischen Masken an der Schlafzimmerwand zurück. Mit ihren großen leeren Augen und den herabgezogenen Mündern wirkten sie im Halbdunkel mehr als unheimlich.

Sie lief nackt, wie sie war, den Flur entlang. Dabei fielen ihr die vielen Bilder auf, die dort an den weißen Wänden hingen. Gestern Abend hatte sie nicht darauf geachtet, da war anderes wichtiger gewesen.

Einige Bilder zeigten Julius und seine Frau mit den Kindern in Afrika. Auf einigen Fotos waren sie offensichtlich auf Safari, man konnte Giraffen und Löwen im Hintergrund erkennen. Andere Szenen spielten in einem Garten und zeigten die Familie beim Planschen im Pool oder beim Essen.

Man sah wieder, was für eine Schönheit Samrawit gewesen war. Das deutete sich auch schon bei ihren Kindern an. Sie hätte beinahe vergessen, dass sie eigentlich aufs Klo musste, so sehr faszinierten sie die Aufnahmen.

Auf dem Rückweg kam sie an den verwaisten Zimmern der Mädchen vorbei. Die beiden hatten bei Freundinnen übernachtet.

Perfekt geplant, Julius!, dachte Bernadette.

Sie stieß die angelehnte Tür des Zimmers auf, auf der in bunten Buchstaben ›Ayana‹ klebte. Die Wände bedeckten Pferdebilder und Poster von halbnackten Schauspielern. Als Relikte aus ihrer afrikanischen Vergangenheit hingen auch Masken und farbenfrohe Halsketten an den Wänden.

Ein ähnliches Bild bot sich ihr im Zimmer nebenan, das Makeda gehörte. Auch hier hingen Pferdeposter.

Nur überwogen hier im Unterschied zum anderen Zimmer dunklere Farbtöne und ein Poster der Dark Rock Band »Him« hing über dem Bett. Das konnte ja interessant werden! Mit ihren Afrikaanleihen hielt sich dieses Mädchen zurück.

Die Pferdeleidenschaft der Mädchen könnte für ein Kennenlernen von Vorteil sein.

Der Reitstall auf Schloss Hohenstein war da ein Garant. Plötzlich spürte Bernadette, dass Julius hinter sie getreten war.

»Guten Morgen, meine Prinzessin!«, sagte er.

Sie drehte sich um und schlang ihre Arme um seinen Hals. Bevor sie ihn küsste, hauchte sie: »Ich glaube, das mit deinen Mädchen werde ich schaffen. Ich freue mich schon!«

Aber nur, wenn wir auch eigene Kinder bekommen, dachte sie insgeheim.

35. DIE FESTPLANUNGEN

»Alexa, Playlist Lieblingssongs, laut!«, befahl Wotan Wilde und schon dröhnte »Ba-Ba-Banküberfall«, gefolgt von »Drei verliebte Pinguine« durch die Wohnung. Alle Türen in der Wohnung waren sperrangelweit geöffnet. Es war ein wunderbarer Spätsommertag im September.

Wotan stand nackt vor dem Badezimmerspiegel, rasierte sich und fühlte sich pudelwohl. Etliche Wochenenden lang hatte er Kisten ausgepackt, Bilder aufgehängt und war mehrere Male im Baumarkt und bei IKEA gewesen. Außerdem hatte er nach langem inneren Ringen schließlich doch einige

Empfehlungen von Annabell Krötenheinrich befolgt, seine Schwertersammlung ins Arbeitszimmer verbannt, das Stillleben von Bernadette im Flur aufgehängt, das Boxspringbett an die Wand gerückt und den Herrn Tapeten-Tukan häufig mit einem freundlichen Blick bedacht.

Dann hatte er sich einen Urlaub gegönnt. Er war eine Woche mit seinem Drahtesel auf dem Dolomiten-Radweg unterwegs gewesen und ausgeruht und braun gebrannt in seine bestens aufgeräumte Wohnung zurückgekehrt.

Im Internet hatte er eine der letzten Karten der 1000-Jahre-EAV-Abschiedstour in der Liederhalle im Stuttgarter Kongresszentrum ergattert.

Wotan Wilde hatte sich in seinem neuen Leben eingerichtet und es gefiel ihm.

Saskia Klaschke ging er aus dem Weg. Er befürchtete, dass nach dem Ableben von Ackermann er jetzt der nächste Kandidat für ihre Begierden sein könnte.

Auch den anderen Mitbewohnern in dem Mehrfamilienhaus begegnete er eher selten. Man grüßte freundlich und dann ging jeder seiner Wege. Die Schalldämmung im Gebäude war so gut, dass er ohne schlechtes Gewissen die Songs der EAV hören und lautstark mitgrölen konnte.

An vielen Sommerabenden saß er bis weit in die Nacht auf seiner Hollywoodschaukel auf der Terrasse. Ganz selten wurde er dabei sentimental und er klagte dem Mond sein Leid über die Arbeitsüberlastung im Kommissariat, die Trennung von Siegrun, seine diversen Zipperlein und die ungewohnte neue Wohngegend. Meist jedoch ließ er einfach den Tag mit einem Gläschen Rotwein ausklingen.

Nach einer ausgiebigen Schönheitspflege im Badezimmer schlüpfte er in eine bequeme Jogginghose.

Er tänzelte im Takt der EAV zur Kaffeemaschine und legte ein Pad ein. Heißer Espresso lief in ein Tässchen und verströmte ein intensives Aroma, das ihn an den Italienurlaub erinnerte. Er fühlte sich hervorragend und würde morgen, am Montag, dem 2. September, mit frischem Elan in den Dienst zurückkehren.

In diesem Augenblick klingelte es an der Tür. Bestimmt war das der Kostka. Er hatte ihm vor dem Urlaub schon von seinem tropfenden Wasserhahn im Bad berichtet. Dass der Hausmeister am Sonntag arbeitete, überraschte ihn schon. Wotan befahl Alexa, die EAV zum Schweigen zu bringen, und hastete zur Tür.

»Wir wollen einen Tag der offenen Tür veranstalten und einen wunderschönen guten Morgen!«, platzte Emily McScott heraus, die mit einem gelben Ordner in der Hand vor der Tür stand.

Wotans gute Laune war wie weggeblasen.

Jetzt erschien John hinter seiner Frau und winkte mit einem Flyer.

»Guten Morgen auch! Kommen Sie herein!«, sagte Wotan.

Er wollte sich kooperativ zeigen, um sie möglichst schnell loszuwerden. Er hatte eine vierstündige Radtour zum Ehrenbachtal über die Schwäbische Alb geplant. Heute würde er einen grandiosen Fernblick haben.

Er bat sie zum Küchentisch, bevor auch noch die Kinder und der Hund auftauchen konnten. Wotan spürte instinktiv, dass sich gerade die letzten kostbaren Stunden seines Urlaubs in nichts auflösten.

Wortreich erklärte ihm Emily, dass ihr die Idee beim Urlaub in Edinborough gekommen wäre. Ihre Freundin Evelyn hatte dort einen Tag der offenen Tür organisiert. Dabei schwenkte John wiederholt den Flyer und grinste wissend.

»Wo wir doch alle so aneinander vorbeilaufen und auch mit der Nachbarschaft in den anderen Häusern gibt es kaum

Kontakt«, beendete Emily ihren Monolog und sah Wotan erwartungsvoll an.

»Die Organisation des Tags der offenen Tür wird ein Kraftakt, den wir alle gemeinsam meistern werden. Hürden müssen umschifft und Probleme gelöst werden«, ergänzte sie, als keine Reaktion von Wotan kam.

»Die erste Hürde, die wir nehmen müssen, ist, alle Mieter zu einer Planungsversammlung zusammenzutrommeln«, meinte John.

»Und was soll *ich* dabei?«, fragte Wotan etwas unwirsch und trank endlich seinen kalten Espresso.

Die beiden blickten sich verschwörerisch an.

»Wir hätten da eine Bitte an Sie«, rückte Emily stockend heraus.

»Es gibt da im 2. Stock diese airbnb-Wohnung«, fügte John hinzu.

Wotan hatte keine Ahnung, worauf die zwei hinauswollten.

Nun erklärten ihm die beiden, dass niemand den geheimnisvollen T. Trost kannte, der diese Wohnung vermietete. Bis jetzt war immer nur ein junger Mann bei der Wohnungsübergabe an die Urlauber gesehen worden. Von dem hatte keiner der Hausbewohner eine Telefonnummer oder Adresse. Trost war es wahrscheinlich nicht.

»Wir dachten, Sie hätten da vielleicht Möglichkeiten …«, sagte Emily und sah Wotan mit vorgeschobener Unterlippe an.

»Na gut, ich tue mein Möglichstes«, meinte Wotan. »Kann ich mich sonst noch einbringen?«, hörte er sich dann sagen.

»Vielleicht könnten Sie sich schon mal über die Einladung Gedanken machen«, schlug John vor.

Wotan nickte.

»Gut, dann sehen wir uns am Dienstag um 20.00 Uhr zur ersten Besprechung in unserer Wohnung«, fasste Emily zusammen.

Dass Wotan mit brandheißen Infos zu T. Trost kommen würde, setzten sie stillschweigend voraus.

Dann verließen die McScotts die Wohnung.

»Merde! Der Alltag hat uns wieder!«, verkündete der Kommissar dem Tukan.

Der erste Arbeitstag nach dem Urlaub begann damit, dass Wotan zähneknirschend Robert beauftragte, seine Kontakte zu airbnb zu reaktivieren. Er hasste es, gleich mit Aktionen zu beginnen, die sich in einer Grauzone bewegten und rein gar nichts mit einem dringenden Fall zu tun hatten.

Unter dem Vorwand, dass nachträgliche Mordermittlungen durchzuführen seien, erfuhr Robert Anschrift und Telefonnummer des Wohnungsinhabers.

Wotan leitete die Daten an die McScotts weiter. Die sollten sich selbst um eine Einladung kümmern.

Das Meeting des Planungsteams fand tatsächlich am Dienstag, dem 3. September, um 20.00 Uhr am Küchentisch der Familie McScott statt. Fynn und Joel waren mit Granny Mary im Kinderzimmer verschwunden, nachdem beide der Runde ein lautstarkes »Gute Nacht! Good night, sleep tight« zugebrüllt hatten. Die neunjährige Hedda hatte sich ein Glas Apfelsaft geholt und war dann in ihrem Reich verschwunden.

Wotan erschien erst um 20.05 Uhr und stellte als kleine Entschuldigung eine Flasche Chianti neben das Knabberzeug auf den Tisch. Emily holte Weingläser, schob ihm ihren Küchenstuhl zu und setzte sich auf den Tripptrapp-Stuhl von Fynn.

Wotan ließ den Blick über die bunt gemischte Truppe schweifen. Obwohl hier keine Vernehmung stattfand, analysierte er die Anwesenden genau. Er konnte seinen berufsmäßigen Beobachtungsdrang einfach nicht abschalten.

John hatte den Korkenzieher beiseitegelegt, als er merkte, dass die Flasche einen Schraubverschluss hatte. So waren schnell alle Gläser gefüllt.

»Lasst uns auf unser erstes gemeinsames Projekt anstoßen!«, verkündete er feierlich. »Wir sollten uns alle duzen! Ich bin der John!« Die Nennung der Vornamen ging nahezu im Gläserklirren unter.

Saskia Klaschke zwinkerte Wotan zu. Er wandte seinen Blick ab und prostete Rowena und Holger Kostka zu und dem dunkelhäutigen Hünen Morgan Medford, den er schon aus den Mordermittlungen kannte und der die Wohnung von Ambrosius Ackermann geerbt hatte.

Der distinguierte Herr im blauen, dezent gestreiften Anzug war Theophil Trost.

Theophil Trost, ein hochgewachsener Mittfünfziger mit vollem, schon leicht ergrautem Haar und sonnengebräunter Haut, war ein typischer Businessmann.

Er nippte nur am Glas. Ungefragt erklärte er in die Runde, dass für ihn als Investor nur der Return of Investment wichtig war, dass er Immobilien in der ganzen Welt besaß und dauernd unterwegs sei. Seiner sonoren Stimme hörte man gerne zu, das musste sich Wotan eingestehen.

»Meine Lebensgefährtin, meine liebe Anne-Valeska, hat auf der Riegersburg in der Steiermark eine Ausstellung. Sonst betreibt sie das Atelier ›Kunstlicht‹ in Graz. Kalligrafie von Songtexten auf Acryl. Vielleicht haben Sie schon von den Lichtbildern von Anne-Valeska Klapotez-Polz gehört?«, fragte Theophil in die Runde. Als niemand antwortete, setzte er nach: »Die Zotter Schokoladenmanufaktur ist auch in dem Eck.«

Hier hakte Emily ein: »Du kannst ja mal eine Ladung

Schokolade mitbringen.« Theophil nickte gnädig und kündigte an, dass er, falls es seine Termine erlaubten, beim Fest vorbeischauen würde.

Man solle ihm die Einladung zuschicken. Dann verabschiedete er sich förmlich in die Runde, ließ sein volles Glas stehen und ging.

Der ist doch nicht ganz sauber, dachte Wotan, das sagt mir doch mein kriminalistischer Instinkt. Er nahm sich vor, Trosts Daten mal durch seinen Polizeicomputer zu jagen.

Da Emily noch mal ins Kinderzimmer gerufen wurde, um nach Joels Schlafdrachen zu suchen, verzögerte sich der Beginn der Besprechung.

So kam Wotan mit Morgan ins Gespräch, der ihm gegenübersaß. Er war neugierig und wollte möglichst viel über ihn erfahren. Der Halbamerikaner gab sich sehr redselig. Er betonte, dass er gerne zum Tag der offenen Tür kommen würde, auch wenn er ja eigentlich in der Villa von Werner Wüst wohne.

Er erzählte, dass er den Verkauf der Wohnung im 5. Stock an die Firma »IMMO Hupfauer« übergeben habe.

Theophil Trost hatte leider kein Interesse gezeigt. Damit hatte er richtiggelegen, denn eine Immobilie, die Schauplatz eines Verbrechens gewesen war, verlor an Wert und war schwer verkäuflich. Wotan meinte, dass Herr Hupfauer doch auch zum Tag der offenen Tür kommen solle. Vielleicht würde sich der eine oder andere Interessent finden.

Morgan erklärte Wotan umständlich, warum gerade er Ackermanns Erbe war. Medfort war als Lebenspartner von Werner Wüst dessen Alleinerbe. Der wiederum war in Ackermanns Testament als alleiniger Erbe eingesetzt. Da dieser keine Nachkommen hatte, war ihm wohl sein ehemaliger Geschäftspartner geeignet erschienen. Durch die beiden Todesfälle wurde Morgan Medfort Besitzer der Penthouse-Wohnung und einiger Gegenstände von beträchtlichem Wert.

Morgan entpuppte sich als freundlicher Mann und brachte den Multikulti-Aspekt in das Haus Am Alten Güterbahnhof.

Die Planung des Festes schritt sehr langsam voran.

Der Ablauf und die Aufgaben für die einzelnen Personen mussten geklärt werden. Bei der Frage nach der Bewirtung wurde endlos herumdiskutiert.

Mit dieser chaotischen Truppe lebe ich unter einem Dach, stöhnte Wotan innerlich. Er plante seine Besprechungen straff und vergab dann klare Anweisungen an sein Team. Er bekam langsam Zweifel an dem Erfolg dieser Unternehmung.

Es wurde über veganes Grillgut und laktosefreie Kuchen gesprochen. Man verwarf die Grillidee und einigte sich auf Suppen und Eintöpfe.

Hier riss Saskia Klaschke die Entscheidung an sich. Sie rief sofort auf dem Smartphone die Seite »Kochbar« auf und diktierte Emily ihre Vorschläge ins Protokoll:

- Kürbiscremesuppe mit Croutons
- Wirsingeintopf
- Quinoaküchlein

Man einigte sich darauf, dass das Catering-Team, bestehend aus Saskia, Holger und dessen Tochter Anja, den Einkauf und die Zusammenstellung der Speisen übernehmen sollte.

Emily würde Short Bread, Rowena Donauwelle und Morgan Cup Cakes beisteuern. Kurz vor 23.00 Uhr fiel Wotan ein, dass er sich am Sonntag in einem Anflug von geistiger Umnachtung bereiterklärt hatte, einen Entwurf für die Einladung zu gestalten. Er hatte die Aufgabe dann sofort an seinen Computerspezialisten Robert delegiert. Da momentan kein Mordfall anlag, hatte der sich freudig darauf gestürzt.

Nachher stellte sich heraus, dass er dafür eine Einladung ins »JAPENGA« erwartete. Man würde sehen.

Stolz legte er den Ausdruck auf den Küchentisch.

Es entstand eine kurze Gesprächspause. Alle starrten auf den Entwurf.

Dann redeten alle gleichzeitig und endlich kam man gemeinsam zu dem Schluss, dass der Flyer farbiger sein sollte. So mit Bildern und einfach einladender.

»Lasst doch die Kinder was malen!«, rief schließlich Emily und wurde dabei sofort durch heftiges Nicken von Rowena unterstützt.

Die Familien McScott und Kostka beschlossen einstimmig, dass ihre Kinder Bilder malen sollten, die zusätzlich zu den Flyern in den Eingängen der umliegenden Häuser angebracht werden sollten.

Während der Diskussion um die Einladung hatte Wotan eine kleine Klositzung eingelegt. Als er zurückkam, wurde er darüber informiert, dass er genau der Richtige sei, die Malaktion mit den Kindern zu leiten.

»Wotan, die Kinder haben so viele Fragen an dich als Polizeikommissar. Da wäre eine Malstunde gut für Gespräche geeignet«, eröffnete ihm Emily die Lage mit treuem Blick.

Was sollte er tun? So blieb ihm nichts anderes übrig, als seine Bereitschaft zuzusichern. Irgendwie würde er das Kind, die Kinder, schon schaukeln. Er hatte schon ganz andere Herausforderungen gemeistert, wie die Festnahme eines Serienkillers oder die Gespräche mit Annabell Krötenheinrich.

Er würde also die Malaktion am nächsten Nachmittag um 17.00 Uhr in der Küche der McScotts beaufsichtigen und die Bilder dann zusammen mit den Kindern in der Umgebung aufhängen. Insgeheim hoffte er auf einen spektakulären Leichenfund am späten Nachmittag.

Daraufhin beschloss er, dass er seinen Teil an der Organisation getan hatte, und überließ den Rest den anderen. Zudem war schon eine zweite Flasche Trollinger geleert worden und es stand nur noch Mineralwasser auf dem Tisch.

Das Kochteam diskutierte noch über Würstchen und Bauernbrot, über Falafel und Tzatziki. Einen kurzen

Augenblick überlegte er, ob er den legendären Bienenstich seiner Mutter beisteuern sollte, ließ es dann aber lieber. Seine Backkünste waren eher mittelmäßig.

Als kurz nach Mitternacht Joel in die Küche tappte und tränenüberströmt von einem riesigen Krokodil unter seinem Bett berichtete, nahm er die Gelegenheit wahr und verabschiedete sich.

Saskia, die den ganzen Abend über mit Emily und Holger über Kochrezepte diskutiert hatte, stand auf. »Du, Wotan, ich muss dich noch was fragen!«, rief sie ihm nach. Aber der winkte nur ab.

Saskia zuckte die Achseln. Sie wollte ihm doch nur erzählen, dass die Schwerterausstellung in Stuttgart klasse gewesen war und dass sie gerne Wotans Sammlung besichtigen würde. Dieser Wotan Wilde war einfach nicht zu fassen.

Doch dann lenkten sie Holgers Ausführungen ab. Er beschrieb den Geschmack und die Vorteile eines Beyond Beef Burger, den er bei Lidl ergattert hatte. Saskia warf Wotan noch einen sehnsuchtsvollen Blick nach, was der aber komplett ignorierte und wortlos verschwand.

40. DER TAG DER OFFENEN TÜR

Der 13. September versprach ein sonniger Herbsttag zu werden.

Die letzten Wolken der nächtlichen Regenfälle verzogen sich und die Sonne lugte hervor.

Es blies zwar noch ein kühler Wind, aber laut Wetterbericht sollte es sogar über 18 Grad warm werden.

Seit 8.00 Uhr war die ganze Orga-Truppe unterwegs. Holger hatte am Abend die Biertisch-Garnituren beim »Getränke Digeser« abgeholt und auf den Pritschenwagen seiner Gartenfirma geladen. Jetzt schleppten John, Holger und Morgan die Bänke und Tische auf den Parkplatz vor dem Haus und stellten sie auf. Die Fläche hatte Holger am Abend vorher mit einem rot-weißen Flatterband abgesperrt, damit kein Fremder auf dem »Festplatz« parken konnte.

Das Kochteam hatte die Essenstheke auf einem Biertisch rechts neben der Eingangstür improvisiert. Das Verlängerungskabel für den Strom steckten sie bei den McScotts ein, führten es durch ein gekipptes Fenster und versorgten damit auch die Kühlbox mit den Getränken. Auf Kochplatten standen zwei riesige Töpfe mit Kürbissuppe und dem Wirsingeintopf bereit. Die Quinoa-Bratlinge wurden kalt serviert. Morgan hatte einen Korb mit Brezeln spendiert.

Daneben stand das Geschirr, das Rowena vom Caritas Verband ausgeliehen hatte. »Kein Plastikeinweggeschirr!«, lautete die Devise, über die sich alle einig waren.

Jemanden für den Spüldienst zu finden, war eher schwierig, was aber später erstaunlich gut funktionierte. Man wechselte sich einfach bei der ungeliebten Tätigkeit ab. Fynn fuhr mit Begeisterung das Schmutzgeschirr im Anhänger seines Bobbycars in die Küche der McScotts, wo helfende Hände die Spülmaschine füllten. Der Rücktransport erfolgte dann wieder per Muskelantrieb.

Links neben der Haustür stand ein Biertisch als Station für die Getränke. Dahinter stapelten sich Getränkekisten. Holger rollte ein 30-Liter-Holzfass mit Heinerle Lagerbier der regionalen Brauerei »Fischer« vom Pritschenwagen und wuchtete es auf den Tisch neben die Gläser.

»Das muss erst mal ruhen. Sonst gibt es ein Schaumbad«, sagte er mit Expertenmiene, während er das Zapfbesteck auf das Fass legte.

An der Hauswand dahinter hatte Emily mit Tesakrepp-band ein Schild angeklebt. Es war mit bunten Markerstiften auf weißes Kartonpapier geschrieben. Die neunjährige Hedda verschönerte es kunstvoll mit einer riesigen Sonne und bunten Schmetterlingen in Glitzerfarben.

Herzlich willkommen zum Tag der offenen Tür!

Wohnungsbesichtigungen 12:00 - 16:00
Mittagessen 11:30 - 13:00 (verschiedene Suppen und Eintöpfe)
Kaffee und Kuchen 14:00 - 16:00 (alles selbst gebacken)

Über Spenden für den Caritas Verband würden wir uns freuen!

Die Bewohner Am Alten Güterbahnhof 17

Dazwischen wuselten Fynn, Joel und Kiri, der Hund. Fynn wollte eine Brezel aus dem Korb stibitzen. Er stellte sich so ungeschickt an, dass er gegen den Besteckkasten stieß. Ein Regen aus Besteck prasselte auf ihn nieder. Mit lautem Geheule zog er sich zu seiner Mutter zurück.

Um 10.30 Uhr war alles vorbereitet. Leopold, Saskia Klaschkes Sohn, war für die Getränkeausgabe zuständig, seine Mutter, Anja und Holger für die Essensausgabe.

Nachmittags waren Morgan, Wotan und Emily für Kaffee und Kuchen eingeteilt.

Um Punkt 11.00 Uhr versammelten sich die Bewohner um das Bierfass. Die ersten Gäste waren Wotans Kollegen Robert und Wolfgang. Sie standen erwartungsvoll vor dem Bierfass. Holger hielt den Zapfhahn und den Schlägel in der Hand.

»Ich wünsche allen Gästen einen wunderbaren Tag!«, rief er.

Mit einem Schlag zapfte er das Fass wie ein Profi an. Alle applaudierten. Rowena hielt als Erste den Krug unter den Hahn.

»Ozapft is!«, witzelte Wotan und verteilte gefüllte Krüge an die Umstehenden.

In diesem Augenblick kamen Bernadette und Julius ums Eck. Alle wussten inzwischen, dass sie ein Paar waren. Wotan witzelte bei jeder Gelegenheit, dass das Prinzesschen jetzt endlich ihren Professor gefunden hätte. Bernadette war so glücklich, dass sie darauf mit einem strahlenden Lächeln reagierte.

»Fast-Professor!«, war ihre lapidare Antwort. Doch heute verkniff sich Wotan sein Gefrotzel. Erstaunt betrachtete er die beiden farbigen Mädchen, die neben Julius liefen. Man sah sofort, dass es Schwestern sein mussten. Beide trugen das schwarz glänzende Haar halblang. Für Teenager waren sie groß, sie hatten eine schlanke Figur. Man konnte ahnen, dass sie sehr schönen Frauen werden würden.

Sie trugen keine traditionellen afrikanischen Gewänder, sondern knöchellange Jeans und weiße T-Shirts mit bunten Mustern.

Zögerlich stellten sich die Ankömmlinge zu den Gästen. Das Gespräch war verstummt. Alle Augen waren auf Bernadette und Julius gerichtet.

»Darf ich vorstellen: Ayana und Makeda, meine Töchter! Ich möchte …«, unterbrach Julius das Schweigen und blickte in die Runde.

»Lasst uns darauf anstoßen!«, kam Wotan einer längeren Erklärung zuvor. Das hätte an diesem Tag den Rahmen gesprengt.

Er reichte Bernadette und Julius einen Krug.

»Holt euch doch eine Apfelsaftschorle!«, sagte Bernadette zu den beiden Mädchen und schob sie in Richtung der Getränkeausgabe.

»Du bist dann nachher in meiner Wohnung?«, fragte Wotan Bernadette.

Sie hatte sich bereit erklärt, in Wotans Wohnung zu bleiben, während er am Kuchenbuffet stand.

»Na klar, es bleibt dabei«, beeilte sich die zu sagen.

Dass dies eine gute Gelegenheit sei, ihre Kunstwerke zu präsentieren und zum Verkauf anzubieten, war ihr erst in der Nacht eingefallen. Sie hatte auch Flyer für ihre Vernissage dabei. Die pastelligen Stillleben, die Wotan auf Annabell Krötenheinrichs Anraten aufgehängt hatte, übten auf den Betrachter eine wohltuend entspannende Wirkung aus. Das Wohnklima hatte einwandfrei gewonnen.

Seit ihrer Liaison mit Julius hatte Bernadette ihren Malstil verändert und sich der abstrakten Richtung zugewandt. Dabei dominierten grelle Rottöne und geometrische Figuren.

Wotan war nicht begeistert davon, dass Bernadette seine Wohnung als Raum für eine Vernissage nutzte, musste sie aber zähneknirschend für ihren Einsatz als Wohnungshüterin entlohnen. Sie hatte noch eine Reihe weiterer Werke in der Wohnung drapiert. Grummelnd hatte er die Liste mit den Preisen überflogen. Da kam ja ganz schön was zusammen. Sie hatten sich geeinigt, dass Wotan bis zu seinem Dienst am Buffet in der Wohnung blieb und mit eventuellen Besuchern sprach.

Währenddessen saßen Wolfgang, Robert, Julius und Peter Haberknecht vom Raubdezernat vor ihrem ersten Krug Heinerle. Bernadette kuschelte sich an Julius und ihre beiden Mädchen standen kichernd neben Leopold an der Getränkeausgabe.

Fynn, Joel und Hedda malten mit Straßenkreide Pfeile auf den Gehweg, um den ersten Besuchern den Weg zu weisen. Nach und nach gesellten sich auf dem Beton Monster mit bluttriefenden Zähnen, Prinzessinnen mit Feenhüten und Schlingpflanzen mit kugeligen Fantasieblüten dazu.

Inzwischen füllten sich die Bierbänke und die Teller. Das Heinerle kam so gut an, dass Holger schon mal das Reservefass unter dem Getränketisch bereitstellte.

»Darf ich kurz?«, fragte Morgan. Er stellte seinen Krug auf den Tisch, an dem die Polizisten saßen, und quetschte sich zu ihnen auf die Bank.

»Herr Hupfauer passt auf die Wohnung auf, oder soll ich lieber sagen, er rührt die Werbetrommel für den Verkauf«, ergänzte er schmunzelnd. »Jetzt hab ich endlich mal Gelegenheit, mich für Ihre gute Arbeit bei der Aufklärung des Mordes an meinem Lebensgefährten Werner Wüst zu bedanken.«

»Das war doch selbstverständlich. Das Gericht hat lebenslänglich für Galucci und für seine Komplizin Ochsenhut zweimal fünf Jahre wegen Beihilfe zum Mord beantragt.« Robert wirkte ganz ernst. »Ich bin ja immer noch der Meinung, dass sie die eigentlich Schuldige ist. Sie hat Galucci zur Selbstjustiz für den Tod ihres Sohnes und seiner Tochter aufgestachelt, weil die Gerichte ihrer Meinung nach versagten. Dann hat sie sich schön im Hintergrund gehalten und Galucci die Drecksarbeit machen lassen.«

Bernadette runzelte die Stirn: »Bis zu einem gewissen Grad kann ich ihre Beweggründe schon nachvollziehen. Der tragische Tod der beiden Jugendlichen durch den Deckeneinsturz war ja die Folge der rücksichtslosen Geldgier von Ackermann und Wüst, entschuldige, Morgan! Außerdem ist sie sterbenskrank, irgendwas mit der Lunge. Darum ist das Ganze ja genau damals passiert«, warf sie ein.

Morgan nahm einen Schluck aus dem Bierkrug und wischte sich dann verstohlen über die Augen.

»An so einem Tag kommt das alles noch mal hoch!«, sagte er leise. Er erhob sich, klopfte auf den Tisch und verschwand im Haus.

»Habt ihr seine Tränen gesehen?« Robert fühlte mit ihm.

»Aber denkt auch an die beiden Toten im Hallenbad! Die Gerüchte, die die Zeitungen über einen Einbruch der Jugendlichen ins Bad verbreitet haben, waren empörend. Die beiden wollten weder etwas stehlen noch etwas zerstören«, meinte Julius.

»Die waren einfach zur falschen Zeit am falschen Ort. War ja wirklich eine sehr romantische Idee, eine Nacht zu zweit im Hallenbad zu verbringen«, sagte Bernadette und blickte Julius herausfordernd von der Seite an.

»Ist das ein Tyrannosaurus Rex?«, wandte sich der Pathologe, um abzulenken, an Joel, der eifrig mit den Straßenkreiden hantierte. So war das Thema erst mal vom Tisch.

In seiner Wohnung beschloss Wotan, eine kurze Sitzung auf seiner Kloschüssel einzulegen.

Er schätzte ihre Annehmlichkeiten und verbrachte darauf mehr Zeit für seine »Sitzungen« als nötig.

Gestern war ihm der Zweitschlüssel seiner alten Wohnung in die Hände gefallen. Er entdeckte ihn in einer Klarsichthülle im Ordner mit alten Gebrauchsanleitungen, als er nach dem Scheitern der Inbetriebnahme seines Internetradios im Bad eine Anleitung gesucht hatte. Daraufhin hatte er eine Viertelstunde auf der Klobrille gesessen und nachgedacht.

Die ganze Problematik in der Beziehung mit Siegrun war erneut hochgekocht. Er war traurig und wütend zugleich. Er dachte wieder daran, dass seine bedingungslose Hingabe an seinen Beruf zur Trennung doch entscheidend beigetragen hatte. Aber dieser Sprühnagel, dieser schleimige Innenarchitekt, war ebenso schuld.

Er hätte den Typ umbringen können! Aber dann müsste er ja gegen sich ermitteln! Ein Lächeln erschien auf seinem Gesicht, was ihm auch die Kochkünste seiner Frau ins Gedächtnis rief. Der Ofenschlupfer mit Vanillesoße und die handgerollten Buabaspitzle, ein Gedicht. Wotan drückte auf den Sparknopf der Klospülung und erhob sich.

Er öffnete in der Küche das zweite Tannenzäpfle des Tages. Dazu goss er sich eine Handbreit Black Horse – Ammertal Whiskey in ein Saftglas, trank auf ex und fühlte sich gleich entschieden besser.

Der Nachmieter hatte ihn wegen des Schlüssels schon mehrfach angemahnt. Er würde ihn morgen in dessen Briefkasten werfen. Er steckte ihn vorsorglich in seine Hosentasche und prostete sich im Flurspiegel zu. Dann nickte er dem Tukan freundschaftlich zu.

Im zweiten Stock hielt sich Theophil Trost in seiner Wohnung auf. Er hatte die »Frankfurter Allgemeine« dabei und studierte den Börsenteil. Sein Terminplan war lange nicht so eng getaktet, wie er diese Leute hier glauben machen wollte. Er hatte in Ruhe ausgeschlafen und dann einige Telefonate geführt. So war er kurz vor 12.00 Uhr beim Fest erschienen und hatte sogar eine Kiste Trollinger zur Getränkestation gestellt. Seinen Anzug hatte er gegen Jeans und ein weißes Lacosteshirt getauscht und wirkte schon fast sympathisch.

Peter Haberknecht klingelte an seiner Tür, obwohl die schon offen stand.

Trost legte die Zeitung beiseite und lief durch den Flur. Aha, da war schon der erste Interessent für die Wohnung.

»Guten Tag! Haberknecht mein Name!«, stellte sich der hagere Mann vor und trat auf Theophil Trost zu, der ihm die Hand zum Gruß entgegenstreckte. »Ich bin ein Kollege von Herrn Wilde und arbeite beim Raubdezernat!«

Theophil Trost hatte schon angesetzt, dem Mann mit dem schütteren Haar die Wohnung anzupreisen. Enttäuscht ließ er die Hand sinken, nachdem Haberknecht keine Anstalten machte, sie zu schütteln.

»Geht es um den Bilderdiebstahl, der sich hier abgespielt hat? Ich hatte nichts damit zu tun«, sagte Trost langsam.

»Ja, ich habe damals ermittelt. Ich war zwar nicht vor Ort, aber heute hab ich endlich Gelegenheit, mir die Räumlichkeiten anzuschauen. Ich kenne nur die Fotos aus den Ermittlungsakten.«

Haberknecht blickte sich um, als wolle er die Fotos mit der Realität abgleichen: »Wir konnten die beiden Kuriere, die das Bild hier abholen sollten, dingfest machen. Es waren zwei Studentinnen. Sie sind recht blauäugig in die Sache hineingeraten, weil sie sich etwas Reisegeld verdienen wollten. Die sind erst vor Kurzem zu halbjährigen Jugendstrafen auf Bewährung dafür verurteilt worden. Auch das Bild tauchte wieder auf. Leider ist der Kunstraub selbst noch ungeklärt!«, dozierte er. »Das Bild hängt wieder an seinem angestammten Platz in der Kunsthalle in Tübingen. Hoffentlich ist es jetzt besser gesichert!«

»Was war das eigentlich für ein Bild? Ich selbst bin ja

Kunstliebhaber und Sammler, vor allem von neuzeitlicher Kunst«, sagte Trost interessiert.

Haberknecht tippte auf seinem Smartphone herum. »Das ist es, vielleicht kennen Sie es!« Er hielt Trost sein Handy unter die Nase.

»Natürlich! Aber soviel ich weiß, gab es in dem Zusammenhang noch einen Mord?«, hakte Trost nach. »Ich habe gelesen, dass ein mutmaßlicher Zeuge erschossen wurde. Ich war im Frühsommer viel im Ausland und konnte die Vorgänge nur teilweise verfolgen.«

»Da fragen Sie besser Wolfgang, Entschuldigung, Oberkommissar Schickenrieder! Der hat in dem Fall ermittelt!« Er deutete auf Wolfgang, der gerade hinter ihm in den Flur trat.

»Hallo, zusammen! Ich wollte dir eigentlich nur sagen, dass es jetzt Essen gibt!«, sagte er zu Peter. Wolfgang schien es nicht zu passen, dass über seinen Fall gesprochen wurde.

Er machte Anstalten zu gehen. Doch Trost war hartnäckig.

»Herr Oberkommissar, was kam bei den Ermittlungen heraus?«, fragte er mit erhobener Stimme.

Mechanisch drehte sich Wolfgang Schickenrieder um. Warum sollte er nicht von seinem Erfolg berichten? Ein bisschen Anerkennung tat immer gut.

»Wir haben den Silcher-Mörder, so wurde er von den Medien getauft, weil der Mord bei dem Silcher-Denkmal unten am Neckar geschah, also, wir haben den Betreffenden in seinem Unterschlupf gefunden und gefasst. Seine Identität und seine Auftraggeber konnten bis jetzt nicht festgestellt werden. Er sitzt als die Nummer 245-2 in der JVA Stammheim in Stuttgart. Voraussichtlich lebenslänglich. Das war's, und jetzt komm, Peter! Mein Magen knurrt!«

Die beiden Männer verließen eilig die Wohnung und

ließen einen alarmierten Theophil Trost zurück. Er schlug die Zeitung zu und lehnte sich nachdenklich auf dem Sofa zurück.

Im 4. Stock war Wotan unterdessen in eine leicht depressive Phase gerutscht. Er köpfte sein drittes Bier und schenkte sich noch einen Hochprozentigen ein, als Bernadette erschien, um ihn abzulösen.

»Ich habe ein Bild aus deinem roten Zyklus an den Hupfauer von der ›IMMO‹ verkauft! Der war vorhin hier. Kommt nachher zum Bezahlen vorbei«, verkündete Wotan, sichtlich angeheitert.

»Annabell Krötenheinrich war auch kurz da. Hat von meiner neuen Aura geschwärmt und konnte nicht glauben, dass die roten abstrakten Klecksereien von ein und derselben Künstlerin sind wie die Stillleben. Sie will dich gerne kennenlernen. Ich hab ihr deine Karte gegeben.« Wotan nuschelte merklich.

Bernadette hörte nur halb hin. Das Preisschild an der »Purple Eruption« war durchgestrichen und »Verkauft« darübergeschrieben. Sie war sehr gespannt, ob Hupfauer die 2.000 Euro, ohne zu handeln, bezahlen würde.

»Whiskey gefällig?« Wotan hielt die fast leere Flasche in die Höhe. Bernadette schüttelte den Kopf.

»Kannst du noch Kuchen ausgeben?«, fragte sie skeptisch.

»Natürlich! Auch bei den Getränken helf ich dem Leopold. Der Sören Kostka fällt aus, der musste zum Fußball«, lallte er.

»Trink erst mal einen Kaffee!«, riet ihm Bernadette.

Wotan nickte und machte sich einen doppelten Espresso. Dann marschierte er bemüht aufrecht aus der Wohnung.

Im 5. Stock stand Morgan Medford auf der riesigen Terrasse der Penthouse-Wohnung und genoss den Blick über Tübingen. Er sah, wie sich Herr Hupfauer von »IMMO

Hupfauer« mit einem asiatisch aussehenden Paar unterhielt, das sich offensichtlich für die Wohnung interessierte.

»In seinem Atelier ist er also umgekommen, der Ambrosius Ackermann«, dachte Morgan. Allerdings waren alle Spuren entfernt. Die verbogenen Metallstreben und das gesamte Equipment waren weggeräumt und durch eine gemütliche Sitzecke ersetzt worden.

Er hatte ihn nur sehr flüchtig gekannt. Bis zur Testamentseröffnung hatte er nicht gewusst, dass Werner seinen ehemaligen Geschäftspartner als Alleinerben eingesetzt hatte. Nach dem Prozess um den Hallenbadeinsturz waren sie auf Distanz gegangen. Aber das nächtliche und dann für Werner tödliche Treffen auf der Burg hatte ja ohnehin Galucci arrangiert. Der arme, leichtgläubige Werner, seine große Liebe war er gewesen. Morgan ließ sich auf den Balkonsessel fallen, stützte den Kopf in die Hände und schluchzte hemmungslos.

Wotan zapfte sich unterdessen sein zweites Heinerle und aß ein Stück veganen Zwetschgenkuchen. Nebenbei warf er immer wieder kleine Stückchen für Kiri auf den Boden, der darüber herfiel, als hätte er seit Tagen nichts mehr zu fressen bekommen.

»Sie sollen den Kuchen ausgeben und nicht verfüttern!«, flüsterte ihm Mary Boyd zu, die für ihre Tochter Emily den Dienst am Kuchenbuffet übernommen hatte. Sie reichte einem älteren Ehepaar im beigen Outdoor Look zwei Teller mit Donauwelle und bedankte sich für die Spende an die Caritas.

Wotan sah sie aus roten Äuglein an. Das Fest war schön und irgendwie auch sehr anstrengend.

»Herr Wilde!« Mary Boyds Stimme drang wie durch einen Nebel zu ihm durch. »Herr Wilde, stop it! Geh'n Sie rauf und legen sich etwas hin!«

Die Granny der McScott Kinder hatte plötzlich eine Aura aus Braun- und Purpurtönen um ihren grauhaarigen Kopf.

»Sie sollten was für Ihre Aura tun! Die Krötenhermann …«, nuschelte er und ließ den Satz unbeendet.

Jetzt wurde es Zeit für ihn. Er war müde. Er sollte sich hinlegen oder vielleicht eine kleine Rundtour mit dem Rad machen. Er hatte jedenfalls seinen Beitrag zum Fest geleistet. Allein die Vernichtung von mehreren Krügen Heinerle war schon eine Leistung gewesen. Er rappelte sich hoch, orientierte sich kurz und wackelte dann los.

»Dont't turn left! Forth flour!«, rief ihm Mary Boyd kopfschüttelnd hinterher. Sie war im Stress in ihre Muttersprache verfallen. Dann wurde sie von einer Horde Kinder in Beschlag genommen, die Muffins und Apfelsaftschorle verlangte.

Um kurz nach 17.00 Uhr leerten sich die Bänke. Das Spendenkässle für die Caritas war gut gefüllt und fühlte sich schwer an. Das Wetter war tagsüber immer besser geworden. Einige Gäste fragten sogar nach Sonnenschirmen.

Am Schluss hatte das Kochteam die restlichen Suppen und Eintopfreste ausgegeben, nachdem das Kuchenbuffet geplündert war. Auch der zweite Hefezopf war aufgegessen, den Saskia aufgetaut und nachgeliefert hatte.

Nun saßen die Hausbewohner einträchtig zusammen und besprachen in der Abendsonne die erfolgreiche Aktion. Granny Mary war mit Fynn, Joel, Hedda und Anja in die Eisdiele »Capri« aufgebrochen, um jedem ein Eis zu spendieren.

Ayana und Makeda waren mit Leopold zum Skaterplatz gegangen.

Ums Aufräumen und den restlichen Abwasch würde man sich später kümmern.

Bernadette und Robert hatten sich die letzten beiden Flaschen Cola geholt und sich damit zu den Bewohnern gesetzt. Bernadette sah sich um.

»Wo ist eigentlich Wotan?«, fragte sie. »In der Wohnung ist er nicht mehr aufgetaucht.«

»Ich wollte ihm noch sagen, dass die Schwerterausstellung im Alten Schloss in Stuttgart nur noch am nächsten Wochenende geöffnet ist«, warf Saskia ein.

»Welche Schwerterausstellung?«, fragte jemand in der Runde.

Aber niemand ging darauf ein.

»Ich habe ihn das letzte Mal so um vier gesehen. Da hatte er schon ganz schön getankt. Sein Rad steht auf jeden Fall noch neben dem Müllcontainer. Weit kann er nicht sein!«, meinte Holger.

Bernadette zog ihr Smartphone aus der Hosentasche und wählte Wotans Nummer.

»Mailbox!«, verkündete sie nach kurzem Zögern.

»Ups, ich hab eine SMS von ihm: ›Drei verliebte Pinguine‹!«, Bernadette hob den Kopf und schaute verwirrt in die Runde.

Was meinte ihr Chef damit?